Terri Osburn

Liebesglück auf Anchor Island

amazon crossing

Das Buch

Manchmal ist das Zweitbeste genau das, wonach man schon immer gesucht hat …

Beth Chandler hat es zeit ihres Lebens immer nur anderen recht gemacht. Sie ist Anwältin geworden, um ihre Großeltern glücklich zu machen. Sie hat sich mit ihrem Freund Lucas, einem Workaholic, verlobt, um ihn glücklich zu machen. Und trotz ihrer Angst vor Booten steigt sie in eine Fähre und besucht seine Eltern auf Anchor Island, um sie glücklich zu machen.

Während der Überfahrt erleidet Beth eine Panikattacke. Ein attraktiver Fremder hilft ihr darüber hinweg, indem er sie in ein Gespräch verwickelt – und bringt ganz nebenbei ihr Herz zum Flattern. Schon bald zeigt sich ein neuer Grund zur Panik: Ihr umwerfender Retter mit den blauen Augen ist Lucas' Bruder Joe. Wird sie es fertigbringen, ihren Verlobten für seinen eigenen Bruder zu verlassen? Zwar interessiert Lucas sich mehr für seine Beförderung zum Partner als für das Funktionieren ihrer Beziehung, aber Joe verkörpert all das, was sie eigentlich nie wollte.

Liebesglück auf Anchor Island, ein aufregendes Lesevergnügen, erzählt die Geschichte einer jungen Frau, die sich zwischen dem aufreibenden Großstadtleben und den kleinen Freuden der Provinz entscheiden muss.

Die Autorin

Terri Osburn ist die Autorin von »Liebesglück auf Anchor Island« (im Original »Meant to Be«), dem ersten Band ihrer Anchor-Island-Reihe, der bei Amazon und dem Wall Street Journal auf der Bestsellerliste stand. Sie begann im Jahr 2007 mit dem Schreiben. Fünf Jahre später war sie Finalistin im Wettbewerb um den Golden Heart Award für das beste unveröffentlichte Manuskript. 2013 veröffentlichte sie bei Montlake Romance ihr erstes Buch. Terri lebt an der Ostküste der USA, zusammen mit ihrer Tochter, zwei dicken und (meistens) glücklichen Tigerkatzen und einem überdrehten Yorkshireterrier mit Bindungsproblemen. Wenn Sie mehr über Terri erfahren möchten, besuchen Sie ihre Website unter www.terriosburn.com.

Terri Osburn

Liebesglück auf Anchor Island

Roman

Übersetzt von Christa Prummer-Lehmair

amazon crossing

Die Originalausgabe erschien 2013 unter dem Titel
»Meant to Be« bei Montlake Romance, Las Vegas.

Veröffentlicht bei
AmazonCrossing, Amazon EU S.a.r.l.
5 Rue Plaetis, L-2338, Luxemburg
Juni 2014

Umschlaggestaltung: bürosüd° München, www.buerosued.de
Lektorat: Marion Bergmann
Satz: Verlag Lutz Garnies,
Haar / München – www.vlg.de
Gedruckt durch
Amazon Distribution GmbH
Amazonstraße 1
04347 Leipzig, Deutschland

ISBN: 978-1-477-82459-7

www.amazon.com/crossing

Für Isabelle.

Du wirst immer meine größte Leistung bleiben.

Kapitel 1

Warum musste diese gottverlassene Insel ausgerechnet mitten im Wasser liegen?

Noch während ihr dieser Gedanke durch den Kopf schoss, merkte Beth Chandler, wie irrational er war. Aber die Angst hatte so sehr Besitz von ihr ergriffen, dass rationales Denken keine Option war. Das Lenkrad loszulassen war ebenfalls keine Option. Sie schwor, dass sie ihren Händen befahl, sich vom Lenkrad zu lösen, und trotzdem umklammerte sie den nutzlosen Ring aus irgendeiner Art Kunststoff weiterhin so fest, dass ihre Knöchel weiß hervortraten.

Vielleicht war es die Art von Kunststoff, die schwamm. Dann konnte sie das Lenkrad als Schwimmreifen benutzen, wenn sie zusammen mit ihrem Auto in ihr nasses Grab sank. Bevor sie den Motor ausgeschaltet hatte, hatte sie vorsichtshalber die Wagentür geöffnet, nur für den Fall. (Der Gedanke, im Auto zu ertrinken, war noch entsetzlicher als der, außerhalb des Autos zu ertrinken.) Durch eine glückliche Fügung war sie in der innersten Reihe gelandet, links von sich sah sie ein Geländer und eine Art Kabine.

Nicht auszumalen, wenn sie Pech gehabt hätte und gezwungen gewesen wäre, ganz außen zu parken ... Aber jetzt war nicht der richtige Zeitpunkt, sich darüber den Kopf zu zerbrechen. Als sie zuvor kurz in die Ferne geblickt hatte, war da nur Wasser gewesen, so weit das Auge reichte. Und diese Tatsache ließ ihre Angst umso größer werden.

»Ich werde nicht sterben. Ich wusste, was auf mich zukommt. Ich kann es schaffen.«

Mit den Affirmationen aus dem Ratgeber *Wie man seine Ängste besiegt* sollte sie in der Lage sein, das hier durchzustehen. Als ihr Verlobter Lucas erwähnt hatte, seine Eltern würden auf einer winzigen, entlegenen Insel wohnen, war sie sofort in die Bibliothek gerannt, um sich das Buch auszuleihen.

Das heißt, nach einer Panikattacke, bei der sie sich übergeben musste. Zweimal. Aber danach war sie sofort in die Bibliothek gerannt. Während sie jetzt auf dem Schiff dahinschaukelte, eingezwängt zwischen Autos wie eine Sardine in der Büchse, half ihr der Ratgeber ungefähr so viel wie eine Anleitung zum Backen des perfekten Soufflés.

Gab es eigentlich ein zulässiges Höchstgewicht für Fähren? Was, wenn man in ein Fahrzeug zu viel eingeladen hatte?

»Es besteht nicht der geringste Grund zur Angst. Ich werde das heil überstehen.«

Vielleicht hätte sie lieber ein anderes Buch ausleihen sollen, eins, mit dem man lernte, den Affirmationen zu vertrauen. Denn ihr Verstand sagte ihr beunruhigenderweise genau das Gegenteil: In einem riesigen, mit Autos beladenen Schiff auf dem Meer zu schwimmen, das jeden Augenblick untergehen kann, ist durchaus ein Grund zur Angst.

»Wir werden nicht sterben. Wir *werden* nicht sterben. Lieber Gott, lass mich nicht sterben.«

Das war alles Lucas' Schuld. Er hatte darauf bestanden, dass sie mit ihrem eigenen Wagen fuhr, falls er während ihres Aufenthalts zurück ins Büro musste, und dann kam der Anruf der Kanzlei, noch bevor sie überhaupt aufgebrochen waren. Er hatte ihr versprochen, in einer, spätestens zwei Stunden nachzukommen, den Zielort in ihrem Navi eingegeben und sie alleine losgeschickt. Und deshalb war er jetzt nicht hier, um sie abzulenken.

Fairerweise musste sie zugeben, dass sie ihm ihre Phobie verschwiegen hatte, weshalb es vielleicht doch nicht allein seine Schuld war. Und er hatte versprochen, es wiedergutzumachen. Wie sie Lucas kannte, mit Schmuck. Auch gut, nur hätte sie den gerne mal selbst mit ausgesucht.

Die Fähre schlingerte, was Beth in ihre gegenwärtige Situation zurückversetzte. Sie schloss die Augen und holte ein paarmal tief Luft, ein weiterer Tipp aus dem ausgeliehenen Buch. Sie atmete durch die Nase ein und durch den Mund aus. In diesem Moment wehte ein warmer Luftstrom über ihren linken Arm, und ein unangenehmer Geruch stach ihr in die Nase.

Das konnte nicht ihr eigener Atem sein.

Schweres Keuchen durchbrach die Stille im Wageninneren. Als Beth ein Auge öffnete, sah sie, woher es kam. Große braune Augen inmitten von rostfarbenem Fell starrten ihr entgegen. Ein Ohr war nach vorne geknickt, eine schwarze Zunge hing seitlich aus dem Maul. Das Tier neigte den Kopf zur Seite, hob seine große Pfote und pflanzte sie auf ihren Oberschenkel.

Beth war vor Angst wie gelähmt, sonst wäre sie vielleicht zusammengezuckt.

»Was hast du denn aufgestöbert, Dozer?«, fragte eine Stimme aus dem Hintergrund.

Als Beth an der Promenadenmischung vorbeispähte, sah sie einen Mann näher kommen. Strahlend blaue Augen und ein stoppeliges Kinn waren alles, was sie registrierte, bevor sie sich wieder auf ihre Hände konzentrierte. Um sich gegen einen Verrückten auf einer Fähre zur Wehr zu setzen, würde sie vermutlich ihre Hände brauchen.

»Da bist du ja«, sagte er und tätschelte dem Hund den Kopf. Dann murmelte er, vermutlich an den Hund gerichtet: »Bist ein Braver.«

Die tiefe, sinnliche Stimme des Fremden ließ ihre Wirbelsäule vibrieren. Ihre Hände entspannten sich so weit, dass das

Blut wieder in die Knöchel floss. Sich einen sexy Typen zu suchen, der beruhigend auf sie einredete, war keiner der Vorschläge aus dem Buch. Sie hätte lieber länger suchen sollen, nach einem Ratgeber, den eine Frau geschrieben hatte.

»Hallo«, sagte sie. Jetzt verweigerte ihr Gehirn ebenso die Zusammenarbeit wie ihre Hände. Als sie einen weiteren Blick auf den Hundebesitzer riskierte, ging ihr ein Schauer durch den ganzen Körper.

Dieser Mann wäre, wie ihre Großmutter gesagt hätte, eine Sünde wert. Volle Lippen, ein kräftiges Kinn und ein tiefes Grübchen auf einer Wange, dazu Augen vom tiefsten Blau, das sie je gesehen hatte. Breite Schultern unter einem marineblauen T-Shirt, eine schmale Taille und tief auf der Hüfte sitzende Jeans. Wegen des Hundes konnte sie seine Beine nicht sehen, aber sie hätte gewettet, dass er Arbeitsstiefel trug.

Manchmal wurden Gebete also doch erhört. Mit diesem Typen als Schwimmhilfe wäre sie gerne untergegangen.

Ein Seufzen entfuhr ihren Lippen. Eine verlobte Frau sollte sich keinen lüsternen Gedanken über andere Männer hingeben. Dass sie erst seit zwei Wochen verlobt war, zählte nicht als Entschuldigung.

»Alles in Ordnung?«, fragte er. Er musste sie für verrückt halten.

»Alles bestens«, krähte sie. Vor Panik war ihre Stimme um einige Dezibel lauter als gewöhnlich. Ob die Panik ihrem unmittelbar bevorstehenden Tod geschuldet war oder ihren aufwallenden Hormonen, konnte sie nicht sagen. »Mir fehlt nichts, gehen Sie ruhig weiter.«

Der Hund legte auch noch die zweite Pfote auf ihr Bein und kletterte förmlich auf ihren Schoß, sodass sein Kopf zwischen ihren Armen auftauchte. »Was macht er denn da?«, fragte sie.

Der Mann gluckste, und Beth überlief ein Zittern. »Er sagt hallo.«

Eine dunkle Zunge baumelte gefährlich nah vor ihrer Nase. »Füttern Sie ihn etwa mit schwarzer Lakritze oder so?« Die gesamte Zunge des Hunds war schwarz.

»Das kommt von seinem Chow-Chow-Anteil. Dem verdankt er auch den großen Kopf. Sie sollten ihn mal bellen hören.«

Wie aufs Stichwort bellte der Hund so laut, dass ihr die Ohren klangen. Hätte sie nicht einen Hundekopf vor sich gesehen, Beth hätte geschworen, ein Grizzly sei in ihr Auto geklettert. »Du solltest mal ein Pfefferminzbonbon lutschen. Unbedingt.«

»Du hast ihr genug Angst eingejagt, Dozer. Runter von der hübschen Lady.« Während der Hund den Rückzug antrat, versuchte Beth das Kompliment zu ignorieren, aber sie merkte, wie ihre Wangen heiß wurden. »Die Überfahrt dauert eine Weile«, bemerkte der Fremde. »Kommen Sie doch raus und vertreten sich ein bisschen die Beine. Das machen die meisten so.«

»Die Leute laufen herum?« Kurzzeitig überstieg die Verwunderung ihre Angst, und Beth drehte sich so weit zu dem Mann, wie der Sicherheitsgurt und die am Lenkrad festgekrallten Hände es zuließen. »Wie kann man seelenruhig herumspazieren, wo wir doch jeden Augenblick untergehen?«

»Pures Vertrauen, nehme ich an.« Lächelnd trat er einen Schritt zurück. Ihre Libido war drauf und dran, mit ihr durchzugehen. Sicherheitsgurte hatten wirklich eine lebensrettende Wirkung. »Sie fahren wohl nicht allzu gern mit der Fähre?«

Beth zog es vor zu schweigen und schüttelte nur den Kopf.

»Ich kann Sie beruhigen – ich habe diese Fähre schon zigmal genommen, und nie gab es ein Problem.«

»Ja, bestimmt. Das beruhigt mich tatsächlich«, log Beth. Der Mann sollte verschwinden. Sie wollte, dass er verschwand.

»Schön. Wir lassen Sie dann mal in Frieden.« Als er sich zum Gehen wandte, hatte Beth das Gefühl, als würde ihr eine Rettungsleine entgleiten.

»Warten Sie!«

Strahlend blaue Augen drehten sich zurück zu ihr. »Ich bin noch nicht weg.« Er beugte sich zu ihr hinunter, wobei er einen Arm auf das Autodach legte. »Es geht Ihnen eigentlich gar nicht gut, oder?«

Beth saugte die Luft ein, kniff die Augen fest zusammen und nickte. »Das klingt jetzt vielleicht ein bisschen seltsam, aber könnten Sie sich zu mir setzen? Nur bis wir drüben sind.«

Mit klopfendem Herzen verfolgte sie, wie der Fremde die Lippen schürzte und dann kurz nach links und rechts blickte. Seine Augen wanderten zum Rücksitz. »Wenn ich bei Ihnen im Auto sitzen soll, muss Dozer auf die Rückbank.«

Sie wollte sich davon ablenken lassen, dass direkt unter ihr der Tod auf sie lauerte, und ein Hund erschien ihr als ideales Ablenkungsmittel. »Kein Problem.«

Wenige Sekunden später nahm ein muskelbepackter Hund mit einem Fell in der Farbe von Herbstlaub ihre gesamte Rückbank ein und blies ihr warme Luft in den Nacken. Die schwarze Zunge hing aus dem Maul, aber er sabberte nicht. Wenigstens nicht sehr. Für einen Hund war er irgendwie süß. Er hätte ein Tic Tac und ein Bad vertragen können, aber er war süß.

Sein Besitzer vorne nahm ebenso viel Raum ein wie der Hund hinten. Quer über seiner breiten, massiven Brust prangte der Schriftzug »Evinrude«. Er stellte den Sitz zurück, damit seine langen Beine, die unter der abgetragenen Jeans ebenfalls fest und muskulös wirkten, Platz hatten.

Wie sie vermutet hatte, trug er Arbeitsstiefel mit dunklen Schmierflecken. Ihr menschliches Beruhigungsmittel hätte für einen Muskelprotz-Kalender posieren können, auch wenn ihm das Wort »Muskelprotz« wahrscheinlich missfallen würde.

Er machte es sich auf dem Sitz bequem und lehnte seine Knie gefährlich nah an ihre. Beth spürte, wie ihr der Mund wässrig wurde.

Du bist hier, um deine zukünftigen Schwiegereltern kennenzulernen. Einen Typen zum Dinner mitzubringen, ist keine gute Idee.

Im Auto breitete sich eine unangenehme Stille aus, nur unterbrochen durch das schrille Kreischen der Seemöwen und das rhythmische Hecheln des Hundes.

»Ich glaube ...«

»Sie sind also ...«

Sie fingen beide gleichzeitig an zu reden.

»Entschuldigung, Sie zuerst«, sagte sie ganz im Stil einer Gastgeberin bei einer Dinnerparty.

»Nein, es ist Ihr Auto. Bitte.«

»Na schön.« Beth räusperte sich. »Sie haben wahrscheinlich schon gemerkt, dass ich mich auf dem Wasser nicht wohlfühle. Und auf Booten.«

»Allerdings. Auch wenn das kein Boot, sondern eine Fähre ist«, fügte er grinsend hinzu. Sein stoppeliges Gesicht war stark gebräunt, und um die Augen herum lagen kleine Fältchen. Offenbar ein Sonnenanbeter.

»Wenn Sie mich ein bisschen davon ablenken könnten, wo wir uns hier befinden und was sich unter mir erstreckt« – bei den letzten Worten geriet sie ins Stocken –, »dann müsste ich eigentlich durchhalten, bis wir drüben ankommen.«

»Ich soll Sie ablenken?«. Anders als beim Einsteigen wirkte er auf einmal hoch entzückt, was verräterische Hitzeschauer durch ihren Körper jagte.

»Durch Reden«, quetschte sie heraus. »Durch Reden ablenken.«

»Na schön«, entgegnete er. Seine Begeisterung hatte einen empfindlichen Dämpfer erlitten. »Aber ich fürchte, Reden ist nicht meine Stärke.«

»Das kriegen wir schon irgendwie hin.« Ihm zu sagen, dass sein überirdischer Körper prickelnder als jede Unterhaltung war, schien keine gute Idee zu sein. Obwohl ihre Wangen bei dem Gedanken glühten. »Tut mir leid. Ich bin sonst nicht so.«

»Wie sind Sie denn sonst so?«, fragte er und lehnte sich an die Beifahrertür. Seine Stimme war ruhig. Beruhigend. Er machte seine Sache doch ganz gut.

Wie war sie sonst so? Darüber musste sie erst mal nachdenken. »Nicht so durchgeknallt. Normalerweise. Rationaler. Praktisch veranlagt.«

»Aha«, bemerkte er. »Dann ist es wohl Ihrer praktischen Veranlagung zu verdanken, dass Sie sich am Lenkrad festklammern. Denn lenken muss man im Augenblick nicht. Lassen Sie es doch einfach los. Lehnen Sie sich zurück. Genießen Sie die Fahrt.«

»Gut. Klar.« Wie durch ein Wunder gehorchten ihr ihre Hände. Dieser Arbeitertyp hatte es wirklich drauf. Er wäre ein Ass bei Scheidungsverfahren. Sie ließ die Fenster herunter und fragte mit einer Kopfbewegung zum Hund: »Er springt doch nicht raus, oder?«

»Dozer bleibt schön da, wo er ist.«

»Dozer, was ist das eigentlich für ein Name?«

»Ein Hundename.« Sie hob fragend eine Augenbraue. »Als ich ihn bekam, hat er entweder im Erdreich herumgewühlt oder geschlafen, deshalb habe ich ihn Dozer genannt.« Der Fremde zuckte mit den Schultern, und sogar das war sexy. »Es passte zu ihm.«

Als sie einen genaueren Blick auf den Hund warf, sah sie, warum. Der bulldozergroße Fellball auf ihrem Rücksitz war kurz davor wegzudämmern. »Ja. Das passt wirklich.« Dann drehte sie sich zurück zu seinem Besitzer. »Sie sind also schon zigmal mit dieser Fähre gefahren?«

»Ja. Ich lebe auf Anchor Island.«

Vielleicht konnte er ihr mehr über die Insel erzählen, als sie im Internet herausgefunden hatte. »Wie ich gehört habe, leben nur wenige Einheimische das ganze Jahr über dort.«

»Uns reicht es.«

Ziemlich ausweichende Antwort. Im Kreuzverhör wäre dieser Typ hart zu knacken. »Ist die Insel wirklich so klein, wie es im Internet wirkt?«

»Das hängt davon ab, was man als klein bezeichnet. Erst kommen nur zwanzig Kilometer Sand, aber der Ort ist ganz nett.«

»Kilometerlang Sand?« brachte sie heraus. »Kann man dort denn irgendwo anlegen?«

»Natürlich. Haben Sie vor allen Booten Angst?« Die Fähre schlingerte, und sie klammerte sich wieder am Lenkrad fest. »Sieht ganz so aus.«

»Ich habe nicht vor Booten an sich Angst. Es ist nicht so, dass mir der kalte Schweiß ausbricht, wenn ich das Bild eines Bootes sehe.« Sie strich sich eine widerspenstige Haarsträhne hinters Ohr, auch wenn ihre Bemühungen, die eigensinnigen Locken zu bändigen, bei dieser steifen Meeresbrise sinnlos waren. Wer hätte gedacht, dass es in den Outer Banks so windig war? »Ich bin nicht gern auf einem Boot. Das kommt von einem Hausbootunfall in meiner Kindheit.«

»Einem Hausbootunfall?«, gluckste er. Als er ihren finsteren Blick sah, wurde er ernst. »Entschuldigung. Was ist passiert?«

»Diese Geschichte wollen Sie nicht hören.« Warum hatte sie bloß damit angefangen? Sie hatte sich angewöhnt, lieber niemandem davon zu erzählen.

»Warum nicht?«, fragte er. »Muss eine große Sache gewesen sein, wenn Sie solche Angst haben.«

Sie schnaubte. »Sie werden mich für dämlich halten, weil ich mir von so einem unbedeutenden Vorfall Jahre später noch Angst machen lasse.«

Stille trat ein. Sogar Dozer schien die Luft anzuhalten. Beth blickte starr aufs Lenkrad.

Mr Evinrude räusperte sich. »Ich bin zwar kein Psychiater, aber hat sich mal jemand über Ihre Ängste lustig gemacht?«

»Schon möglich.« Sie trommelte mit dem Fingernagel aufs Lenkrad. »Ich bin nicht verrückt. Ich weiß, dass das irrational ist.« Sie sah ihm ins Gesicht und wedelte mit den Händen in der Luft herum. »Und normalerweise bin ich ein sehr rationaler Mensch.«

»Ja. Das haben Sie bereits erwähnt.« Er beugte sich näher zu ihr und streckte den Arm quer über die Sitze, sodass er nur Zentimeter von ihrer Schulter entfernt war. Beth kämpfte gegen den Drang an, sich zurückzulehnen. »Erzählen Sie mir davon.«

»Wovon?« Die Nähe seiner Hand erzeugte einen Kurzschluss in ihrem Gehirn.

»Was ist auf dem Hausboot passiert?«

Jetzt hatte sie den Salat. Da sie davon angefangen hatte, konnte sie jetzt keinen Rückzieher machen. Immerhin hatte er getan, worum sie ihn gebeten hatte. Ein völlig Fremder. Wenn er sie auslachte, konnte sie ihn immer noch aus dem Auto werfen.

»Ich war noch klein«, begann sie, während sie sich die schmerzvollen Erinnerungen ins Gedächtnis rief. »Die besten Freunde meiner Großeltern hatten ein Hausboot auf dem Lake Tappan. Wir waren ein paarmal in den Sommerferien dort, und ich freute mich immer darauf.«

Kinderlachen klang in ihren Ohren. Ein Platschen und kurz darauf ein entzücktes Kreischen.

»Am Vatertagswochenende waren wir ziemlich weit draußen, weit weg vom Strand und der Badezone.« Sie ließ den Blick über die anderen Autos gleiten. *Bleib in der Gegenwart, Beth.* »Ein Schnellboot ist zu nah an uns vorbeigerast, und durch die Kielwelle neigte sich das Hausboot zu weit auf eine Seite. Meine beste Freundin Lily und ich spielten in der Nähe des Hecks.« Beth starrte auf das Lenkrad, dann platzte sie heraus: »Lily konnte sich festhalten, ich nicht.«

»Sie sind ins Wasser gefallen?«

»Ja. Lily streckte mir die Hand entgegen, aber ich ging unter.« Sie spürte einen Schmerz in der Lunge und rieb sich die Brust. »Ich weiß nicht, wie oft ich auf- und wieder untergetaucht bin. Irgendwann waren meine Beine zu müde zum Strampeln.«

Beth merkte erst, dass sie die Luft anhielt, als sie das Tuten der Fähre hörte. Sie sah den Mann rechts von sich an, als wäre er eben aus dem Nichts aufgetaucht.

»Entspannen Sie sich. Es ist alles in Ordnung.« In seiner Stimme lag nicht der erwartete Spott. »Wer hat Sie rausgezogen?«, fragte er mit Anteilnahme.

»Großvater. Er hörte Lily schreien und sah nach uns. Er zog mich am Kragen raus wie einen dummen kleinen Hundewelpen, der sich blindlings ins Wasser gestürzt hat.« Sie stieß den Atem aus und ließ die Schultern sinken. Plötzlich fühlte sie sich erleichtert. »Seitdem habe ich nie wieder den Fuß auf ein Boot gesetzt, auch wenn man mich anschrie und drängte und sagte, ich dürfe mich von meiner albernen Angst nicht davon abhalten lassen, Dinge zu tun.« Beth fixierte mit den Augen den Buchstaben H in der Mitte des Lenkrads und fuhr dann fort: »Ich konnte einfach nicht, aber das hat keiner verstanden. Bis heute versteht es keiner.«

Beth verstummte und wartete darauf, dass er sie belehrte, im Leben gebe es nun mal Risiken und man dürfe sich von seiner Angst nicht unterkriegen lassen.

»Kümmern Sie sich nicht um die«, sagte er.

»Was?« Beth schüttelte verwirrt den Kopf. »Um wen soll ich mich nicht kümmern?«

»Um all die, die Ihnen das Leben schwermachen. Ist doch egal, was die anderen denken.«

Sie glaubte sich verhört zu haben. Was die anderen dachten, war egal? So ein Quatsch. »Natürlich ist es wichtig.«

»Nein, ist es nicht.« Dozer steckte den Kopf zwischen die Sitze, als spürte er, dass ein Streit im Anzug war. Sein Besitzer kraulte ihn hinter dem Ohr, ohne den Blick von Beth abzuwenden.

Da Beth die Vorstellung fremd war, nichts auf das Urteil anderer zu geben, wechselte sie lieber das Thema. »Wie dem auch sei. Wenn ich die Panikattacken irgendwie abstellen könnte, würde ich es tun. Aber es geht nicht, und deshalb meide ich Boote.«

»Bis jetzt.« Er grinste, und auf seiner Wange bildete sich ein neckisches kleines Grübchen.

»Bis jetzt was?« Dieses Grübchen hätte jede Frau schwach gemacht.

»Na, Sie sind doch auf einem Boot.« Er schüttelte den Kopf. »Jetzt haben Sie mich dazu gebracht, es auszusprechen. Sie sind auf einer Fähre, auf Anchor Island muss Sie also etwa Wichtiges erwarten.«

»Etwas sehr Wichtiges.« Sie überlegte, wie viel sie ihm erzählen sollte. Was, wenn er die Dempseys kannte? Was, wenn er ihnen erzählte, dass er sie auf der Fähre kennengelernt hatte und sie eine Spinnerin war? Sie biss sich auf die Unterlippe und sah zu ihm hinüber. Seine vollen Lippen kräuselten sich, und sie biss noch fester zu.

Besser, sie brachte erst noch mehr über ihn in Erfahrung, bevor sie selbst aus der Deckung ging. »Sie leben also auf der Insel. Ihre Familie auch?«

»Meine Eltern.«

»Und Ihre Geschwister?«

»Nein. Mein Bruder wohnt in Richmond.« Bei Beth schrillten die Alarmglocken. »Aber er kommt dieses Wochenende. Präsentiert der Familie seine neueste Errungenschaft.«

»Wie bitte?«

»Seine Verlobte. Er bringt sie mit, um sie unseren Eltern vorzustellen.« Sein Gesicht verzog sich, als wäre ein Stinktier vorbeigelaufen. »Danach habe ich Ausschau gehalten, als Dozer Sie gefunden hat.«

»Nach Ihrem Bruder?«

»Nein, nach seiner Verlobten.«

Schöne Bescherung. »Hat sie auch diese Fähre genommen?«

Er zuckte die Achseln und sah aus dem Fenster. »Ich habe nicht die leiseste Ahnung. Sie wird wohl so eine knallharte, aufgedonnerte blonde Tussi mit einem schicken Auto sein.«

Beth setzte sich aufrecht. »Sie sind ihr noch nie begegnet?«

»Nein, aber wie ich Lucas kenne, wird die Beschreibung zu ihr passen.«

»Lucas?« Das konnte doch nicht wahr sein.

»Ja, mein kleiner Bruder.«

O nein, bitte nicht.

Kapitel 2

Beth zog im Geist ein Resümee ihrer Situation, in der Hoffnung, ihr fiele irgendeine Art von Plan ein. Ihr zukünftiger Schwager, den sie seit mehreren Minuten anschmachtete, saß auf ihrem Beifahrersitz und ließ sich nicht gerade wohlwollend über die Verlobte seines Bruders aus – eine Frau, die er noch nicht einmal kannte, die sich jedoch ohne sein Wissen direkt neben ihm befand.

Aber wie sie es auch drehte und wendete, eins war klar: Es konnte nichts Gutes dabei herauskommen, wenn sie sich jetzt zu erkennen gab. Ein Blick durch die Windschutzscheibe zeigte ihr, dass sie bald anlegen würden.

»Sieht so aus, als wären wir fast da«, sagte sie, ohne sich anmerken zu lassen, wie erleichtert sie beim Anblick des Ufers war. »Sie sollten sich besser auf den Weg zurück zu Ihrem Auto machen.«

»Geht es Ihnen auch wirklich gut?«, fragte er, auf einmal wieder der besorgte, freundliche Mitmensch.

»Ja, vielen Dank. Ich glaube, ab jetzt komme ich klar.« Sie hatte zwar Herzklopfen bei dem Gedanken, allein mit dem Auto von der Fähre herunterfahren zu müssen, aber dann führte sie sich die Alternative vor Augen – ihm zu sagen, wer sie war –, und die Panikattacke verlor ihren Schrecken.

»Sie haben mir gar nicht erzählt, was Sie auf Anchor Island so Wichtiges erwartet, dass Sie sich auf diese Fähre gewagt haben.« Wieder ließ sein Grübchen Schmetterlinge in ihrem Bauch flattern.

Auf Werbeplakaten würde dieses Grübchen tagtäglich Scharen von Frauen auf die Insel locken.

»Nur ein Besuch«, sagte sie. Da sie eine schlechte Lügnerin war, vermied sie es dabei, ihm in die Augen zu sehen.

»Ich könnte Ihnen die Insel zeigen«, bot er an.

»Danke, aber ich werde nicht allein sein.« Das war keine Lüge, trotzdem wurden ihre Gewissensbisse immer schlimmer. Vielleicht sollte sie ein bisschen Werbung in eigener Sache machen. »Sie glauben also, dass Ihnen seine Verlobte unsympathisch sein wird? Ist das nicht ein bisschen unfair? Sie kennen sie doch noch gar nicht.«

»Vielleicht ist sie ja auch ganz in Ordnung«, räumte er ein. »Immerhin arbeitet sie als Anwältin in Lucas' Firma, gut möglich, dass ich mich mit meiner Einschätzung täusche.« Er rieb sich die Stirn. »Es ist nur so, ich kenne meinen Bruder. Für ihn ist das ganze Leben ein Spiel.«

»Ein Spiel?«

»Ja. Nach dem Motto: ,Wer den meisten Krempel hat, gewinnt.'«

Beth dachte an die nagelneuen Golfschläger, die Lucas voriges Wochenende gekauft hatte und die jetzt zwischen der unbenutzten Taucherausrüstung und der Schachtel mit den nach wenigen Monaten ausgemusterten Handys ihren Platz gefunden hatten.

Die Beschreibung hatte etwas für sich, aber Beth sah Lucas lieber als aktiven Menschen mit einem Faible für den neuesten technischen Schnickschnack. Nicht als hohl und materialistisch.

»Und Sie sehen das Leben anders?«

»Ich brauche nicht mehr zum Leben als meine Insel, mein Boot und meinen Hund.«

Schlichte Wünsche, die ihre Bewunderung hervorriefen. Vielleicht sogar eine Sehnsucht in ihr weckten. »Klingt nach einem schönen Leben.«

Er machte große Augen. »Das sehen die meisten Leute anders.«

»Wie Sie vorhin gesagt haben: Kümmern Sie sich nicht um die.« Seine überraschte Miene war fast schon drollig. Wieder tutete es, und Beth legte sich die Hände über die Ohren. »Was zum Teufel ist das?«, fragte sie.

»Das bedeutet Land in Sicht. Wir legen gleich an.« Lucas' Bruder stieg aus dem Auto. Bevor er ging, steckte er noch einmal den Kopf durch das Beifahrerfenster. »Übrigens, ich heiße Joe. Joe Dempsey. Mein Angebot, Ihnen die Insel zu zeigen, bleibt bestehen. Bringen Sie Ihren Freund ruhig mit.«

»Ich glaube nicht, dass das …«

»Überlegen Sie es sich einfach«, fiel er ihr ins Wort. »Wenn Sie Ihre Meinung ändern, fragen Sie sich durch. Irgendjemand weiß schon, wo ich zu finden bin.«

Wieder tutete es. »Danke, dass Sie mir Gesellschaft geleistet haben«, sagte sie in der Hoffnung, ihn bei ihrer ersten offiziellen Begegnung milde zu stimmen, wenn sie sich jetzt freundlich und dankbar zeigte.

»Gern geschehen«, entgegnete er und entblößte beim Lächeln seine blendend weißen Zähne, die durch den gebräunten Teint noch heller wirkten.

Beth fragte sich, wie zwei Brüder so unterschiedlich sein konnten, dann fiel ihr wieder ein, dass die beiden nicht blutsverwandt waren. Lucas' Mutter hatte Joes Vater geheiratet, als die beiden noch kleine Jungen gewesen waren.

»Na dann.« Beth ließ den Wagen an, woraufhin Dozer vom Rücksitz aufsprang. »Hat mich gefreut, deine Bekanntschaft zu machen, Dozer.«

Der Hund hechelte ihr ein paar Sekunden lang ins Ohr, dann leckte er ihre rechte Gesichtshälfte ab.

»Das reicht jetzt, Dozer«, sagte Joe und öffnete ihm die Vordertür. »Auch wenn es nicht so aussieht, aber das dürfen Sie als Kompliment werten. Er mag nicht allzu viele Leute.«

Während Beth sich mit dem Ärmel den Sabber vom Gesicht wischte, versuchte sie zu lächeln. Vergeblich. »Super. Ich möchte nicht sehen, was er mit denen anstellt, die er nicht mag.«

»Wenn er jemanden nicht mag, kommt derjenige nicht nah genug an ihn heran, um es herauszufinden.« Joe schloss hinter dem Hund die Autotür. Beth holte ein Papiertaschentuch aus ihrer Tasche, um sich den Sabber aus dem Ohr zu wischen. »Wie war noch mal Ihr Name?«

Sie erwog, ihn anzulügen. Er wusste bestimmt, wie die Verlobte seines Bruders hieß. »Beth«, sagte sie. Das war quasi die Wahrheit, nur etwas zurechtgestutzt. Vielleicht würde er den Zusammenhang nicht herstellen.

»Beth. Das passt zu Ihnen.« Wieder leuchtete ihr das Grübchen entgegen und raubte ihr den Atem. »Wir laufen uns bestimmt mal über den Weg.« Oh, er wusste ja nicht, wie bald schon. Mit einem Winken ging er davon, gefolgt von einem orangefarbenen Schatten.

Während er zwischen den Autos verschwand, konnte Beth nicht umhin, einen Vergleich zwischen den beiden Brüdern anzustellen. Lucas war schlank, aber durchtrainiert, er hatte den Körper eines Läufers. Joe dagegen ähnelte eher den Kampfsportathleten, die in dem Fitnessstudio in der Nähe ihrer Wohnung trainierten.

Joes Kleider waren abgetragen, seine Jeans am Saum ausgefranst. Lucas hätte eher seine Kreditkarte überzogen, als irgendetwas zu tragen, das auch nur den Hauch von ausgefranst war.

»Den guten ersten Eindruck habe ich wohl verpatzt.« Seufzend versuchte sie, es positiv zu sehen. »Vielleicht lachen wir ja irgendwann mal drüber.« Aber irgendwie wurde sie den Verdacht nicht los, dass eher die Sonne im Osten untergehen würde, als dass Joe Dempsey darüber lachte, wenn er wie ein Idiot dastand.

Sie musste sich einfach doppelt anstrengen, um seine Sympathie zu gewinnen. Koste es, was es wolle, bevor Beth Anchor

Island wieder verließ, würde Joe Dempseys Meinung von der Verlobten seines Bruders erheblich positiver ausfallen.

*

Auch drei Stunden nach Anlegen der Fähre gingen Joe Dempsey Beths wilde Lockenmähne und ihre jadegrünen Augen nicht aus dem Sinn. Auf der Suche nach Lucas' Tussi wäre ihm das braunhaarige Mädchen in dem blauen Honda Civic niemals aufgefallen, wäre Dozer nicht zu ihr ins Auto geklettert. Als sie Joe gebeten hatte, ihr Gesellschaft zu leisten, hatte er sich ziemlich gute Chancen bei ihr ausgerechnet.

Und dann hatte sie nur reden wollen. Nicht gerade seine Stärke.

Wenn sie Ablenkung brauchte, wären Joe ein Dutzend bessere Dinge eingefallen. Nicht dass er die an Ort und Stelle ausprobiert hätte, noch dazu bei einer Wildfremden. Aber er hoffte, seine Fährenbekanntschaft würde nicht lang eine Fremde für ihn bleiben.

Zu dumm, dass er ihren Nachnamen nicht wusste, den Namen Beth gab es ziemlich häufig. Aber das war einer der Vorteile, wenn man auf einer kleinen Insel wohnte – irgendwann würden sie sich unweigerlich über den Weg laufen.

Vielleicht hätten sie sich ja gleich noch verabredet, wenn er nicht angefangen hätte, von seiner Familie zu erzählen. Welcher Teufel hatte ihn da nur geritten?

Die Antwort darauf war leicht. Es lag an seinem kleinen Bruder. Seit Patty verkündet hatte, dass Lucas seine Verlobte mitbringen würde, fürchtete sich Joe vor diesem Tag. Er war nicht immer einer Meinung mit seinem Bruder – verdammt, er war eigentlich nie einer Meinung mit seinem Bruder –, aber er wollte trotzdem, dass Lucas glücklich war.

Wenn Lucas sich seine Verlobte nach den gleichen Kriterien aussuchte wie alles andere, würde sie kostspielig, elegant und teuer im Unterhalt sein. Die Art Frau, die Hackfleisch aus ihm machen und ihm die Hälfte seines Vermögens abknöpfen würde. Wenn er Glück hatte.

Joes knurrender Magen erinnerte ihn daran, dass er zu spät zum Essen kam. Patty würde ihm den Kopf waschen, heute Abend fand nämlich das große Kennenlernen statt. Die Gelegenheiten, bei denen er sich verspätete, waren die einzigen, an denen er wünschte, sie hätten hier auf der Insel Handy-Empfang.

Als er den Jeep auf der Kiesfläche zwischen seinem und dem Haus seiner Eltern parkte, entschied Joe, Dozer im Wagen zu lassen, während er Patty Bescheid gab, dass er zurück war, um dann zu Hause kurz unter die Dusche zu springen. Sid und er hatten die Ventile neu eingestellt und waren völlig ölverschmiert. Seine Kleider stanken derart nach Diesel, dass es selbst Joe zu viel war.

Zwei Stufen auf einmal nehmend, sprang er die Treppe hinauf und ging um die Veranda herum zur Küche. »Ich komme zu spät, ich weiß«, sagte er, während er die Tür aufriss, »aber ich muss nur noch schnell duschen, dann bin ich bei euch.«

Die letzten Worte hingen noch in der Luft, als er ungläubig stehen blieb. Was zum ...

»Du hast wirklich eine Dusche nötig.« Seine Stiefmutter wedelte mit einem Geschirrtuch in der Luft herum. »Hast du auf dem Boot gearbeitet oder dich in einer Diesellache gewälzt?«

Grüne Augen, blasser Teint und karamellbraune Locken, mehr nahm Joe nicht wahr. Die Kleine von der Fähre stand mitten in Pattys Küche an der Kochinsel, ein Gemüsemesser in der Hand und ein Schneidebrett vor sich auf der Arbeitsplatte. Sie besaß die Frechheit, einen unschuldigen Blick aufzusetzen.

Ach du heilige Scheiße.

»So dreckverschmiert, wie du bist, solltest du deiner zukünftigen Schwägerin eigentlich nicht gegenübertreten. Den ersten

Eindruck hast du schon mal vermasselt.« Patty wusste gar nicht, wie recht sie hatte. »Joe, das ist Lucas' Verlobte, Elizabeth Chandler. Elizabeth, das ist Lucas' älterer Bruder, Joe.«

»Elizabeth?« Würde sie zugeben, dass sie sich bereits kannten?

Beth trat zu ihm. »Hallo, Joe. Freut mich, dich kennenzulernen.«

Na schön, sie wollte es auf diese Art spielen. Er ergriff mit seiner öligen Hand ihre blassen Finger. »Die Freude ist ganz meinerseits.«

Bestimmt hätte sie sich nur allzu gern die Hand abgewischt, als sie seine losließ, aber sie konnte ja schlecht ihr schickes Outfit ruinieren. Warum nur waren ihm zuvor ihre stockkonservativen Anwaltsklamotten entgangen?

Weil du sie dir ohne Kleider vorgestellt hast, Blödmann.

»Lucas hat mir schon viel von dir erzählt«, sagte sie.

»Komisch, von dir wissen wir so gut wie nichts. Ich dachte irgendwie, du wärst blonder.«

»Sei mal ein bisschen netter, Joe. Das ist doch keine Art, sie in der Familie willkommen zu heißen.« Patty trat neben Beth. »Schneidest du noch die restlichen Tomaten auf? Dann stellen wir sie in den Kühlschrank, bis die Burger fertig gebraten sind.«

Beth tat wie geheißen und schenkte Joe zum Abschied ein Lächeln.

Immer schön lächeln, Beth. Aus der Nummer bist du noch längst nicht raus.

»Ab mit dir unter die Dusche, und wenn du wiederkommst, hast du hoffentlich ein bisschen Charme zusammengekratzt. Schick mir Dozer rein, dann füttere ich ihn schon mal, während du dich frisch machst.«

»Gut, ich bin in zehn Minuten zurück.« Stinksauer knallte Joe die Küchentür zu und gab Patty damit einen weiteren Grund, ihm den Kopf zu waschen, wenn sie sich unter vier Augen sahen.

Lucas' Verlobte hatte sich als noch schlimmer entpuppt als erwartet. Eine blonde Tussi hätte Joe einer Lügnerin allemal vorgezogen.

*

Wäre Joes kühler Empfang nicht gewesen, hätte Beth sich im Haus der Dempseys auf Anhieb wohlgefühlt. Der offene Wohn- und Essbereich spiegelte beide Elternteile wider: Die hintere Wand wurde komplett von einem stabilen Bücherregal eingenommen, groß und mächtig wie der Familienpatriarch Tom. Die Ausstattung hingegen war ganz Patty: warm, einladend, voller Farbe und Charme.

Als sie sich zum Abendessen niederließen, saß Beth neben Lucas und damit genau gegenüber von Joe. Wenn der Bruder ihres Verlobten nicht durch sie hindurchsah, starrte er sie an, als wollte er ihr einen scharlachroten Buchstaben auf die Stirn brennen.

»Lucas hat erzählt, dass du in der Kanzlei arbeitest, Elizabeth«, sagte Patty. »Mit welchen Fällen hast du zu tun?«

»Ich bearbeite keine ...«, begann Beth, doch Lucas schnitt ihr das Wort ab.

»Elizabeth erledigt Recherchearbeiten und ist verdammt gut in ihrem Job.« Er legte ihr den Arm um die Schultern und zog sie an sich. »Aber ich versuche sie davon zu überzeugen, in die erste Reihe zu treten und direkt mit Mandanten zusammenzuarbeiten.«

»Was bedeutet Recherche?«, wollte Tom wissen. »Etwa dass du die ganze Arbeit machst und die anderen Anwälte vor Gericht damit die Lorbeeren ernten?«

Lucas hatte seinen Vater als großgewachsen beschrieben, eine passende Beschreibung, wenn man darunter ungefähr die Größe eines Leuchtturms verstand. Mit seinen ein Meter fünfundneunzig überragte Tom Beth um mindestens einen Kopf. Seine Augen waren von einem helleren Blau als die von Joe, aber er hatte das gleiche kantige Kinn und dichtes, welliges Haar. Beth konnte gut verstehen, dass Lucas' Mom sich in den gutmütigen Riesen verliebt hatte. Er zwinkerte, als hätte er einen Scherz gemacht, trotzdem ging Beth darauf ein.

»Die fehlende Anerkennung macht mir nichts aus. Ich tue es zum Wohl der Firma.«

»Das erklärt alles«, sagte Joe, sein erster Gesprächsbeitrag, seitdem sie sich zu Tisch gesetzt hatten. »Gegensätze ziehen sich tatsächlich an.« Dabei hielt er die Augen auf seinen Teller gerichtet, als würde er mit dem Besteck sprechen.

»Sehr witzig, Joe«, entgegnete Lucas, aber keiner lachte. »Elizabeth und ich haben vieles gemeinsam.«

Joe lehnte sich zurück und kaute seinen Bissen zu Ende, bevor er etwas darauf erwiderte. Beth spürte, wie die Atmosphäre zu knistern begann. »Ach, was denn zum Beispiel?«

Das hatte sie noch nie jemand gefragt, zumindest konnte Beth sich nicht daran erinnern. Lucas sah sie an und bewegte den Mund, ohne dass etwas herauskam. So gern sie ihm geholfen hätte, auch ihr wollte partout nichts einfallen.

Wie konnte das sein? Natürlich hatten sie vieles gemeinsam.

»Die Rechtswissenschaft«, antwortete Lucas schließlich. »Und die Kanzlei. Und wir haben den gleichen Musikgeschmack.« Das stimmte gar nicht, was sie ihm jedoch noch nie gesagt hatte, um ihn nicht zu verletzen. »Und wir bevorzugen beide Weißwein.«

Beth mochte eigentlich lieber Rotwein. Auch das hatte sie ihm bisher verschwiegen. Wenn sie ausgingen – was wegen Lucas' langer Arbeitszeiten selten genug vorkam –, bestellte Lucas immer für sie beide die Getränke.

Andererseits hatte Lucas sie auch nie gefragt, was sie gerne mochte. Er hatte immer ganz selbstverständlich angenommen, dass sie seinen Geschmack teilte. Und sie hatte ihn gewähren lassen. So war sie eben. Ihn in seinem Glauben zu lassen, schien so eine einfache Möglichkeit, ihn glücklich zu machen.

»Wir lieben beide das Stadtleben«, fügte er noch hinzu. Was sie anging, war das noch nicht entschieden. Sie wollte zwar nicht in ihre öde Kleinstadt zurück, aber Richmond empfand sie als hektisch, laut und anonym. Abgesehen von Lucas und ein paar anderen Kollegen hatte sie dort kaum Anschluss gefunden. Und das waren eher nur Bekannte. Sie hatte sich schon immer schwer damit getan, Freundinnen zu finden, und sich in einer Clique stets als Außenseiterin gefühlt.

»Und das Beste überhaupt: Wir wollen dasselbe.« Lucas schenkte Beth sein charmantes Lächeln, das ihr immer das Gefühl gab, etwas Besonderes zu sein. Natürlich wollten sie dasselbe. Lucas wollte als Anwalt Erfolg haben und Partner werden, und Beth wollte, dass Lucas glücklich war. Und das wiederum bedeutete, dass sie all das ebenfalls wollte.

»Verstehe«, meinte Joe und konzentrierte sich wieder auf sein Essen. »Ihr seid wie füreinander geschaffen.« Sein Sarkasmus blieb keinem der Anwesenden verborgen. Lucas sah aus, als wollte er einen Streit vom Zaun brechen, doch Beth legte ihm beschwichtigend die Hand auf den Arm. Sie aßen schweigend weiter, aber die Feindseligkeit in der Luft war so allgegenwärtig wie der Salzwassergeruch.

Lucas hatte ihr erzählt, dass Joe ein schwieriger Mensch sei. Seine genauen Worte waren »Joe ist ein Arschloch« gewesen, was Beth für eine Übertreibung gehalten hatte. Geschwister gingen eben ruppig miteinander um, das hatte sie zumindest gehört; als Einzelkind konnte Beth diesbezüglich keine eigenen Erfahrungen vorweisen. Aber wie sich herausstellte, hatte Lucas nicht im Geringsten übertrieben.

Joe war wirklich ein Arschloch. Er hatte nichts mit dem netten Kerl zu tun, den sie auf der Fähre kennengelernt hatte.

Beth gab den Pheromonen und ihrer verräterischen Libido die Schuld dafür, dass sie das Offensichtliche nicht gesehen hatte. Zu schade, dass sie sich ihm dort nicht als die geldgierige blonde Tussi zu erkennen gegeben und ihn in seine Schranken gewiesen hatte.

Sie hatte noch nie jemanden in seine Schranken gewiesen. Bei Joe bekam sie größte Lust dazu.

Den Rest der Mahlzeit richteten Patty und Tom ihre Fragen nur noch an Lucas, ignorierten Joe und waren offenbar darauf bedacht, Beth aus der Schusslinie zu halten. Sie war ihnen dankbar dafür, trotzdem konnte es sich ein gewisser Stinkstiefel nicht verkneifen, ihr immer wieder gehässige Blicke zuzuwerfen.

Sie hatte gedacht, sie würden vielleicht irgendwann einmal über ihre verkorkste erste Begegnung auf der Fähre lachen. Nach der kurzen Zeit, die sie Joe Dempsey kannte, hatte sie jedoch den Eindruck, dass Joe Dempsey nie über etwas lachte.

*

»Lass dir von Joe nicht die Laune verderben«, meinte Patty später beim Geschirrspülen.

»Wie bitte?«

Patty hielt einen Teller unter fließendes Wasser. »Irgendwann kriegt er sich schon wieder ein.«

Obwohl Patty nur ungefähr so groß wie Beth war, schien sie die Männer in ihrer Familie fest im Griff zu haben. Die kleine Person mit dem kurzen, kastanienbraunen Haarschopf und den kaffeebraunen Augen war ebenso schnell dabei, einen Rüffel auszuteilen wie jemanden in dem Arm zu nehmen: Beth hatte sie mit einer Umarmung willkommen geheißen; als Lucas zwei Stunden später ankam, hatte sie ihm zur Begrüßung einen Klaps auf den Hinterkopf gegeben, weil er seine Verlobte allein auf die lange Fahrt geschickt hatte.

»Er und Lucas ... sind so verschieden.« Beth stellte den trockenen Teller in den Geschirrschrank und nahm sich den nächsten vor. »Man glaubt kaum, dass sie Brüder sind.«

»Hat Lucas dir nicht erzählt, dass unsere Familie zusammengewürfelt ist?«

Beth wurde rot. »Doch. Tut mir leid. Ich wollte nicht ...«

»Du musst dich nicht entschuldigen. Ich möchte nur sichergehen, dass mein Junge dir gegenüber kein Geheimnis daraus macht.« Patty lehnte sich mit der Hüfte an die Küchentheke. »Lucas war drei, als sein Vater gestorben ist. Und fünf, als ich Tom geheiratet habe. Er hat sich in seiner neuen Familie sofort pudelwohl gefühlt.«

Lucas hatte das Talent, sich problemlos in jede Umgebung einzufügen, sei es bei den Reichen und Mächtigen oder bei den ganz normalen Leuten in der Kneipe an der Ecke. Es überraschte sie nicht, dass sein Weltvertrauen angeboren zu sein schien. »Lucas erzählt viel von Tom. Ich weiß, dass er ihn sehr gern hat.«

»Es war ein großes Glück für mich, Tom zu begegnen.« Patty sah aus dem Fenster über dem Spülbecken. »Erst hielt ich es für verrückt, nach Stevens Tod wieder mit einem Matrosen auszugehen. Aber nach unserer ersten Verabredung wusste ich, dass ich Tom Dempsey heiraten würde.« Als sie lächelte, sah man die Ähnlichkeit zwischen Mutter und Sohn. »Nach einem Monat hielt er um meine Hand an.«

»So schnell?«

»Wenn es passt, passt es eben.«

»Und Tom hatte Joe?«

Patty seufzte. »Joe war damals zehn und trauerte noch um seine Mutter. Er lehnte jeden ab, der versuchte, ihm nahezukommen. Natürlich war er nicht glücklich über seine neue Stiefmutter.«

Beth hatte Mitleid mit dem kleinen Jungen, der seine Mutter vermisste. Sie kannte das Gefühl.

»Irgendwann hat er sich damit abgefunden.« Die ältere Frau machte sich wieder daran, das Geschirr zu spülen. »Die Jungs mögen nicht blutsverwandt sein, aber sie haben zusammengehalten wie Pech und Schwefel, wie echte Brüder.«

»Warum hat sich das dann geändert? Lucas erzählt kaum von Joe, und wenn, dann nichts Gutes. Das scheint auf Gegenseitigkeit zu beruhen.« Allerdings war Joes Ablehnung heute Abend hauptsächlich gegen sie gerichtet. »Sag ruhig, wenn ich zu neugierig bin.«

»Du gehörst bald zur Familie. Du kannst alles fragen, was du willst.« Patty reichte ihr einen weiteren nassen Teller. »Die Jungen haben sich in verschiedene Richtungen entwickelt. Manchmal ist es schwer zu begreifen, warum das, was dem einem so wichtig ist, dem anderen nichts bedeutet. Klingt das irgendwie nachvollziehbar für dich?«

Beth hatte immer das getan, was anderen wichtig war, deshalb war ihr die Vorstellung fremd, selbst über ihre Wünsche zu entscheiden. Außerdem hätte sie es nicht übers Herz gebracht, ihre Großeltern zu enttäuschen, wenn sie nicht das getan hätte, was sie sich für sie erträumten.

»Ich glaube, ich kann dir folgen.« Beth stellte den letzten Teller in den Schrank und sah sich nach Arbeit um. »Wo steht eure Mülltonne? Ich könnte noch den Abfall rausbringen.«

»Ja, danke. Neben dem Haus, ein Stück abseits der Veranda. Eine große schwarze Tonne.«

»Gut, ich bin gleich wieder da.« Beth schloss die Küchentür hinter sich und wartete einige Augenblicke, bis ihre Augen sich an die Dunkelheit gewöhnt hatten, damit sie im Finstern nicht von der Verandatreppe fiel. Sie hatte bereits genug Unheil angerichtet, es musste nicht auch noch eine Fahrt zur Notaufnahme dazukommen. Gab es auf dieser Insel überhaupt ein Krankenhaus?

»Hallo, Elizabeth«, hörte sie eine Stimme aus dem Dunkel. Beth erstarrte. Der Augenblick der Wahrheit war gekommen.

Kapitel 3

Es war Beth ein Rätsel, wie es Joe schaffte, dass ihr Name sich wie eine Beleidigung anhörte, und es gefiel ihr nicht. Sie folgte dem Klang seiner Stimme. Er lümmelte ein paar Meter links von ihr in einem Gartenstuhl, die Beine ausgestreckt, die Knöchel gekreuzt, ein Bier in der Hand. Dozer hatte sich auf den Stuhl neben ihm gepflanzt und wirkte erfreuter als sein Besitzer, sie zu sehen.

»Hallo, Joe.« *Sei nett zu ihm, Beth. Er gehört bald zu deiner Familie.* »Darf ich dir das von heute Nachmittag erklären?«

»Du meinst, warum du mich wie einen Idioten hast dastehen lassen? Oder warum du mich angelogen hast, wer du bist?«

»Ich habe nicht gelogen«, widersprach Beth und zählte bis zehn. Streiten brachte sie hier nicht weiter. Er musste ihre Sicht der Dinge verstehen.

»Ich wollte dir nicht sagen, dass ich die blonde Tussi bin, nach der du suchst, um dir ein Fettnäpfchen gleich zu Beginn unserer Bekanntschaft zu ersparen.«

Joe schnaubte. »Aha. Heißt du nun Beth oder Elizabeth? Bist du die treue Verlobte meines Bruders oder eine Frau, die fremde Männer in ihr Auto einlädt?«

Wie konnte er es wagen.

»Als ich jünger war, wurde ich Beth genannt, aber seit dem College heiße ich Elizabeth. Deine zweite Frage will ich überhört haben.« Sie stieg über Joes Füße hinweg zur Treppe und stampfte die Stufen hinunter, um die Mülltonne zu suchen. Zu schade, dass sie ihn nicht zusammen mit dem Abfall entsorgen konnte.

Als sie zurückkam und bereits an der Tür war, richtete Joe erneut das Wort an sie. »Was ist dir lieber?«

»Wie bitte?«

Joe beugte sich vor, die Ellbogen auf die Knie gestützt. »Was ist dir lieber? Beth oder Elizabeth?«

Sie überlegte. Bei Beth hatte sie das Bild eines jungen, barfüßigen Mädchens mit wilden Haaren und schlichten Träumen vor Augen. Eines Mädchens, das sie kaum mehr wiedererkannte, aber auf einmal vermisste.

»Beth. Beth mag ich lieber.«

»Gut. Ich auch. Klingt nicht so zickig.«

Sie konnte sich nur mit Mühe im Zaum halten. »Soll ich das etwa als Kompliment nehmen?«

»Nimm es, als was du willst.« Er wedelte mit der Bierflasche in ihre Richtung. »Wo ist eigentlich der Ring?«

Beth blickte auf ihren nackten Ringfinger. »Er muss noch enger gemacht werden.«

»Wie praktisch.«

Jetzt reichte es ihr endgültig. »Als Lucas mir von dir erzählt hat, dachte ich, er übertreibt. Aber er hatte recht. Du bist wirklich ein Arschloch.«

Mit diesen Worten stürmte Beth ins Haus. Sie war sich sicher, dass sie noch nie jemanden auch nur im Ansatz so verabscheut hatte wie Joe Dempsey.

*

Eins musste Joe Lucas lassen, diesmal hatte er etwas an Land gezogen, wogegen Joe nichts einzuwenden hatte. Und dieses Etwas war Beth Chandler. Warum konnte sie nicht das blonde, materialistische Miststück sein, das Joe erwartet hatte? Statt dieser sexy Wildkatze mit den aufregenden Kurven, die ihn gerade als Arschloch bezeichnet hatte?

So hatte ihn seit über zwei Jahren keine Frau mehr genannt. Er musste unwillkürlich lächeln. Joe hatte zwar nicht die geringste Lust, sich noch einmal zu verloben, aber wenn doch ...

Verflucht noch mal.

Dieser Abend schrie nach mehr Bier, und das wollte er sich ohne Gesellschaft genehmigen. Er würde sich von den anderen verabschieden, Patty eine Entschuldigung dafür ins Ohr flüstern, dass er so unausstehlich gewesen war, und nach Hause gehen.

»Muss das wirklich sein?«, hörte er Beth sagen, als er ins Haus ging.

»Die Staatsanwaltschaft hat neue Beweise beigebracht, und der Richter hat den Prozess um eine Woche vertagt«, antwortete Lucas. »Natürlich will ich nicht fahren, aber ich muss.« Lucas zog Beth an sich. »Deswegen sind wir mit zwei Autos angereist, schon vergessen? Weil wir wussten, dass das passieren könnte.«

»Wir sind doch gerade erst angekommen ...«

»Du schaffst das auch ohne mich. Meine Eltern haben dich jetzt schon ins Herz geschlossen, genau wie ich es erwartet habe. Genieß einfach ein paar Tage Urlaub am Strand, und ich bin wieder da, so schnell ich kann. Versprochen.«

Beth trat einen Schritt zurück. »Aber es sollte unser gemeinsamer Urlaub sein, nicht meiner. Eine Gelegenheit für uns, Zeit miteinander zu verbringen. Seit wir verlobt sind, hast du ununterbrochen gearbeitet.«

Sie hatte ganz recht, dachte Joe. Welcher Mann ließ seine Verlobte wegen seines Jobs sitzen?

Lucas zog Beth erneut an sich und schlang seine Arme um ihren Nacken. »Wenn dieser Prozess vorbei ist, haben wir jede Menge Zeit füreinander. Ich mache es wieder gut. Wir gehen in dieses Steakhaus, das du so magst. Zu Hause reserviere ich gleich einen Tisch für uns.«

Ein schönes Abendessen als Ausgleich für einen verpatzten Urlaub? Sie zog mal wieder den Kürzeren.

»Jetzt lächle doch mal«, bettelte Lucas. »Mach mir kein schlechtes Gewissen.«

Beth lächelte, aber sogar Joe erkannte von seinem Platz aus, dass es nicht von Herzen kam. Er konnte es ihr nicht verdenken. Lucas setzte eindeutig die falschen Prioritäten, und er hatte Glück, dass seine Verlobte nicht auf die Barrikaden ging und Ansprüche stellte, wie manch andere Frau es getan hätte.

Die beiden hatten seine Anwesenheit noch nicht bemerkt, und weil er nicht wie ein Spanner dastehen wollte, hüstelte Joe, als Lucas sich vorbeugte, um Beth zu küssen. »Was ist passiert?«

Die beiden sahen zu ihm. »Ein Anruf von der Kanzlei«, erklärte Lucas. »Sie haben vergeblich versucht, mich auf dem Handy zu erreichen, und mussten sich von meiner Sekretärin Moms Nummer besorgen. Nicht zu fassen, dass ihr hier auf der Insel immer noch keinen Handy-Empfang habt. Gibt es Pläne, einen Mobilfunkmast aufzustellen?«

»Nein«, sagte Joe. Lucas hatte die Vorstellung noch nie gefallen, vom Rest der Welt abgeschnitten zu sein. Gott bewahre, er könnte ja etwas verpassen.

Lucas seufzte. »Ein Verfahren, an dem ich arbeite, droht zu platzen, deswegen muss ich gleich morgen früh zurück.« Er trat zu Joe. »Elizabeth bleibt hier. Und sie wird eine schöne Zeit haben, ja?«

Sein kleiner Bruder drohte ihm. Das war mal etwas Neues. Joe zuckte die Achseln. »Klar. Patty kümmert sich schon um sie.«

»Sie ist hier, um die ganze Familie kennenzulernen, nicht nur Patty. Ich hätte gern, dass sie mich nach unserem Besuch hier immer noch heiraten will, verstanden?«

Joe senkte die Stimme. »Wenn sie ihre Meinung ändern sollte, dann ganz bestimmt nicht meinetwegen.« Mit diesen Worten ging er in die Küche.

Patty und sein Dad standen am Spülbecken, und Joe wusste, dass sie die Unterhaltung im Wohnzimmer mitbekommen hatten. Alles, bis auf seinen letzten Satz. Als er zu ihnen trat, verstummten sie.

»Ich geh dann mal. Die Burger waren super, Dad, wie immer.«

»Das kann ich von deiner Gesellschaft nicht gerade behaupten.«

Joes Schultern spannten sich an. »Das hat mir Patty heute mit ihren Blicken schon mehr als deutlich zu verstehen gegeben, spar dir deine Vorwürfe. Ich habe mich blöd benommen. Tut mir leid.« Joe warf seine leere Bierflasche in den Wertstoffeimer. Als er wieder aufsah, starrten ihn die zwei wichtigsten Menschen in seinem Leben so entgeistert an, als wäre ihm auf der Stirn ein drittes Auge gewachsen. »Was ist?«

»Wer bist du, und was hast du mit Joe angestellt?«, fragte seine Stiefmutter. Er wäre verärgert gewesen, hätte sie dabei nicht geschmunzelt.

»Sehr witzig.

»Patty, ich glaube, unser Junge wird erwachsen«, meinte sein Dad.

»Mit der Nummer solltet ihr irgendwo auftreten«, sagte Joe und schloss die Küchentür hinter sich.

*

Als Beth Lucas am nächsten Morgen zum Auto begleitete, gab sie sich tapfer. »Zu schade, dass du schon wieder weg musst.«

»Ich bin auch nicht gerade erfreut, aber es geht eben nicht anders«, entgegnete Lucas und legte den Arm um sie. Vielleicht ging es wirklich nicht anders. Diese Fälle waren wichtig für seine Karriere. »Ich komme so schnell wie möglich zurück, aber wenn die Beweise wirklich so erdrückend sind, wie es scheint, dauert es womöglich eine Woche, alles wieder glattzubügeln.«

»Kann das denn wirklich kein anderer übernehmen? Was ist mit Miller? Oder Bainbridge? Sie sind länger in der Firma als du.«

Lucas küsste sie auf den Scheitel. »Ich gelte im Team als die Bulldogge, und in diese Beweise muss man sich so richtig reinverbeißen.« Er schob ihr Kinn sanft mit dem Finger nach oben, bis sich ihre Augen begegneten. »Wenn ich Partner werden will, muss ich die großen Prozesse gewinnen. Wir haben doch darüber gesprochen, dass wir Opfer bringen müssen.«

Das hatten sie. Und Beth hatte Verständnis gezeigt. Partner zu werden war sein Traum, und sie musste ihn unterstützen. Wenigstens bekam sie ihn im Büro täglich zu Gesicht. Ein paar Abende unter der Woche ohne ihn brachten sie nicht um.

»Tut mir leid. Ich sollte dich nicht so unter Druck setzen.« Es war ja nicht so, dass ihm der Job wichtiger war als sie. Sie würde klarkommen. »Pass auf dich auf, und ruf mich an, wenn du da bist, damit ich weiß, dass du gut angekommen bist.«

»Du bist süß, wenn du mich so bemutterst.« Als er sie anlächelte, dachte Beth: Was für ein Jammer, dass er nicht Joes Grübchen hat.

Wie kam sie jetzt darauf?

»Ich muss los.« Ein Küsschen auf den Mund, dann kletterte Lucas in den Wagen. »Vor Williamsburg werde ich im Stau stehen, trotzdem bin ich gegen zwei im Büro. Lass dich von Joe nicht schikanieren. Er wird sich eine Weile wie ein Idiot benehmen, aber irgendwann wickelst du ihn schon um den Finger. Wenn er sich nach ein paar Tagen nicht eingekriegt hat, ruf mich an, dann lasse ich Mom auf ihn los.«

Wie aufs Stichwort tauchte Patty neben Beth auf. »Mach dir wegen Elizabeth keine Sorgen, wir kümmern uns um sie. Pass auf dich auf und ruf uns an, wenn du angekommen bist.«

Lucas warf Beth ein Lächeln zu, das zu sagen schien: »Was habe ich gesagt? Bemuttern.« Beth und Patty machten Platz, damit er die Autotür schließen konnte, und kurz darauf war sein BMW in der Ferne verschwunden. Beth blieb allein mit ihren künftigen Verwandten auf einer winzigen Insel zurück, um sie herum nur Wasser und Boote. Das Einzige, was ihr aus den Albträumen ihrer Kindheit jetzt noch fehlte, war der schwarze Mann.

»Da seid ihr ja«, sagte Joe und trat auf sie zu.

Jetzt war der Albtraum perfekt.

»Ich will mit Sid eine Testfahrt mit dem Boot machen, und ich weiß nicht, wann wir zurück sein werden. Kann ich Dozer heute bei euch lassen?«

Patty tat entrüstet, als der Hund sich an ihre Beine schmiegte, doch ihre gegenseitige Zuneigung war unverkennbar. »Sonst gerne, bloß heute muss ich im Restaurant die Tische fürs Mittagessen decken. Es ist schon ziemlich viel los, und Daisy besucht ihre Großmutter in Norfolk.«

»Nicht so schlimm.«

»Ich kann auf ihn aufpassen«, bot Beth an. Auch wenn sie Joe nicht mochte, sie musste ihn für sich gewinnen. Sich bei seinem Hund einzuschmeicheln, könnte ein guter Anfang sein. Sie hatte seit über zehn Jahren keinen Hund mehr gehabt, und auch noch nie einen von der Größe eines Ponys, aber es war bestimmt nicht so schwer.

»Du willst auf Dozer aufpassen?«

Beth zuckte die Schultern. »Du hast gesagt, er mag mich.«

Patty warf ihr einen überraschten Blick zu. »Dozer mag dich? Wann habt ihr euch denn angefreundet?«

Joe legte den Kopf auf die Seite und überließ es ihr, den Schnitzer auszubügeln. Mist. Sie konnte ihre zukünftige Schwiegermutter doch nicht anlügen, oder?

»Ähm ... gestern Nacht, als ich den Müll rausgebracht habe. Joe und Dozer waren auf der Veranda, und da haben wir uns ein bisschen beschnuppert.« Als Joe eine Augenbraue hob, fügte sie noch hinzu: »Dozer und ich. Dozer und ich haben uns ein bisschen beschnuppert.«

Nach Bestätigung suchend, sah Patty von Beth zu Joe. Joe ging nicht darauf ein. »Ich muss los. Sid wartet schon.« Zu Beth sagte er: »Ich habe ihn schon gefüttert, er braucht also bis zum Abendessen nichts mehr. Willst du mit ihm spazieren gehen?«

Jetzt war es an Beth, verwirrt zu sein. »Wohin denn? Ich kenne mich doch hier auf der Insel gar nicht aus.«

»Ich gebe dir eine Karte«, bot Patty an. »Wir haben für Touristen immer welche im Haus. Obwohl man sich hier kaum verirren kann, der Ort besteht aus nicht viel mehr als drei Kilometer Sand.« Dann wandte sie sich an Joe. »Jetzt, wo Lucas fort ist und im Restaurant solcher Betrieb herrscht, musst du Elizabeth die Insel zeigen. Sie soll nicht die ganze Zeit hier allein verbringen.«

»Ich habe auch eine Firma, um die ich mich kümmern muss, weißt du.«

Beth fühlte sich wie das neu eingezogene Mädchen, das den Nachbarsjungen zum Spielen eingeladen und sich eine Abfuhr geholt hatte. Na schön, sie hatte auch keine Lust, mit ihm zu spielen. »Schon gut, wirklich. Es macht mir nichts aus, allein die Gegend zu erkunden.«

»Fahr doch mal mit ihr mit dem Boot raus«, sagte Patty, beide ignorierend.

»Nein!« Das kam viel lauter heraus, als Beth beabsichtigt hatte. »Ich meine, ich möchte niemandem zur Last fallen. Und ich mag Boote nicht besonders.«

»Das von Joe ist ziemlich groß, wenn du dir deswegen Sorgen machst.« Höchste Zeit, dieses Gespräch zu beenden, das konnte sie auch an Joes Miene ablesen.

»Wir müssen ja nichts überstürzen. Lucas kommt sicher bald zurück, und dann zeigt er mir alles.« Beth steuerte auf die Haustür zu.

»Ähm«, hüstelte Joe. »Hast du nicht etwas vergessen?«

Beth drehte sich suchend um. »Ich glaube nicht.«

Joe warf einen Blick zu Dozer.

»Oh, stimmt.« Über die Schulter rief sie: »Komm, Dozer. Suchen wir diese Landkarte und überlegen uns, was wir unternehmen könnten.«

*

»Und? Wie ist sie so?«

»Wer?«, fragte Joe. Er spielte den Ahnungslosen und vermied den Augenkontakt, während er die Leinen losmachte.

»Die Kaiserin von China, Scherzkeks. Du weißt, wen ich meine.«

Joe zuckte die Schultern. »Sie ist anders, als ich erwartet habe.«

Sid setzte sich auf die Bordwand und stellte die Stiefel auf die Sitzbank. »Keine blonde Tussi?«

»Weder blond noch eine Tussi.« Er beneidete seinen Hund zum wiederholten Mal, seitdem er ihn bei Beth gelassen hatte. Nicht dass er den Tag gern mit dieser schrecklichen Person verbracht hätte. Sie mochte nicht einmal Boote. Wer zum Teufel mochte keine Boote?

Und außerdem gab es da noch dieses winzige Detail, dass sie ihn Arschloch genannt hatte.

»Normalerweise mag ich deine kernige, schweigsame Seite, aber allmählich gehst du mir auf den Sack.« Sid verschränkte die Arme unter der Brust und zog die Augenbrauen nach oben.

»Was soll ich schon sagen? Sie hat braune Haare. Sie trägt schicke Klamotten und hat Angst vor Booten. Und vor dem Wasser. Würde mich überraschen, wenn sie die ganze Woche bleibt.«

»Du glaubst, sie wird ihn verlassen?« Joe ignorierte den hoffnungsvollen Klang in ihrer Stimme. Er wusste, dass Sid auf Lucas stand, hatte jedoch nicht die geringste Lust, darüber zu reden.

»Er ist schon weg.«

»Was?« Sid sprang leichtfüßig von der Bordwand. »Er ist weg? Aber er ist doch gerade erst angekommen.«

Joe machte sich daran, die nächste Leine zu lösen. »Die Kanzlei hat angerufen, und er musste sofort zurück. Ich hab nicht weiter nachgefragt.«

Sid folgte ihm zum Bug. »Und sie ist geblieben? Er hat sie hier allein gelassen?«

Als Joe stehen blieb, knallte Sid gegen seinen Rücken. »Sind wir jetzt bald durch mit dem Thema? Sie ist hier. Er nicht. Ende der Geschichte.«

»Na schön«, meinte Sid gereizt, weil er so zugeknöpft war. »Dann hat Patty sie jetzt also den ganzen Tag am Hals?«

»Nein, Patty muss arbeiten. Beth ist allein. Sie passt auf Dozer auf.«

Sid entglitt die Leine, die sie gerade aufgehoben hatte. »Sie passt auf Dozer auf?«

Joe hatte kaum gefrühstückt und jetzt bereits Kopfschmerzen. »Ja, sie passt auf Dozer auf. Was ist eigentlich mit dir los?«

»Was ist eigentlich mit *dir* los? Es hat ein ganzes Jahr gedauert, bevor deine Mutter auf Dozer aufpassen durfte. Und kaum setzt dieses Mädchen einen Fuß auf die Insel, ernennst du sie zu deiner Lieblings-Hundesitterin? Sie muss etwas an sich haben, das du mir bisher verschwiegen hast.«

»Sid.« Joe musste an sich halten, um nicht vor Wut seine Bootsmechanikerin über Bord zu werfen. »Ich habe jemanden gebraucht, der auf den Hund aufpasst. Sie hat sich angeboten. Er scheint sie zu mögen, und ich glaube nicht, dass sie ihn umbringen wird, also ist alles prima. Können wir jetzt endlich diesen verdammten Motor ausprobieren?«

Sid kniff die Augen zusammen, traktierte ihn jedoch nicht weiter mit Fragen. Gott sei Dank.

»Zu Befehl, Kapitän. Lassen wir den verdammten Motor an.«

Kapitel 4

Eine ganze Stunde lang studierte Beth eine Karte der Insel sowie mehrere Broschüren über die örtlichen Sehenswürdigkeiten. Für so einen winzigen Flecken Sand bot Anchor Island eine erstaunliche Vielfalt an Läden und Ateliers, in denen man stöbern konnte. Natürlich durften die üblichen T-Shirt- und Souvenirläden, die Bikinioberteile aus Kokosnüssen und Schneekugeln mit Strandmotiven verkauften, nicht fehlen, daneben fand man aber auch überraschend viele kleine Fachgeschäfte.

»Was würdest du mir empfehlen, Dozer?« Als der Hund seinen Namen hörte, drehte er sich um und spritzte Sabber auf die oberste Broschüre. »Okay, damit fällt das Blackbeard-Museum wohl flach.« Sie warf den nassen Flyer in den Papierkorb. »Die restlichen Broschüren sehe ich mir lieber hier auf der Küchentheke an, wo sie vor dir sicher sind.«

Bei der dritten wurde sie fündig. Ein Foto zeigte ein kleines knallblaues Haus, das sich unter tief herabhängenden Ästen duckte. Die Veranda war von hellrosa und fuchsiafarbenen Blumen umrankt und auf dem Geländer waren Blumentöpfe aufgereiht wie Vögel auf einer Stromleitung. Auf dem Firmenschild stand »Island Arts & Crafts«.

»Jetzt weiß ich, wo wir zuerst hingehen.«

Glücklicherweise hatte Patty das Haus der Dempseys auf der Karte eingezeichnet. Beth sah, dass sie nur einmal links und zweimal rechts abbiegen musste, um zu dem Kunstgewerbeladen zu gelangen, und sie rechnete aus, dass es eine Strecke von ungefähr anderthalb Kilometern war. Sie überlegte, das von Patty angebotene Fahrrad zu benutzen, entschied sich dann aber, zu Fuß zu gehen. Ihre zukünftige Schwiegermutter hatte ihr versichert, der Hund brauche keine Leine. Hoffentlich strafte Dozer sie nicht Lügen und lief ihr davon.

Das hätte ihr gerade noch gefehlt, Joes Hund gleich in der ersten Stunde aus den Augen zu verlieren. Joe würde sie wahrscheinlich von der Insel jagen. Oder den Haien zum Fraß vorwerfen. Immerhin besaß er ein Fischerboot. Er wusste bestimmt, wo Haie zu finden waren.

In Shorts und nagelneuen Sandalen, den Hund an ihrer Seite, die Karte in der Hand, machte Beth sich auf die Suche nach der British Cemetery Road. Sie hatte sich eine leichte Jacke um die Hüfte gebunden, aber angesichts der kühlen Brise zog Beth sie noch vor der nächsten Straßenecke über. Es war ein typischer Spätfrühlingstag, sie freute sich auf die vor ihr liegenden zwei Wochen.

In Richmond musste Beth sich tagtäglich durch Horden von Fußgängern kämpfen, deshalb war es eine ziemlich ungewohnte Erfahrung für sie, nur begleitet von einem Hund eine schmale Straße entlang zu schlendern. Da keine Autos fuhren, konnte man das Zwitschern der Vögel hören, die von Baumkrone zu Baumkrone flogen und piepsend und trällernd in ihrer Geheimsprache kommunizierten. Dozer steckte die Nase in ein Gebüsch, woraufhin drei Vögel weiter oben Zuflucht suchten. Beth konnte ihre Aufregung verstehen.

Sie hätte auch nicht gewollt, dass jemand einfach so in ihre Welt eindrang.

Aber dieser Ort war vollkommen anders als ihre Welt. Sogar die Zedern wirkten lässig und entspannt, sie ließen die Äste so weit nach unten hängen, als wäre ihnen das Gewicht ihrer hellgrünen Nadeln zu schwer. Ein Mann in einer Anglerhose und mit einem Schlapphut voller Haken winkte ihr mit der Angelrute zu. Ein junges Paar grüßte sie im Vorbeigehen, die Mutter schob einen Kinderwagen, der Vater stützte ein Kleinkind auf dem Fahrrad, damit es nicht umfiel.

Vielleicht war hier irgendetwas im Trinkwasser, das die Leute auf der Insel so nett machte.

Jeder kleine Laden, an dem sie vorbeikam, von einem Café namens Hava Java bis zu einem Blockhaus, auf dessen Veranda unzählige Windspiele hingen, wirkte einladend und heimelig. Es musste definitiv am Trinkwasser liegen. Und an der Luft. Ihr Arbeitsweg im Abgasdunst schien ihr unendlich weit weg.

Hier ließ es sich leben.

So spazierte sie mit Dozer dahin und genoss den Frieden und Charme Anchor Islands, bis ihr Tag unweit der Buchhandlung eine unangenehme Wendung nahm.

Eine Blase.

»Blöde Sandalen«, schimpfte sie vor sich hin. »Das habe ich nun davon, neue Schuhe anzuziehen, die noch nicht eingelaufen sind.« Sie marschierte jedoch wild entschlossen weiter. Als das kleine blaue Gebäude in Sichtweite kam, hinkte sie bereits so stark, dass sie sich auch noch am anderen Fuß eine Blase einhandelte.

Inzwischen konnte sie wirklich keinen Schritt mehr laufen und ließ sich auf die Steinmauer vor dem Laden fallen. Rosafarbene, gelbe, rote und weiße Blumen in allen Formen und Größen drängten sich um sie wie Grundschulkinder um die neue Lehrerin. Der Duft der Blumen erinnerte sie an das Parfum, das ihre Großmutter immer zur Kirche aufgelegt hatte. Mit geschlossenen Augen atmete sie tief ein und sah das Bild vor sich, wie ihre Großmutter sich mit dem Stöpsel des Flakons ein wenig davon hinters Ohr getupft und Beth versichert hatte, wenn sie groß sei, werde sie auch einmal so gut duften.

»Du bist aber weit weg von zu Hause, Dozer. Wie kommst du denn hierher?«

Die Stimme riss Beth jäh in die Gegenwart zurück. Sie sprang auf, doch ihre Füße protestierten sofort, sodass sie sich wieder setzen musste.

»Ich habe Sie zwischen all meinen Blumen gar nicht gesehen, Schätzchen. Ist Dozer mit Ihnen gekommen?«

Diese Insel war wirklich wie ein Dorf, hier kannte man sogar die Haustiere der anderen Leute. »Ja, Ma'am.« Eine zierliche schwarze Frau schwebte die Verandatreppe herab, ihre knotigen Hände klammerten sich an das Geländer, ihr mit Magnolien gemusterter Rock flatterte im Wind. Beth hätte sich nicht gewundert, wenn sie Flügel bekommen und einen Glitzerregen in die Luft geschickt hätte.

»Sie sind das arme Ding, das ich vom Fenster aus gesehen habe. Sie haben fürchterlich gehumpelt. Sind Sie schwer verletzt?« Die Fältchen um die Augen der älteren Frau vertieften sich, und Beth beeilte sich, sie zu beruhigen.

»O nein, es geht mir gut. Ich wollte mich eigentlich gar nicht auf Ihre Mauer setzen.« Beth stand auf, sank vor Schmerz jedoch sofort zurück. »Oh, verflixt noch mal, tut das weh.«

»Kindchen, was haben Sie bloß mit Ihrem Fuß angestellt?«

Beth blickte hinunter zu ihrem Fuß. Blut sickerte aus der Sandale. »Mist.«

»Das blutet, Schätzchen. ›Mist‹ ist ein viel zu schwaches Wort. Hier ist eher ein ›Scheiße‹ oder ›verdammt‹ oder etwas in der Art angebracht.«

Beth musste kichern, als sie die unflätigen Worte aus dem Mund der älteren Frau hörte. Wer immer sie war, Beth hatte sie bereits ins Herz geschlossen. »Das ist meine Schuld. Ich habe nagelneue Sandalen angezogen. Für die Stadt wären sie geeignet, aber nicht für Wanderungen über eine Insel, die übrigens größer ist, als es auf der Karte den Anschein hat«, sagte sie und wedelte mit der Karte in der Luft herum.

Als Beth den Fuß hob, um den Schaden zu begutachten, legte die nette Frau sanft die Hand um den Knöchel. »Zuerst einmal muss der Schuh runter.« Die Lippen fest aufeinandergepresst, wartete die Frau auf Beths Zustimmung. »Sind Sie bereit? Das wird wahrscheinlich wehtun.«

Beth holte tief Luft, dann nickte sie. Als die Sandale von ihrem Fuß glitt, schoss ihr ein stechender Schmerz bis ins Knie hinauf. »Scheiße, tut das weh.«

»Schon besser. Was ist mit dem anderen Fuß?«

Eine kurze Untersuchung von Beths linkem Fuß ergab, dass die Blase nicht so groß war. »Den ziehen wir besser auch aus. Und anschließend verbrennen wir beide«, sagte Beth.

»Guter Plan.« Im Nu lag der linke Schuh neben dem rechten im Sand. »Kommen Sie rein, dann verarzten wir Sie. Tante Claudines Salbe wird den Schmerz lindern, aber Sie brauchen neue Schuhe.« Sie tippte sich zweimal aufs Kinn, dann leuchteten ihre braunen Augen auf. »Ich hab's. Probieren Sie doch mal diese himmlischen Schlappen, die gerade mit der Post gekommen sind. Darin fühlt man sich wie auf Wolken.«

»Ich möchte Ihnen keine Umstände machen«, wehrte Beth ab und stand auf, was gar nicht so wehtat. Zwischen den Zehen spürte sie Sand. »Es geht mir schon besser.«

»Unsinn, Kindchen. Wenn Sie mit dem Hund da sind, ist es barfuß zu weit nach Hause.« Dozer nutzte den Moment, um sich auf einen der Schuhe zu stürzen und ihn herumzuwerfen. »Sieht ganz so aus, als würde er die Schuhe zu Müll verarbeiten, bevor wir sie in den Ofen stecken können.«

»Er soll sie ruhig haben. Sie würden wahrscheinlich sowieso zum Himmel stinken.« Die beiden Frauen lachten, während Beth neben ihrer neuen Freundin herhinkte. »Ich heiße übrigens Beth. Ich hoffe, ich halte Sie von nichts Wichtigem ab.«

Die Frau winkte mit ihrer zierlichen Hand ab. »Jetzt zu Beginn der Saison ist es manchmal ziemlich einsam. Ich bin froh, wenn ich Gesellschaft habe.«

»Gehört Ihnen der Laden?«

»Ja.« Auf der obersten Stufe stellte sie sich mit einer Verbeugung vor. »Miss Lola LeBlanc zu Ihren Diensten. Ich betreibe diesen kleinen Farbklecks das ganze Jahr über. Es gibt nicht viele von uns, die die ganze Zeit hier leben, ich bin wohl so etwas wie eine Rarität.«

»Miss LeBlanc, ich habe das Gefühl, Sie wären überall eine Rarität.«

Mit einem neckischen Zwinkern sagte Lola: »Da haben Sie wohl recht. Kommen Sie herein, dann suche ich Ihnen die Schlappen.«

»Aber was ist mit Dozer?«, fragte Beth. Sie hatte sich keine Gedanken darüber gemacht, wo der Hund bleiben sollte, wenn sie an ihrem Ziel angekommen war.

»Erst suchen wir ein bequemes Plätzchen für Sie, dann bringe ich ihm eine Schüssel Wasser und einen schönen Schinkenknochen, den ich für genau solche Gelegenheiten aufbewahre.«

Als hätte Dozer das Wort »Schinkenknochen« verstanden, setzte er sich neben die Tür und leckte sich das Maul. »Dozer scheint der Plan zu gefallen.«

Lola gluckste. »Bestimmt. Ich kenne kein männliches Wesen, das sich bei der Aussicht auf einen Leckerbissen nicht von seiner besten Seite gezeigt hätte.«

Beth errötete über die Anspielung ihrer neuen Freundin. Humpelnd trat sie in den Laden und nahm lächelnd das Innere in Augenschein.

*

»Läuft wieder wie geschmiert«, sagte Sid, sichtlich stolz darauf, dass sie das Problem früher als Joe erkannt hatte.

»Ich habe jetzt schon dreimal zugegeben, dass du recht hattest. Noch einmal bringst du mich nicht dazu.« Joe pfefferte die Leine an Land, damit Sid das Lachen verging. »Und hör auf, so zu grinsen. Das ist unheimlich.«

Als Joe sich anschickte, die zweite Leine zu werfen, stellte er fest, dass Sid nicht mehr in seine Richtung sah. Sie grinste auch nicht mehr. Er folgte ihrem Blick, weil er wissen wollte, was ihr auf einmal die Laune verdorben hatte.

»Ach du heilige Scheiße«, murmelte er, sprang an Land und vertäute das Boot eigenhändig. Leider löste sich die langbeinige Blondine nicht in Luft auf, nur weil er sie ignorierte.

»Willst du mich nicht begrüßen, Joe?«, gurrte eine vertraute Stimme hinter ihm. »Du hast mich doch bestimmt kommen sehen.«

Nur einem Toten wäre Cassies Hüftschwung entgangen. Und Joe war definitiv nicht tot. Obwohl diese Frau ihn einst dazu gebracht hatte, zu wünschen, er wäre es.

Joe wappnete sich gegen den Schlag, als er sich mit zusammengepressten Zähnen zu ihr umdrehte. Zu seiner Erleichterung erregten ihre wohlgeformten Kurven und ihr makelloses Gesicht ihn nicht mehr. Doch ihr Anblick machte ihm erneut bewusst, was für ein Narr er gewesen war, und wieder loderte der Zorn ihn ihm auf, den er nie ganz überwunden hatte.

Cassie das zu zeigen hätte allerdings bedeutet, Schwäche zu zeigen. Und das wollte er um keinen Preis.

»Hallo, Cassie. Was machst du denn hier?«

»Soll das eine nette Begrüßung sein? Willst du mich nicht erst mal fragen, wie es mir geht? Wir haben uns eine Ewigkeit nicht gesehen.«

Zweieinhalb Jahre waren nach Joes Maßstäben keine Ewigkeit, aber er hatte nicht vor, darüber mit ihr zu streiten.

»Wie geht es dir, Cassie?« Ohne ihre Antwort abzuwarten, fügte er hinzu: »Du kennst ja Sid.«

Seine Mechanikerin trat neben ihn. »Ich wusste gar nicht, dass dieses Miststück wieder in der Stadt ist.«

Cassie verengte die Augen zu Schlitzen. »Manche Menschen ändern sich nie. Einmal eine dreckige Mechanikerin, immer eine dreckige Mechanikerin.«

Sid wollte sich auf sie stürzen, doch Joe hielt sie zurück, bevor sie den ersten Schlag landen konnte. Cassie war schlau genug, auf Abstand zu gehen. »Was willst du, Cassie?«, fragte Joe. »Und sag jetzt nicht, du warst bloß in der Gegend.«

Seine Ex beäugte Sid prüfend, bevor sie antwortete. Dann drehte sie sich zu Joe und schenkte ihm ihr strahlendstes Lächeln. »Nennen wir es einfach einen Arbeitsurlaub. Ich war gerade beim Essen, als ich euch kommen sah.«

»Arbeitsurlaub?« Joe hielt Sid weiterhin fest. Sie sollte sich von Cassie eigentlich nicht so provozieren lassen.

»Lass uns doch zusammen was trinken, solange ich hier bin. Um über die alten Zeiten zu plaudern.« Diese Frau besaß die Dreistigkeit, mit den Augenlidern zu klimpern. »In Erinnerungen schwelgen.«

So viel Schnaps konnte es gar nicht geben, dass er sich dazu hätte hinreißen lassen. »Ich passe.«

Die Rehaugen nahmen einen harten Ausdruck an. »Ich bin noch ein bis zwei Wochen auf der Insel. Überleg es dir und ruf mich an, wenn du deine Meinung änderst.« Sie steckte eine Visitenkarte in die Tasche seines Flanellhemds, dann stöckelte sie den Pier zurück.

»Warum hast du mich daran gehindert, ihr eine zu verpassen?«, fragte Sid. »Ein gut gezielter Schlag, um der alten Zeiten willen.«

Joe stieß die Luft aus. »Sie ist es nicht wert, Sid. Sie ist es nicht wert.«

*

Nach einem Nachmittag mit Lola LeBlanc war Beth überzeugt davon, dass diese Frau der Himmel geschickt hatte. In den Schlappen lief es sich nicht wie auf Wolken, sondern noch besser, wie auf Luft. Auf Luft, die sich der Form des Fußes anpasste, einen vom Boden abheben und schweben ließ. Sie hatte sie bezahlen wollen, aber Lola sagte, sie seien ein Willkommensgeschenk.

Island Arts & Crafts überstieg Beths Erwartungen. Das Gebäude war nach hinten hinaus größer, als man vermutete, und bot reichlich Platz für Kunstwerke aller Art. An den Wänden hingen Drucke, Ölgemälde, Aquarelle und Bleistiftskizzen, die allesamt das Lebensgefühl der Insel widerspiegelten. Sonnenuntergänge über den Dünen. Charmante Cottages in Blau, Grün und Gelb. Eine bunte Vielfalt von Booten in einem Hafen, der so echt wirkte, dass Beth förmlich vor sich sah, wie die Wellen an die Bootsrümpfe schwappten.

Darüber hinaus gab es hier alles Mögliche, von kleinen Skulpturen bis zu handgefertigten Verandaschildern und zarten Glaskreationen. Nach kurzem Feilschen durfte Beth eine tiefrote Vase bezahlen, die aus einem Wirbel aus Glas und Licht zu bestehen schien, aber Lola weigerte sich weiterhin, Geld für die Schlappen anzunehmen.

Kaum hatte Lola die Vase eingepackt, als das Windspiel über der Ladentür klimperte und ein Mann hereinkam.

»Der sucht bestimmt was Ausgefallenes.« Lola tätschelte Beths Knie. »Schenken Sie sich schon mal Tee ein. Es könnte ein bisschen dauern, bis er etwas für seine Herzensdame gefunden hat.«

Beth nickte, behielt den Fremden jedoch im Auge. Er hatte ein professionelles Lächeln aufgesetzt, wie sie es von den Anwälten in der Kanzlei kannte.

»Kann ich Ihnen behilflich sein, mein Herr?«, fragte Lola.

Das aufgesetzte Lächeln wurde noch breiter, sodass seine blendend weißen Zähne zum Vorschein kamen. »Ich suche nach Ms LeBlanc. Ist sie da?«

Lolas Mundwinkel sanken nach unten. »Ich bin Lola LeBlanc. Hat Sie jemand zu mir geschickt?«

»So ist es, ja.« Der Mann zog eine Visitenkarte aus seiner Tasche. »Mein Name ist Derek Paige. Ich arbeite für Tad Wheeler von Wheeler Development. Ich glaube, wir haben Sie bereits kontaktiert.«

Jetzt erlosch Lolas Lächeln vollends. »Ich bin nicht an Mr Wheelers Angebot interessiert. Es tut mir leid, dass Sie den langen Weg umsonst gemacht haben, Mr Paige, aber vielleicht möchten Sie ein kleines Souvenir kaufen?«

Obwohl Lola betont höflich war, triefte ihre Stimme vor Verachtung. Beth konnte sich nicht vorstellen, was Wheeler Development von der Inhaberin eines Kunstgewerbeladens auf einer kleinen Insel wollte. Zufällig gehörte Tad Wheelers Baufirma zu den Mandanten der Kanzlei. Beth war zwar nicht direkt für ihn tätig, wusste aber, dass er sich normalerweise nicht mit kleinen Fischen abgab.

»Mr Wheeler ist bereit, über das Angebot zu verhandeln. Ich kann Ihnen versichern, Ms LeBlanc, dass für Sie eine Menge dabei herausspringen könnte. Nehmen Sie sich doch die Zeit für ein Gespräch mit uns. Das Projekt liegt uns sehr am Herzen.« Obwohl Paige die Hände in die Hosentasche gesteckt hatte, wirkte er alles andere als locker. Sein Chef würde bestimmt nicht erfreut sein, mutmaßte Beth, wenn sein Abgesandter den Auftrag in den Sand setzte. Wie immer sein Auftrag lauten mochte.

Auf einmal war Lola wie ausgewechselt. Sie stemmte eine Hand in die Hüfte und wedelte mit der anderen vor der Nase des ungebetenen Besuchers herum. »Ich habe es Ihnen bereits am Telefon gesagt, und jetzt wiederhole ich es: Mein Laden steht nicht zum Verkauf. Der große Baulöwe muss sich eine andere Insel suchen, um seinen exklusiven Spielplatz zu bauen.«

Verkauf? Wheeler wollte den Kunstgewerbeladen kaufen?

Lolas Ausbruch prallte an Paige ab, sein Lächeln war wie eingemeißelt. »Bitte, Ms LeBlanc, treffen Sie keine übereilten Entscheidungen. Wir haben Ihren Nachbarn ähnliche Angebote unterbreitet. Sie möchten den anderen doch nicht diese Chance verbauen.«

Die schmächtige Frau bewegte sich mit erstaunlicher Geschwindigkeit um den Ladentisch herum. »Niemand auf dieser Insel wird auf Mr Wheelers Angebot eingehen. Ich verkaufe nicht, und wenn er mir noch so viel bietet.« Sie hatte den Mann doch tatsächlich zur Tür gescheucht, ohne ihn anzufassen. Beth hoffte allerdings, sie würde ihm einen Schubser vor die Brust verpassen. Das hätte er schon allein für sein schmieriges Lächeln verdient.

»Wenn Sie kein Souvenir kaufen wollen, dann verlassen Sie meinen Laden.«

Der Mann war vernünftig genug, ihrer Aufforderung zu folgen. Bevor er ging, hatte er noch eine Spitze auf Lager: »Irgendwann werden Sie nicht mehr die Wahl haben zu verhandeln, Ms LeBlanc. Je früher Sie an Bord kommen, desto besser stehen Ihre Chancen. Wenn Sie zu lange warten, werden die Konditionen weitaus weniger großzügig sein als zum gegenwärtigen Zeitpunkt.«

Jetzt regte sich die Anwältin in Beth, und sie stand auf. »Ms LeBlanc hat Mr Wheeler offensichtlich bereits ihre Antwort erteilt. Jede weitere Kontaktaufnahme Ihrerseits betrachten wir als Nötigung. Damit die ganze Sache nicht unschön endet, wollen wir Ihre Drohung überhört haben. Vorläufig.«

Lola sah sie mit großen Augen an, aber Beth heftete ihren Blick weiterhin auf Derek Paige. Auch wenn sie normalerweise nicht vor Gericht auftrat, hieß das noch lange nicht, dass sie sich nicht, falls nötig, zu verteidigen wusste. Und Lola schien Unterstützung zu brauchen.

Paige nickte. »Danke, dass Sie mir Ihre Zeit geschenkt haben, Ms LeBlanc. Tut mir leid, Sie gestört zu haben.«

Als die letzten Töne des Windspiels verklungen waren, sackte Beth zurück auf den Stuhl, und Lola tat es ihr nach. »Kindchen, ich weiß nicht, ob ich Sie küssen oder mir Ihre Referenzen zeigen lassen soll. Das war spitze.«

Beth stieß den Atem aus. »Mit meinen Referenzen ist es nicht so weit her, aber ich konnte doch nicht zulassen, dass er Ihnen droht. Was hat Tad Wheeler mit dieser Insel vor?«

»Dieser Halunke versucht seit Monaten, uns aufzukaufen. Er möchte Anchor Island in einen Vergnügungspark für reiche Leute verwandeln. Kennen Sie ihn?«

»Nicht persönlich, aber ich habe schon viel von ihm gehört.« Beth drehte sich der Magen um. »Er ist ein Mandant der Kanzlei, in der ich arbeite.«

Lolas Bewunderung stieg noch mehr. »Wie ich Tad Wheeler kenne, muss das eine renommierte Kanzlei sein. Ich weiß nicht viel über ihn, aber schon sein Briefkopf sagt mir, dass seine Firma kein kleiner Familienbetrieb ist.«

»Nein, bestimmt nicht. Und wenn man dem Büroklatsch glauben kann, holt er sich normalerweise, was er will. Egal, welche Hindernisse im Weg stehen.«

»Also, diese Insel wird er nicht in die Finger bekommen, das kann ich Ihnen garantieren.« Lola stand auf, um zwei Gläser Eistee einzuschenken.

»Da haben Sie sicher recht, Lola«, sagte Beth. Insgeheim dachte sie: *Aber ich würde nicht darauf wetten.*

Kapitel 5

Als Joe mit Sid in den Pub ging, war ihm der Appetit vergangen. Cassies »Arbeitsurlaub« musste damit zu tun haben, dass sie die Drecksarbeit für ihren Vater erledigte. Tad Wheeler umwarb die Gewerbetreibenden der Insel schon seit Monaten, damit sie an ihn verkauften. Ohne die Geschäfte käme der Tourismus zum Erliegen und die Ferienhausbesitzer wären gezwungen zu verkaufen.

Und zwar zu einem Spottpreis.

Was der Mann vorhatte, war nicht schwer zu erraten, und bei der letzten Versammlung des Unternehmerverbands hatte man Zusammenhalt geschworen. Joe hoffte, Wheeler würde irgendwann das Interesse verlieren, aber die Erfahrungen der Vergangenheit lehrten ihn, den Mann nicht zu unterschätzen.

»Wird aber auch Zeit, dass du kommst«, rief Joes Dad hinter dem Tresen. »Schnapp dir eine Schürze und räum die Tische ab.«

Joe sah sich in dem überfüllten Gastraum um. Familien, Studenten und Fischer mittleren Alters bevölkerten die Tische und Sitzecken. »Wo zum Teufel kommen die denn alle her?«, fragte er und nahm eine Schürze vom Haken in der Küche.

»Keine Ahnung, aber seit zwei Stunden strömen sie herein wie die Brandung.«

»Soll ich auch mit anpacken, Tom?«, bot Sid an.

Tom ließ einen Bierkrug über die Theke rutschen und hielt schon das nächste Glas in der Hand. »Nein, im Moment schaffen wir's allein. Georgette bedient an den meisten Tischen, und Elizabeth hat uns das Leben gerettet. Wenn du mich fragst, ist ihr Abschluss in Jura die pure Verschwendung. Sie gäbe 'ne prima Kellnerin ab.«

Sid und Joe standen wie angewurzelt da, während sie zusahen, wie die kleingewachsene Beth mit ihren braunen Locken sich ihren Weg durch die Tische bahnte. Wenn Joe es nicht besser gewusst hätte, hätte er geschworen, dass sie ihr Leben lang nichts anderes gemacht hatte.

»Wo ist Annie?«, erkundigte sich Joe, ohne die Augen von Beth zu wenden. Mit ihren abgeschnittenen Jeans-Shorts würde sie bestimmt ein rekordverdächtiges Trinkgeld bekommen.

»Ihre Jungs liegen mit Ohrenentzündung im Bett.« Tom schob zwei weitere Bierkrüge und eine Margarita die Theke hinunter, wo Beth sie rechtzeitig abfing.

»Drei Bud Light in der Flasche für Tisch zwölf und zwei Eistee für die älteren Damen in der Ecke. Und die Rechnung für Tisch neun. Ich hole sie, wenn ich das hier serviert habe.«

Ohne auch nur kurz in Joes Richtung zu sehen, schwebte Beth wieder davon, wobei sie die Blicke aller Männer im Raum auf sich zog.

»Das ist Elizabeth? Das ist Lucas' Verlobte?«, fragte Sid. »Ich dachte, die ist Anwältin?«

»Ist sie auch«, erklärte Tom über das Klingeln der Registrierkasse hinweg. »Sie hat sich anscheinend das College mit Bedienen finanziert.«

Sid stieß Joe in den Arm.

»Wofür war das denn?«, fragte er und rieb sich die schmerzende Stelle.

»Dafür, dass du sie heute Morgen als unscheinbare Langweilerin beschrieben hast. Du hast mir ja einiges verschwiegen.«

»Bist du irre? Ich hab doch kaum etwas über sie gesagt.« Und wenn Sid ihn noch einmal knuffte, würde er sie mit den Schürzenbändern erdrosseln.

»Jetzt weiß ich auch, warum.« Sid wandte sich wieder an Tom. »Ein Bud Light, wenn du Zeit hast. Ich bin im Billardzimmer.«

»Alvie Franklin ist auch da, aber ich warne dich, nimm ihn bloß nicht wieder aus«, sagte Tom. »Er ist zu blau, um mitzukriegen, was du machst, und den nächsten Stock, den er zerbricht, bezahlst du.«

Sie hob die Hände in einer Unschuldsgeste, während sie auf das Hinterzimmer zusteuerte, aus dem das Klacken der Billardkugeln zu hören war. Die Warnung seines Dad würde sie wohl in den Wind schlagen. Mit einem Tablett in der Hand trat Joe in den Gastraum. Er hatte drei Tische abgeräumt, bevor er Beths Weg kreuzte.

»Oh«, rief sie aus, als sie um ein Haar zusammenstießen. »Ich wusste gar nicht, dass du da bist.«

Joe ignorierte das Gewicht des vollen Tabletts. »Ich wusste gar nicht, dass du bedienen kannst. Du bist anscheinend ein Naturtalent.«

Beth legte den Kopf schief. »Ist das als Kompliment gedacht oder erwartest du eine schlagfertige Antwort von mir?«

Er hatte doch bloß nett sein wollen! »Ach, vergiss es.« Als er sich an ihr vorbeizuschieben versuchte, legte sie ihm die Hand auf den Arm. Ein brennender Schmerz durchfuhr ihn, und sie zog ihre Hand zurück, als hätte sie es ebenfalls gespürt.

»Tut mir leid, das hätte ich nicht sagen sollen.«

Joe zuckte die Schultern und tat, als würde ihm die körperliche Nähe nichts ausmachen. »Wo ist Dozer?«

»In deinem Garten. Patty hat mir gesagt, dass sein Futter neben der Hintertür steht. Ich habe seine Schüssel gefüllt und ihm frisches Wasser gegeben, bevor ich gegangen bin.« Sie biss sich auf die Unterlippe. »Ich hoffe, das ist in Ordnung.«

»Schon gut. Danke fürs Aufpassen.« Ein paar Tische weiter rief jemand »Bedienung!«, und Joe sagte: »Wir machen uns besser wieder an die Arbeit.«

»Klar«, sagte sie und sah ihn mit ihren großen grünen Augen an. »An die Arbeit.«

*

Beth rang um Fassung, als sie zurück zur Theke ging. Eine verschüttete Erinnerung kam ihr in den Sinn. Fünf naive Mädchen, die im College-Wohnheim zusammensaßen und sich über den magischen Moment unterhielten, wenn es zwischen zwei Menschen »funkte«. Die romantische Vorstellung, dass man ein Feuerwerk der Gefühle erlebte, wenn man den Richtigen traf.

In dem kurzen Augenblick ihrer Berührung hatte es bei ihr nur so gesprüht vor Funken, als wäre eine Riesenrakete explodiert. Es zischte und pfiff und knallte; in ihrem Kopf gingen sämtliche Alarmglocken los. Wenn sie Lucas berührte, schossen keine funkelnden Blitze durch ihre Adern. Gingen keine Flaschenraketen los. Keine römischen Lichter. Es gab nicht einmal die Andeutung eines Feuerwerks.

Sie verbannte diese treulosen Gedanken aus ihrem Kopf und konzentrierte sich auf die guten Seiten ihres Verlobten. Lucas brachte sie zum Lachen. Er war liebenswürdig und großzügig und kümmerte sich um sie. Sie musste sich nie Sorgen machen oder ein Problem lösen, Lucas regelte alles für sie. So wie es auch ihre Großeltern den Großteil ihres Lebens getan hatten. Es stellte sich gar nicht die Frage, welche Richtung sie einschlagen sollte. Wer sie eigentlich war.

Und so wollte sie es auch. So fühlte sie sich sicher.

Bei Joe fühlte sie sich nicht sicher. Joe trieb sie in den Wahnsinn. Gab ihr das Gefühl ... keinen Anker zu haben. Paradox, wo sie sich doch auf Anchor Island befanden. Dieses Zischen in ihr war der klare Beweis dafür, dass Beth einen Anker brauchte. Oder zumindest irgendetwas Schweres, um ihr eins über den Schädel zu geben.

»Das Bier hier ist für Sid im Billardzimmer«, sagte Tom und ließ eine Flasche Bier zu Beth hinüberrutschen.

»Wer ist Sid?« Der Name kam ihr irgendwie bekannt vor. Vielleicht hatte Patty ihn erwähnt.

»Arbeitet bei Joe. Ruf einfach an der Tür den Namen.«

»Okay«, sagte Beth, ließ ihr nun leeres Tablett auf die Hüfte sinken und trug die Flasche mit der freien Hand. Sid, das klang nach einem großen Kerl. Der sollte nicht schwer zu finden sein.

Als Beth das Billardzimmer betrat, sah sie sich nach einem Hünen um, der alle anderen überragte, konnte aber keinen entdecken. »Ich habe hier ein Bier für Sid!«, brüllte sie über einen Countrysong von Jimmy Buffett aus der Jukebox hinweg.

»Das bin ich«, rief eine Frauenstimme rechts von Beth. Als Beth sich umdrehte, blickte sie in zwei dunkelbraune Augen, die einer der hinreißendsten Frauen gehörten, die sie je gesehen hatte.

Sie hatte den Körper eines Pin-up-Girls, aber ihre Kleider hätten aus dem Laden für Farmerbedarf in der Kleinstadt, in der Beth aufgewachsen war, stammen können.

Keine Spur Make-up im Gesicht, was sie jedoch auch nicht nötig hatte. Ein heller, makelloser Teint, lange Wimpern auch ohne Mascara, und Lippen zum Anbeten.

Sofort fühlte Beth sich unzulänglich. »Sie sind Sid?« Man sollte eben vom Namen nicht auf den Menschen schließen.

»So ist es, Prinzessin.« Die braunen Augen wurden schmal, und ein dunkler Pferdeschwanz schwang zur Seite, als die Frau eine Hüfte nach vorne schob und den Kopf neigte. »Geben Sie mir nun das Bier, oder muss ich Sie erst niederringen?«

Das war doch die Höhe! Was hatte Beth ihr getan? Sie waren sich definitiv noch nie begegnet, auch wenn ihr der Name bekannt vorkam. An eine Sexbombe wie sie, neben der Beth sich wie ein kleines Mädchen fühlte, hätte sich jede Frau erinnert.

»Haben Sie gerade niederringen gesagt?«, fragte Beth. Obwohl Sid ein ganzes Stück kleiner war als sie, enthüllten ihre aufgekrempelten Ärmel muskulöse Arme. Jedenfalls für eine Frau. Nicht dass Beth vorhatte, einen Ringkampf mit ihr auszutragen. Sie hatte sich noch nie an einem Zickenkrieg beteiligt und nicht vor, das jetzt zu ändern.

»Für eine Anwältin sind Sie ganz schön begriffsstutzig.« Die Frau kam bedrohlich nah an sie heran und rammte den Billardstock nur Zentimeter von Beths wunden Zehen in den Boden.

Die Pflaster und Tante Claudines Wundersalbe erfüllten bislang ihren Zweck, schützten aber sicher keinesfalls vor einem massiven Holzstock.

»Jemand sollte Ihnen mal gründlich die Ohren durchpusten.«

Während Beth diese Beleidigung verarbeitete, tauchte links neben ihr eine Gestalt auf.

»Lass sie in Ruhe, Sid.« Joe schob sich zwischen Beth und ihre Angreiferin. »Sie bringt dir nur dein Bier. Mach dich wieder an dein Spiel.«

Sid stieß den Atem aus und maß Joe mit Blicken. Dann meinte sie kopfschüttelnd: »Neue Runde, Jungs. Raus mit den Brieftaschen.«

Die Situation blieb noch einige Sekunden angespannt, während im Hintergrund klackend die Billardkugeln eingesammelt wurden. Als Sid sich wegdrehte, sah Beth, wie Joes Schultern sich entspannten. Er hätte doch bestimmt keine Frau geschlagen.

»Alles in Ordnung?«, fragte er und nahm ihr die Bierflasche ab, die sie immer noch in der Hand hielt.

»Ja. Was sollte das denn gerade?«

»Das ist Sid.«

»Ja, das habe ich mitbekommen. Wer ist sie, und woher weiß sie, dass ich Anwältin bin? Und außerdem, warum hasst sie mich?«

»Sie hasst dich nicht. Sie ist nur ...« Er schien das richtige Wort zu suchen.

»Zickig?«

»Das trifft es.«

Beth warf einen Blick über Joes Schulter. Vier Männer, alle in Jeans und Flanellhemden (offenbar die auf der Insel übliche Tracht), lungerten um den Tisch herum, während Sid sich anschickte, die erste Kugel anzustoßen. Keiner der Männer nahm Notiz von ihren Kurven.

»Warum gehen die so mit ihr um?«

»Wie denn?« Joe warf einen Blick auf die Billardrunde.

»Als wäre sie eine von ihnen.«

»Sie *ist* eine von ihnen.« Wäre Joes Miene dabei nicht vollkommen neutral gewesen, hätte Beth geschworen, dass er sie für dumm verkaufte.

»Ach komm schon, sie sieht umwerfend aus. Die Typen in Richmond würden sie anschmachten.«

Joe hob überrascht die Augenbrauen und fuhr herum, als erwarte er eine ganz andere Person hinter sich. »Sid?«

»Man muss schon ein Eunuch sein, um das nicht zu bemerken.« Diese Anspielung schien Joe zu beleidigen. »Du weißt, wie ich das meine. Wer ist sie eigentlich?«

»Sie ist meine Bootsmechanikerin. Eine echte Nervensäge, aber sie kriegt jeden Motor wieder flott.«

Beth war sprachlos, ihr fiel förmlich die Kinnlade herunter.

»Was ist?«, fragte Joe, nun seinerseits wieder völlig perplex.

»Das ist deine Bootsmechanikerin? Du arbeitest mit einer Frau zusammen, die ein Vermögen damit verdienen könnte, im *Playboy* zu posieren, und willst behaupten, du hättest nicht bemerkt, wie attraktiv sie ist?« Beth hielt das Tablett vor den Busen, der ihr jetzt armselig vorkam, und schlang die Arme darum. »Bist du deswegen die ganze Zeit so mies gelaunt?«

Joe presste die Lippen aufeinander und kniff die Augen zusammen. »Du bist wohl nicht ganz bei Trost. Sid ist nicht ...« Verstummend wandte er sich erneut zu der Frau um, von der die Rede war, und bekam eine Frontalansicht ihres wohlgeformten Pos zu Gesicht. »Du hast sie nicht mehr alle«, sagte er und stapfte aus dem Raum.

Bevor Beth ihm folgen konnte, brüllte er über die Schulter: »Und ich bin nicht mies gelaunt!«

*

Von wegen mies gelaunt, dachte Joe. Er war ein glücklicher Mensch. Vielleicht nicht gerade der Sonnenschein schlechthin, aber welcher Idiot wollte das schon sein? Diesen Schwachsinn musste er sich nicht anhören. Wenn er mies gelaunt war, dann wegen ihr. Niemand verdarb ihm so schnell die Stimmung.

»Hey, Joe«!«, rief jemand hinter ihm.

»Was ist?«, brüllte er zurück und rammte beim Umdrehen fast einen Kunden mit dem Tablett.

»Meine Güte, was ist dir denn über die Leber gelaufen?«, fragte Phil Mohler, der ebenfalls Bootstouren anbot. Joe konnte ihn nicht besonders leiden. Sie waren zusammen auf die Highschool gegangen und hatten schon damals nichts miteinander anfangen können.

»Nichts. Was willst du?« Wenn Mohler dachte, Joe würde ihn extra schnell bedienen, konnte er warten, bis er schwarz wurde.

»Wer ist die neue Braut, und willst du sie mir nicht vorstellen?«

»Was für eine neue Braut?«, fragte Joe und sah sich nach einer hübschen Touristin um.

»Die, mit der du dich eben im Billardzimmer unterhalten hast. So einen scharfen Hintern habe ich schon lange nicht mehr gesehen.« Phil stieß Buddy Wilson, der neben ihm saß, mit dem Ellbogen in die Seite, und der ganze Tisch lachte.

Joes schlechte Laune verwandelte sich in glühende Wut. »Finger weg von ihr, Mohler. Wenn du nicht rausfliegen willst, behalt deine Kommentare für dich und pass auf, wo du hinguckst.«

»Hey, Mann«, sagte Phil und warf die Hände in die Luft. »Ich wusste nicht, dass du sie vögelst. Kannst mich ja nächstes Mal warnen.«

Joe schlug das Tablett so hart auf den Tisch, dass drei Flaschen umfielen. Die Männer brachten sich eilig vor dem auslaufenden Bier in Sicherheit. »Das ist Lucas' Verlobte, und ich sage es noch einmal, behalt deine Kommentare für dich.« Er presste die Kiefer so fest aufeinander, dass die Zähne knirschten. Zu gern hätte er Mohler die Fresse poliert.

»Was ist denn bei euch los, Jungs?«, fragte Joes Dad und trat mit drei frischen Bier und einem Lappen an den Tisch. »Da ist wohl ein Malheur passiert.«

»Du musst deinem Jungen Manieren beibringen, Dempsey. Ich habe ihm nur eine einfache Frage gestellt, und er ist total ausgerastet.« Mohler ließ Joe nicht aus den Augen, obwohl er mit Tom sprach.

Joe hielt sich krampfhaft an dem Tablett fest. Mohler in einem überfüllten Lokal von seinem Stuhl zu zerren, wäre keine gute Idee. Obwohl es sich verdammt gut anfühlen würde.

Tom warf den Lappen auf den Tisch und beugte sich ganz nah zu Phil herunter. »Weißt du, was der Vorteil daran ist, wenn einem das Lokal gehört, Mohler? Dass ich mir meine Gäste aussuchen kann. Ich habe euch das Bier ersetzt. Wenn ihr heute Abend noch mehr trinken wollt, müsst ihr es woanders tun.«

An den umliegenden Tischen wurde es still, während Joe Mohlers nächsten Schritt abwartete. Mohler lief rot an, aber er hatte nicht genug Mumm, Tom Dempsey herauszufordern. Es gab einen Grund, warum diese Bar ohne Rausschmeißer auskam.

Es war keiner nötig.

»Kommt Jungs. Hier fängt es an zu stinken.«

Tom trat zurück, damit die Männer vom Tisch aufstehen und zur Tür gehen konnten. Sobald sie außer Hörweite waren, sagte er mit Blick zu Joe: »In die Küche. Sofort.«

Mist.

Konnte dieser Abend noch beschissener werden?

»Was zum Teufel sollte das? Das ganze Lokal ist voll, und du legst es auf eine Schlägerei an?«

Joe ging zur Geschirrspülmaschine hinüber und lud sein Tablett ab. »Ich bin kein Idiot. Ich hätte ihn nicht geschlagen.«

»Du hättest aber gerne«, brummte Tom.

»Teufel noch mal, ja. Es juckt mich schon seit Jahren in den Fingern.« Bisher hatte er sich immer zurückhalten können, dem eine zu verpassen. »Ich hab's ja nicht getan, also reg dich ab.«

»Du weißt doch, dass er ein Scheißkerl ist. Ist mir ein Rätsel, warum du dich von ihm so provozieren lässt.«

»Er hat eine blöde Bemerkung gemacht, das ist alles.« Joe stellte zwei Teller so heftig in den Geschirrkorb, dass von einem ein Stück abplatzte. »Verdammt.«

»Du hast mir heute schon Gäste vergrault, lass wenigstens meine Teller heil«, schimpfte Tom und nahm ihm das Tablett ab. »Was hat er denn gesagt?«

»Er hat sich über Beths Hintern ausgelassen. Ich habe die Ehre von Lucas' Verlobter verteidigt, weil er ja nicht hier sein kann.« Joe nahm zwei weitere Teller vom Tablett, wobei er sorgfältig darauf achtete, sie nicht zu beschädigen. »Sonst noch was?«

Als sein Dad schwieg, sah Joe ihm ins Gesicht. Seine Miene sagte alles. Joe ließ das restliche Besteck in das Spülwasser fallen und ging zurück in den Gastraum.

Kapitel 6

Die Erleichterung, endlich sitzen zu dürfen, entlockte Beth einen tiefen Seufzer. Ein heißes Bad wäre noch besser, aber wenn sie heute Abend Schluss machte, würde sie gerade noch genug Energie aufbringen, um ins Bett zu kriechen. Im Augenblick musste sie damit zufrieden sein, auf der Bank vor dem Lokal der Dempseys zu sitzen.

Das Bedienen hatte den Blasen an ihren Füßen nicht gutgetan; hier kam wohl auch Tante Claudines Wundersalbe an ihre Grenzen. Sie war in Lolas Frotteeschlappen nach Hause gelaufen und hatte ihre Füße dann gemäß Lolas Anweisung in Salzwasser gebadet.

Für das Restaurant waren die Schlappen jedoch nicht geeignet, weshalb sie sich für ihre Segeltuchschuhe entschieden hatte, in der Annahme, der weiche Stoff wäre eine gute Wahl. Ein Irrtum.

Als sie den ersten Schuh halb ausgezogen hatte, ließ das Drücken nach, aber um ganz herauszuschlüpfen, würde sie unweigerlich die aufgescheuerte Blase streifen. Sie holte ein paarmal tief Luft, um sich zu wappnen, dann hielt sie den Atem an und zog den Schuh ganz herunter.

»Verflixt und zugenäht, tut das weh.«

»Nennst du das etwa Fluchen?«, sagte eine vertraute Stimme von links. Im Aufblicken sah sie, dass er ihren Fuß begutachtete. »Wie zum Teufel hast du das denn angestellt?« Mit zwei Schritten war Joe an der Bank und hielt ihren Fußknöchel in der Hand. »Sind die von heute Abend?«

»Nein«, zischte Beth, als Joe die blutige Wunde ein paar Zentimeter unter ihrem linken kleinen Zeh inspizierte. »Die sind von heute Morgen. Ich habe zu einem Spaziergang um die Insel neue Sandalen angezogen. Keine gute Idee.«

Joe setzte sich und bettete den Fuß auf seinen Schoß. Beth versuchte ihn zurückzuziehen. »Was tust du ...«

»Verdammt, halt still. Warum hast du mit solchen Blasen an den Füßen bedient?«

»Ich hatte Pflaster drauf. Ich glaube, eins klebt noch im Schuh.« Beth wand sich unter Joes Berührung, der über ihren Fuß und ihren Knöchel strich. Sie fühlte sich, als hätte sie plötzlich Fieber, wobei manche Körperregionen heißer waren als andere. »Es geht mir gut, wirklich. Ich bin nur rausgegangen, um das Pflaster zu wechseln. Zu Hause bei deinen Eltern säubere ich sie dann richtig.«

Joe hob ihren Fuß an, stand auf und legte ihn behutsam an den Platz, wo er gesessen hatte. Dann ging er zur Restauranttür, zog sie halb auf und rief: »Dad, wir brauchen den Verbandskasten.«

Beth schlug sich an die Stirn. Toll. Jetzt war bestimmt gleich das halbe Lokal hier draußen, um nachzusehen, was passiert war. »Musste das sein?«

»Was denn?«, fragte er, nahm ihren Fuß und setzte sich wieder. Zähneknirschend versuchte Beth, das Bein einen Zentimeter über seinem Oberschenkel schweben zu lassen.

»Gleich stehen alle hier und wollen wissen, was es für einen Notfall gibt. Warum hast du die Sachen nicht selbst geholt?« Bevor er antworten konnte, sprach sie weiter: »Ach, vergiss es. Ich klebe das Pflaster drauf, und dann geht es wieder.«

»Das wirst du verdammt noch mal nicht«, sagte er. »Leg den anderen Fuß auch noch hoch.«

»Warum?«, fragte sie, drauf und dran zu flüchten. »Dem anderen fehlt nichts.« Er legte den Kopf auf die Seite und hob eine Augenbraue. Warum war sie nur so eine miserable Lügnerin? »Du bist echt unerträglich, weißt du das eigentlich?«

»Der Fuß«, forderte er noch einmal mit Nachdruck.

Sie fügte sich, wobei sie ihn innerlich verfluchte.

Während Joe am rechten Schuh die Schnürsenkel aufknotete, ignorierte Beth das Pulsieren in ihrem linken Oberschenkel, das davon kam, dass sie den Fuß knapp über Joes Schoß in der Luft hielt. Wenn sie das Bein sinken ließe, käme ihre Ferse viel zu nah an eine bestimmte Region seines Körpers. Eine Region, an die sie keinen Gedanken verschwenden sollte, doch je mehr sie sich bemühte, nicht daran zu denken, desto heißer glühten ihre Ohren.

»Tut es so weh?«, erkundigte er sich.

»Was meinst du damit?«

»Dass du die Luft anhalten musst.«

Beth atmete aus und legte den Fuß ab, möglichst nah an das Knie heran. »Nein, wie gesagt, es ist nicht so schlimm.«

Joe zog ihr den rechten Schuh aus.

»Verdammte Scheiße!«, schrie sie.

»Schon besser.« Behutsam platzierte er ihren Fuß auf seinem Bein und sah sie an. »Tut mir leid.«

Beth lockerte die Finger, die sie in die Bank gekrallt hatte, und rief sich ihre Yoga-Atmung ins Gedächtnis, trotzdem dauerte es fast eine Minute, ehe sie wieder sprechen konnte. »Ist nicht deine Schuld.« Nach dem nächsten Atemzug begann das Brennen, das sich bis in ihre Wade zog, nachzulassen. »Es ist wohl schlimmer, als ich dachte.«

»Es sieht wirklich übel aus.« Während Joe die Blasen näher begutachtete, kam Tom auf die Veranda.

»Was ist passiert?«, fragte sein Dad. Als er das Blut sah, kniete er sich vor die Bank. »Sind die von heute Abend?«

Beth schüttelte den Kopf. »Von heute Morgen, aber ich glaube, durch die Lauferei beim Bedienen ist es noch schlimmer geworden.« Da ihr die ganze Aufmerksamkeit unangenehm war, versuchte sie die Füße zurück auf den Boden zu stellen. »Es geht mir wirklich gut. Mit ein paar neuen Pflastern kann ich 'ne heiße Sohle aufs Parkett legen.«

Joe umfasste ihre rechte Wade mit festem Griff und hinderte sie am Aufstehen. Ohne auf ihren Protest zu achten, sagte er zu Tom: »Hast du Wasserstoffperoxid mitgebracht?«

»Müsste da sein.« Tom kramte im Verbandskasten und zog ein braunes Fläschchen hervor. »Jetzt brauchen wir noch Wattepads.«

»Die Mullauflage da müsste auch gehen«, meinte Joe und deutete in den Plastikkasten.

Beth konnte nicht fassen, dass sie so taten, als gehörte ihr Fuß einer Schaufensterpuppe. »Ich bin auch noch da, schon vergessen? Warum hört mir keiner zu?«

»Wenn du endlich aufhörst, Unsinn zu reden, hören wir dir auch zu.« Joe blickte zu Tom. »Ist vielleicht am besten, wir lassen das Wasserstoffperoxid drüberlaufen. Hast du ein Handtuch dabei?«

»Ich hole ein frisches aus der Küche. Bin gleich wieder da.«

Während sie in der nächtlichen Stille saßen, die nur durch das Zirpen der Grillen und das eine oder andere vorbeifahrende Auto unterbrochen wurde, säuberte Joe die Haut um die Wunden herum mit einem Alkoholtupfer. Beth tat unbeteiligt. Sie schloss die Augen und konzentrierte sich auf das Zirpen der Grillen. Das Quietschen des Restaurantschildes im Nachtwind. Den Geruch nach Salz und Mann in der Luft.

Als sie die Augen wieder aufriss, stellte sie fest, dass Joe sie beobachtete. »Ich dachte schon, du nickst ein.«

Wie sollte sie einschlafen, wenn er ihr so nah war und ihre Nerven in Aufruhr versetzte? »Ich bin wach.«

»Gut«, sagte er und grinste sie so schief an, dass sie nicht mehr wusste, wo oben und unten war.

»Ich hab zwei mitgebracht«, sagte Tom, der aus dem Haus zurückkam. »Werft sie weg, wenn ihr fertig seid.«

»Ich möchte eure guten Handtücher nicht ruinieren«, wehrte Beth mit ausgestreckter Hand ab.

Joe und Tom mussten schmunzeln. »Keine Sorge, Mädchen. Barhandtücher sind im Dutzend billiger. Wirklich wahr.« Tom beugte sich erneut über ihre Füße, dann blickte er zu Joe. »Ich kann auch eine der Bedienungen schicken, damit sie sich darum kümmert.«

In Toms Bemerkung schien eine unterschwellige Botschaft mitzuschwingen, aber Beth war sich nicht sicher. Von Joe verarztet zu werden fühlte sich tatsächlich seltsam an. Fast intim.

»Das mache ich schon«, sagte Joe bestimmt und beendete damit die unausgesprochene Debatte.

Tom richtete sich seufzend zu voller Größe auf. Er lächelte Beth beruhigend zu und sagte mit einem Kopfnicken: »Dann lasse ich euch mal allein.«

Joe legte eines der Handtücher auf seinen Schoß und nahm das Fläschchen mit dem Wasserstoffperoxid. »Das brennt jetzt gleich. Ich zähle bis drei. Bist du bereit?«

Beth nickte und klammerte sich an der Bank fest.

»Eins, zwei ...« Ohne das »drei« abzuwarten kippte er den Inhalt der Flasche über die Wunden. Es brannte so stark, dass Beth die Tränen in die Augen schossen.

»Du hast ja gar nicht drei gesagt«, stieß sie zwischen den Zähnen hervor. »Du würdest einen miserablen Arzt abgeben.« Sie wollte nicht wegen der blöden Blasen weinen, aber je mehr sie die Augen zusammenkniff, desto stärker tränten sie.

»Mein letzter Patient war eine Schildkröte. Die hat sich nicht beschwert.«

Sie musste unwillkürlich lachen. Ihre Schultern entspannten sich, und der Schmerz ließ nach, es ziepte nur noch ein bisschen. »Pass bloß auf, sonst setze ich das Gerücht in die Welt, du hättest Humor.«

»Du solltest dem Arzt nicht drohen, während er bei der Arbeit ist.«

Joe tupfte das Wasserstoffperoxid, das ihr über den Fuß gelaufen war, vorsichtig ab, um ihr nicht noch mehr wehzutun. »Danke«, flüsterte sie.

»Keine Ursache.«

»Ich meine wegen vorhin.«

Seine Hände verharrten kurz, dann nahmen sie ihre Tätigkeit wieder auf. »Das sind doch nur Idioten. Ich hätte gar nicht auf sie achten sollen.«

»Auf wen?«

Joe zuckte zusammen und tupfte die Wunde aus Versehen viel zu grob.

»Autsch!«

»Entschuldige.«

»Vielleicht sollte ich lieber nicht mit dir reden, während du mich verarztest.«

»Wie du willst.« Er sah kurz auf und suchte ihren Blick. »Soll nicht wieder vorkommen.«

Sie hätte gerne noch mal nachgehakt, doch dann ließ sie es ihren Füßen zuliebe sein. »Ich meinte wegen vorhin mit Sid. Du hast mir das Leben gerettet.«

Joe schnaubte. »Sid ist gar nicht so schlimm.«

»Immerhin hat sie mich mit einem Billardstock bedroht, auch wenn ich nicht weiß, ob sie mich damit vermöbeln oder ihn mir in die Kehle rammen wollte.«

»Das war nicht so gemeint.«

»Ach nein? Da hatte ich aber einen ganz anderen Eindruck.« *Du kannst mir viel erzählen.* Unverschämtheit. »Diese Frau braucht einen Aufpasser.«

»Ich bin mit ihr befreundet. Du solltest dir kein Urteil über Menschen erlauben, die du gar nicht kennst.«

Beth war sekundenlang sprachlos. Dann setzte die Wut ein. »Du erstaunst mich wirklich. Bis gestern hast du mich für eine materialistische blonde Tussi gehalten, die neueste Erwerbung deines Bruders in seinem lebenslangen Bemühen, immer mehr ... Zeug anzuhäufen. Das nenne ich, sich ein Urteil über jemanden erlauben, den man gar nicht kennt.«

Joe goss Wasserstoffperoxid über ihren anderen Fuß.

»Großer Gott, du bringst mich um.«

»Sei nicht so dramatisch«, sagte er, stellte die Flasche auf den Boden und tupfte ihren Fuß mit einem Handtuchzipfel ab. »Und ich kenne meinen Bruder.«

»Du tust was?«, fragte Beth. Sie pfiff auf die Yoga-Atmung und fing an zu keuchen.

Joe nahm einen Wundverband aus dem Kasten und gab Gel aus einer gelben Tube auf eine kleine Mullkompresse. »Halt still, während ich das festklebe.«

Das kalte Gel und der feste Druck des Verbands machten es ihr schier unmöglich, stillzuhalten. »Hast du das Foltern irgendwo gelernt oder probierst du das hier nur so zum Spaß an mir aus?«

»Die Schildkröte war eine bessere Patientin als du. Die hat wenigstens nicht herumgezappelt.«

»Doch, aber wahrscheinlich so langsam«, sagte Beth und biss sich dabei auf die Unterlippe, »dass du es gar nicht mitbekommen hast.«

Endlich schenkte er ihr seine Aufmerksamkeit. »Das war bestimmt der schlechteste Witz, den ich je gehört habe.« Trotzdem lächelte er. Sein Blick fiel auf ihre Lippen, von denen die untere zwischen ihren Zähnen steckte. Beths Herz schlug unangenehm schnell. »Wenn du noch fester zubeißt, muss ich demnächst deine Lippe verarzten.«

Beth leckte sich über die Lippen und schloss den Mund. Sie konnte die Augen nicht von ihm abwenden, auch als er sich wieder ihren Fuß vornahm. Egal, wie sehr sie ihn provozierte, seine Hände blieben immer sanft.

»Du hast recht«, sagte er.

»Ach ja?«

»Ich hätte dir gegenüber nicht voreingenommen sein sollen.« Wieder suchte er ihren Blick. »Aber ich hatte meine Gründe.«

Sie ließ den Kopf nach hinten an die Lehne der Bank sinken. »Was für Gründe?«

Statt einer Antwort stellte er ihr eine Gegenfrage: »Warum hast du mich nicht aufgeklärt?«

»Das habe ich dir bereits gesagt. Ich wollte dich nicht in Verlegenheit bringen.«

»Warum nicht?«

Sie richtete sich auf und wechselte ihre Sitzposition. »Ich bin auf diese Insel gekommen, um Lucas' Familie kennenzulernen. Damit ihr mich alle mögt. Ich hatte Angst, es mir von Anfang an mit dir zu verscherzen, wenn ich dich noch vor unserer ersten offiziellen Begegnung in Verlegenheit gebracht hätte.«

Er runzelte die Stirn und kniff die Augen zusammen. »Glaubst du, Lucas würde es sich noch mal anders überlegen, wenn wir dich nicht mögen würden?«

»Nein. Aber es ist nicht nur wegen Lucas. Ich habe meine eigenen Gründe.«

Joe klebte den Verband fest, dann stellte er ihre Füße auf den Boden. »Ich würde vorerst keine Schuhe anziehen. Dad dürfte bald Schluss machen. Er nimmt dich dann mit nach Hause.«

Joe warf die feuchten, blutbefleckten Handtücher in die Mülltonne, stapfte die Treppe hinunter und ging in die Nacht hinaus.

Beth rührte sich nicht. Der Wind trug das Motorengeräusch zu ihr, dann Reifen auf Kies, schließlich verloren sich die Rücklichter von Joes Jeep in der Ferne. Gerade war etwas zwischen ihnen passiert. Etwas, das sie nicht einordnen konnte. Ihre rationale, praktische Seite riet ihr, nicht weiter darüber nachzudenken, die Frau in ihr lehnte sich seufzend zurück.

Joe Dempsey hatte verborgene Seiten, die er nur ungern zeigte. Und auch ihre verborgenen Seiten hatte er teilweise enthüllt. *Sei vorsichtig, meine Liebe. Du betrittst gefährliches Terrain.*

Kapitel 7

Beth sah Joe am nächsten Morgen nur kurz, und in den wenigen Augenblicken ihres Zusammenseins vermied er den Augenkontakt mit ihr. Nicht einmal als er ihr auf seine ruppige, knurrige Art einen guten Morgen wünschte, sah er sie an.

Lucas hatte auf dem Anrufbeantworter der Dempseys eine Nachricht hinterlassen, während Beth im Restaurant mithalf. Müde und gereizt von der langen Fahrt und Sitzungen bis in die Nacht, hatte er berichtet, die Beweislage sei schlimmer als erwartet und die Gefahr, den Prozess zu verlieren, damit gewachsen.

So egoistisch es war, Beth dachte nur daran, was die neue Beweislage für ihren Urlaub bedeutete. Sie hatte sich den ganzen Tag damit getröstet, dass Lucas bald wieder hier sein würde. Dass er zur Besinnung kommen, den Fall seinen Kollegen übergeben und am nächsten Abend nach Anchor Island zurückkehren würde. Aber mit einer kurzen Nachricht hatte er ihre Hoffnung im Keim erstickt.

Patty wollte am Vormittag nach Hatteras fahren, um ihre sonntäglichen Einkäufe zu erledigen, und hatte Beth eingeladen mitzukommen. Da dies eine Fährüberfahrt beinhaltete, hatte Beth so taktvoll wie möglich abgelehnt – das heißt, sie hatte einen Schweißausbruch bekommen und panisch »Nein!« gerufen. Das passierte in diesem Urlaub viel zu oft.

Tom brauchte sie nicht für die Mittagsschicht im Lokal, also war Beth wieder einmal sich selbst überlassen. Es gab zwar jede Menge Geschäfte und Sehenswürdigkeiten zu erkunden, doch Beth zog es zu Lola. Und deshalb saß sie jetzt allein in deren Kunstgewerbeladen, bastelte Schmuck und hoffte, dass niemand etwas kaufen wollte, bevor Lola von ihrer Besorgung zurückkam.

Lola hatte Beth versichert, sie wäre im Nu wieder da, und ihr die antiquierte Registrierkasse erklärt. Ziemlich vertrauensselig von ihr. Seit Beth hier auf der Insel war, hatte sie bereits als Bedienung gearbeitet, und jetzt sprang sie auch noch als Aushilfsverkäuferin ein. Nicht gerade ein Traumurlaub, könnte man meinen, wenn es ihr nicht solchen Spaß gemacht hätte.

Das Trinkgeld im Restaurant war nicht schlecht gewesen, und Tom hatte darauf bestanden, dass sie es behielt. Beth wollte es der örtlichen Wirtschaft zugutekommen lassen, und so stöberte sie auf der Suche nach Schätzen in Lolas Laden herum. Ihre Wahl fiel auf eine schwarz-weiß gemusterte Vase, die größer war als die rote, die sie am Tag zuvor gekauft hatte. Die hier würde perfekt in ihr Wohnzimmer passen, die rote in die Küche. Lola hatte ihr versichert, beide seien mundgeblasen und stammten von einem Künstler aus Nags Head. Es war eine exquisite Arbeit.

Ihr zweiter Fund war eine Bleistiftskizze des Leuchtturms von Anchor Island. Beth hatte ihn noch nicht mit eigenen Augen gesehen, aber die Skizze war so plastisch, dass sie förmlich das Schreien der Seemöwen und das Rauschen der Wellen in der Ferne hören konnte. Sie musste das Bild haben.

Als Beth ihre Beute sicher hinter dem Ladentisch verstaut hatte, wandte sie ihre Aufmerksamkeit dem großen Sortiment an Halbedelsteinen und Perlen zu, das am anderen Ende des Ladens auslag. An mehreren Arbeitstischen konnten die Touristen sich nach Lust und Laune ein Schmuckstück zusammenstellen.

Beth hatte sich während der Highschool als Schmuckdesignerin versucht, aber ihre Großmutter hatte alles missbilligt, was sie vom Lernen abhalten könnte. Heimlich hatte sie ihre Utensilien in ihr Wohnheimzimmer auf dem College geschmuggelt, doch die vielen Prüfungen und der Druck, ein gutes Abschlusszeugnis zu bekommen, hatten ihrem Eifer bald ein Ende gesetzt. Nur die Fleißigen bekamen einen Studienplatz in Jura, das hatte ihre Großmutter ihr immer wieder eingeschärft. Sie brachte kein einziges Stück mehr fertig.

Während Beth an einem kleinen Arbeitstisch hinten in der Ecke saß, von dem aus sie den gesamten Laden überblicken konnte, hielt sich ein Schwung Touristen im Laden auf und betrachtete die Kunstgegenstände. Beth war gerade dabei, ein Armband aus verschieden geformten und verschieden großen Perlen zusammenzustellen – diverse Blautöne im Wechsel mit Silberperlen. Als sie den Verschluss anbrachte, fiel ihr auf, dass eine der Perlen genau das intensive Blau von Joes Augen hatte.

Sie musste an sein Lächeln denken, und an den Funkenschauer, den seine Berührung bei ihr auslöste. Hatte sie unbewusst genau dieses Blau gewählt?

Das Klimpern des Windspiels über der Tür bewahrte Beth davor, weiter darüber nachzusinnen. Eine blonde Frau in einem teuer wirkenden schwarz-weißen Kleid, Espadrilles und einer großen Sonnenbrille à la Jackie O. trat ein. Sie trug das Haar modisch kurz geschnitten, ihre Fingernägel waren französisch manikürt, und die Clutch unter ihrem rechten Arm kostete mehr als eine Leasingrate von Beths Auto.

Irgendwie kam sie Beth bekannt vor.

»Kann ich Ihnen helfen?«, sagte sie, als die Frau an der Tür stehen blieb.

»Ich suche Lola LeBlanc.« Ihre näselnde Sprechweise deutete auf eine reiche Herkunft, gepaart mit dem typischen Mangel an Großzügigkeit. Beth kannte diese Sorte Frau gut.

Normalerweise waren sie mit einem der Partner in der Kanzlei verheiratet.

»Lola ist im Augenblick nicht da, sie kommt aber bald zurück. Kann ich etwas für Sie tun, oder möchten Sie warten?«

Beth schlüpfte hinter den Ladentisch und bemühte sich, einen möglichst beflissenen Eindruck zu machen. Die blonde Frau warf einen Blick auf die Uhr, deren winziges Uhrglas, wie Beth auffiel, mit Diamanten eingefasst war. Beth kam unwillkürlich der Begriff *teuer im Unterhalt* in den Sinn.

»Wann ist sie wieder da? Ich habe in zwanzig Minuten einen Termin.«

Sie hatte ganze zwanzig Minuten für Lola eingeplant. Es musste sich um etwas Wichtiges handeln. Vielleicht hatte sie anschließend vor, Hundewelpen zu kidnappen. »Möchten Sie etwas abholen? Wenn Sie mir Ihren Namen sagen, kann ich hinten im Lager nachsehen.«

»Ich heiße Cassandra Wheeler, und ich muss Ms LeBlanc persönlich sprechen.«

Wheeler. Wheeler Development. Auf einmal fiel Beth wieder ein, wo sie die Frau schon einmal gesehen hatte. In der Kanzlei.

Sie war aus Lucas' Büro gekommen.

»Ich ...«

»Hier ist meine Karte. Richten Sie Ms LeBlanc aus, dass sie mich im Hotel unter der Nummer auf der Rückseite anrufen soll. Der Anruf wird sich für sie lohnen, sagen Sie ihr das.«

Bevor Beth etwas darauf erwidern konnte, verließ Cassandra unter den leisen Klängen des Windspiels den Laden und hinterließ einen Hauch Chanel in der Luft.

Beth schürzte die Lippen. Was hatte Lucas mit Cassandra Wheeler zu tun? Beth hatte zweimal gesehen, wie Cassandra aus Lucas' Tür gekommen war, und sie für eine ganz normale Mandantin gehalten. Aber Lucas war nicht für die Wheelers zuständig.

Die einzig mögliche Verbindung zwischen den beiden war Anchor Island. Würde Lucas Wheeler tatsächlich dabei helfen, die Insel aufzukaufen? Unvorstellbar.

Beth gefiel es nicht, dass ihr solche treulosen Gedanken durch den Kopf gingen. Sie würde Lucas bei der nächsten Gelegenheit nach seinen Zusammenkünften mit Ms Wheeler fragen. Bestimmt gab es eine ganz einfache Erklärung dafür. Das hoffte sie zumindest.

*

Ein Vormittag auf dem Wasser versetzte Joe normalerweise in gute Stimmung. Perfektes Wetter, jede Menge Fische und zufriedene Touristen, das alles noch vor dem Mittag. Die heutige Gruppe war so begeistert, dass sie für Dienstag gleich noch einmal gebucht hatte. Doch anstatt sich über den gelungenen Vormittag und die zusätzliche Tour zu freuen, konnte Joe an nichts anderes denken als an Beth und den Funken, den sie in seinem Körper entfacht hatte.

Künftige Familientreffen würden äußerst unangenehm werden, wenn er nicht aufhörte, die Frau seines kleinen Bruders zu begehren. Das gestern Abend war allerdings mehr als Begierde gewesen. Gott steh ihm bei, aber Joe fing an, sie zu mögen. Ihre Energie, ihr Lachen, ihre ruhige Kraft. Sogar ihre Entschlossenheit, seine Familie für sich einzunehmen, obwohl er nicht verstand, warum ihr das so wichtig war.

Als er im Dempsey's zur Tür hereinrauschte, stolperte Joe in eine Szene, die ihn von seiner zukünftigen Schwägerin ablenkte.

»Ich habe Mr Wheelers Versuche der Kontaktaufnahme ignoriert, weil es mich nicht interessiert, was Mr Wheeler mir zu sagen hat.« Gegenüber von Joes Dad an der Theke stand ein Schönling im Anzug. »Wenn Sie es unbedingt noch einmal persönlich aus meinem Mund hören müssen, Mr Paige, dann betrachten Sie dies als meine offizielle Antwort. Ich bin nicht interessiert.«

Joe nahm sich ein Glas und schenkte sich eine Limonade ein, dann lehnte er sich an den Kühlschrank. Sein Dad wirkte so zornig, als wollte er seiner Antwort mit den Fäusten Nachdruck verleihen, und dieses Schauspiel würde er sich nicht entgehen lassen.

»Sie müssen es im größeren Rahmen sehen, Mr Dempsey. Wenn Sie mit Wheeler Development zusammenarbeiten, wäre das sehr viel einträglicher für Sie als ihr derzeitiger Betrieb. Mr Wheeler ist bereit ...«

»Sind Sie schwerhörig, Mr Paige?« Joe wusste, dass Gefahr im Verzug war, denn sein Dad verschränkte die Arme und trat unruhig von einem Fuß auf den anderen. Der Anzugträger wusste das offenbar nicht.

»Werfen Sie doch erst einmal einen Blick auf unsere Pläne, dann werden Sie verstehen, wie immens die Insel davon profitieren kann und welches Entwicklungspotenzial darin steckt.«

Wheeler hatte also nicht nur Cassandra auf die Insel geschickt.

Tom schlug donnernd die Faust auf die Theke, bevor Wheelers Laufbursche die Papiere ausbreiten konnte, die er aus der Jackentasche gezogen hatte. Er knurrte leise: »Nehmen Sie Ihre Pläne und Ihr Entwicklungspotenzial und verschwinden Sie aus meinem Restaurant.«

Joe lächelte. Tom Dempsey geriet nicht oft in Rage, aber dann waren es legendäre Ausbrüche. Vielleicht trieb der Lackaffe ihn noch ein bisschen weiter. Wenn sein Dad den Mistkerl in hohem Bogen hinauswarf, würde die Botschaft bei Wheeler Development bestimmt ankommen.

Die Papiere verschwanden wieder in der schicken Anzugjacke, und der Mann trat einen Schritt zurück. Er hatte es kapiert. »Denken Sie darüber nach, Mr Dempsey. Sind erst einmal Ihre Nachbarn mit an Bord, wird Mr Wheeler zu denjenigen, die ihm Steine in den Weg legen, weitaus weniger großzügig sein.«

Eine unverhohlene Drohung. *Steck es dir sonst wohin, Lackaffe.* Joe trat neben seinen Vater, als der Anzugträger seinen Abgang machte. »Ich muss wohl nicht fragen, was das gerade war.«

»Dieser verdammte Hund lässt nicht locker«, antwortete Tom leise. »Es gibt doch so viele andere Inseln, warum hat es der Mistkerl ausgerechnet auf unsere abgesehen?«

Joe vermutete, dass Wheelers plötzliches Interesse an Anchor Island mehr mit Rache als mit geschäftlichen Erwägungen zu tun hatte. Rache an Joe. Er hatte Cassandra Wheeler den Verlobungsring an den Finger gesteckt und dann einen Rückzieher gemacht, als sie von ihm verlangte, sich zwischen der Insel und ihr zu entscheiden.

Die Entscheidung war ihm nicht schwergefallen, trotzdem kam er sich wie ein Idiot vor.

Cassie wusste, wie sie ihren Vater um den Finger wickeln konnte. Er würde alles tun, um sein kleines Mädchen glücklich zu machen. Joe hatte zwar keine Beweise, aber er vermutete schon länger, dass Cassie hinter dem Jobangebot steckte, das ihr Vater ihm nach der Trennung von Cassie unterbreitet hatte. Geld, Macht, ein Eckbüro. Er hatte Joe ebenso zu kaufen versucht, wie er sich ein Auto oder ein neues Boot kaufte. Was war schon eine Insel für einen Krösus wie Tad Wheeler? Zumal er damit ein Riesengeschäft machen konnte.

»Du glaubst doch nicht, dass jemand darauf eingeht, oder?«, fragte Joe.

»Das Arschloch blufft nur, sonst wäre der Preis inzwischen schon gesunken.« Tom wischte die Theke ab. »Aber wir machen ihn anscheinend ganz schön wütend, wenn er schon seinen Laufburschen schicken muss.«

Bevor Joe antworten konnte, ließ Tom den Lappen fallen und stürzte zur Tür.

»Da bist du ja, Mädchen«, sagte er und umarmte Beth stürmisch. »Setz dich doch an die Bar. Diesmal bist du zum Essen hier, nicht zum Arbeiten.« Er warf einen Blick zu Joe. »Steh nicht herum, bring ihr eine Speisekarte.«

Was zum Teufel sollte das? »Ich bin auch nicht zum Arbeiten hier.«

»Dann nimm dir auch eine Speisekarte und verschwinde von hier hinten.«

Joe tat wie geheißen und gesellte sich zu Beth an die Bar, wobei er einen Hocker zwischen sich und ihr freiließ. Wortlos schob er ihr eine Speisekarte zu, dann vertiefte er sich in seine eigene, als wüsste er nicht, was es gab.

»Oh, danke«, sagte sie und legte ihr Handy auf die Theke.

»Nichts zu danken.«

Ihr superkurzer Jeansrock zeigte schon im Stehen ziemlich viel von Beths Beinen. Im Sitzen rutschte er so weit hoch, dass Joe sich ernsthafte Sorgen um sein körperliches Wohlergehen machte.

Er rutschte auf dem Hocker herum und vermied es, nach unten zu sehen.

»Hat man hier auf der Insel wirklich nirgendwo Handy-Empfang?«

Joe blickte auf, als Tom antwortete: »Leider nein.«

»Ich wollte Lucas anrufen, um ihn etwas zu fragen, aber ich werde wohl warten müssen.«

»Du kannst von der Küche aus telefonieren.«

Beth schürzte die Lippen. Vielleicht hatte sie ohne Lucas keine Lust, noch länger auf Anchor Island zu bleiben. »Nein, schon gut. Er hat wahrscheinlich sowieso keine Zeit. Ich werde heute Abend mit ihm sprechen.«

»Bestellung fertig!«, kam es aus der Küche.

»Ich bin gleich wieder da«, sagte Tom und nahm die Warmhalteplatten aus dem Edelstahlregal. »Du kannst jederzeit telefonieren, wenn du möchtest.«

»Danke«, sagte sie, dann wandte sie sich an Joe. »Was würdest du mir empfehlen?«

»Wie bitte?«, fragte Joe. Wollte sie wirklich von ihm wissen, ob sie telefonieren sollte oder nicht? Oder vielleicht sogar, ob sie allein auf der Insel bleiben sollte?

»Von der Karte. Was würdest du mir empfehlen?« Als sie ihn mit ihren großen grünen Augen anstrahlte, herrschte in seinem Kopf auf einmal gähnende Leere.

»Ich weiß es nicht. Nimm, was du willst.« Wieder versteckte er sich hinter seiner Speisekarte und überlegte, sich das Essen einpacken zu lassen.

»Findest du es so schrecklich, mit mir zu reden?« Sie klang verletzt, und er mehr denn je wie ein Mistkerl. Warum rastete sie nicht aus? Damit konnte er umgehen.

Joe dachte über seine Antwort nach, ohne sie anzusehen. »Ich habe dir bereits gesagt, dass mir das Reden nicht so liegt. Wenn du was wissen willst, frag mich einfach.«

»Das habe ich.«

»Was hast du?«

»Dich was gefragt.«

»Ich weiß eben nicht, was dir schmeckt.« Je mehr er sich verteidigte, desto mehr hatte er das Gefühl, in einem Streit, den er gar nicht wollte, den Kürzeren zu ziehen. »Wie soll ausgerechnet ich dir etwas empfehlen können? Ich kenne dich doch kaum.«

»Wenn du mir nicht ständig ausweichen würdest, würdest du mich besser kennen.«

Typisch Frau, diese Bemerkung. »Warum bist du eigentlich so sauer? Und sag jetzt nicht, weil ich dir keinen Hamburger empfohlen habe.«

»Nein, das ist es nicht. Gestern Abend haben wir uns so gut verstanden, und heute benimmst du dich wieder, als hätte ich ... Läuse oder so.«

»Hast du gerade Läuse gesagt?«

Beth verdrehte die Augen. »Ach, Mann, du weißt schon, was ich meine. Was hast du gegen mich?«

»Ich habe nie gesagt, dass ich was gegen dich habe.« Dann wäre sein Leben allerdings sehr viel einfacher. »Und warum ist es dir so verdammt wichtig, dass dich die Menschen mögen?«

Sie sah ihn an, als hätte er sie gefragt, wie man mit einem Ruderboot von Anchor Island zum Mars kommt. »Weil ... es ist eben so. Willst du denn nicht, dass dich die Leute mögen?«

Solange man ihn in Ruhe ließ, war es Joe vollkommen egal, ob die Leute ihn mochten oder nicht. »Nein.«

»Du lügst«, sagte Beth und sah ihm ins Gesicht.

»Nein. Dann würde ich nämlich genau das sagen, was du hören möchtest, damit du mich magst.« Er wusste nicht, wie er jetzt darauf gekommen war, aber er war stolz auf sich.

Beths grüne Augen wurden schmal, als sie mit dem Finger auf die Speisekarte klopfte. »Du meinst das vollkommen ernst.«

»Ja.«

»Das erklärt einiges.« Sie schlug beiläufig die Speisekarte auf und tat so, als wäre ihr vollkommen gleichgültig, ob er sie mochte oder nicht, aber er hörte ihr an, dass dem nicht so war. »Ich dachte nur, weil ich jetzt bald zur Familie gehöre, wäre es besser, wenn wir uns verstehen. Vergiss es einfach.«

Jetzt war sie wirklich davon überzeugt, dass er sie nicht mochte. Die Vernunft riet ihm, es dabei zu belassen. Ein anderer, offenbar gestörter Teil seines Gehirns vermittelte ihm jedoch das Gefühl, als hätte er gerade einem Hundewelpen einen Fußtritt verpasst. Zweimal.

»In Ordnung.«

»In Ordnung was?«, fragte Beth.

»Ich finde dich ganz in Ordnung.« Es war gar nicht so schwer gewesen, es zuzugeben, und »in Ordnung« war eine Untertreibung, aber das brauchte sie ja nicht zu wissen. »Heute Nachmittag muss ich noch mal mit dem Boot raus. Morgen habe ich frei. Soll ich dir mehr von der Insel zeigen?«

Jetzt war er komplett durchgedreht.

Sie zwinkerte, als ob er ihr Sand in die Augen geworfen hätte. Dann lehnte sie sich ganz weit zurück und blickte hinter seinen Rücken.

»Was machst du denn da?«, fragte er.

»Ich sehe nach, ob dir jemand eine Pistole in den Rücken hält.«

»Spar dir deine dummen Sprüche. Wenn du nicht willst, dann sag es einfach.« Er freute sich auch nicht gerade darauf, den Touristenführer zu spielen. »Aber beschwer dich dann nicht, dass ich dich nicht gefragt hätte.«

»Nein, nein. Du hast ja recht. Du meinst es nett, und ich sollte dir das Leben nicht so schwer machen.« Beth schenkte ihm ein aufrichtiges Lächeln, das ihr Gesicht zum Leuchten brachte und seinen Solarplexus unangenehm kribbeln ließ. »Tut mir leid, mit dem netten, liebevollen Joe kann ich noch nicht so gut umgehen, dazu kenne ich ihn zu wenig.«

Auf so charmante Art hatte ihn noch nie jemand als Arschloch bezeichnet. »Ich habe dich gestern Abend vor Sid gerettet. Und deine Blasen verbunden, wogegen du dich sehr gesträubt hast.« Als sie den Mund öffnete, um zu widersprechen, verhinderte er es. »Das ist wahrscheinlich das Netteste, das ich im letzten halben Jahr gemacht habe.«

Beth lachte, und Joe musste ebenfalls schmunzeln. Das Gefühl war unvertraut, aber nicht unangenehm.

»Heute habe ich in Lolas Laden eine Bleistiftskizze des Leuchtturms gekauft. Ich würde ihn mir gerne ansehen. Fährst du mich morgen hin? Ich werde mich von meiner besten Seite zeigen, versprochen.« Sie rutschte auf den Barhocker neben Joe und streifte dabei seinen Oberschenkel, woraufhin er zurückzuckte. Ihr Lächeln erlosch.

Verdammte Funken.

»Mach ich. Möchtest du auch die Wildpferde sehen? Zu Fuß wäre es zu weit, und wenn wir schon mal mit dem Auto unterwegs sind?« Er musste sich unbedingt den Kopf untersuchen lassen. Oder den kleinen Mann in seinem Ohr zum Schweigen bringen. Bis morgen.

»Gerne.« Sie lächelte wieder, wenn auch zaghafter als zuvor. »Danke, Joe. Ich habe gehofft, dass wir Freunde werden.«

»Gut. Freunde. Das werden wir.« Vorausgesetzt, sie kam ihm nicht zu nahe. Und falls er nicht vorher kapitulierte und sich vom Pier stürzte.

Kapitel 8

Das Zischen, wenn er sie berührte, und dazu noch sein mörderisches Grübchen gaben ihr das Gefühl, die Sympathie ihres zukünftigen Schwagers zu erringen sei vergleichbar mit dem Führen eines Mafia-Prozesses. Gefährlich für ihre Gesundheit. Er zog sie körperlich an. Das war nicht das Ende der Welt. Abgesehen davon mochte sie kaum etwas an ihm. Der Mann war voreingenommen, mürrisch und begriffsstutzig.

Doch wenn sich seine Gesichtszüge entspannten und er seinen Schutzschild sinken ließ, vergaß sie seine Fehler. Zeit mit Joe zu verbringen war wie ein Spaziergang am Rand der Klippen. Ein falscher Schritt und sie konnte hinunterfallen. Nein. So durfte sie es nicht sehen. Es war nichts Falsches daran, ihren zukünftigen Schwager zu mögen. Als Freund. Wenn sie Lucas heiratete, würde er zu ihrer Familie gehören. Sie sollten sogar Freunde sein.

Nach einem einträchtigen, wenn auch größtenteils schweigsamen Mittagessen war Joe zu seiner Bootstour aufgebrochen – eine unangenehme Vorstellung -, und Beth war mit Patty, die von ihrem Großeinkauf zurückgekehrt war, nach Hause gefahren.

»Jetzt habe ich das ganze Fleisch verpackt und in die Gefriertruhe gesteckt«, sagte sie zu Beth, als sie sich zu ihr auf die Veranda gesellte.

»Ich hätte dir helfen können.«

»Du hast schon genug geschuftet. Du bist schließlich hier, um Urlaub zu machen und nicht um ein Praktikum abzuleisten.« Patty stellte ein großes Glas Eistee auf den Tisch neben Beth und ließ sich in einen Gartenstuhl fallen. »Wie war dein Vormittag?«

»Gut. Ich war bei Lola und habe das Armband hier gemacht.« Beth hielt ihr Handgelenk hoch.

»Es ist wunderschön«, sagte Patty und drehte es herum. »Diese Perle hat genau Joes Augenfarbe.«

Beth zog den Arm zurück. »Findest du? Das ist mir gar nicht aufgefallen.« Sie nahm ihren Eistee und erzählte von Cassandra. »Heute kam eine Frau in den Laden, während Lola unterwegs war.«

»Lola zuliebe hoffe ich, dass sie noch mehr Kunden hatte.«

»Natürlich, aber das war keine Touristin auf der Suche nach einem ganz besonderen Souvenir. Sie hieß Cassandra Wheeler.«

Patty fiel fast das Glas aus der Hand. »Cassie ist auf der Insel?«

»Du kennst sie?«, wollte Beth wissen.

»Oh, und ob wir Cassie Wheeler kennen. Ganz besonders Joe.«

»Joe?« Beth hätte nicht gedacht, dass Joe mit einer Frau wie Cassie befreundet war, entsprach sie doch genau Joes Vorstellung von Lucas' Verlobter. Und er hatte deutlich gemacht, dass die »blonde Tussi« nicht willkommen war.

»Er war mit ihr verlobt.«

Hätte Beth gerade einen Schluck im Mund gehabt, wäre er in Pattys Gesicht gelandet. »Joe war mit Cruella de Vil verlobt?«

Patty lachte. »Sie erinnert ein bisschen an sie, stimmt. Die beiden haben sich vor ein paar Jahren kennengelernt, als Cassie den Sommer über hier für die Nationalparkbehörde gearbeitet hat.«

»Ist ihr Vater nicht Tad Wheeler?« Dass diese hochnäsige Kuh sich die Hände schmutzig machte, passte nicht ins Bild.

»Ja. Woher weißt du das?«

Beth überlegte fieberhaft, was sie antworten sollte. Ihre zukünftige Schwiegermutter zweimal in zwei Tagen anzulügen, das ging eigentlich nicht. Andererseits konnte sie ihr auch nicht erzählen, dass Lucas sich mit Cassandra getroffen hatte. Erst musste sie mit ihm darüber reden. »Auf ihrer Visitenkarte stand Wheeler Development, da habe ich zwei und zwei zusammengezählt.«

»Ja, klar.« Beth atmete auf, als Patty fortfuhr. »Aber er ist nicht reich auf die Welt gekommen, und er wollte, dass seine Tochter weiß, was richtige Arbeit bedeutet. Natürlich hat er ihr eines der schönsten Ferienhäuser der Insel gemietet und ihr ein großzügiges Taschengeld gegeben.« Patty verschränkte die Arme. »Das trägt nicht gerade dazu bei, den Charakter zu formen.«

Trotzdem, sie verstand es immer noch nicht. »Wie ist Joe ausgerechnet mit ihr zusammengekommen?«

»Erstens sieht sie umwerfend aus, wie dir bestimmt nicht entgangen ist. Sie hätten hübsche Kinder bekommen.« Pattys Blick wanderte in die Ferne, und Beth wurde flau im Magen. »Und Joe war wohl genau der Typ Mann, mit dem sie ihren Dad auf die Palme bringen konnte. Wenn es nach ihm gegangen wäre, hätte sie sicherlich einen Arzt oder Anwalt heiraten sollen, und auch aus diesem Grund hat sie sich für Joe entschieden und nicht für Lucas.«

»Sie kennt Lucas auch?« Blöde Frage, das wusste Beth doch bereits.

»Er war in jenem Sommer auch zu Besuch hier, da haben sie sich kennengelernt. Aber Lucas ist mit seiner Arbeit verheiratet, deshalb war ihre Bekanntschaft nur von kurzer Dauer.« Erst jetzt schien Patty aufzufallen, was sie gerade gesagt hatte. »Ich meine ...«

»Schon gut«, sagte Beth. »Ich weiß, wie viel Zeit Lucas in der Kanzlei verbringt. Er möchte unbedingt der jüngste Partner der Firma werden, und das erfordert Opfer.« Diesen Vortrag hatte er ihr schon so oft gehalten, dass sie ihn auswendig kannte.

»Wenn ihr erst verheiratet seid, wird bestimmt alles anders.«

Das sah Beth nicht so. Sie lenkte das Gespräch wieder auf Joe, den Heuchler zurück. »Was ist aus Joe und dieser Wheeler geworden? Warum sind sie nicht verheiratet?«

Patty zuckte die Schultern. »Das weiß keiner. Er ist zu ihr nach Richmond gefahren, und nach seiner Rückkehr hat er nur gesagt, dass es aus ist. Keine Woche später kam per Post der Ring zurück.« Cassandra Wheeler war offenbar nicht der sentimentale Typ, doch das überraschte Beth nicht. »Meines Wissens war Cassie seitdem nicht mehr auf der Insel, deshalb war ich so überrascht, als du von ihr erzählt hast.«

»Ich bin ziemlich sicher, dass sie nicht hier ist, um Urlaub zu machen. Heute Nachmittag wirkte sie eher auf mich, als wollte sie eine Festung stürmen.« Und anschließend einen Wurf Welpen für ihren Pelzmantel klauen.

»Ob Joe weiß, dass sie hier ist? Heute Abend sehen wir ihn wahrscheinlich nicht, er hat mich gebeten, Dozer zu füttern.« Patty trommelte mit den Fingern auf die Stuhllehne. »Vielleicht sollte ich ihm eine Nachricht auf dem Anrufbeantworter hinterlassen.«

»Er zeigt mir morgen die Insel«, sagte Beth, um Fassung bemüht. »Dann kann ich es ihm sagen.«

»Er zeigt dir die Insel?« Patty wirkte ebenso überrascht wie Beth, als Joe ihr den Vorschlag gemacht hatte. »Ist das Toms Werk?«

»Glaube ich nicht. Wir haben heute zusammen zu Mittag gegessen.« Sie hatte sich so über die Gelegenheit gefreut, Lucas' geheimnisvollen Bruder besser kennenzulernen und sein Wohlwollen zu gewinnen. Jetzt hätte sie große Lust gehabt, ihm zu sagen, er könne sich sein Wohlwollen sonst wohin stecken.

»Erstaunlich.« Patty lehnte sich zurück und verschränkte erneut die Arme. »Er steckt in den letzten Tagen voller Überraschungen.«

»Das kann man wohl sagen«, sagte Beth, erleichtert, dass die Mutter ihres Verlobten lächelte.

*

Als Joe den Jeep vor dem Haus parkte, stellte er fest, dass er kaum noch Benzin im Tank hatte. Sie würden morgen früh tanken müssen.

Sie. Verflucht.

Seitdem er sich im Restaurant von Beth verabschiedet hatte, lag er mit sich im Clinch. Als würde sein Verstand erst wieder richtig funktionieren, wenn er genug räumliche Entfernung zwischen sich und die Urheberin der Funken gebracht hatte.

Was zum Teufel hatte er sich eigentlich dabei gedacht?

Als er zum Haus ging, hörte er auf der Veranda Dozers Hundehalsband klimpern. Er sollte eigentlich nicht draußen sein.

»Dozer?«

»Er ist bei mir«, kam Toms Stimme aus dem Dunkeln.

»Dad?«

»Wer sollte es sonst sein?«

»Ich weiß nicht«, sagte Joe und stieg die Verandatreppe hinauf. »Normalerweise lungert niemand im Dunkeln auf meiner Veranda herum.« Dozer erhob sich schwanzwedelnd, und Joe kraulte ihm die Ohren. »Hallo, alter Junge.«

»Setz dich«, sagte Tom. »Wir müssen uns unterhalten.«

»Das klingt nicht gut.« Joe setzte sich in einen der großen weißen Schaukelstühle, die er Pattys farbenfrohen Gartenstühlen vorzog. »Was habe ich jetzt wieder verbrochen?«

»Nichts. Noch nicht.« Tom zögerte, als wollte er Zeit gewinnen. Joe hoffte, dass es nicht zu lange dauern würde. Er sehnte sich nach einer heißen Dusche und einem kalten Bier. »Patty hat erzählt, dass du morgen mit Elizabeth auf Besichtigungstour gehst.«

»Ja, ich hab's ihr angeboten.« Kein Bier, jetzt brauchte er einen Whiskey. »Und?«

»Du hast sie gestern Abend Beth genannt. Und mir ist nicht entgangen, wie du sie heute angeglotzt hast.« Eins musste man Tom Dempsey lassen, er redete nicht um den heißen Brei herum.

Joe rieb sich mit den Händen übers Gesicht. »Sie hat mir am ersten Abend erzählt, dass ihr Beth besser gefällt. Deshalb nenne ich sie so. Frag sie ruhig, wenn du mir nicht glaubst.«

»Und heute?«

»Was ist mit heute? Wir haben zusammen gegessen. Du warst doch dabei.«

»Und ich habe gesehen, wie du sie angeglotzt hast«, wiederholte Tom. »Sie ist ein tolles Mädchen, das ist mir klar. Aber sie ist mit deinem Bruder verlobt.«

»Glaub mir, das weiß ich. Was immer du angeblich gesehen hast, da ist nichts.« Vielleicht sollte er es allen leichter machen und sich auf der Stelle vom Pier stürzen. »Ich geh jetzt ins Bett.«

Joe stand auf, gefolgt von Tom. »Sei einfach vorsichtig. Mehr verlange ich nicht.«

»Schon kapiert.« Sein Dad stieg die Treppe hinunter. Als er unten war, hielt Joe ihn noch einmal zurück. »Hey, hast du Patty schon davon erzählt?«

Tom streckte die Hände aus. »Es gibt ja nichts zu erzählen, oder?«

»Genau.« Joe fuhr sich mit den Fingern durchs Haar. »Nur zur Sicherheit. Ich will nicht, dass sie irgendwas sagt. Du weißt schon.«

»Ja.« Tom lächelte im Mondlicht. »Ich weiß.« Dann fasste er die Situation mit einem Wort zusammen: »Frauen.«

»Ganz genau«, pflichtete Joe ihm bei.

*

Am nächsten Morgen wurde er von Beth bereits auf der Veranda seiner Eltern erwartet. Dozer war als Erster bei ihr und wurde zur Begrüßung am Kinn gekrault. Er klopfte vor Seligkeit mit einer Pfote auf die Holzdielen, und Joe ignorierte einen Anflug von Eifersucht.

»Bereit zum Aufbruch?«

Sie sah ihn an und lächelte, aber etwas in ihren Augen war ... anders. Sie wirkte, als führte sie etwas im Schilde. Nicht sehr beruhigend. »Klar.« Wieder kraulte sie Dozer, dann sprang sie vom Stuhl auf.

Ein schlauchartiger weißer Minirock schmiegte sich um ihre Hüften. Joe bekam einen trockenen Mund. Das schlichte T-Shirt mit V-Ausschnitt war gischtgrün, was ihre Augen zur Geltung brachte.

»Dozer kommt doch auch mit, oder?«, fragte sie, während der Hund ihr wie in Trance folgte. So viel zum Thema Treue. Verdammter Hund.

»Ja, er kommt mit.« Joe öffnete die Tür seines Jeeps. »Rein mit dir, Dozer.«

Der Hund blieb neben Beth sitzen, die Zunge hing ihm seitlich aus dem Maul. Wieder schenkte Beth Joe ein Lächeln. »Er bleibt anscheinend lieber bei mir.« Sie öffnete ihre Tür und der Hund sprang unaufgefordert hinein.

»Nur weiter so, Kumpel, nur weiter so.« Als Joe einstieg, ließ Beth ihren Sicherheitsgurt einrasten. »Die Dose mit den Leckerlis kann ganz schnell verschwinden.«

Beth kraulte den Hund unter dem Kinn. »Keine Bange, Dozer. Du bekommst von mir Leckerlis.«

»Du weißt nicht mal, wo sie sind.«

Sie sah zu seinem kleinen Cottage und zuckte die Schultern. »Dein Haus ist nicht groß. Die können nicht schwer zu finden sein.«

»Lass mich raten, du hast dir das College nicht nur mit Bedienen, sondern außerdem mit Einbrüchen verdient?«

Sie zog eine Augenbraue nach oben. »An der Küchentür deiner Eltern hängt dein Hausschlüssel.«

»Aus dir spricht eine wahre Kriminelle.« Joe legte den Rückwärtsgang ein und setzte kiesspritzend zurück. »Erst mal zur Tankstelle. Dann zum Leuchtturm.«

Danach zu den Pferden, dann hatte er seine Pflicht erfüllt. Je schneller er es hinter sich brachte, desto besser.

»Ich habe gestern jemand getroffen, den du gut kennst«, sagte Beth.

Da er jeden auf der Insel kannte, musste sie sich schon genauer ausdrücken. »Wen denn?«

»Eine Frau«, antwortete sie.

»Kannst du das ein bisschen eingrenzen? Ich kenne viele Frauen.«

»Viele Frauen?«

»Hat Patty dich etwa darauf angesetzt, mein Liebesleben zu erforschen?«

Beth zupfte einen unsichtbaren Fussel von ihrem Rock, und ihre halb entblößten Oberschenkel lenkten ihn ab. Der Jeep geriet ins Schlingern, sodass Dozer das Gleichgewicht verlor.

»Was war das denn?«, fragte sie und griff nach hinten, um den Hund festzuhalten.

»Ein Eichhörnchen.« Das schien eine gute Antwort zu sein. »Was sollen all die Fragen?«

»Hat nichts mit Patty zu tun, auch wenn sie diejenige ist, die mich über die Frau ins Bild gesetzt hat, über diese – wie soll ich sie beschreiben?« Sie klopfte sich aufs Kinn und tat, als müsste sie scharf nachdenken. »Ich hab's: Diese überspannte blonde Tussi. Und obwohl ich nicht rausgeguckt habe, würde ich schwören, dass sie ein schickes Auto gefahren hat.«

Ach du heilige Scheiße.

»Das hat sie bestimmt.« Ein Blick zu Beth zeigte ihm, dass ihr Lächeln verschwunden war. »Wo hast du Cassie getroffen?«

Beth ging über seine Frage hinweg. »Du warst mit einer Frau verlobt, die genau dem Bild entspricht, das du von mir hattest. Du hast mich und deinen Bruder mit dem Klischee einer Frau beleidigt, obwohl du von der Sorte selbst fast eine geheiratet hättest.«

»Wenn du es so sehen willst ...«

»Moment mal.« Sie drehte sich so weit zu ihm herum, wie es der Sicherheitsgurt zuließ. »Es überrascht dich ja gar nicht, dass sie hier ist. Du wusstest es schon.«

»Sie hat mich am Samstag am Hafen besucht.«

»Wie schön.« Jäh drehte sie sich wieder nach vorne. »Ihr hattet euch bestimmt viel zu erzählen. Hoffentlich habt ihr auch darüber gesprochen, was für ein Heuchler du bist.«

»Hör mal, es tut mir leid. Aber du hast bei unserer ersten Begegnung ja auch nicht gesagt: ‚Hallo, ich heiße Elizabeth und bin mit deinem Bruder verlobt.'«

Erneut drehte sie sich zu ihm. Wenn sie so weitermachte, würde der Gurt sie wundscheuern, noch bevor sie an der Tankstelle ankamen. »Ich hatte keine Ahnung, wer du warst. Und wie gesagt, nach deiner ach so vorteilhaften Beschreibung von Lucas' Verlobter hielt ich es für wenig ratsam, mich dir als diejenige Person vorzustellen, die du gerade beleidigt hattest.«

»Erstaunlich.«

»W ... Wie bitte?«

»Du hast kein Problem damit, mich hier und jetzt zur Rede zu stellen. Und als ich deine Blasen versorgt habe, warst du auch nicht zimperlich mit deinen Worten. Also entschuldige, wenn ich dir nicht abkaufe, dass du das nur getan hast, um mich nicht in Verlegenheit zu bringen.«

»Es ist aber so. Weil ich so was nie tun würde.«

»Wirklich?«, schnaubte er. »Es kann doch auch sein, dass du mich zum Narren halten wolltest.«

»So unverschämt bin ich nicht, im Gegensatz zu manch anderen Leuten, die wir kennen.«

Joe fuhr rechts ran. »Das Ganze hier war nicht meine Idee. Ich habe mich dafür entschuldigt, dass ich so voreingenommen war. Ich würde mich auch für die Frau entschuldigen, die ich fast geheiratet hätte, bloß weiß ich nicht, was dich das eigentlich angeht. Und glaub mir, ich habe für meinen Fehler bezahlt.«

Beths Mund sah aus wie ein Fischmaul, das nach Luft schnappt, während Dozer auf dem Rücksitz winselte.

»Ist schon gut, alter Junge«, beruhigte Joe ihn. »Ziehen wir das jetzt durch, oder soll ich dich nach Hause bringen?«

»Du kannst jetzt keinen Rückzieher mehr machen.«

»Doch, wenn du mir nämlich weiterhin die Hölle heiß machst. Warum bist du eigentlich so sauer?«

»Sie ist einfach ...« Beth verschränkte die Arme. »Du warst mit Cruella de Vil verlobt.«

Er konnte ihr nicht folgen. »Ich war was?«

»Du arbeitest auf einem Fischerboot. Du trägst« – sie wedelte mit den Händen vor seiner Brust herum – »Kaki-Shorts und ein altes Flanellhemd. Du fährst einen Jeep.« Sie zeigte auf Dozer. »Und du hast einen riesigen Hund. Was hat ein Typ wie du mit einer überspannten blonden Tussi am Hut?«

Das versuchte er auch schon seit zwei Jahren zu ergründen, vergeblich. »Keine Ahnung.« Dann sah er sie an. »Du hast was auf dem Kasten. Oder wirkst zumindest so. Du bedienst wie eine gelernte Kellnerin, also weißt du, was Arbeit bedeutet. Du magst meinen Hund, also hast du Geschmack. Was hast du mit einem ichbezogenen, überehrgeizigen Workaholic am Hut?«

»Wie kannst du so etwas über deinen eigenen Bruder sagen?«

»Weil es stimmt.« Joe blickte hinaus aufs Wasser. »Ich liebe meinen Bruder, aber das heißt nicht, dass ich ihn verstehe. Er jagt irgendetwas hinterher, und du wirkst nicht wie die typische

Frau an seiner Seite, sondern eher wie die Frau, die dabei auf der Strecke bleibt.«

»Lucas ist liebenswürdig und großzügig, und er liebt mich.« Sie wartete, bis sie wieder Augenkontakt hatten. »Und ich kann an Ehrgeiz nichts Schlimmes finden.«

»Nein, daran ist auch nichts Schlimmes«, sagte er und verstellte den Rückspiegel. »Solange man die richtigen Prioritäten setzt.«

»Was bringt dich darauf, dass das bei Lucas nicht der Fall ist?«

Er sah ihr in die Augen. »Er ist nicht hier, oder?«

Beth klappte den Mund zu, so fest, dass ein Muskel unter ihrem rechten Ohr zu zucken begann. Sie starrte verbissen aus dem Fenster. »Das verstehst du nicht.«

»Du hast recht, ich verstehe es nicht.«

Ihre Miene sagte ihm, dass er einen wunden Punkt getroffen hatte. Vielleicht einen, den sie bisher ignoriert hatte. »Bist du bereit für die Besichtigungstour?«

Sie funkelte ihn noch einmal finster an, dann ließ sie die Hände in den Schoß fallen. »Sehen wir uns diesen Leuchtturm an.«

Kapitel 9

Während Joe tankte und auf der Weiterfahrt danach, führte Beth ein Streitgespräch mit Joe. Wenn auch nur im Geiste. Nach außen hin blieb sie entspannt und ruhig. Und das bedeutete, dass sie im Grunde mit sich selbst stritt, nicht mit Joe.

Warum ist Lucas nicht hier?

Du weißt, dass er wegen des Falls zurück musste. Seine Arbeit ist wichtig.

Das sind wir auch. Wir sind wichtig. Wann stellt er uns endlich über seine Arbeit?

Wir sind wichtig, und Lucas zeigt uns das auch ständig. Er ist liebenswürdig und großzügig und kümmert sich gut um uns.

Sind wir denn vierjährige Kinder? Um uns muss man sich nicht kümmern. Wir sollten für ihn an erster Stelle stehen. Wen interessiert es schon, ob er Partner wird?

Lucas interessiert es, und damit verdammt noch mal auch uns. Wir werden nichts Schlechtes über Lucas denken, wenn er nicht hier ist, um sich zu verteidigen.

Er ist nie hier und fragt nie, was wir denken, also was macht es schon für einen Unterschied?

»Schluss jetzt damit.« Beth merkte erst, dass sie die Worte laut ausgesprochen hatte, als Joe auf die Bremse trat und alle drei nach vorne fielen.

»Womit ist Schluss?«

Dummes Gehirn. Schau, was du angerichtet hast.

»Mit gar nichts, entschuldige. Ich war in Gedanken.« Beth blickte in die Ferne und entdeckte über die Baumwipfel hinweg die Spitze des Leuchtturms. »Sind wir schon da?«

Joe schnallte sich ab. »Wir sind da.«

Als Beth sich ihrerseits abschnallte, sah sie, wie Joes Hose sich beim Aussteigen über seinem Hintern spannte. Jemand mit einem solchen Traumhintern sollte keine weiten Hosen tragen.

Wir starren Joe nicht auf den Po.

Warum denn? Es ist echt ein toller Po.

»Steigst du auch aus?«

Beth fuhr zusammen, als Dozer sie mit seiner feuchten Nase am Ohr stupste. »Ja, natürlich«, sagte sie und wischte sich das Ohr an der Schulter ab. Joe hielt ihr die Tür auf, wobei er so weit wie möglich auf Abstand ging, um jede Gefahr des Körperkontakts zu vermeiden. Wenigstens waren sie diesbezüglich auf einer Linie.

Joe ging um das Heck des Wagens herum zu einem langen, mit einem Geländer versehenen Plankenweg. Als sie ihm folgte, bemühte sie sich, nicht auf seinen göttlichen Hintern zu starren, sondern stellte sich stattdessen Lucas' Hintern in seiner Anzughose vor. Sie hatte schon immer ein Faible für Männer in Anzügen gehabt, und Lucas sah darin fantastisch aus. Aber er gab ja auch eine Menge Geld dafür aus, dass sie wie angegossen saßen.

Lucas war nicht hier, na und? Joe schien besser als Lucas zu wissen, wo Lucas eigentlich hingehörte, na und?

Nein. Lucas gehörte nach Richmond, und sie würde ihm daraus keinen Vorwurf machen. Sein Engagement und sein Ehrgeiz waren zwei Eigenschaften, die sie an ihm mochte. Doch sie schätzte noch mehr an ihrem Verlobten. Er beschützte sie und wurde mit jeder Situation fertig. Sie musste sich nicht damit abmühen, Dinge zu regeln oder Entscheidungen zu treffen, das übernahm alles Lucas für sie. Keine Sorgen. Keine Fragen. Keine Zweifel. Niemand, der sie aus ihrer Komfortzone vertrieb.

Deine Komfortzone ist langweilig.

Klappe.

Als Beths Blick nach oben wanderte, stellte sie fest, dass Joe richtig breite Schultern hatte. Starke, breite Schultern. Lucas' Schultern waren schmäler, und er war schlaksiger als Joe. Sie verglich die beiden nicht miteinander. Aber an breite Schultern konnte man sich wunderbar anlehnen.

Okay. Höchste Zeit, sich auf etwas anderes zu konzentrieren. Was nicht schwer war angesichts des majestätischen weißen Turms, der keine fünfzig Meter vor ihnen aufragte. Er hatte einen breiten Sockel und verjüngte sich nach oben, wo sich ein kleines verglastes Gehäuse befand. Rund um eine Plattform verlief ein schwarzes Geländer. Die Aussicht dort musste einfach grandios sein.

Das aus Ziegeln gemauerte, weiß getünchte Bauwerk mit nur einem kleinen Fenster unten und einem in der Mitte wirkte größer als das fünfgeschossige Bürogebäude in Richmond, in dem Beth arbeitete. Sogar aus der Ferne musste sie den Kopf in den Nacken legen, um die Spitze zu sehen.

»Können wir raufsteigen?«

»Nein, das geht nicht.«

»Warum nicht?«, wollte sie wissen.

Joe hob die Hände zur weltweit gültigen Unschuldsgeste. »Schau mich nicht so an. Die Nationalparkbehörde hat ihn vor Jahren für baufällig erklärt. Während der Saison kann man den Sockel besichtigen, aber die beginnt erst in zwei Wochen. Wenn er für Touristen geöffnet wird, bist du schon wieder weg.«

Beth legte erneut den Kopf in den Nacken und beobachtete ein Möwenpärchen, das um die Spitze herum tanzte und flatterte. Sie hätte sich nie träumen lassen, dass sie einmal Möwen beneiden würde. In diesem Augenblick tat sie es.

Joe ging weiter und ließ sie wie eine gaffende Touristin stehen. Sie beeilte sich, ihn einzuholen. »Leuchtet er noch?«

»Ja, aber er hat kein Drehlicht, wie du vielleicht erwartet hast. Dieser Leuchtturm sendet einen permanenten Lichtstrahl aus, den man in mehr als zwanzig Kilometer Entfernung sehen kann.«

Je näher sie herankamen, desto schwieriger wurde es, nach oben zu schauen, ohne das Gleichgewicht zu verlieren. Aber sie konnte die Augen nicht von dem weißen Gemäuer abwenden. Bis auf den Leuchtturm von Cape Hatteras, auf den sie während der Herfahrt einen kurzen Blick erhascht hatte, hatte sie noch nie einen Leuchtturm in natura gesehen.

Dem Künstler, der ihre bei Lola erstandene Bleistiftskizze angefertigt hatte, war es gelungen, auf entzückende Weise jedes Detail der Ziegelmauer und der kleinen Nebengebäude einzufangen. Das Bild war jedoch nichts im Vergleich zur Wirklichkeit. Gebäude dieser Größe waren in einer Stadt voller Wolkenkratzer nichts Besonderes. Auf einer winzigen Insel hingegen bot ein so hoher und massiver Wächter schon mehr Grund zum Staunen. Als hätte Gott selbst den Turm an diesen Ort verpflanzt.

»Wann wurde er erbaut?«, fragte sie Joe. Eigentlich hatte sie sich nicht wie eine Touristin benehmen wollen.

»Ursprünglich war der Leuchtturm nur ein Mast, und er befand sich an einer anderen Stelle. Das war um das Jahr 1700. Durch die Verschiebung der Fahrrinne mussten die ersten Siedler den Mast immer wieder umsetzen.« Joe schob sie leicht nach rechts, um sie davor zu bewahren, über einen Ast zu stolpern. »Einer wurde von einem Blitz getroffen, aber ich weiß nicht mehr, wann das war. Dieser hier wurde um 1820 herum gebaut.«

»Klingt spannend. Ich weiß nicht, was faszinierender ist, der Leuchtturm selbst oder seine Geschichte.« Beth stellte sich Generationen von Seeleuten und Piraten vor, die mithilfe dieses Leuchtturms sicher an Land gekommen waren. Merkwürdig, aber sie fand es irgendwie aufregend, auf demselben Boden zu wandeln wie einstmals Piraten.

»Du interessierst dich für Geschichte?«, fragte Joe, der plötzlich aufmerksam geworden war.

»Sehr sogar«, sagte sie. »Meine liebsten Schulausflüge waren die alljährlichen Pilgerfahrten nach Jamestown und Williamsburg.«

»Bist du in Richmond aufgewachsen?«

Beth hatte das Gespräch nicht auf sich lenken wollen. Nicht einmal Lucas wusste, wie sie aufgewachsen war. Hauptsächlich deshalb, weil er nie danach gefragt hatte, aber sie hatte auch nie von sich aus davon erzählt. Ihrem Verlobten würde sie die Geschichte anvertrauen. Irgendwann einmal. Das hieß aber nicht, dass sie sie auch seinem Bruder auf die Nase binden musste.

»In der Gegend. Orientierst du dich auch an diesem Licht, wenn du mit dem Boot draußen bist?«

Sollte Joe der Themenwechsel aufgefallen sein, ließ er es sich zumindest nicht anmerken. »Nein. Wir haben moderne Navigationsgeräte. Den Leuchtturm brauchen wir nicht mehr.«

»Oh.« Beth sah Joe grinsen, er musste sich das Lachen über ihre Frage verkneifen. Eine ziemlich dumme Frage, wenn sie jetzt darüber nachdachte. Auch Beth musste unwillkürlich grinsen.

*

Wenn Beth ihn noch öfter so anlächelte, würde er die Tour abbrechen und nach Hause fahren müssen, um kalt zu duschen. Streng schauen, das schaffte sie gar nicht, und auch wütende Blicke fielen ihr schwer, aber wenn sie ihn so anlächelte, als würde sie ihn wirklich mögen, wurde ihr Gesicht ganz weich, und ihre Augen strahlten wie Glühwürmchen, die in einer warmen Frühlingsnacht über dem Wasser tanzten.

Großer Gott. Er hatte gerade ihre Augen mit Glühwürmchen verglichen. Als Nächstes würde er Liebesbriefe schreiben und statt des i-Punkts kleine Herzchen malen.

Während Beth allein ein wenig die Umgebung erkundete, die er wie seine Westentasche kannte, dachte er über den »Fang« seines Bruders nach. Diese Frau machte all seine Vorstellungen darüber zunichte, was für eine Sorte Frau Lucas einmal heiraten würde. Geschichtliches Interesse deutete normalerweise darauf hin, dass einem Menschen wichtiger waren als Dinge.

Eine Frau, die sich zu Lucas hingezogen fühlte, sollte eigentlich Shoppen zu ihren Hobbys zählen und alles daran setzen, die Insel so schnell wie möglich wieder zu verlassen. Doch soweit er wusste, ließ Beth die Läden bis auf den von Lola links liegen, und sie machte keine Anstalten, nach Richmond zurückzukehren. Was sie ohne Lucas jederzeit hätte tun können.

Wenn er es nicht besser gewusst hätte, hätte Joe gesagt, dass Beth Anchor Island mochte. Ein abwegiger Gedanke, den er sofort wieder fallen ließ. Aber Beths Widerwillen, von sich zu erzählen, konnte er nicht ignorieren. Auf seine harmlose Frage hin, wo sie aufgewachsen war, hatte sie das Thema schneller gewechselt als ein Hai nach der Beute schnappt.

Warum wollte sie ihm nicht davon erzählen? Und ließ sie auch Lucas im Dunkeln?

Natürlich konnte er Lucas unmöglich fragen, was er über seine Verlobte wusste. Und Patty auch nicht, denn das hätte seinen Dad sofort wieder in Alarmbereitschaft versetzt. Joe musste sich seine Antworten auf andere Art besorgen.

»Ich glaube, ich habe alle Bilder im Kasten«, sagte sie und steckte ihr Handy ein. »Jetzt noch die Pferde?«

»Ja, jetzt noch die Pferde.« Auf dem Weg zurück zum Parkplatz hätte Joe ihr fast die Hand in den Rücken gelegt, ehe ihm bewusst wurde, was er da tat. Rasch vergrub er die Hände in den Hosentaschen. »Aber eine Warnung gleich vorweg: Wenn Chuck heute nicht arbeitet, stehen wir wie die anderen Touristen auf der Beobachtungsplattform herum.«

»Wer ist Chuck?«, erkundigte sie sich, als sie nach Dozer ins Auto kletterte.

»Chuck Brighteyes kümmert sich um die Pferde. Seine Vorfahren gehen noch auf die ersten Siedler zurück, die sich in der Gegend um Roanoke Island niederließen.«

»Meinst du die verlorene Kolonie? Ich habe in Pattys Broschüren darüber gelesen.«

»Die Bezeichnung ‚verlorene Kolonie' ist nicht ganz richtig; nachdem die ersten Siedler weggezogen waren, kamen andere nach.« Joe bog auf den Highway 12 ab. »Die Legende gefällt den Touristen, aber wie so vieles aus der Geschichte wurde sie für moderne Bedürfnisse zurechtgebogen.«

»Ich würde es trotzdem gerne sehen«, sagte Beth, sehnsüchtig seufzend wie ein Teenager, der von seinem Liebeskummer erzählt. »Ich kann mir nicht vorstellen, es den Kolonisten gleichzutun. Sein Zuhause und alles, was einem vertraut ist, zu verlassen und in eine primitive, unbekannte Welt aufzubrechen.«

Bei ihren Worten musste er an den Tag denken, als Cassie ihm das Ultimatum gestellt hatte. Mit einem spöttischen Lachen hatte sie erklärt, sie würde lieber sterben als auf dieser primitiven Insel zu leben. Da er lieber sterben würde, als nicht auf seiner Insel zu leben, war das Ende der Verlobung unvermeidlich.

»Sie hatten ihre Gründe. Und primitiv heißt im Grunde nichts anderes als einfach. Ich beispielsweise mag es gern einfach.« Joe spürte Beths Blick auf sich ruhen, schaute jedoch starr auf die Straße.

»Ich wollte es nicht als etwas Schlechtes darstellen. Es waren tapfere Leute, finde ich.«

»Ja, das waren sie.«

Den Rest der kurzen Fahrt über die Insel schwiegen sie. Joe dachte weiter darüber nach, wie er Beth Informationen über ihre Vergangenheit entlocken konnte. Er musste ihr Vertrauen gewinnen, wie bei einem Tier, das man zähmen möchte. Aber das würde bedeuten, mehr Zeit mit ihr zu verbringen. Kein sehr angenehmer Gedanke.

Dann hatte er eine bessere Idee. Er würde Sid auf sie ansetzen. Frauengespräche waren nicht gerade ihre Stärke, und Sid mochte Beth nicht besonders, es würde also nicht leicht werden, sie zu einem vertraulichen Plausch mit Beth zu bewegen. Aber wenn sie einsah, dass es für Lucas war, würde sie es tun.

Sid konnte herausfinden, was Beth zu verbergen hatte, und wenn es auch für Lucas von Interesse war, würde Joe seinen Bruder einweihen. Ein Mann musste wissen, auf wen er sich einließ, bevor er die Ehe einging. Was immer Joe über Cassie dachte, wenigstens hatte sie ihm ihr wahres Wesen offenbart, bevor er sein Leben lang an sie gekettet war. Dafür war er ihr auf ewig dankbar.

Als Joe auf den Feldweg neben dem Pferdegehege einbog, sah er keine Fahrzeuge neben den Scheunen, sie würden also draußen vor dem Tor bleiben müssen. »Heute kommen wir nicht in die Nähe der Pferde. Zumindest nicht heute Vormittag.«

»Ist dein Freund nicht da?«, fragte Beth und strengte sich an, über das Gatter zu spähen. »Kann ich die Pferde trotzdem sehen?«

»Klar«, sagte Joe und zeigte auf die Aussichtsplattform rechts von ihnen. »Von da oben kannst du so viel fotografieren, wie du möchtest. Ich fahre nur noch rasch auf den Parkplatz neben dem Highway, damit ich das Tor nicht versperre.«

Kaum hatte er den Motor abgestellt, war Beth schon ausgestiegen. Sie drehte sich noch einmal zu Joe um, der hinter dem Lenkrad sitzen blieb.

»Kommst du nicht mit?«

»Ich bleibe hier bei Dozer. Geh du nur.«

»Oh. Na gut.«

Joe machte es sich auf der Heckklappe des Jeeps bequem und bekam kaum mit, dass Dozer ihm ins Ohr hechelte. Beths knapper weißer Rock schwang ihr um die Beine, und als sie auf die Plattform kletterte, zog er sich straff um ihren Po. Räumliche Entfernung half also auch nicht, um seine körperlichen Reaktionen in Schach zu halten.

»Sie verbirgt etwas. Was man von diesem Rock nicht gerade sagen kann.«

Dozer bellte.

»Hast ja recht. Augen weg von dem Rock. Verstanden.«

*

Beth knipste mit ihrem Handy, während die Pferde ungerührt grasten und schnaubten. Sie spürte, dass Joe sie beobachtete, was ihren Körper an Stellen prickeln ließ, wo er nicht prickeln sollte. Einmal drehte sie sich um, und anstatt so zu tun, als würde er nicht gucken, winkte Joe. Dozer hob die Pfote und tat es ihm nach.

Sie könnte sich daran gewöhnen, dass die beiden Teil ihres Lebens waren.

Das würde sich allerdings ändern, sobald sie wieder nach Richmond zurückkehrte. Bei dem Gedanken daran wurde ihr eng in der Brust, weshalb sie sich wieder auf die Pferde konzentrierte. Sie hatte gedacht, die Wildpferde würden mit wehenden Mähnen über weites, offenes Gelände preschen und ihre Freiheit genießen.

Stattdessen waren sie in einem Pferch eingesperrt, oder vielmehr einer Reihe von Pferchen, und hatten kaum Platz zum Laufen. Was hatte man davon, wild zu sein, wenn man nicht frei sein durfte? Diese Frage galt auch für ihr eigenes Leben.

Ihre Großeltern waren tot und hoffentlich glücklich im Jenseits, es gab keine Schranken mehr für Beth, und doch versuchte sie immer noch so zu sein, wie sie es sich gewünscht hätten.

Beth unterdrückte den in ihr aufsteigenden Groll und ging zurück zum Jeep. Ihre Großeltern hatten geknausert und gespart, um ihr den Besuch des Colleges zu ermöglichen, und sie war ihnen diese Opfer schuldig. Auf der Rückfahrt bedankte sie sich bei Joe für die Besichtigungstour, sonst sagte sie kaum etwas. Bis Joe vor dem Restaurant der Dempseys anhielt.

»Was wollen wir denn hier?«

Joe zuckte die Schultern. »Patty hat mir aufgetragen, dich hier abzusetzen. Sie und Dad arbeiten beide, und sie wollte nicht, dass du allein zu Hause bist.«

Beth fand es ein bisschen schade, dass Joe nicht zum Mittagessen blieb, doch sie schob ihre Enttäuschung beiseite. Er hatte versprochen, ihr den Leuchtturm und die Pferde zu zeigen, und nicht, sich den ganzen Tag um sie zu kümmern.

»Dozer braucht Wasser, ich bringe ihn nach hinten zur Küche, aber geh du schon mal rein.« Als der Hund seinen Namen hörte, drückte er sich zwischen die Sitze und sabberte auf Beths Schulter.

»Ja, du bist gemeint«, sagte Joe. »Los, Kumpel.«

Beth folgte den beiden zur umlaufenden Veranda. Als Joe und Dozer die oberste Treppenstufe erreichten, blieb der Hund wie angewurzelt stehen und fing so laut zu knurren an, dass die Holzdielen vibrierten.

Der Grund dafür war schnell gefunden. Mitten auf der Veranda stand Cassandra Wheeler und bedachte Dozer mit einem Blick, als wollte sie ihn zu einem Wintermantel verarbeiten.

Kapitel 10

»Ruhig, Dozer«, sagte Joe. Der Hund verstummte, blieb jedoch sprungbereit.

Beth stieg die restlichen beiden Stufen hinauf und wollte sich neben Dozer stellen, doch der Hund baute sich vor ihr auf, wie um sie vor der gefährlichen Blondine zu beschützen. Als Joe erneut seinen Namen sagte, setzte sich Dozer, ohne Cassie aus den Augen zu lassen.

»Du kommst wie immer in Begleitung deiner barbarischen Kreaturen«, spottete Cassandra alles andere als erfreut. »Nimm sie lieber an die Leine.«

Da Beth nichts von weiteren Haustieren wusste, hatte sie keine Ahnung, was diese Bemerkung sollte.

Dann wurde Cassie auf sie aufmerksam. »Sie kommen mir bekannt vor. Wer sind Sie?«

»Das ist …«, fing Joe an, doch Beth schnitt ihm das Wort ab.

»Ich habe Lola im Laden vertreten, als Sie zu ihr wollten. Sie haben mir Ihre Visitenkarte dagelassen.«

»Stimmt. Sie hat mich aber noch nicht angerufen.« Cassie klemmte sich ihre Clutch unter den Arm und stemmte eine Hand in die Seite. »Haben Sie es ihr ausgerichtet?«

»Ja.« Sie musste ihr ja nicht unbedingt unter die Nase reiben, dass Lola die Visitenkarte sofort in den Mülleimer befördert hatte. »Aber Sie wollen gerade gehen. Lassen Sie sich nicht aufhalten.« Damit trat Beth zur Seite und zwang Dozer und Joe, es ihr gleichzutun.

Cassandra kniff die Augen zusammen. Beths Abfuhr hatte gesessen. »Mein Angebot steht noch, Joe. Ruf mich an, wenn du mit mir reden willst.«

Für ihren Auftritt hätte Beth einen Oscar verdient. Cassie musste denken, dass sie und Joe ein Paar waren, deshalb hatte sie zum Abschied noch einen Giftpfeil abgeschossen. Dozer fing wieder zu knurren an, als Cassie in großem Bogen an ihm vorbeiging. Kurz schwelgte Beth in der Vorstellung, wie Dozer einen von Cassies teuren Absätzen zerkaute. Sabber auf ihrem Seidenrock würde sich auch gut machen.

»Komm, Dozer«, sagte Joe, während Beth dabei zusah, wie Cassie in ihren Mercedes stieg. »Was sollte das denn gerade?«, fragte er.

Da sie nicht davon ausging, dass seine Frage Dozer galt, drehte sie sich zu ihm. »Was sollte was?«

»Du hast mich davon abgehalten, dich als Lucas' Verlobte vorzustellen. Warum?«

Tatsächlich hatte Beth ihn daran gehindert zu sagen, wo sie arbeitete. Cassie durfte auf keinen Fall erfahren, dass sich ein Mitarbeiter der Kanzlei, die ihren Vater vertrat, auf der Insel aufhielt. Ein Anruf, und Beth könnte gezwungen sein, Cassies Lakaien zu spielen.

Außerdem hatte sie Lucas immer noch nicht gefragt, warum Cassandra Wheeler in seinem Büro gewesen war. Erst wenn sie das wusste, konnte sie seiner Familie von der Verbindung erzählen. Die Dempseys wären am Boden zerstört, sollte sich herausstellen, dass Lucas den Wheelers behilflich war.

»Ich habe ihr lediglich gesagt, woher sie mich kennt. Ich wollte dich nicht unterbrechen.« Joe wirkte wenig überzeugt. »Wolltest du Dozer nicht Wasser geben? Er sieht aus, als könnte er welches vertragen.« Wie aufs Stichwort streckte der Hund alle viere von sich und ließ die Zunge aus dem Maul hängen. »Wir sehen uns drinnen.«

Bevor Joe etwas darauf erwidern konnte, schlüpfte Beth durch die Tür ins Restaurant, wo reger Mittagsbetrieb herrschte.

»Ich dachte, der Ansturm kommt erst nach dem Memorial Day«, sagte sie zu Tom, als sie sich auf einen Barhocker setzte.

»Das war einmal«, entgegnete er und holte ein Glas aus dem Regal hinter sich. »Die Saison scheint jedes Jahr früher anzufangen.«

»Soll ich euch helfen?«

»Nein, nicht nötig. Daisy ist wieder da, und Annie übernimmt den hinteren Bereich. Die schaffen das.« Er stellte ein Glas Limonade neben die beiden, die sich bereits auf der Theke befanden. »Wo ist Joe? Ich dachte, er käme mit dir.«

»Er gibt Dozer noch Wasser. Vor der Tür sind wir Cassandra Wheeler in die Arme gelaufen.«

Tom blickte vom Zapfhahn auf. »Und wie ist es gelaufen?«

»Dozer mag sie wohl nicht besonders, oder? Ich habe ihn noch nie so knurren gehört.«

Tom gluckste. »Er mochte Cassie noch nie. Das beruht offenbar auf Gegenseitigkeit. Was zeigt, dass Tiere, was den Charakter angeht, ein besseres Urteilsvermögen haben als Menschen.«

»Ich muss zugeben, dass ich mit Dozer einer Meinung bin.«

»Worüber bist du einer Meinung mit Dozer?«, fragte Joe und setzte sich auf den übernächsten Hocker.

»Sie hat gerade gesagt, dass sie nicht viel von deiner Exverlobten hält.« Tom warf sich das unvermeidliche weiße Barhandtuch über die Schulter. »Ich glaube, wir sind uns beide einig, dass Lucas auf diesem Gebiet erfolgreicher war als du.«

Die beiden Männer tauschten einen Blick, den Beth nicht zu deuten wusste, aber Joe ging nicht auf Toms Bemerkung ein. »Was hatte sie hier zu suchen? Sie war doch nicht schon wieder wegen der Wheeler-Sache da, oder?«

»Nein, sie hat mit Phil Mohler zu Mittag gegessen. Der Mann hat sie angeschmachtet, dass ihm schier das Wasser aus dem Mund lief.« Tom stellte Beth ein Glas Eistee hin und reichte Joe eine Limonade. »Ich weiß nicht, was sie von ihm wollte. Außer seinem Haus hat er keinen Grundbesitz auf der Insel.«

»Wahrscheinlich will sie die Einheimischen auf ihre Seite ziehen. Mohler ist so dumm, der gibt die perfekte Schachfigur ab.«

»Was hat die Baufirma eigentlich mit der Insel vor?«, wollte Beth wissen. Sie konnte sich nicht vorstellen, was Tad Wheeler – ein Mann, der nicht dafür bekannt war, kleine Brötchen zu backen – mit einer so winzigen und abgelegenen Insel am Hut hatte.

»Zusammen mit dem ersten Angebot hat man uns Entwurfspläne vorgelegt, denen zufolge die gesamte Insel in eine riesige Ferienanlage verwandelt werden soll«, erklärte Tom. »Fast alle Häuser und Geschäfte müssten weichen, um Platz für das Hauptgebäude, einen Pool, einen Wellnessbereich und andere Las-Vegas-artige Mätzchen zu schaffen.«

»Das ist ja furchtbar!«, rief sie aus. Diese wunderschöne, ruhige Insel in eine banale, charakterlose Ferienanlage zu verwandeln war unvorstellbar. Und genau das, was sie von Tad Wheeler erwartet hatte. »Was meinst du eigentlich mit Schachfigur?«, erkundigte sich Beth. »Wenn dieser Mohler nur ein Geschäft hat und kein Land besitzt, was nützt er ihr dann?

»Durch den Unternehmerverband«, sagten die beiden Männer wie aus einem Mund.

»Das muss mir einer von euch genauer erklären.« Beth nahm einen Schluck von ihrem Eistee und versuchte, nicht allzu interessiert zu klingen.

»Hier auf der Insel gibt es keinen Bürgermeister und keine Gemeindeverwaltung«, sagte Tom, »aber wir haben einen Unternehmerverband, damit wir gemeinsam Werbe- und Marketingmaßnahmen und die Planung von Festen organisieren können. Solche Dinge.«

»Zwei Bestellungen, Tom«, rief ein hübscher Rotschopf am anderen Ende der Bar.

»Bin gleich wieder da.«

Beth sah ihrem zukünftigen Schwiegervater nach, dann wandte sie sich an Joe. »Was hat Mohler mit dem Unternehmerverband zu tun?«

»Interessiert dich das wirklich?«, fragte er. »Dieser Provinzkram muss für eine Großstadtanwältin wie dich doch furchtbar langweilig sein.«

»Als Großstadtanwältin kann man mich wirklich nicht bezeichnen«, sagte Beth und klopfte mit dem Finger auf ihr Glas. »Ich erledige bloß Recherchearbeiten für die Anwälte, die Prozesse führen. Und Richmond ist auch nicht gerade New York.«

»Gefällt es dir dort nicht?«

»Das hab ich nicht gesagt. Aber ich mag diese Insel und will nicht, dass ihr sie verliert.«

Sie musste die magischen Worte gefunden haben, denn Joe entspannte sich auf einmal. »Wir wissen, dass Wheeler die Geschäftsleute der Insel umgarnt. Bis jetzt halten wir alle gegen ihn zusammen, aber er erhöht ständig sein Angebot, während unsere Umsätze zu wünschen übrig lassen. Obwohl die Saison früher anfängt, kommen unterm Strich längst nicht mehr so viele Gäste.«

»Ich verstehe Mohlers Rolle immer noch nicht.«

»Er ist ein Dummkopf, aber er ist von hier. Das bedeutet, dass ihm die anderen Einheimischen zuhören. Wenn er sein mickriges Grundstück verkauft und das als etwas Gutes hinstellt, geben diejenigen, die noch schwanken, vielleicht nach.« Joe kippte die Hälfte seiner Limonade hinunter, dann wischte er sich die Oberlippe ab. »Das könnte womöglich einen Dominoeffekt auslösen. Man weiß ja nie.«

»Nur damit ich es richtig verstehe: Ihr bietet Wheeler Development seit Monaten die Stirn und habt trotzdem Angst, dass dieser Typ, den du für einen Dummkopf hältst, die anderen umstimmt?«

»Nicht er allein, aber er ist ein Schwätzer. Er könnte sich Verbündete suchen und die anderen bearbeiten.«

Beth nahm sich einen Augenblick Zeit, um über die Situation nachzudenken. Wenn man den Menschen *einreden* konnte, Tad Wheelers Pläne mit der Insel zu akzeptieren, musste man es ihnen auch *ausreden* können.

»Hält dieser Verband regelmäßige Treffen ab?«, fragte sie.

»Ja.«

»Wann findet das nächste statt?«

»Am Freitag, warum?«

»Weil wir dann unsere Operation ›Rettung für Anchor Island‹ starten.« Beth wünschte, sie hätte Notizblock und Stift dabei. »Habt ihr hier irgendwo Papier?« Sie stellte sich auf die Querstrebe ihres Barhockers, um über den Tresen zu schauen.

»Moment mal. Wovon redest du eigentlich?« Joe hielt ihren Hocker fest, der umzukippen drohte. »Setz dich, bevor du dir noch was brichst. Niemand startet hier irgendetwas.«

Beth ließ sich zurück auf den Hocker fallen. »Aber das müssen wir. Siehst du das nicht ein?«

»Ich sehe nur eine durchgeknallte Frau, die wirres Zeug über eine Angelegenheit redet, die sie nichts angeht.«

»He, ich werde bald Dempsey heißen. Und das bedeutet, dass mich die Angelegenheit sehr wohl etwas angeht.« Ohne Joes Unterstützung wäre ihr Plan zum Scheitern verurteilt. »Wenn deinen Eltern etwas zustößt, erbt ihr dann das Ganze hier, du und Lucas?«

»Eine morbide Frage.«

»Ist es so?«

»Klar.«

»Dann ist es auch mein Kampf.« Beth stand auf und suchte einen Zettel.

»Setz dich. Ich bringe dir das verdammte Papier.« Joe ging um die Theke herum und holte einen Block und einen Stift aus der Schublade unter der Kasse. »Hier«, sagte er und schob ihr beides hin.

Beth schlug das Deckblatt um. »Wir müssen überlegen, wer mitmachen würde. Lola, da bin ich sicher. Und deine Sid wird bestimmt auch auf deiner Seite stehen.« Beth war so aufgeregt, dass der Stift förmlich über das Papier flog. Zum ersten Mal seit der Überfahrt fühlte sie sich in ihrem Element.

»Sie ist nicht meine Sid, aber du kannst auf sie zählen. Und auf ihren Bruder.«

Beth rutschte der Stift weg, und er hinterließ eine schwarze Linie auf dem Block. »Sid hat einen Bruder?«

»Warum überrascht dich das? Lass sie doch in Ruhe und lern sie erst mal kennen.« Joe nahm wieder auf seinem Hocker Platz. »Warum unternehmt ihr nicht mal was zusammen, veranstaltet so einen Mädelsabend oder wie ihr das nennt.«

»Ich soll mit Sid was unternehmen?« Oh, da würde sie gern Mäuschen spielen, wenn Joe dieser Furie den Vorschlag machte. »Sie würde mich mit dem Billardstock vermöbeln und anschließend im Meer versenken. Das versteht sie wahrscheinlich unter Spaß haben.«

»So schlimm ist sie gar nicht. Traust du dich etwa nicht, dich mit ihr in eine Bar zu setzen?« Joe sah sie herausfordernd an.

»Wenn du damit meinst, ob ich Angst vor einem Boxhieb habe, dann ja.« Als Beth spürte, wie Joes Blick über ihre Brüste glitt, wurde ihr klar, dass es ihm nicht um ihre heile Haut ging. Sie verschränkte die Arme vor der Brust, einerseits um ihm die Sicht auf ihr Dekolleté zu versperren, andererseits damit er nicht mitbekam, wie ihr Körper auf seine Blicke reagierte.

Ihre Brüste schienen die Musterung nämlich in vollen Zügen zu genießen.

»Willst du vielleicht andeuten, dass ich nicht so attraktiv bin wie Sid?« Beth wusste, dass sie mit Sids Kurven nicht mithalten konnte, aber das hieß noch lange nicht, dass sie das aus dem Mund eines Mannes hören wollte.

»Nein. Ich würde sagen, du bist schärfer.«

*

Verdammt.

Beth riss ihre großen grünen Augen auf und starrte Joe stumm vor Verblüffung an, während Röte ihren langen, schlanken Hals hinaufwanderte. »Ich ... äh ... also ... du findest mich tatsächlich schärfer?«, fragte sie.

Wie zum Teufel sollte er aus der Nummer wieder rauskommen?

»Also, nicht dass ich Sid scharf finden würde, aber ...« Ihre Miene sagte ihm, dass das die falsche Antwort gewesen war. »Ich meine, du ziehst dich femininer an und ...« Ihre Augen verengten sich. Warum war nie eine Schaufel in der Nähe, wenn man eine brauchte?

»Was macht ihr denn da?«, fragte Patty von hinter der Theke.

»Nichts«, sagten sie wie aus einem Mund und drehten sich beide zu ihr. Joe hielt den Blick auf sein Getränk gerichtet und widerstand dem Drang, sich das kalte Glas an die Stirn zu drücken.

»Habe ich euch bei irgendwas gestört?«, fragte Patty.

»Nein«, sagte Beth und drückte den Knopf des Kugelschreibers hoch und runter wie ein überdrehtes Eichhörnchen mit einem nervösen Tick. »Vielleicht könntest du uns helfen.«

Ach du liebe Zeit, wenn sie jetzt auch noch Patty um Klärung darüber bat, wer schärfer war, würde er fluchtartig den Raum verlassen.

»Wobei?«, fragte Patty und tippte auf den Notizblock. »Bei der Gästeliste für die Hochzeit?«

Eine ziemlich unsanfte Art, auf den Boden der Tatsachen zurückgeholt zu werden. Als Joe kurz nach rechts schaute, stellte er fest, dass Beth an ihrer Unterlippe nagte. Vor Schuldbewusstsein?

»Nein, so weit denke ich noch gar nicht.«

»Oh.« Patty ließ enttäuscht die Schultern hängen. »Worum geht es dann?«

»Beth möchte die Geschäftsleute dazu aufrütteln, gemeinsam die Insel zu retten«, erklärte er und blieb damit auf ungefährlichem Terrain.

»Ja.« Beth setzte sich aufrecht und zog sich das dünne T-Shirt über der Brust glatt. Joe ging wieder dazu über, in sein Getränk zu starren. »Bis jetzt haben wir Lola und Sid. Und Joe hat Sids Bruder erwähnt.«

»Randy Navarro«, sagte Joe.

»Was ... äh ... wer?«

»Sids Bruder. Ihm gehört das Wassersportgeschäft unten am Hafen und das Fitnesscenter an der Ocean Road.« Als er zu Beth blickte, fiel ein Tropfen Kondenswasser von ihrem Glas und tropfte zwischen ihre Brüste. Seine Handflächen wurden feucht.

Sie gehört Lucas, Dumpfbacke.

Beth notierte sich Randys Namen und fragte: »Es gibt ein Fitnesscenter auf der Insel?«

»Unser Geschäftsleben ist bunter, als man erwarten würde«, erklärte Patty. »Da wäre zum Beispiel der Kindergarten von Helga Stepanovich. Kinder sind ihr Ein und Alles, ich kann mir nicht vorstellen, dass sie verkauft.«

»Das ist gut.« Beth begann zu schreiben, dann zögerte sie.

»Stepanovich. Hinten mit v-i-c-h«, half Patty ihr.

Beth lächelte. »Danke. Wer noch?«

»Eddie Travers betreibt das Café, und seine Frau Robin hat eine Töpferei«, sagte Joe. »Nette Leute, die hier schon lange wohnen.«

»Ist das die Töpferei mit den vielen Windspielen auf der Veranda?«

»Ja, genau. Warst du schon dort?« Joe hatte keine Ahnung, was Beth außer den Orten, die er ihr heute gezeigt hatte, von der Insel schon kennengelernt hatte.

»Ich komme daran vorbei, wenn ich Lola besuche. Der Klang der Windspiele erinnert mich an einen Märchengarten.«

»An meiner hinteren Veranda hängt auch so ein Windspiel. Als Märchengarten würde ich sie allerdings nicht bezeichnen«, sagte Joe leicht beleidigt. »Was ist mit Floyd Lewinski?«

»Den würde ich ebenfalls dazuzählen.« Patty schenkte sich ein Glas Eistee ein. »Seine Frau liegt hier auf der Insel begraben. Er würde sich eher vor den Bulldozer stellen als Wheeler sein Haus zu überlassen.«

»Was für ein Geschäft betreibt Floyd denn?«, erkundigte sich Beth.

»Eine Handelsfirma. Sie ist an der Back Road, nicht weit von Lolas Laden entfernt.«

»Die habe ich auch schon gesehen, an meinem ersten Tag hier. Na schön, da hätten wir ja schon eine ziemliche Liste.«

»Und was fangen wir damit an?«, wollte Joe wissen. »Warum haben wir eigentlich diejenigen Leute aufgelistet, die sowieso hart bleiben, und nicht die Wackelkandidaten?«

»Das ist doch ganz einfach«, entgegnete Beth. »Wir rekrutieren.«

»Rekrutieren.«

»Wen denn?«, schaltete sich Patty ein.

»Unterstützer für die Sache.«

Joe warf einen Blick zu Patty, die genauso verwirrt wirkte wie er.

Beth klopfte mit dem Stift auf die Theke. »Wheeler hat Cassie und den Anzugheini geschickt, damit sie für sein Angebot werben, richtig?«

»Richtig«, sagten Joe und Patty wie aus einem Mund.

»Das heißt also zwei gegen die ganze Insel. Wir haben schon sieben. Mit euch drei zehn. Wir sind in der Überzahl, und das ist erst der Anfang.« Strahlend drückte sich Beth den Notizblock an die Brust.

»Wir haben zehn Leute«, sagte Joe. »Wheeler hat Millionen von Dollar. Ich kann dir nicht folgen.«

»Verstehst du das denn nicht? Cassie und ihr Lakai haben keine Chance. Wir errichten sozusagen eine Barrikade der Willenskraft.«

»Barrikade der Willenskraft? Hast du dir das gerade ausgedacht?«

»Ja. Klingt ein bisschen hochtrabend, ich weiß, aber es passt.«

»Wir rekrutieren diese Leute, damit sie unser Anliegen verbreiten und sozusagen die Schotten dicht machen«, erläuterte Patty, jetzt wieder ganz Feuer und Flamme, »und Wheeler hat keine andere Wahl mehr als aufzugeben. Das könnte funktionieren.«

»Was könnte funktionieren?«, fragte Tom, als er neben seine Frau trat.

Patty drehte sich zu ihm und gab ihm einen Kuss auf die Wange. »Unsere zukünftige Schwiegertochter hat sich gerade einen Plan ausgedacht, wie wir Wheeler loswerden.«

Tom zwinkerte Beth zu. »Sie ist ebenso klug wie hübsch. Wie lautet der Plan?«

»Ihr beiden sucht euch aus, was ihr essen wollt, und ich erkläre es Tom solange in der Küche.« Patty reichte ihnen zwei Speisekarten. »Schön, dass ihr euch so gut versteht.« An Beth gewandt fügte sie hinzu: »Du tust ihm gut. Er war noch nie so lange so nett.«

Kapitel 11

Tom warf Joe über Pattys Kopf hinweg einen Blick zu, aber Joe tat so, als würde er nichts bemerken und vergrub seine Nase in der Speisekarte, während Patty mit Tom in der Küche verschwand.

»Super«, sagte Beth und rutschte auf dem Hocker hin und her, um ihren Rock herunterzuziehen, was jedoch gar nicht nötig war. »Ich kann heute Nachmittag mit Lola sprechen. Sie müsste wissen, bei wem die meiste Überzeugungsarbeit nötig ist.« Sie drehte sich zu Joe und sagte: »Fährst du mich?«

»Klar. Wir laden Dozer zu Hause ab, und ich begleite dich.«

»Nein, nein!«, wehrte Beth ab, als hätte er vorgeschlagen, sie sollten sich ausziehen. An sich keine schlechte Idee, wenn die Situation nicht so verfahren gewesen wäre. »Ich meine, du musst dir einen der anderen vornehmen.« Sie warf einen Blick auf den Notizblock. »Fang mit Floyd an, der wohnt gleich bei Lola um die Ecke.«

Sollte Beths Leben jemals davon abhängen, wie überzeugend sie lügen konnte, dann hätte sie ein ernstes Problem. »Warum willst du nicht, dass ich dich zu Lola begleite?«

»Ich habe nicht grundsätzlich etwas dagegen«, sagte sie und presste die Hände aufeinander. »Es ist nur so – Lola will bestimmt plaudern und Tee trinken, und du kommst mir nicht so vor, als würdest du Teekränzchen mögen.«

Das war gelogen, aber er beließ es dabei. »Stimmt, das ist nicht mein Ding. Ich rede mit Floyd.«

»Du hast gesagt, die nächste Versammlung des Unternehmerverbands ist am Freitag?«

»Ja, warum?«

»Dann bleibt uns nicht viel Zeit, um mit jedem auf der Liste zu reden und uns davor noch einmal zusammenzusetzen.«

»Warum zusammensetzen?«, fragte Joe. »Gerade hast du noch darauf bestanden, dass wir einzeln mit den Leuten sprechen.«

»Schon, aber um in der Versammlung eine gemeinsame Front zu bilden, müssen wir zuvor eine Strategie entwickeln. Ein Anwalt würde nie einen Prozess führen, ohne sicherzustellen, dass alle an einem Strang ziehen.«

Zum ersten Mal, seit sie sich kannten, kehrte Beth die Anwältin heraus. Joe fand ihren Kommandoton sexy. Warum flog er nur immer auf dominante Frauen? Diese Schwäche war schuld daran, dass die Insel in einem solchen Schlamassel steckte.

»Bist du so, wenn du vor Gericht auftrittst?« Sie im Gerichtssaal in Aktion zu sehen wäre ein Verbrechen wert gewesen.

Beth schüttelte den Kopf. »Wie ich dir bereits erzählt habe, führe ich keine Prozesse, sondern erledige die Recherche.«

Klang nach einer Verschwendung ihrer Fähigkeiten. »Ich weiß ja nicht viel über den Anwaltsberuf, aber ich dachte, es ginge darum, vor Gericht zu gehen.«

Sie studierte die Speisekarte, als sähe sie sie zum ersten Mal. »Meine Recherchen sind eine wichtige Grundlage für die prozessführenden Anwälte. Ich bin hinter den Kulissen besser.«

Ihr zusammengekniffener Mund und die Art, wie sie die Augen von den Burgern zu den Meeresfrüchten und dann zu den Beilagen wandern ließ, sagten ihm, dass sie das Thema fallen lassen wollte. Aber er bohrte weiter. »Das glaube ich dir nicht.«

»Glaub, was du willst«, sagte Beth und beendete das Gespräch, indem sie in die Küche rief. »Wir gehen, Patty. Wenn Lucas sich meldet, sag ihm, dass ich ihn abends von zu Hause aus anrufe.«

Ehe sie an der Tür war, rief Patty durch das Ausgabefenster zurück: »Ihr habt ja gar nichts gegessen!«.

Beth antwortete im Gehen: »Das machen wir später.«

Joe knurrte der Magen, aber er folgte ihr durch die Tür.

*

Auf der glücklicherweise kurzen Fahrt zu Island Arts & Crafts musste Beth an sich halten, um die Stimme in ihrem Kopf nicht laut anzubrüllen: »Halt die Klappe!« Die Stimme, die ihr unentwegt einflüsterte *Joe findet uns scharf, Joe findet uns scharf, Joe findet uns scharf.* Dass sie wie eine Verrückte aus dem Auto sprang, bevor es ganz angehalten hatte, würde man hoffentlich ihrer Wiedersehensfreude mit Lola zuschreiben und nicht als panikartige Flucht einer Frau vor dem Ansturm ihrer Hormone deuten.

»Du meine Güte, Kindchen. Warum bist du denn so aufgelöst?«, fragte Lola – inzwischen beim freundschaftlichen »Du« -, als Beth auf einen Stuhl hinter der Ladentheke sank. »Da kann ja nur ein Mann dahinterstecken.« Dass Lola genau ins Schwarze getroffen hatte, trug nicht gerade zu Beths Nervenberuhigung bei. »Bist du deswegen aus Joes Jeep gestürzt, als wären dir sämtliche Höllenhunde auf den Fersen?«

Beth tat gelassen, allerdings nicht sehr erfolgreich. »Ich würde lieber darüber reden, warum ich eigentlich hier bin.«

»Ist meine sprühende Persönlichkeit nicht Grund genug?« Lola unterstrich mit einem Lächeln, dass ihre Worte als Scherz gemeint waren.

Beth lachte, sie war wieder Herr ihrer Sinne. Einigermaßen. »Deine sprühende Persönlichkeit wird mir am meisten fehlen, wenn mein Urlaub zu Ende ist.«

»Gut«, sagte Lola. »Das bedeutet nämlich, dass du zurückkommen wirst.«

»Das bringt mich darauf, warum ich hier bin: um dafür zu sorgen, dass es die Insel dann noch gibt.« Sie wartete, bis Lola gegenüber von ihr Platz genommen hatte. Lola war die Einzige hier, die von der Verbindung zwischen Beths Kanzlei und den Wheelers wusste, und das durfte auf keinen Fall durchsickern. »Bevor ich anfange, muss ich dich um einen Gefallen bitten.«

»Was immer du willst, Schätzchen.«

Beth platzte damit heraus, bevor ihr schlechtes Gewissen sie davon abhalten konnte: »Niemand darf erfahren, dass ich für die Kanzlei arbeite, die Wheeler Development vertritt. Kannst du das für dich behalten?«

Lola zog die Augenbrauen hoch. »Klar, aber warum die Heimlichtuerei?«

»Es ist kein richtiges Geheimnis.« So formuliert, erschien ihr die Tatsache, dass sie eine Information zurückhielt, noch viel gravierender. »Ich habe nur Angst, dass mir die Einheimischen dann nicht mehr vertrauen. Und wenn Cassandra Wheeler herausfindet, dass ich ihr Knüppel zwischen die Beine werfe, sorgt sie mit einem Anruf dafür, dass ich gefeuert werde.«

»Keine einfache Lage für dich.« Die ältere Frau tippte sich ans Kinn und beugte sich vor. »Bist du sicher, dass du das tun willst? Deine Karriere aufs Spiel setzen für Menschen, die du nicht einmal kennst?«

»Ich kenne dich. Und die Dempseys. Aber selbst wenn es nicht so wäre, diese Insel verdient es, gerettet zu werden.« Beth sprang vom Stuhl auf und lief in dem schmalen Gang hinter der Theke auf und ab. »Obwohl ich noch nicht mal eine ganze Woche auf Anchor Island bin, kann ich verstehen, warum manche Menschen ihr ganzes Leben hinter sich lassen, um hier noch mal von vorn anzufangen.« Die Worte waren unbewusst aus ihr herausgesprudelt, trotzdem stimmten sie. Das Leben auf Anchor Island war anders. Es war eine auf angenehme Art kleine Welt.

»Die Insel wächst einem ans Herz, das kann ich dir versichern. Ich kam einst hierher, um Ferien zu machen, und ich bin nie wieder weggegangen.« Lolas Lachen klang wie das Klimpern des Windspiels, das bei jedem Öffnen der Tür den Raum erfüllte. Der ganze Laden war im Grunde ein Spiegelbild der lebhaften, schillernden Frau, die ihm Leben eingehaucht hatte.

Kein Wunder, dass Beth ihn so mochte.

»Dann verstehst du, was ich meine. Wir können nicht einfach tatenlos zusehen, wie Wheeler die Insel kaputt macht«, sagte Beth, nun wieder auf ihrem Feldzug. »Und deshalb haben wir uns einen Plan ausgedacht.«

»Ein Plan. Das gefällt mir.« Lola stieß kampfbereit eine Faust in die Luft. »Wo fangen wir an?«

»Bei den Menschen«, erklärte Beth und nahm wieder Platz »Vielleicht hast du es schon von deinen Nachbarn gehört. Unseren Informationen nach erhöht Wheeler bei einigen sein Angebot. Möglicherweise bei allen.«

»Das wusste ich nicht. Allerdings wäre es auch ziemlich abwegig, wenn der große Baulöwe seinen Anzugheini nur wegen mir allein hergeschickt hätte. Er bietet weit mehr als den marktüblichen Immobilienpreis für meinen Laden, aber dieser Laden ist mehr als nur eine Immobilie. Er ist mein Leben.«

Lolas Worte stärkten Beths Entschlossenheit. »Das sehen die Dempseys genauso. Wenn wir klarstellen, dass niemand verkauft, egal zu welchem Preis, muss Wheeler aufgeben.«

»Tja, Schätzchen, mich brauchst du nicht zu überzeugen, aber der Tourismus ist nicht mehr das, was er einmal war. Die Saison läuft bisher ganz gut, aber sobald es wärmer wird, wollen die Kinder Vergnügungsparks und Wasserrutschen. Da können wir nicht mithalten. Ich weiß, dass gar mancher zu kämpfen hat. Das macht es einem nicht leicht, Wheelers Angebot auszuschlagen.«

Beth rutschte auf ihrem Stuhl nach vorn. »Deshalb fangen wir mit dem Unternehmerverband an. Ein oder zwei Läden bringen Wheeler nichts. Er braucht die Masse, und dazu noch die Ferienhäuser, damit er Platz für die Art von Ferienanlage hat, die ihm vorschwebt.« Sie nahm den Notizblock von ihrem Schoß.

»Was hast du denn da mitgebracht?«, fragte Lola und warf einen Blick darauf.

»Das sind die Namen der Geschäftsleute, die nach Ansicht der Dempseys garantiert nicht einknicken. Mit denen wollen wir anfangen und dann noch weitere anwerben.« Sie drehte Lola den Block zu und fragte: »Fällt dir noch jemand ein? Jemand, von dem du sicher weißt, dass er nicht verkaufen wird?«

Lola ließ einen Finger über die Liste gleiten, während sie die Namen las. Bei Floyd hielt sie inne. »Seine Frau liegt hier begraben, deshalb bringen Floyd keine zehn Pferde von hier weg. Vor allem, wenn Helga auch bleibt.

»Was hat Helga mit Floyd zu tun?«

»Er macht ihr jetzt schon seit einem Jahr den Hof, obwohl Helga immer behauptet, er sei nur nett zu ihr.« Beth kannte die beiden noch gar nicht, aber einer potenziellen Liebesgeschichte konnte sie nicht widerstehen. »Ich dachte, Floyd hängt noch an seiner verstorbenen Frau? Das hast du selbst gerade gesagt.«

»Der gute Floyd hat diese Frau geliebt wie ein Matrose die See, trotzdem lebt er sein Leben weiter. Mabel ist jetzt seit fünf Jahren tot. Auch alte Leute wie wir fühlen sich manchmal einsam und brauchen jemanden, der seine Tage mit ihnen verbringt.« Augenzwinkernd fügte sie hinzu: »Und seine Nächte.«

Beth lehnte sich überrascht zurück. »Ohne Floyd und Helga zu kennen - ich möchte mir lieber nicht vorstellen, wie sie ihre Nächte verbringen. Und es geht mich ja nichts an, aber ich höre aus deinen Worten heraus, dass Floyd nicht der Einzige ist, der sich nach einem Partner sehnt.«

Wenn Beth sich nicht täuschte, errötete die dunkelhäutige Frau. »Der Mann meiner Träume lebt nicht hier auf der Insel. Leider.«

»Wo dann?«, fragte Beth. »In New Orleans?«

»Ach, du willst die traurige Geschichte einer alten Frau bestimmt nicht hören«, gab Lola zurück und drückte Beths Knie. Der schwache Griff ihrer Finger erinnerte Beth an ihre Großmutter und daran, wie gern sie mit ihr auf der Verandaschaukel gesessen und geplaudert hatte.

»Jetzt bin ich neugierig geworden.« Der Notizblock rutschte achtlos zu Boden, Beth wartete gespannt. »Würde mich nicht wundern, wenn du so manches Herz gebrochen hättest.«

Lola schüttelte bedächtig den Kopf, und ihre Augen nahmen einen weichen Ausdruck an. »Es gab Männer, die vielleicht ein paar Blessuren davongetragen haben, aber was Marcus angeht, war es mein Herz, das brach.«

»Oh«, sagte Beth und bereute sofort, gefragt zu haben. »Ich hätte nicht in deinem Privatleben herumschnüffeln sollen.«

»Sei nicht albern. Das ist alles lange her, und ich bin wirklich zu alt, um mich wie ein Schulmädchen vor Liebeskummer zu verzehren.« Lola machte es sich in ihrem Stuhl bequem, schlug die Beine übereinander und wippte mit einem Fuß im Takt einer Melodie, die nur sie hören konnte. »Marcus Javier Granville war ein wunderbarer Mann, aber ich war jung und wild und dachte, ich tue das Richtige. Weißt du, meine beste Freundin Dorothy war seit Jahren in Marcus verliebt. Wir schwärmten alle ein bisschen für Marcus, nur für Dorothy war er wie die Luft zum Atmen.«

Beth schwieg, weil sie Lola nicht unterbrechen wollte.

»Ich hätte alles für Dorothy getan. Wir sind zusammen aufgewachsen, sie stand mir in schweren Zeiten zur Seite. Sie war wie eine Schwester für mich.« Lola versank in Erinnerungen, offenbar waren es keine angenehmen.

Beth drückte ihre Hand. »Du musst mir den Rest nicht erzählen.« Auch wenn es sie brennend interessiert hätte, was mit Marcus Granville passiert war, wichtiger war ihr, dass der schmerzliche Ausdruck aus Lolas Augen wich und sie wieder glücklich und zufrieden war.

»Nein, nein, das macht mir nichts«, wehrte Lola ab und lächelte wieder. »Dorothy war wie eine Schwester für mich, und deswegen habe ich etwas Schreckliches getan, als Marcus mir seine Liebe gestand.«

»Was denn?«, fragte Beth mit angehaltenem Atem.

»Ich habe ihn angelogen. Ich habe ihm gesagt, dass ich ihn nicht liebte und niemals lieben würde. Allerdings wurde auch aus Marcus und Dorothy kein Paar. Er wusste, was sie für ihn empfand, und hat es nie ausgenutzt, aber er hat auch nicht so getan, als würde er ihre Gefühle erwidern.« Ihre Miene verdüsterte sich erneut. »Trotzdem, meinem Herzen zu folgen hätte bedeutet, das von Dorothy zu brechen, und das konnte ich ihr nicht antun. Und so habe ich gelogen und kurz darauf Marcus und New Orleans hinter mir gelassen.«

Die Endgültigkeit von Lolas Worten, die Vorstellung, wie schwer es gewesen sein musste, wegzugehen, schnürte Beth die Brust zu. »Du hast gesagt, er lebt nicht auf der Insel. Heißt das, du weißt, wo Marcus jetzt lebt?«

»Ja.« Die glückliche Lola war zurückgekehrt, und das Strahlen in ihren Augen ließ sie jünger aussehen als ihre sechzig Jahre. »Kannst du das fassen, er hat mich über das Internet ausfindig gemacht!«

»Nein!«, sagte Beth. »Wo ist er? Wirst du ihn treffen? Ist er verheiratet? Sag nicht, dass er verheiratet ist.«

Lola lachte. »Er lebt an der Ostküste und nein, er ist nicht verheiratet. Seine Frau ist vor einigen Jahren gestorben. Er hat gesagt, er würde mich gerne besuchen, aber das halte ich für keine gute Idee.«

»Warum denn nicht?« Beth fiel fast vom Stuhl. »Er könnte überall auf der Welt sein, und dabei wohnt er nur ein paar Stunden von dir entfernt. Das ist ein Zeichen.«

»Ich habe den Mann fast vierzig Jahre lang nicht gesehen. Ein Blick in den Spiegel, das ist mein Zeichen.« Lola stand auf und kramte in den Broschüren auf dem Ladentisch herum. »Man soll die Vergangenheit ruhen lassen, sage ich immer.«

Beth wollte widersprechen, aber dann dachte sie darüber nach, wie sie selbst in so einer Situation reagiert hätte. An Lolas Gesicht war abzulesen, wie schwer ihr die Entscheidung fiel. Sie hatte diesen Mann einmal geliebt.

»Hast du es ihm gesagt?«, fragte Beth sanft.

Lola kehrte ihr weiterhin den Rücken zu. »Was gesagt?«

Beth stand auf und trat zu Lola an den Ladentisch. »Dass du gelogen hast. Weiß er, dass du ihn geliebt hast?«

Lola antwortete nicht und wich ihrem Blick aus. Beth dachte schon, dass sie vielleicht zu weit gegangen war, doch dann drehte sich Lola zu ihr und legte ihr eine Hand an die Wange.

»Manche Entscheidungen kann man nicht rückgängig machen. Manche Wunden heilen nie. Es ihm jetzt zu sagen, würde nichts ändern.« Sie kniff die Augen zusammen und fügte hinzu: »Lass dir meine Geschichte eine Lehre sein. Die wahre Liebe begegnet einem nur einmal im Leben. Wenn du sie findest, halte sie fest.«

Beth musste an Lucas denken, aber dann wurde das Bild von einem Gesicht mit blauen Augen und einem Grübchen, das sich viel zu selten zeigte, verdrängt. Beth zwinkerte es fort. »Das tue ich. Versprochen.«

Kapitel 12

Wie erwartet war Floyd Lewinski nicht schwer davon zu überzeugen, die Anti-Wheeler-Bewegung zu unterstützen. Joe wunderte sich jedoch darüber, wie sehr er auf Helga Stepanovichs Beteiligung pochte. Als er Floyd versicherte, Helga stehe bereits auf der Liste, erklärte dieser, er werde sich persönlich um Helgas Rekrutierung kümmern. Anschließend erzählte er nicht weniger als drei Anekdoten aus der »guten alten Zeit«, die Joe bereits auswendig kannte.

Anders als die meisten Männer aus Joes Bekanntenkreis war Floyd eine richtige Plaudertasche. Er lebte schon zwanzig Jahre länger auf der Insel als die Dempseys und betrachtete sich als Experte für die gute alte Zeit. Niemand brachte es übers Herz, ihm zu sagen, dass sich auf der Insel seit fünfzig Jahren kaum etwas verändert hatte. Als ein neuer Kunde hereinkam, nutzte Joe die Gelegenheit, um sich zu verdrücken. Minuten später holte er Beth vom Kunstgewerbeladen ab. Auf der kurzen Fahrt nach Hause war sie schweigsam, bis auf die Auskunft, Lola sei mit von der Partie. Er fragte sich, worüber sich die beiden Frauen unterhalten haben mochten, dass Beth so verstört wirkte.

Immer wieder warf sie einen kurzen Blick zu ihm hinüber, mit einer nachdenklichen, aber verwirrten Miene, die Joe nicht zu deuten wusste. Etwas lag ihr auf der Seele, und es war mehr als die Verhinderung eines Bauprojekts, aber Joe hütete sich aus Erfahrung davor, eine Frau zu fragen, was sie gerade dachte.

Montagabends war es im Restaurant so ruhig, dass Tom und Patty sich beide freinehmen konnten, und das bedeutete, dass es ein Abendessen mit der ganzen Familie gab. Während der Mahlzeit war Beth ebenso schweigsam wie zuvor im Auto. Patty warf ihrem Stiefsohn einen vorwurfsvollen Blick zu, was dieser mit einem Schulterzucken kommentierte. Er hatte mit Beths Stimmungsumschwung nichts zu tun. Zumindest nichts, dessen er sich bewusst gewesen wäre.

Als Tom das Komplott gegen Wheeler zur Sprache brachte, beteiligte sich Beth am Gespräch, verfiel dann aber auf Joes Ankündigung hin, er habe in den kommenden drei Tagen je zwei Bootstouren, erneut in Schweigen. Eine Hiobsbotschaft für Beth, denn auch wenn es gut fürs Geschäft war, bedeutete es, dass sie allein mit den Einheimischen sprechen und das Projekt vorantreiben musste.

Sollte sie angesichts ihres gespannten Verhältnisses nicht eigentlich froh sein, ihn vom Hals zu haben? Immer wenn er glaubte, aus ihr schlau zu werden, änderte Beth die Spielregeln und gab ihm neue Rätsel auf. Patty bot an, sie zu begleiten, trotzdem wirkte Beth weiterhin enttäuscht und warf ihm beim Dessert merkwürdige Blicke zu. Wie sollte er seinen Kuchen genießen, wenn sie ihm solche Schuldgefühle machte?

Er hatte seine Schuldgefühle immer noch nicht überwunden, als er am nächsten Morgen an Bord ging.

»Was ist dir denn über die Leber gelaufen?«, fragte Sid, als sie das Boot für die erste Touristengruppe vorbereiteten. »Hat dich deine kleine Helferin mal wieder abblitzen lassen?«

»Wo hast du den Schwachsinn her?«, gab Joe zurück, ohne darauf einzugehen.

Seitdem er dank Beth Sids weibliche Seite sah, fiel es ihm schwer, sie weiterhin als Kumpel zu betrachten. Es könnte Sid nur guttun, ein bisschen Zeit mit Beth zu verbringen. Er bekäme seine Antworten, und Sid könnte die Frau in sich zum Vorschein bringen, die sie sonst unter einer Schicht Motorschmiere und hinter deftigen Sprüchen versteckte. »Vergiss es, ich will es gar nicht wissen.«

Als er noch einmal überprüfte, ob die Angelruten ausreichend Schnur hatten, nahm er das Thema direkt in Angriff. »Du musst mir einen Gefallen tun.«

Sid, die gerade dabei war, einen Haken zu befestigen, sah auf. »Wie kommst du darauf, dass ich dich gern genug habe, um dir einen Gefallen zu tun?«

»Es wäre ja nicht für mich, sondern für Lucas.« Er nutzte ihre Gefühle für seinen kleinen Bruder aus. Aber es war ja tatsächlich zu Lucas' Besten, wenn er Beths Geheimnissen auf den Grund ging.

Jetzt war seine Mechanikerin ganz Ohr. »Wenn es darum geht, die Anwaltstussi von der Insel zu jagen, bin ich dabei.« Ihre weibliche Seite lag wirklich tief verborgen. Ungefähr fünfzig Meter unter der Oberfläche.

»Ich habe Beth ein bisschen ausgefragt, wo sie aufgewachsen ist und so. Da ist sie ausgewichen und hat sofort das Thema gewechselt.« Joe warf Sid einen Blick zu, um sich zu vergewissern, dass sie zuhörte. Sie war wieder mit dem Befestigen des Hakens beschäftigt, lauschte jedoch aufmerksam. »Ich möchte wissen, was sie mir verheimlicht, und ob sie es auch Lucas verschweigt.«

Sid war mit ihrer Arbeit fertig und rollte die überschüssige Schnur auf. »Und wo komme ich dabei ins Spiel?«

Joe zuckte die Achseln. »Du weißt schon, Frauengespräche und so.«

»Ich rede doch schon mit dir. Worauf willst du eigentlich hinaus?«

Er hätte wissen sollen, dass er bei Sid mit Subtilität nicht weiterkam. »Geh mit ihr aus. Füll sie ab, damit sie gesprächig wird, und dann frag sie aus.«

Sid fiel die Angelrute aus der Hand. »Du tickst nicht ganz richtig, wenn du denkst, ich mache mit dieser ach so netten Spießertussi einen Mädelsabend. Erstens«, sagte sie und begann mit den Fingern abzuzählen, »mache ich prinzipiell keine Mädelsabende, und das weißt du. Und zweitens, worüber sollten wir reden? Über die neueste Mode? Vielleicht lackieren wir uns gegenseitig die Zehennägel pink.«

Joe musste lachen, als er sich Sid mit lackierten Zehennägeln vorstellte, aber ihre Miene verhieß Gefahr, deshalb hüstelte er stattdessen. »Ich will ja nicht, dass du bei ihr übernachtest. Trink was mit ihr. Stell ihr ein paar Fragen. Mehr nicht.« Sid wirkte immer noch nicht überzeugt, also musste er stärkere Geschütze auffahren. »Findest du nicht, Lucas sollte wissen, wen er heiratet, bevor er sich bis an sein Lebensende an sie bindet?«

Sid wollte Einwände erheben. Joe sah, wie sie mit sich rang – erst knirschte sie mit den Zähnen, dann ging sie dazu über, ihre Unterlippe zu traktieren. Soweit er wusste, hatte Sid keine Freundinnen. Wenn sein Vorschlag, dass sie mit Beth ausging, nicht nur ihm Antworten lieferte, sondern auch noch dazu beitrug, einige ihrer harten Kanten abzuschleifen, umso besser.

»Wenn ich es mache, schuldest du mir aber was«, sagte Sid und verschränkte die Arme vor ihrem T-Shirt mit der Aufschrift »Fuck Off«.

»Was denn zum Beispiel, soll ich deinen Truck waschen?«

»Nein, du sollst die Zeche übernehmen. Sicher willst du, dass unser Treffen ohne Störung abläuft, wir können also nicht ins Dempsey's.« Und mit einem warnenden Blick fügte sie hinzu: »Ich brauche einen Vorschuss.«

Sie hatte echt Nerven. »Wie viel?«

Sid überlegte, wie viel sie ihm abknöpfen konnte. »Hundert.«

Joe schüttelte den Kopf. »Ich habe gesagt, du sollst ihr einen Schwips verpassen und keine Alkoholvergiftung.«

»Na gut«, gab sie beleidigt nach. »Fünfzig, aber das ist mein letztes Angebot.«

»In Ordnung.« Als Joe in Sids ausgestreckte Hand einschlug, gab er ihr noch eine Warnung mit: »Aber es muss so wirken, als wäre das Ganze deine Idee. Wenn sie denkt, dass ich dahinterstecke, wird sie argwöhnisch.«

Sid zog ihre Hand zurück. »Sie wird mir nie im Leben abkaufen, dass ich freiwillig mit ihr abhängen will. Ich war bisher nicht gerade nett zu ihr.«

Da hatte sie nicht ganz unrecht. Wie konnte man Beth dazu bringen, einen Abend mit Sid zu verbringen, ohne dahinter einen Trick von ihm zu vermuten? Die Antwort lag auf der Hand. Beth könnte Sid dabei helfen, ihre weibliche Seite zu entdecken.

»Erzähl ihr, du stehst auf einen Typen und brauchst ihre Hilfe, um femininer auszusehen.«

»Hey!«, rief Sid und gab ihm einen Klaps auf die Brust. »Behauptest du etwa, dass ich nicht feminin aussehe?«

Joe hob eine Augenbraue und musterte sie von oben bis unten. Die dunkelgrüne Zimmermannshose war ungefähr zwei Nummern zu groß, die Arbeitsstiefel starrten vor Schmutz. Er kannte ihr Haar nicht anders als zum Pferdeschwanz zurückgebunden. Als er ihr wieder in die Augen sah, bemühte er sich um einen neutralen Gesichtsausdruck.

Sid schnaubte. »Du bist ein Idiot.«

»Machst du es nun oder nicht? Fünfzig Mäuse und ein Tag deines Lebens dafür, dass Lucas nicht bis an sein Lebensende der Angeschmierte ist.«

»Wenn ich diese bescheuerte Nummer abziehen soll, dass ich weiblicher aussehen möchte, erhöht sich der Preis auf fünfundsiebzig.« Joe wollte widersprechen, aber sie schnitt ihm das Wort ab. »Sie wird mir Klamotten kaufen wollen. Mein Schrank hat nicht allzu viel Mädchenkram vorzuweisen.«

Das glaubte er sofort. »Fünfundsiebzig. Aber du bekommst das Geld erst, wenn Beth zugesagt hat. Ich bin nicht so dumm, es dir vorher zu geben.«

Sie klimperte mit den Augenlidern, was so natürlich wirkte, als würde eine Forelle Wasserski fahren. »Warum, Joe Dempsey, vertraust du mir vielleicht nicht?« Mit ihrem künstlichen Südstaatenakzent klang sie wie Scarlett O'Hara aus *Vom Winde verweht* auf Anabolika.

»Beth wird nie eine Frau aus dir machen, keine Chance.«

Vom Pier her hörten sie Stimmen, die erste Touristengruppe war im Anmarsch. Sid wandte den Touristen den Rücken zu und fixierte Joe mit entschlossenem Blick. »Das lasse ich nicht auf mir sitzen. Ich spiele dein Spielchen mit und finde heraus, was die Großstadttussi zu verbergen hat. Und ich wette um fünfundzwanzig Dollar, dass ich nächsten Samstag im O'Hagan's die schärfste Braut von allen sein werde.« Bevor Joe sich entschuldigen konnte, schnappte sich Sid den Stapel Angelruten vom Boden. »Jetzt mach schon und begrüß deine Kunden, bevor ich dir die Eier abreiße und in den Rachen stopfe.«

*

Beth lief nervös in der Küche der Dempseys auf und ab, während sie darauf wartete, dass Lucas am anderen Ende der Leitung den Hörer abnahm. Sie hatte ihn am Abend zuvor dreimal vergeblich angerufen. Wie sie Lucas kannte, hatte er während einer späten Sitzung sein Handy auf stumm gestellt und vergessen, das wieder rückgängig zu machen. Dass er sie nicht zurückgerufen hatte, bedeutete, dass der Klingelton immer noch abgeschaltet war. Und dass er von selbst nicht auf die Idee gekommen war, sie anzurufen.

Sie versuchte sich nicht darüber aufzuregen, dass ihr Verlobter sich seit Tagen nicht gemeldet hatte und sie nicht zu vermissen schien. Aber es zu versuchen und es tatsächlich nicht zu tun, waren zwei Paar Stiefel. Zu Hause in Richmond konnte sie ihn einfach im Büro besuchen, wenn er nicht zurückrief. Aber aus der Distanz von vierhundert Kilometern ignoriert zu werden, das tat weh.

»Hallo?«, sagte Lucas, als er endlich abhob.

»Hallo, ich bin's.« Beth bemühte sich, froh und nicht verärgert zu klingen.

»Ist alles in Ordnung?«

Musste denn etwas passiert sein, damit sie einen Grund hatten, miteinander zu reden?, dachte Beth. »Das wollte ich dich auch gerade fragen. Ich habe seit einer Weile nichts mehr von dir gehört, und als ich dich gestern Abend angerufen habe, hast du nicht abgenommen.«

Lucas seufzte. Sie konnte sich vorstellen, wie er sich mit der Hand durch die Haare fuhr. »Ja. Tut mir leid. Dieser Fall macht mir ziemlich zu schaffen. Das ganze Team hat das Wochenende durchgearbeitet.«

Beth rief sich wieder einmal in Erinnerung, wie wichtig der Fall für Lucas' Karriere war, aber ihr riss allmählich der Geduldsfaden. Lolas Worte gingen ihr nicht mehr aus dem Kopf und machten ihr Gewissensbisse. War Lucas wirklich der Richtige? Der Traummann ihres Lebens? Ihr Verstand gab ihr eine andere Antwort darauf als ihr Herz.

»Mir ist schon klar, dass du viel zu tun hast. Aber ich vermisse dich.« Sie lehnte sich an den Küchentresen und wand ein Geschirrtuch zu einem Ring. »Du hast mich doch nicht vergessen, oder?«

»Natürlich nicht. Warum sagst du das?« Wenigstens hatte sie jetzt seine Aufmerksamkeit.

»Oh, keine Ahnung. Weil ich vierhundert Kilometer von dir entfernt bin und allein Urlaub mache?«

»Du solltest nicht allein sein.«

»Stimmt. Eigentlich solltest du hier sein.«

Beth hörte Papier rascheln und ärgerte sich, dass er nicht einmal für die Dauer ihres Gesprächs aufhören konnte zu arbeiten.

»Nein, ich meine, du bist bei meiner Familie. Kümmern sie sich nicht richtig um dich? Macht Joe dir das Leben schwer?«

Beth kaute auf der Innenseite ihrer Wange herum. Sie wollte nicht mit Lucas über Joe reden. »Nein, nein. Sie sind sehr lieb, und ich erkunde die Insel. Bloß, wie gesagt«, seufzte sie, »ich vermisse dich.«

»Ich vermisse dich auch, aber du weißt, solche ...«

»Solche Fälle sind wichtig für deine Karriere«, beendete Beth den Satz für ihn. »Ja, das weiß ich sehr gut.« Erneut hörte sie Papiergeraschel; er würde das Gespräch bald beenden. »Wo wir gerade von deiner Karriere sprechen, gehört Wheeler eigentlich auch zu deinen Mandanten?«

In der Leitung blieb es still. »Warum fragst du?«

Sie konnte es nicht ausstehen, wenn man eine Frage mit einer Gegenfrage beantwortete, beschloss jedoch, darüber hinwegzugehen. »Ich habe Cassandra Wheeler in letzter Zeit ein paar Mal aus deinem Büro kommen sehen.« Ihre Worte schlugen ein wie eine Bombe.

»Ich wusste gar nicht, dass du Cassandra Wheeler kennst.« Ihre Frage hatte er immer noch nicht beantwortet. Lucas war nicht ohne Grund so gut im Gerichtssaal.

»Bis vor ein paar Tagen kannte ich sie auch nicht. Sie ist hier auf der Insel.«

Wieder Stille. Sie konnte fast hören, wie es in ihm arbeitete, und ihr wurde es eng in der Brust.

»Haben sie dir erzählt, dass Cassandra mit meinem Bruder verlobt war?«

»Ja.«

»Dann ist sie wegen Joe da. Du solltest dich da raushalten.«

»Woraus raushalten, Lucas? Du hast meine Frage immer noch nicht beantwortet.« Es war normalerweise nicht Beths

Art, auf einer Antwort zu bestehen, aber sie musste wissen, was Cassandra Wheeler von Lucas wollte.

»Wie gesagt, Cassandra war mit Joe verlobt. Sie hat mich aus alter Freundschaft im Büro besucht.«

»Du bist also mit der Exverlobten deines Bruders befreundet? Weiß Joe davon?« Beth schlang das Geschirrtuch zu einem Knoten.

»Sie ist nicht direkt eine Freundin, und es gibt nichts, was Joe wissen müsste.« Lucas war ihr die Antwort auf ihre Frage immer noch schuldig und besaß die Stirn, pikiert zu reagieren. »Hör mal, ich habe in zwei Minuten eine Besprechung. Es wäre am besten, wenn du Cassandra einfach aus dem Weg gehst und dich aus Joes Angelegenheiten heraushältst.«

»Weißt du eigentlich, dass sie die Leute hier zu überreden versucht, ihren Grundbesitz an ihren Vater zu verkaufen?«

»Sie macht was?« Aus dem Hintergrund kam eine gedämpfte Stimme, und Lucas sagte: »Ich bin gleich da, Pamela.« Dann an Beth gewandt: »Sie versuchen, Anchor Island aufzukaufen?«

»Du hattest keine Ahnung? Hat Cassandra es bei ihren Freundschaftsbesuchen denn nicht erwähnt?« Beth spürte, wie sie wütend wurde. Ein neues und unvertrautes Gefühl. »Tad Wheeler will sich diese Insel unter den Nagel reißen, und wir versuchen, ihn daran zu hindern.«

»Was meinst du mit ›wir‹? Als Mitarbeiterin dieser Kanzlei kannst du nicht gegen die Interessen eines unserer Mandanten handeln.« Das kam sehr schnell, er musste nervös sein. »Vielleicht solltest du nach Hause kommen.«

Eine Stimme in ihr schrie: *Ich bin zu Hause!* Beth rieb sich die Schläfen. Diese Erkenntnis musste sie erst einmal verdauen. »Willst du damit sagen, das Schicksal der Insel und ihrer Bewohner ist dir egal?«

»Natürlich nicht«, entgegnete Lucas frustriert. »Aber es leben seit dreihundert Jahren Menschen auf dieser Insel, und die sind bestimmt schon mit Schlimmerem als ...« Er senkte die Stimme, als hätte er Angst, jemand könnte es hören, »... als Tad Wheeler fertig geworden. Mann, Joe würde nie im Leben zulassen, dass ihm jemand die Insel wegnimmt. Misch du dich da nicht ein.«

In diesem Augenblick verabscheute sie Lucas. »Ich helfe den Einheimischen dabei, sich zu organisieren. Bis jetzt hat Cassandra Wheeler keine Ahnung, wer ich bin und wo ich arbeite. Und das soll auch so bleiben.« Dann rutschte ihr noch heraus: »Weißt du eigentlich, was zwischen ihr und Joe vorgefallen ist?«

Lucas schnaubte, was ganz untypisch für ihn war. »Keine Ahnung. Das Einzige, was Joe jemals dazu gesagt hat, war, dass er Cassie nicht geben konnte, was sie wollte. Er hat mir nie erklärt, was er damit meinte, und ich habe nicht weiter nachgefragt.«

»Wie gut kennst du sie?« Aus irgendeinem Grund war ihr diese Antwort wichtiger als alle anderen.

»Nicht besonders gut. Ich hatte sie seit der Trennung von Joe nicht mehr gesehen, bis sie mich letzten Monat zweimal im Büro besucht hat. Das erste Mal meinte sie, sie sei zufällig im Gebäude gewesen und habe spontan entschieden, bei mir vorbeizuschauen. Ich glaube, wir haben nur übers Wetter geredet. Belangloses Zeug. Das zweite Mal wollte sie wissen, wie oft ich nach Anchor Island fahre. Als ich sagte, so gut wie nie, fiel ihr plötzlich ein, dass sie noch eine Verabredung hatte, und sie verabschiedete sich.« Beth hörte eine Tür aufgehen, und Lucas sagte: »Ich muss jetzt wirklich los. Geh Cassie einfach aus dem Weg.«

»Ja, mache ich«, sagte Beth, denn sie war selbst nicht erpicht darauf, Cassandra Wheeler zu begegnen. »Ruf mich an, wenn du Zeit hast. Und viel Glück mit dem Fall.«

»Danke. Ich komme nach, sobald ich kann. Momentan sieht es allerdings nicht gut aus.«

Beth seufzte. »Versuch's einfach.«

»Eins noch.« Wieder senkte er die Stimme. »Kannst du dafür sorgen, dass auch Joe nicht in Cassies Nähe kommt?«

Er verschwieg ihr etwas, aber wenigstens lag Lucas etwas an seinem Bruder. »Ich werde sehen, was ich tun kann.«

Kapitel 13

Beth hatte erwartet, das »Power Center« wäre wie die anderen Unternehmen, die sie bisher auf der Insel kennengelernt hatte – klein, bescheiden, entspannt. Ein oder zwei Geräte vor einem Spiegel und vielleicht ein Gymnastikball für die Ehrgeizigen. Die Hanteln wären mit Kokosnüssen anstatt mit Gewichten bestückt.

Sie hatte sich gründlich getäuscht.

Hinter einem riesigen, raumhohen Fenster standen Laufbänder und Crosstrainer aufgereiht wie die Soldaten. Chrom und Metall bereit für die Schlacht. Als Beth durch die Tür trat, ertönte über ihr eine Glocke. Vielleicht waren Türglocken hier auf der Insel vorgeschrieben.

»Willkommen im Power Center«, begrüßte sie eine kecke Rothaarige am Empfang. Ihr T-Shirt hatte das gleiche Türkis wie die gesamte Ausstattung des Raums.

»Ich würde gern Randy Navarro sprechen«, sagte Beth. »Er erwartet mich.«

»Wen darf ich melden?«

»Elizabeth Chandler.« Sie schob sich die Sonnenbrille ins Haar und fügte hinzu: »Ich bin ein bisschen zu früh dran.« Joe hatte ihr gesagt, Randy würde sie um halb zwölf zu seiner Mittagspause erwarten, aber sie hatte es zu Hause nicht mehr ausgehalten und war viel zu früh aufgebrochen.

»Ich bin schon da, Abby«, sagte ein Hüne von einem Mann, der von der Seite zu ihr trat. Um seinen Hals, der den Umfang von Beths Oberschenkel hatte, hing ein weißes Handtuch, und seine Brust und seine Schultern waren so breit, dass man sich wunderte, wie er überhaupt durch die Tür kam. Feuchtes, nachtschwarzes Haar kräuselte sich über seinen Ohren, eine widerspenstige Strähne fiel ihm in die Stirn.

Seine braunen Augen hatten einen erstaunlich weichen Ausdruck, und sein Lächeln, eine Reihe perfekter weißer Zähne hinter vollen Lippen, ließ seine mächtige Statur weniger bedrohlich erscheinen. Die Ähnlichkeit mit Sid war unverkennbar, vom Wesen her waren sie allerdings grundverschieden. Sid war barsch und konfrontativ, aber dieser Bär von einem Mann hatte eine einladende, freundliche Ausstrahlung.

Als Beth ihn anstarrte, gerieten ihre Hormone in Wallung. Dieser Mann gehörte auf das Cover eines Liebesromans.

»Sie müssen die Beth sein, von der Joe mir erzählt hat«, sagte Randy und streckte ihr die Hand entgegen. Beth unterdrückte einen Seufzer, als er auf ihrem Handrücken einen Kuss andeutete. »Kein Wunder, dass Joe mich gewarnt hat, Sie seien tabu.«

»Bin ich das?«, fragte Beth. Der Hormonschub legte ihre Hirnfunktion lahm. »O ja, bin ich. Verlobt. Natürlich.«

»Verlobt?« Randy runzelte die Stirn, und Beth zwang sich, ihm ihre Hand zu entziehen.

»Ja. Mit Lucas Dempsey, Joes Bruder.«

»Lucas? Oh, das erklärt alles.« Beth war noch dabei, seine Bemerkung zu verarbeiten, als Randy sagte: »Wir können uns in meinem Büro unterhalten. Hier entlang, bitte.«

Der Gang durch das Studio zeigte ihr zweierlei: Erstens, nach den beiden Gewichthebern in der anderen Ecke des Raums zu schließen, war Randy Navarro nicht der einzige Hüne auf Anchor Island. Die Männer sahen aus, als könnten sie einen Autobus nach oben stemmen, ohne in Schweiß zu geraten.

Und zweitens, sich wie ein Käfer zu fühlen, der jeden Moment zerquetscht werden konnte, war eine nervenzermürbende Erfahrung. Auch wenn sie keine Angst vor Randy Navarro hatte, seine Körpergröße und -breite - er überragte sie um mehr als einen Kopf - waren schon einschüchternd. Als sie kurz darüber nachdachte, welche Art Frau sich zu so einem Mann hingezogen fühlte, musste sie an einen gängigen Spruch denken.

Größe zählt.

Beth unterband jeden weiteren Gedanken in diese Richtung. »Danke, dass Sie sich Zeit für mich nehmen. Ich weiß, Ihre beiden Geschäfte nehmen Sie sehr in Anspruch.«

Randy blieb vor einer offenen Tür stehen und ließ ihr den Vortritt. »Als Joe den Namen Wheeler erwähnte, habe ich mir gern die Zeit genommen. Und es ist wesentlich angenehmer, die Unterhaltung mit einer bildhübschen Frau zu führen, als sich dabei Joes Visage zuzumuten.«

Beth nahm das geräumige Büro in Augenschein, als sie auf dem von Randy angebotenen Stuhl Platz nahm. Die Wände waren tapeziert mit den Fotos eines Mannes, der es offenbar darauf anlegte, Selbstmord zu begehen. Als Beth einen Blick auf die Aufnahme links von ihr warf, erkannte sie, dass der Mann Randy war.

Ob als Fallschirmspringer, mit dem Surfbrett auf einer gigantischen Welle reitend oder einem Yeti ähnelnd auf einem schneebedeckten Berggipfel stehend – stets grinste er strahlend in die Kamera.

Randy Navarro lebte nicht nur so dahin, er stürzte sich mit einer Mischung aus schierer Freunde und Todessehnsucht ins Leben. Was die Frage aufwarf: Warum hatte es einen Adrenalinjunkie wie ihn auf eine winzige Insel verschlagen, die mehr für ihre Geschichte und ihren entspannten Lebensstil bekannt war als für atemberaubende Attraktionen?

»Möchten Sie etwas trinken? Wir haben Wasser, Vitaminwasser und verschiedene Sportgetränke.«

»Nein, danke.« Beth musste an Randys Bemerkung denken. »Sie haben vorhin ›Das erklärt alles‹ gesagt. Was haben Sie damit gemeint?«

»Warum Sid Sie nicht leiden kann«, entgegnete er und nahm eine rote Flasche aus einem kleinen Kühlschrank hinter seinem Schreibtisch. »Sie sind mit Lucas verlobt, deshalb.«

»Ich kann Ihnen nicht ganz folgen. Warum sollte das Sid etwas ausmachen?«

»Sid ist schon seit der Highschool in Lucas verliebt. Joe hätte Sie warnen sollen. Meine Schwester kann manchmal ein bisschen ... angriffslustig sein.«

Angriffslustig? Wildkatzen waren angriffslustig. Sid, die Bootsmechanikerin, war ganz eindeutig bösartig. Und sie stand auf Lucas. Kein Wunder, dass das kleine Kurvenwunder in Beths Gegenwart so mordlustig wirkte.

»Joe hat mir nichts gesagt. Weiß Lucas, was Sid für ihn empfindet?«

»Das bezweifle ich. Lucas hatte immer nur eins im Sinn, und das war, so schnell wie möglich von der Insel wegzukommen.« Randy trank einen Schluck und fuhr fort. »Ich muss Ihnen wohl nicht erzählen, wie ehrgeizig er ist. Der Ehrgeiz hat sein Blickfeld verengt, und Sidney Ann ist es nie gelungen, ihn auf sich aufmerksam zu machen.«

»Sagten Sie Sidney Ann?« Der mädchenhafte zweite Vorname passte nicht zu dem Bild der burschikosen, abgebrühten Frau, die Beth im Billardzimmer kennengelernt hatte.

»So wird sie von ihrer Familie genannt. Sie findet es natürlich schrecklich.« Randy warf ihr ein verschwörerisches Lächeln zu, ganz der große Bruder, der seine kleine Schwester triezt.

»Dann ist es vielleicht ganz gut, dass Lucas wieder in Richmond ist«, meinte Beth. Sie konnte sich kaum vorstellen, wie ein Mann es fertigbrachte, eine Frau mit Sid Navarros Kurven zu übersehen. »Aber um auf den Grund meines Besuchs zu kommen: Ich nehme an, Wheeler Development hat bereits Kontakt mit Ihnen aufgenommen und Ihnen ein Angebot unterbreitet?«

»Ja, und das ist verdammt lästig. Entschuldigen Sie meine Ausdrucksweise. Ich habe ihm meine Ablehnung schriftlich und telefonisch mitgeteilt, und jetzt habe ich es auch noch seinem Lakaien im Anzug persönlich erklärt.« Randy nahm einen Stapel Briefe aus der obersten Schublade. »Sein Angebot ist jedes Mal höher. Wenn er das bei allen so macht, würde es mich nicht wundern, wenn manche einknicken.«

»Genau das möchten wir verhindern.« Beth rutschte auf ihrem Stuhl nach vorn. »Wir wollen die Geschäftsleute dazu bringen, als geschlossene Front gegen Wheeler aufzutreten, damit er keinen Fuß in die Tür bekommt. Das wird die Schwächeren animieren, ebenfalls standzuhalten.«

Randy lehnte sich zurück und klopfte mit dem Finger auf die Plastikflasche. »Das klingt nach einem vernünftigen Plan. Unser Unternehmerverband ist kein offizielles Gremium, aber ich bin zuversichtlich, dass niemand tatenlos zusehen will, wie diese Insel in eine lukrative Ferienanlage verwandelt wird.«

»Wir treffen uns am Donnerstagabend zu einer Vorbesprechung im Dempsey's, um zu überlegen, wie wir unsere Idee den anderen Geschäftsleuten am besten schmackhaft machen können. Kommen Sie auch?«

»Ja, ich bin dabei. Wen haben Sie sonst noch angesprochen?«

Beth zog die Namensliste aus ihrer Handtasche. »Lola LeBlanc und Floyd Lewinski. Floyd bringt Helga Stepanovich mit, und ich will morgen noch Eddie und Robin Travers anwerben.«

Randy beugte sich vor, setzte sein Getränk ab und nahm einen Stift. »Sam Edwards betreibt drei kleine Hotels hier auf der Insel. Manche von uns würden auch mit Wheelers Ferienanlage überleben, aber Sam müsste auf alle Fälle irgendwo anders noch mal ganz von vorn anfangen.« Er kritzelte Edwards'

Namen und Telefonnummer auf einen gelben Klebezettel. »Warten Sie eine Stunde, damit ich ihn vorwarnen kann, dann können Sie ihn anrufen und einen Termin mit ihm vereinbaren.«

»Das mache ich, danke.« Beth steckte den Zettel in dem angenehmen Gefühl ein, einen neuen Verbündeten gefunden zu haben. »Wir treffen uns am Donnerstagabend gegen sieben.«

Als sie aufstand, um sich zu verabschieden, erhob Randy sich ebenfalls. »Übrigens, von Sid haben Sie nichts zu befürchten. Sie ist nicht annähernd so tough, wie sie die Leute gerne glauben lässt.«

»Na gut«, sagte Beth, alles andere als überzeugt. »Ich versuche, es mir zu merken.«

*

Nach drei überaus erfolgreichen Tagen auf dem Wasser war Joe in Bombenstimmung. Seine Laune war so gut, dass er sogar Sids Gejammer auf dem Weg zum Dempsey's ignorieren konnte.

»Die Stadttussi wird nie drauf reinfallen«, quengelte sie zum wiederholten Mal. Seit über einer Stunde lag Sid ihm damit in den Ohren.

»Wir sind früh genug dran, um das Ganze einzufädeln, bevor die anderen kommen.«

»Das ist doch Zeitverschwendung«, sagte sie und blieb am Fuß der Verandatreppe stehen. »Warum fragst du sie nicht einfach, was du wissen willst?«

Entschlossen, ruhig zu bleiben, zählte Joe bis zehn, ehe er wieder nach unten ging. »Das hatten wir doch schon. Du musst nur einen Abend mit ihr verbringen, ihr auf meine Kosten Drinks spendieren und herausfinden, was sie verbirgt. Danach kannst du wieder zu deinen Booten und Muskelshirts zurückkehren.« Er nahm sie am Arm und zog sie mit sich.

Doch Sid riss sich los und stürmte an ihm vorbei. »Du kannst froh sein, dass ich es für Lucas tue.«

Als Joe das Restaurant betrat, saß Sid bereits an der Bar und bestellte bei seinem Dad ein Bier. Warum stellte sie sich eigentlich so an? Er hatte schließlich nicht von ihr verlangt, auf dem Boot einen Bikini zu tragen oder sich an Phil Mohler ranzumachen oder so. Sie musste sich nur einen gottverdammten Abend lang wie eine Frau benehmen.

»Für mich auch eins, Dad«, sagte er und setzte sich auf den Hocker neben ihr.

»Er lädt mich ein«, fügte Sid hinzu und drehte ihm den Rücken zu.

Vielleicht war es doch gefährlicher als gedacht, Sids weibliche Seite zum Vorschein zu bringen. Derbe Frotzeleien wie in der Männerumkleide waren das eine. Aber dass sie ihm die kalte Schulter zeigte und sich wegen nichts und wieder nichts dermaßen aufregte, das hatte er bei Sid noch nicht erlebt.

»Kabbelt ihr euch gerade?«, fragte Tom lächelnd, bis Sid ihn wütend anstarrte. »Die Versammlung fängt in zwanzig Minuten an.«

»Wo ist Beth?«, erkundigte sich Joe, der die Aktion mit Sid so schnell wie möglich über die Bühne bringen wollte.

Tom nickte zu dem separaten Speisezimmer rechts hinten. »Sie richtet zusammen mit Patty das Nebenzimmer her. Beth hat anhand der Mitgliedsliste des Unternehmerverbands ein Informationsblatt zusammengestellt. Patty sagt, sie recherchiert seit zwei Tagen.«

»Was recherchiert sie denn?«, wollte Sid wissen. »Hier kennt doch jeder jeden. Da muss sie nicht daherkommen und uns erzählen, was alle schon wissen.«

Tom zuckte die Schultern. »Keine Ahnung. Wir werden es ja bald herausfinden.«

Joe gab Sid einen Stups. »Fragen wir sie doch mal, ob sie Hilfe brauchen.« Sie konnte von ihm aus den ganzen Abend schmollen, aber sie hatte Ja gesagt, und nun würde sie es auch durchziehen, ob sie wollte oder nicht.

Gefolgt von einer widerwilligen Sid, die hinter ihm vor sich hin brummelte, ging Joe ins Nebenzimmer. Beth stand vor einem runden Tisch und begutachtete kritisch eines der Infoblätter, die sie auf sämtlichen Plätzen verteilt hatte.

»Was ist das?« Joe trat zu ihr und nahm ein Exemplar vom Tisch. »Der Unternehmerverband hat einen Briefkopf?« Etwas auch nur annähernd so Offizielles hatte Joe in den mehr als zehn Jahren seit Bestehen der Gruppe nicht zu Gesicht bekommen.

»Bis jetzt nicht, deshalb habe ich das hier zusammenfabriziert. Was hältst du davon?«

Oben links prangte das kleine Bild einer Möwe im Sonnenuntergang über einem verlassenen Pier, rechts gegenüber befand sich die Aufschrift UNTERNEHMERVERBAND ANCHOR ISLAND mit Adresse. »Ich kenne auf dieser Insel jeden Stein, aber diese Anschrift sagt mir nichts. Wo ist das?«

Beth zog eine Augenbraue nach oben. »Die Bücherei. Mir wurde gesagt, dass ihr dort eure Versammlungen abhaltet.«

»Oh.« Straße und Hausnummer der Bücherei hatte er nicht im Kopf. Wenn man sich auf einer so kleinen Insel wie Anchor Island in der Bücherei verabredete, wusste jeder, was gemeint war. »Und was ist das alles?«

»Auf der ersten Seite habe ich sämtliche Mitglieder und ihre Unternehmen aufgelistet. Auf der zweiten habe ich alles zusammengestellt, was wir über Wheelers Pläne mit der Insel wissen, um einschätzen zu können, wer am meisten davon betroffen ist.« Sie blätterte zur letzten Seite. »Dieses Diagramm hier zeigt die Tourismusentwicklung der letzten und eine Prognose für die nächsten fünf Jahre.«

Joe war sprachlos. Wo hatte sie das alles her? Vielleicht barg die kleine Inselbücherei größere Schätze als gedacht. »Das ist unglaublich.«

Beth errötete. »Es gehört zu meinem Job, Recherchen anzustellen und Informationen für andere zu sammeln. Wie gesagt, es ist nur zusammenfabriziert.«

»Überhaupt nicht.« Er hätte nie gedacht, dass sie so viel Mühe in etwas stecken würde, das sie eigentlich gar nicht betraf. »Warum machst du das für lauter fremde Leute?«

»Das sind keine fremden Leute für mich. Wenigstens nicht alle. Ich kenne doch schon einige, zum Beispiel Lola, dich und deine Eltern, und in den letzten Tagen habe ich noch weitere Bekanntschaften geschlossen. Sie blätterte das Papierbündel in seiner Hand zurück auf die erste Seite und deutete auf die Liste. »Randy Navarro hat mich zu Sam Edwards geschickt, und Sam zu deinem Freund Chuck Brighteyes. Was aus den Wildpferden werden soll, wenn Wheeler sein Projekt durchzieht, könnte ein Argument zu unseren Gunsten sein.«

»Wie meinst du das?«

»Die Pferde gelten, obwohl sie nicht frei herumlaufen, als wild und schützenswert. Möglicherweise hat der Schutz der Pferde und der historischen Sehenswürdigkeiten Vorrang vor Wheelers Plänen.«

»Du sagst ‚möglicherweise'.« Joe konnte dem Gespräch nur mit Mühe folgen, solange Beth sich gegen seinen rechten Arm drückte. »Es gibt keine Garantie?«

»Nein, das nicht«, sagte sie und trat einen Schritt zurück. Er widerstand dem Drang, ihr zu folgen. »Ohne eine juristische Bibliothek kann ich die rechtlichen Aspekte nicht prüfen. Mir ist klar, dass Wheeler durch eine ansehnliche Spende und die Zusage, die historischen Sehenswürdigkeiten nicht anzutasten, alle Hindernisse aus dem Weg räumen könnte. Aber die Insel wäre nicht mehr dieselbe.«

»Nein.« Beth war seit nicht mal einer Woche auf der Insel und verstand bereits, was manche der Einheimischen noch kapieren mussten. »Wenn ich es nicht besser wüsste, würde ich sagen, du magst die Insel.«

»Natürlich mag ich die Insel«, sagte sie leidenschaftlicher, als er erwartet hätte. »Die Menschen hier sind nett und gastfreundlich und verdienen es nicht, dass ihr Leben auf den Kopf gestellt wird, nur weil ein arroganter, reicher Heini es sich in den Kopf gesetzt hat, ihnen ihre Häuser wegzunehmen.«

Ihr hitziger Ausbruch, der diesmal nicht ihm galt, gab Joe einen Eindruck davon, wie es war, wenn sie in Rage geriet. Ihre zu einem Strich zusammengepressten Lippen und die verkrampften Schultern weckten den Wunsch in ihm, sie so lange zu küssen, bis sie nicht mehr wusste, warum sie so wütend war.

Beth starrte auf die Papiere in ihrer Hand, während Joe auf ihre Lippen starrte. Bis Sid sich von hinten näherte und laut vernehmlich hüstelte, was ihn jäh in die Realität zurückriss.

»Ist was mit ihr?«, fragte Beth und beäugte Sid argwöhnisch.

Joe drehte sich zu Sid um, die in Servietten gewickeltes Besteck auf die Tische knallte. Patty hatte sie anscheinend mit Arbeit versorgt. Als er an ihr Vorhaben dachte, bekam er Gewissensbisse. Beth half mit, die Insel zu retten, und ihm fiel nichts Besseres ein, als in ihrer Vergangenheit herumzuwühlen, nur um dort irgendwelche dunklen Flecken zu finden.

Und dabei wollte er doch nichts lieber, als sie in seine Arme schließen.

Er tat es für Lucas. Das musste er sich immer vor Augen halten.

»Ich frage nur ungern, weil du schon so viel für uns getan hast, aber ich möchte dich um einen Gefallen bitten.« Auf ihre überraschte Miene hin fügte er noch hinzu: »Eigentlich geht es um Sid.«

*

Beth war sofort argwöhnisch. Bisher war sie für Sid nur so eine Art Punchingball oder Fußabstreifer gewesen. Was sollte sie jetzt von ihr wollen? »Was für einen Gefallen?«

Joe schob sie am Ellbogen von der allmählich eintrudelnden Gästeschar weg. »Sie steht auf einen Typen – keine Ahnung, wer es ist -, aber für ihn ist sie nur ein Kumpel. Es ist dir doch selbst aufgefallen, als du ihr zum ersten Mal begegnet bist.« Beths Argwohn wuchs. Besonders angesichts dessen, was Sids Bruder ihr erzählt hatte, nämlich dass sie in Lucas verknallt war. »Ich dachte, vielleicht könntest du ihr dabei helfen, femininer auszusehen, du weißt schon, mit ein paar Tipps von Frau zu Frau.«

Beth fiel die Kinnlade herunter. »Wenn du nicht irgendwo einen Zauberstab versteckst, weiß ich nicht, wie ich das anstellen soll.«

»Du hast gesagt, sie sieht fantastisch aus.« Er warf einen kurzen Blick zu Sid, wie um ihr etwas Positives abzugewinnen. »Steck sie in ein Kleid oder so. Verpass ihr eine neue Frisur. Machen Frauen sich nicht ständig gegenseitig die Haare?«

Daran dachte er also dabei? An Musicals, die in den Sechzigern spielten? »Sid und ich sind aus dem Alter für Pyjamapartys raus. Und da ich keine Todessehnsucht habe, werde ich nicht versuchen, ihr die Cargohosen auszuziehen und sie in Samt und Seide zu hüllen.«

Beth wandte sich zum Gehen, aber Joe hielt sie zurück. »Sid hat mir schon prophezeit, dass du es nicht tun würdest. Sie hat gemeint, du bist zu hochnäsig, aber ich habe ihr widersprochen. Anscheinend zu Unrecht.«

Der letzte Satz war unter die Gürtellinie gezielt, und Beth wusste, dass es ein Manipulationsversuch war, trotzdem fiel sie darauf herein. Joe war noch keine zwei Schritte gegangen, als sie einlenkte. »Okay«, sagte sie.

»Was ist?«, fragte er mit Unschuldsmiene. Sie ließ sich nicht täuschen.

»Ich werde versuchen, deine Bootsmechanikerin in eine Frau zu verwandeln, aber unter einer Bedingung.« Beth war auch nicht von gestern. »Du bezahlst.«

Sein Gesicht nahm eine grünliche Färbung an. »Was denn bezahlen?«

»Um das Aschenputtel da drüben in eine Prinzessin zu verwandeln, braucht es mehr als ein Kleid und einen Lockenstab. Wenn ich ihr helfe, musst du auch deinen Beitrag leisten. Und zwar mit Cash.«

Jetzt wurde Joe blass, er fuhr sich mit den Fingern durchs Haar. Es interessierte sie anscheinend nicht, ob seine Finanzen für das Umstyling und einen Mädelsabend reichten. Nach einem kurzen Blick zu Sid gab er sich jedoch geschlagen. »Du kannst fünfzig Dollar für deine Auslagen haben. Wenn ihr euch amüsieren und was trinken wollt, geht das auf eure eigene Rechnung.«

Sich mit Sid zu amüsieren klang wie ein Ding der Unmöglichkeit, aber wenn Sid in jemanden von der Insel verliebt war, hieß das, dass sie Lucas aufgegeben hatte. Nicht dass Beth sich gesorgt hätte, ihren Verlobten an eine Frau zu verlieren, die sich zwischen Bootsmotoren wohler fühlte als auf steifen Dinnerpartys. Das wäre völlig abwegig.

Vielleicht war unter Sids harter Schale wirklich ein weicher Kern verborgen. Als Beth jedoch sah, wie Sid drei Tische weiter reagierte, als Joe ihr die Botschaft überbrachte, sank ihr der Mut. Sie nahm sich vor, bei ihrer Krankenkasse nachzufragen, ob der Versicherungsschutz auch auf der Insel bestand.

Kapitel 14

Wenn Beths Kollegen nur ein Zehntel so dankbar gewesen wären wie ihr Anti-Wheeler-Team, hätte ihr ihr Beruf vielleicht sogar Spaß gemacht. Hier war sie nicht die graue Maus, die nur die Recherchen erledigte, sondern die brillante zukünftige Mrs Dempsey. Seit sie in der dritten Klasse den Buchstabierwettbewerb gewonnen hatte, hatte man sie nicht mehr brillant genannt, und den Namen Dempsey zu tragen bedeutete ihr sogar noch mehr.

Als Dempsey war man auf Anchor Island jemand. Beth war noch nie »jemand« gewesen.

Die Versammlung lief besser als gedacht, abgesehen von einer kurzen Kabbelei zwischen ihr und Joe. Penetrant wie eh und je hatte er von ihr verlangt, das Informationsblatt zu erläutern, und dabei hatte sie ihm klar zu verstehen gegeben, dass sie nicht als Rednerin auftreten wollte. Als sie sich weigerte, nannte er sie feige (nur geflüstert, der Mistkerl, damit es kein anderer mitbekam), und daraufhin gab sie nach.

Wenn sie ganz ehrlich war, hatte sie es sogar genossen, eine Zeit lang die Show zu schmeißen. Das hätte sie Joe gegenüber natürlich niemals zugegeben. Schließlich hatten sie vereinbart, dass jeder der Anwesenden vor der morgigen Sitzung anhand einer Kontaktliste je eine Gruppe von Geschäftsleuten anrufen sollte.

Es trat ein peinlicher Moment ein, als Sam Edwards das fragte, was alle dachten: Warum hatte sich Wheeler eigentlich ausgerechnet ihre Insel ausgesucht? Anders als in tropischeren Regionen konnte man hier nicht das ganze Jahr über Urlaub machen, und während der kurzen Saison drohten überdies Wirbelstürme.

Alle möglichen Theorien standen im Raum, nur Joe blieb schweigsam. Er wirkte irgendwie unangenehm berührt und wechselte das Thema bei der nächsten Gelegenheit.

Hatte Joes Trennung von Cassie Anchor Island zur Zielscheibe werden lassen?

Es würde doch wohl niemand eine Insel aufkaufen, nur um den Liebeskummer seiner Tochter zu rächen? Beth kannte Tad Wheeler als gerissenen, skrupellosen Geschäftsmann, der bei seinen Investitionen methodisch vorging. Er war nicht der Typ, der sich bei finanziellen Entscheidungen von Emotionen leiten ließ.

Vielleicht hatte Joes Verhalten einen anderen Grund, aber Beth hatte während des Studiums genügend Kriminelle kennengelernt, um zu merken, wenn jemand ein schlechtes Gewissen hatte.

»Was ist, machen wir es jetzt oder nicht?«, fragte Sid und riss Beth aus ihren Gedanken.

Sie hatte aus dem Fenster gestarrt und Sid nicht kommen gehört. »Oh, klar.« Beth nickte zur anderen Seite der Sitzecke. »Nehmen Sie Platz.« Am besten machte sie sich erst einmal ein Bild davon, was Sid selbst sich von der ganzen Aktion erwartete.

»Na gut.« Sid klang wie ein rebellischer Teenager, der zum Direktor zitiert wurde. Sie ließ sich auf den Stuhl plumpsen und verschränkte die Arme über einem T-Shirt, auf dem stand: »Das Leben ist eine Schlampe und ich auch.« Das würde aussortiert werden.

»Joe hat mir erzählt, dass Sie sich für einen Mann interessieren?«

»Das scheint Sie zu überraschen. Lassen Sie mich raten. Sie dachten, ich bin lesbisch.«

Obwohl Beth dieser Gedanke zuvor nicht gekommen war, fand sie ihn jetzt gar nicht so abwegig. »Nein. Aber wir sollten zuerst einmal etwas klarstellen.«

»Und was? Sind *Sie* vielleicht lesbisch?«

Beth konnte nur hoffen, dass der Mann, auf den Sid es abgesehen hatte, eine große Portion Geduld besaß. Und dass er eine Frau mit ein paar Ecken und Kanten mochte. »Joe hat mich um diesen Gefallen gebeten, und aus irgendeinem unerfindlichen Grund habe ich mich einverstanden erklärt. Aber das hier funktioniert nur, wenn Sie aufhören, Ihre und meine Zeit damit zu vergeuden, mich zu beleidigen und sich wie ein Teenager aufzuführen, dem man das Handy weggenommen hat.«

Sid entspannte sich und legte die Arme auf den Tisch. »Meine Manieren sind vielleicht manchmal nicht die besten.« Als Beth eine Augenbraue hob, räumte Sid ein: »Okay, mehr als nur manchmal. Ich arbeite daran.«

Das war mehr, als Beth erwartet hatte. »Gut. Dann sind wir auf dem richtigen Weg.«

»Eins würde ich gern von Ihnen wissen.«

Beth wartete auf die Frage, aber es kam keine. »Was denn?«

Erneut verschränkte Sid die Arme. »Warum helfen Sie mir?«

Beth fiel spontan nichts darauf ein. Sie war versucht zu sagen, es habe sie gereizt, einen hoffnungslosen Fall zu übernehmen, doch sie bezweifelte, dass Sid es schätzen würde, als hoffnungsloser Fall bezeichnet zu werden. Und bestimmt wäre sie auch nicht erfreut zu erfahren, dass Beth von ihren Gefühlen für Lucas wusste.

»Sie können mich nicht leiden, aber ich habe keinen Grund, Sie nicht zu mögen. Und wenn Sie schon den Mumm aufbringen, mich um Hilfe zu bitten, dann kann ich auch den Mumm aufbringen, Ihnen zu helfen.« Als sie die Skepsis in Sids Blick sah, fügte sie noch hinzu: »Vielleicht finde ich Sie auch einfach scharf.«

Sid riss erschrocken die Augen auf und schien die Flucht ergreifen zu wollen. Beth lächelte, und ihre Kontrahentin verstand, dass Sie nur Spaß gemacht hatte. »Guter Witz, Lockenkopf. Für eine brave Anwaltstussi sind Sie gar nicht so übel.«

Nicht gerade das größte Kompliment aller Zeiten, aber immerhin ein Anfang.

*

Joe tigerte vor der Inselbücherei auf und ab und versuchte sich auf die Versammlung zu konzentrieren. Eigentlich sollte er noch einmal seine Rede durchgehen, die er in fünf Minuten halten würde, aber ihm ging Beths erhitztes Gesicht nicht mehr aus dem Kopf.

Hätte er gewusst, dass sie vor der Tür stand, dann wäre er nie nur in Jeans und mit nassen Haaren zum Öffnen gegangen. Es war schon schlimm genug, dass er sich körperlich zu ihr hingezogen fühlte, aber als Beth ihn angestarrt hatte, als würde sie ihn am liebsten vernaschen, waren bei ihm alle Sicherungen durchgebrannt. Er hatte seinen Vater erwartet und nicht die sexy Verlobte seines Bruders in einem hautengen Rock, mit High Heels und einer Bluse, deren Ausschnitt einen Knopf zu weit geöffnet war.

Sie hatte ihre braunen Locken lose im Nacken zusammengebunden, und um den Look einer amüsierwilligen scharfen Bibliothekarin zu vervollständigen, hätte nur noch eine Drahtgestellbrille gefehlt. Sein Körper sehnte sich danach, sie zwischen den Bibliotheksregalen flachzulegen, aber sein Kopf erinnerte seinen Schwanz zum zigsten Mal daran, dass Beth Lucas gehörte. Warum zum Teufel konnte Lucas denn nicht hier sein, um dieser Tatsache Nachdruck zu verleihen?

»Was machst du hier draußen, holst du dir noch einen runter oder was?«, fragte Sid, als sie sich zu ihm gesellte. »Die warten da drin auf dich.«

Selbst wenn Beth Sid in eine scharfe Bibliothekarin verwandelte, würde sie aus dieser Barbarin nie ein Mädchen machen. »Solltest du nicht daran arbeiten, deine weibliche Seite zu entdecken?«

»Das hebe ich mir für meinen großen Auftritt morgen auf.« Sid senkte den Blick, und Joe sah zum ersten Mal ihre Unsicherheit. Sie tat das nicht nur, um Beth Informationen zu entlocken. Sid wollte auch selbst femininer wirken.

Als sie merkte, dass sie von ihm gemustert wurde, signalisierte ihr Blick eher »wütende Furie« als »liebenswürdiges Mädchen«. Da sie schon seit über zwei Jahren kein Date mehr gehabt hatte, war sie wohl ein bisschen eingerostet, was ihre weiblichen Tricks und Kniffe betraf.

»Willst du dir die fünfundzwanzig Dollar etwa durch die Lappen gehen lassen?«, fragte Joe. Er wusste, dass Sid keiner Herausforderung widerstehen konnte.

»Vergiss nicht, morgen noch mal zum Geldautomaten zu gehen, du Penner. Ich will es bar auf die Hand.« Mit funkelndem Blick stürmte Sid in die Bücherei. Zum ersten Mal kamen Joe Zweifel - vielleicht tat sie immer nur so knallhart. Dann fiel ihm wieder ein, wie sie Phil Mohler einen Boxhieb verpasst hatte, als er ihr am Unabhängigkeitstag nach dem sechsten Tequila an den Po gefasst hatte.

Sie tat definitiv nicht nur so.

Joe folgte ihr, bevor Sid ihm die Tür vor der Nase zuschlagen konnte, und die erste Person, die ihm in der Menge auffiel, war Beth. Sie stand mit Lola hinten in der Ecke und blickte zu ihm, als hätte sie nach ihm Ausschau gehalten. Nach einer kurzen Bemerkung zu der älteren Frau kam sie zielstrebig auf ihn zu. Durch die High Heels hatte sie einen unglaublichen Hüftschwung, und Joe stellte sich vor, wie dabei langsam ihr Rock nach unten glitt.

»Wir haben ein Problem«, sagte sie und stand dabei so nah neben ihm, dass er das Geißblatt-Shampoo in ihrem Haar riechen konnte. Er hatte auf jeden Fall ein Problem. »Lola hat mir erzählt, dass Derek Paige heute schon wieder bei ihr aufgekreuzt ist und das Angebot verdoppelt hat.«

»Wie bitte?« Sein Verstand war von ihrem Shampoo wie benebelt. »Wer hat was verdoppelt?«

Beth antwortete grimmig: »Wheeler hat sein Angebot gegenüber letzter Woche verdoppelt. Wie es scheint nicht nur bei Lola.«

Diese Information brachte ihn wieder zur Besinnung und versetzte seinen Schwanz in den Schlafmodus. Mehr oder weniger. »Der Zeitpunkt ist interessant. Sie müssen von unserem Treffen gestern Abend erfahren haben.«

»Wir hätten es nicht im Dempsey's abhalten sollen. Hast du Cassandra oder Derek im Lokal gesehen?«

»Nein«, sagte Joe kopfschüttelnd. Er hatte Annie beauftragt, den Feind im Auge zu behalten, und sie hatte ihm versichert, dass die Luft rein war. »Jemand muss geplaudert haben.«

Beth sah sich im Raum um. »Wer denn? Wir haben erst heute Morgen mit den Anrufen angefangen.«

Bevor Joe antworten konnte, ging die Tür auf und Phil Mohler stolperte in ihn hinein.

»Mensch, Dempsey, steh hier nicht im Weg herum.«

Joe ballte die Hände in den Hosentaschen zu Fäusten. Natürlich. »Du warst seit Monaten auf keiner Versammlung mehr, Mohler. Woher das plötzliche Interesse?«

»Ich bin Geschäftsmann wie alle anderen auch. Ich kann zu den Versammlungen kommen, wann immer ich will.« Der Winzling streckte die Brust heraus und versuchte, sich größer zu machen, aber Joe überragte ihn trotzdem fast um zehn Zentimeter.

»Du hast recht Mohler, setz dich.«

Mohlers Blick wurde argwöhnisch. Er sah aus, als wollte er weiter streiten, doch dann überlegte er es sich anders und verzog sich mit einem Stuhl an die Seite des Raumes.

Beth begriff ebenso schnell wie Joe. Sie sagte: »Glaubst du ...«

»Ich glaube nicht, ich weiß es. Das erklärt auch das Essen mit Cassie.«

»Was für ein Mistkerl.« Beth verschränkte die Arme und warf Mohler einen Blick zu, der einen weißen Hai in Angst und Schrecken versetzt hätte.

»Er ist ein Mistkerl, aber er ist nicht gerade eine Leuchte, wenn du weißt, was ich meine. Cassie hat ein Talent dafür, sich die Schwachen herauszupicken.« Er merkte zu spät, was er damit gesagt hatte, und sah Beths fragenden Blick. »Ich geh besser nach vorne, damit wir anfangen können.«

Eine Stunde später saß Beth auf ihrem Platz in der Ecke, schlug abwechselnd die Beine übereinander und stellte sie wieder nebeneinander. Sie hätte Phil Mohler am liebsten die Augen ausgekratzt. Der Kerl hatte versucht, Stimmung für Wheeler zu machen, und Joe bei jeder Gelegenheit das Wort abgeschnitten. Seine Argumente waren allerdings ziemlich lau. Joe legte dar, dass Phil als einer der wenigen davon profitieren würde, wenn Wheeler vermögendere Kundschaft anlockte.

Mohler konterte, Joe arbeite doch in derselben Branche, aber Joe konnte dagegenhalten, er sei schließlich auch davon betroffen, wenn das Lokal der Dempseys Wheelers Ferienanlage weichen müsse.

Wäre Mohler die einzige Gegenstimme gewesen, wäre Beth weiterhin zuversichtlich geblieben, dass Wheeler keine Chance hatte. Unglücklicherweise gab es mindestens fünf weitere Personen, die über das Angebot der Baufirma nachdachten. Drei davon waren Ferienhausbesitzer, die Mühe hatten, ihre Häuser durchgehend zu vermieten. Jede Woche oder jedes Wochenende Leerstand bedeutete einen Verlust für sie.

Beth hatte zwar für die nächsten Jahre ein langsames Wachstum prognostiziert, aber keine Garantien abgegeben. Die wirtschaftliche Entwicklung ließ sich einfach nicht vorhersehen, und obwohl Anchor Island billiger als andere Ferienorte war, lag es weit ab vom Schuss und war relativ unbekannt. Eine Tatsache, die Beth nur allzu bewusst war, hatte sie doch, bevor sie Lucas kennengelernt hatte, auch noch nie davon gehört.

»Ist es auch wirklich in Ordnung, dass du hier dabei bist?«, fragte Lola Beth zum vierten Mal seit ihrer Ankunft. »Mir gefällt die Vorstellung nicht, dass du deswegen deinen Job riskierst.«

Beth freute sich über die Anteilnahme ihrer neuen Freundin. »Nur der engste Kreis weiß, dass ich diese Dokumente zusammengestellt habe. Und nur du weißt, dass meine Kanzlei Wheelers Interessen vertritt. Solange es so bleibt, werde ich meinen Job behalten.«

»Aber es ist nicht sicher.« Lola presste die Lippen aufeinander, was die Fältchen um ihren Mund noch tiefer werden ließ. »Und was, wenn nicht?«

Auf diese Frage war Beth nicht vorbereitet. Ja, was dann? Sie stellte sich im Geiste ihre Entlassung vor und wartete darauf, dass die Gefühle sie überwältigten. Enttäuschung. Traurigkeit. Wut. Stattdessen empfand sie gar nichts, und das kam ihr merkwürdig vor, schließlich hatte sie alles darangesetzt, um diese Stelle bei einer derart prestigeträchtigen Kanzlei zu ergattern.

Da sie im Augenblick nicht über ihre Zukunft nachdenken konnte oder wollte, konzentrierte sie sich darauf, Lola zu beruhigen. »Ich werde meinen Job nicht verlieren, und ihr werdet diese Insel nicht verlieren. Alles wird sich zum Guten wenden. Da bin ich ganz sicher.«

Lola wirkte nicht überzeugt, aber dann glitten ihre Augen weg von Beth, und sie begann zu lächeln.

»Was ist?«, fragte Beth, und als sie sich umdrehte, sah sie, dass Joe bei einer Gruppe stand, zu der Randy Navarro und zwei ihr unbekannte Männer gehörten.

Lola nahm Beths Hand und tätschelte sie, als würde sie ein Kind trösten, das sich verlaufen hat. »Du hast recht. Alles wird sich zum Guten wenden.«

Beth blickte erneut zu der Gruppe. Joe schien ganz davon gefangen genommen zu sein, was Randy zu ihm sagte. »Was an der Unterhaltung da drüben überzeugt dich plötzlich so?«, fragte sie Lola.

Anstatt ihr zu antworten, entschuldigte sich Lola, tätschelte Beth noch einmal die Hand und gesellte sich zu Helga Stepanovich.

Ein Rätsel, diese Frau. Beth hielt noch einmal nach Joe Ausschau. Vielleicht waren die beiden Fremden, mit denen er gesprochen hatte, mögliche Unterstützer. Aber er war nicht mehr dort, wo sie ihn zuletzt gesehen hatte, und so ließ sie den Blick durch den Raum schweifen. Dabei kam ihr das Gespräch von vorhin wieder in den Sinn.

Cassie hat ein Talent dafür, sich die Schwachen herauszupicken.

Seine spontane Bemerkung verriet vielleicht mehr, als er beabsichtigt hatte.

Auch wenn ihre bisherigen Begegnungen nicht darauf hindeuteten, Joe schleppte offenbar mehr Ballast mit sich herum als ein Gepäckträger am Flughafen. In den letzten vierundzwanzig Stunden hatte sie zwei überraschende Dinge über Joe Dempsey gelernt: Erstens, er hatte Schuldgefühle, und das bedeutete, dass er sich mitverantwortlich dafür fühlte, dass Anchor Island in Tad Wheelers Visier geraten war. Zweitens, er hielt es für eine Schwäche von sich, dass er auf die kleine Wheeler hereingefallen war.

Was Cassie Wheeler betraf, konnte man an seinem Geschmack und vielleicht an seiner geistigen Zurechnungsfähigkeit zweifeln, aber als schwach hätte sie Joe, so wie sie ihn kannte, nicht eingeschätzt. Als stur, dickköpfig und (was sie betraf) unangenehm sexy, aber nicht als schwach.

»Du kannst aufhören zu suchen, Schätzchen. Was du suchst, ist genau hier.« Eine Duftwolke nach Schweiß und Fisch schlug Beth entgegen, sodass sie sich die Hand vor die Nase halten musste. Als sie sich umdrehte, um der Geruchsquelle auf den Grund zu gehen, wurde sie ein gutes Stück unter ihrem Kinn fündig.

»Entschuldigung?«

Ein Männlein grinste sie an, aus einer Zahnlücke strömte der ekelhaft faulige Geruch. Er hatte eine Stirnglatze und das fettige, schmutzig-blonde Resthaar nach hinten frisiert. Offenbar hielt er nichts davon, vor einem geschäftlichen Termin zu duschen.

»Ich heiße Buddy Wilson. Wie wär's, verschwinden wir von hier und trinken irgendwo anders ein paar Bierchen, um uns besser kennenzulernen?« Der Kretin zwinkerte, und Beth drehte sich der Magen um.

»Danke, kein Interesse.« Verzweifelt darum bemüht, auf Abstand zu dem Gestank zu gehen, trat Beth einen Schritt zurück. Eine schwielige Hand schloss sich um ihre Handgelenke.

»Komm schon, Schätzchen. Du wirst es nicht bereuen.«

Beth hätte gern tief Luft geholt, um sich zu wappnen, aber im Dunstkreis von diesem Schwachkopf tief einzuatmen war keine gute Idee. »Tut mir leid, Mr Wilson, aber ich muss Ihre Einladung ablehnen.« Da sie keine Lust hatte, vor der versammelten Stadt Aufsehen zu erregen, hielt sie ihre Stimme gesenkt. »Lassen Sie jetzt bitte meinen Arm los.«

»Wo willst du denn schon wieder hin?«, sagte er, ohne sie freizugeben. »Ich weiß ja noch nicht mal, wie du heißt.«

Beth, die am Ende ihrer Geduld war, hob zu einer Antwort an, doch eine energische Stimme kam ihr zuvor.

»Sie hat gesagt, du sollst loslassen, Wilson. Ich schlage vor, du tust es. Und zwar sofort.« Eine unausgesprochene Drohung lag in der Luft.

Beths Bewunderer riss erstaunt die Augen auf und ließ ihr Handgelenk los. »Ich hab doch nur mit ihr geredet. Kümmere dich um deine eigenen Angelegenheiten, Dempsey.«

»Sie gehört zu meinen Angelegenheiten. Ich habe dir schon mal gesagt, lass die Finger von ihr.«

Sie musste an ihren Besuch bei Randy Navarro denken. Auch ihn hatte Joe gewarnt, sie sei tabu für ihn. Als würde er ihr nicht zutrauen, dass sie ihn selbst über ihren Familienstand aufklärte.

Joe trat einen Schritt auf Wilson zu, der zurückweichen musste. Seit wann war sie eigentlich eine Jungfer in Nöten? Und überhaupt, seit wann war es so anturnend, von einem strahlenden Ritter in einem Flanellhemd und mit Bartschatten gerettet zu werden?

Die Augen des Winzlings schossen von Beth zu Joe und wieder zurück, wie bei einem Kind, das ein Rätsel zu lösen versucht. Beth konnte es ihm nachfühlen, sie selbst stand auch vor einem Rätsel.

»Ist das die kleine Kellnerin?« Blutunterlaufene Augen musterten ihren Körper von oben bis unten, und Beth hatte auf einmal das dringende Bedürfnis zu duschen. Dann richtete Wilson den Blick zurück zu Joe. Mit einem schmierigen Grinsen meinte er schließlich: »Jetzt verstehe ich. Du hältst sie warm für deinen Bruder.«

Knurrend ging Joe auf Wilson los. Beth, die unbedingt eine Szene vermeiden wollte, trat dazwischen. »Das reicht jetzt. So schmeichelhaft es auch sein mag, ich habe keine Lust zuzusehen, wie zwei Männer sich um meine Ehre prügeln. Im Übrigen wissen wir alle drei, wie es ausgehen würde, und ich bezweifle«, sagte sie zu dem kleinen Napoleon vor sich, »dass Sie sich die Knochen brechen lassen möchten.«

Joes warmer Atem in ihrem Nacken und sein angespannter Körper, der sich an ihren Rücken drückte, machten es ihr nicht leicht, sich auf die Deeskalation der Situation zu konzentrieren. Sie hoffte, dass ihre Miene so gelassen und unbeeindruckt wirkte, wie sie es beabsichtigte.

Schließlich zog Wilson murrend Leine. Erst jetzt fiel Beth auf, dass sie den Atem angehalten hatte.

»Alles in Ordnung?«, fragte Joe und drehte sie zu sich herum. In seinen Augen loderte eine Mischung aus Beschützer- und Besitzerinstinkt.

Beth wurde heiß und ein bisschen schwindlig im Kopf. »Ja«, versicherte sie ihm, »es geht mir gut.«

»Du siehst aber nicht so aus.«

»Das liegt an seinem Geruch«, sagte sie, weil ihr keine andere Ausrede einfiel. Die Wahrheit konnte sie ihm schlecht erzählen. »Nimmt der Kerl eigentlich nie ein Bad?«

»Nur wenn er aus dem Boot fällt.« Joe fasste sie sanft am Ellbogen. »Komm, verschwinden wir von hier.«

Dasselbe hatte Wilson gesagt, aber Beths Reaktion hätte nicht unterschiedlicher sein können. Wie eine willenlose Puppe ließ sie sich von Joe durch die Menge führen, als würde er sie nur durch seine Berührung steuern. Er musste wirklich ein guter Steuermann sein.

Sie fanden Patty und Tom in der Kochnische im hinteren Teil des Raums. Joe nahm eine Flasche Wasser von der winzigen Arbeitsfläche und reichte sie Beth. »Ich bring sie nach Hause. Braucht ihr mich danach noch im Lokal?«

Sie wusste nicht, was sie mehr beunruhigte: Die Enttäuschung darüber, dass er sie nur absetzen wollte, oder ihr Wunsch, ihm einen Grund zum Bleiben zu geben.

Patty und Tom antworteten gleichzeitig.

»Wir brauchen dich nicht«, sagte Patty.

»Wir brauchen dich dringend«, sagte Tom.

Patty blickte zu Tom. »Wir schaffen es doch ohne ihn. Wir haben drei Bedienungen und zwei Hilfskellner, und die meisten Leute dürften inzwischen gegessen haben.« Dann sagte sie zu Beth und Joe: »Fahrt ihr nur. Ich helfe hier beim Aufräumen. Wir sind dann gegen Mitternacht zu Hause.«

Tom sah Joe eindringlich an, ein Blick, den Beth auch dann nicht richtig interpretiert hätte, wenn ihr Verstand nicht plötzlich den Dienst quittiert hätte. Joe nickte nur. »Gut. Bis dann.«

Wieder lotste er sie durch den Raum, diesmal, indem er ihr die Hand auf den Rücken legte. Sie hörte Tom husten, es klang mehr wie ein Bellen, und daraufhin ließ Joe seine Hand sinken.

»Was läuft denn da zwischen dir und deinem Dad?«, fragte sie Joe, als er sie durch die Tür schob.

»Nichts, das ich nicht ignorieren könnte«, sagte er und schloss die Tür hinter ihnen, woraufhin der Lärm verstummte.

Kapitel 15

Joe musste sich die ganze Fahrt über zusammennehmen, um nicht das Lenkrad aus der Verankerung zu reißen. Als er gesehen hatte, wie Wilson Beth packte, war ein Urinstinkt in ihm erwacht. Der Instinkt, diesem Widerling den Arm zu brechen, weil er sie angefasst hatte.

Bei Wilsons Andeutung, er wolle sie für seinen Bruder »warmhalten«, hatte er Mordgelüste bekommen.

Dabei sollte er eigentlich auf sich selbst wütend sein, denn genau das hätte Joe gern getan: Beth warmgehalten. Mehr als warm. Er wollte sie heißmachen und in seinem Bett oder wo auch immer er ihr diesen verdammten Rock ausziehen konnte, zum Stöhnen bringen. Zum Teufel mit seinem Bruder.

Unversehens entfuhr ihm in der Stille des Wagens ein Knurren. Keiner von beiden hatte auch nur ein Wort gesagt, seit sie die Bücherei verlassen hatten, und die paarmal, die er zu ihr hinübersah, schien Beth in Gedanken versunken. Vermutlich versuchte sie, Buddy Wilsons Gestank aus ihrem Gehirn zu verdrängen.

»Alles in Ordnung?«, fragte sie, als er in die Einfahrt einbog und den Motor ausschaltete.

Seit ihrer ersten Begegnung auf der Fähre war mit ihm gar nichts mehr in Ordnung, aber das würde er ihr niemals sagen. »Mir geht's gut.« Er widerstand dem Drang, ihren Arm zu ergreifen und sich selbst davon zu überzeugen, als er sagte: »Das müsste eigentlich ich dich fragen. Hat er dir wehgetan?«

Abwesend rieb sie sich das Handgelenk. Als sie nicht antwortete, sah er sie an, und in ihren Augen entdeckte er dieselbe Begierde, die auch in ihm loderte.

Ach du heilige Scheiße.

»Geh lieber rein.« Er stürzte aus dem Jeep, er brauchte unbedingt Abstand.

»Ich hab keinen Schlüssel.« Sie blieb wie festgewachsen sitzen. »Ich habe vergessen, Patty danach zu fragen. Wenn du keinen hast, muss ich bei dir warten, bis sie kommen.«

Um Gottes willen, bloß das nicht. »Ich hab einen. Komm mit.« Joe ging zur Veranda und stieg die Treppe hinauf. Als er aufgeschlossen hatte, stand Beth mit verschränkten Armen dicht bei ihm und bot ihm im weichen Licht der Türlaterne einen Blick in ihren Ausschnitt.

Heute Abend würde eine kalte Dusche nicht reichen.

»Rein mit dir.« *Bevor ich dich eigenhändig hineintrage und wir gemeinsam die Stabilität der Kücheninsel testen.* »Danke, dass du zur Versammlung gekommen bist.« Er richtete die Augen auf eine Motte, die um die Glühbirne tanzte. »Diesen Urlaub hast du dir bestimmt anders vorgestellt.«

»Ja, stimmt«, sagte sie, ihre Stimme kaum lauter als ein Flüstern. »Nichts scheint mehr so zu sein, wie ich es mir vorgestellt habe.«

Seine Augen verloren sich in ihren, dann wanderten sie zu ihrem Mund hinunter. Süßer Vanilleduft betörte seine Sinne, und jede Nervenfaser in ihm vibrierte vor Verlangen. Als sie sich mit der Zunge über die Unterlippe fuhr und dort einen feuchten Glanz hinterließ, war es um ihn geschehen. Er beugte sich zu ihr hinunter und spürte, wie sich sein Atem mit ihrem Atem vermischte. Er war ihr jetzt so nahe, dass er sie fast schmecken konnte.

Doch bevor sich ihre Lippen trafen, durchbrach ein schrilles Läuten die stickige Nachtluft.

Beth zuckte zurück, und als Joe in die entgegengesetzte Richtung sprang, quietschte die Fliegentür in den Angeln. Mit einem Finger auf den Lippen trat Beth ins Haus, sah auf dem Telefondisplay die Nummer des Anrufers und sagte mit dem Rücken zu Joe: »Hallo, Lucas.«

Joe knallte die Fliegentür hinter sich zu. Früher hatte er immer den Tag, an dem Cassie ihm den Verlobungsring zurückgeschickt hatte, für den schlimmsten seines Lebens gehalten.

Was für ein Riesenirrtum.

*

Wenn das Klingeln des Telefons wie ein kalter Wasserguss gewesen war, war das Zuknallen der Fliegentür wie ein Schlag in die Magengrube. Die Schuldgefühle überwältigten sie. Sie spürte immer noch Joes Atem auf ihren Lippen. Ihr Körper bebte immer noch vor Begierde. Für den Bruder ihres Verlobten. Wie hatten die Dinge nur so außer Kontrolle geraten können?

»Beth? Bist du noch dran?«

»Ja«, sagte sie und bemühte sich, ihre Stimme ruhig zu halten. »Entschuldige. Was hast du gesagt?«

»Ich habe dich gefragt, wie deine Woche war. Mir ist erst aufgefallen, dass heute Freitag ist, als mich mein Handy an unser Essen erinnert hat.« Dass Lucas die Verabredungen mit ihr in seinen Handykalender eintrug, hatte sie früher einmal gerührt. Aber heute nicht. »Wie hat sich die Situation mit Cassandra entwickelt?«

Beth zuckte die Schultern, bevor ihr einfiel, dass Lucas sie nicht sehen konnte. »Ich bin ihr seit ein paar Tagen nicht mehr begegnet, aber wir wissen ja, dass sie ihre Augen und Ohren überall hat.«

Irgendeine Sportübertragung war im Hintergrund zu hören und wurde dann leiser. »Entschuldige. Ich habe gerade ferngesehen. Was meinst du mit: ‚Sie hat ihre Augen und Ohren überall'? Das klingt ja geradezu, als hätte sie einen Undercover-Einsatz.«

Er hatte es als Scherz gemeint, doch Beth war nicht nach Scherzen zumute. »Wir hatten gestern Abend ein Vorabtreffen im engsten Kreis, und irgendwie hat Wheeler Wind davon bekommen. Bis zur Versammlung des Unternehmerverbands heute Abend hatte Wheeler das Angebot mehreren Geschäftsleuten gegenüber verdoppelt.«

»Das Angebot verdoppelt? Du meinst im Ernst, sie ist da, um die Insel aufzukaufen?«

Schön zu wissen, dass er ihr das beim ersten Mal nicht geglaubt hatte. »Ja, Lucas. Die Bedrohung ist real.« *Und du solltest hier sein, um deine Familie zu unterstützen.*

»Was sagt Joe denn dazu? Ich kann mir nicht vorstellen, dass er das zulässt.«

»Was erwartest du von ihm, Lucas? Dass er Cassandra davonjagt? Dass er selbst alles aufkauft? Er hat heute Abend auf der Versammlung eine ganze Stunde lang versucht, die anderen vom Verkauf abzubringen. Es macht mich fertig, ihn so besorgt zu erleben.«

Der Satz war heraus, bevor sie ihn zurückhalten konnte. Sie konnte Lucas' Anspannung durch die Leitung hören und spüren.

»Ihr müsst ja eine Menge Zeit miteinander verbringen.« Beth hielt den Atem an, als sie daran dachte, was sie in den Augenblicken, bevor das Telefon geklingelt hatte, getan hatte. »Ich hätte es wissen sollen - wenn ihn jemand zum Einlenken bringt, dann du. Meine süße Elizabeth wickelt einfach jeden um den Finger, sogar eine Nervensäge wie Joe.«

Der warme Ton seiner Stimme war wie ein spitzer Stock, der ihr Gewissen traktierte. »Wie läuft's mit eurem Fall? Wenn du dieses Wochenende kommst, bleibt uns immer noch eine ganze Woche zusammen.« Doch bereits während sie die Worte aussprach, fragte sie sich, wie sie es mit Lucas und Joe in einem Raum aushalten sollte.

»Schlecht. Der Staatsanwalt hat einen Augenzeugen aufgetrieben, der unseren Mandanten am Tatort gesehen hat. Wir werden das ganze Wochenende daran arbeiten müssen, wie wir die Aussage entkräften können.« Sie war insgeheim erleichtert, was ihre Schuldgefühle noch mehr verstärkte. »Vielleicht schaffe ich es für die letzten paar Tage. Ich tue mein Bestes. Versprochen.«

Beth seufzte. »Ich weiß.«

Die Stimme der Vernunft riet ihr, zurück nach Richmond zu fahren. Ihre Koffer zu packen und sich gleich am nächsten Morgen ins Auto zu setzen. Aber sie hatte Sid etwas versprochen. Und dann gab es da noch die Sache mit Wheeler. Irgendwie waren ihr die Menschen auf der Insel wichtiger geworden als alles in ihrem bisherigen Leben.

»Viel Glück mit dem Fall«, sagte sie. »Ruf mich an, wenn du kannst.«

»Hey«, sagte er. »Mach weiter so mit Joe. Vielleicht gelingt es dir ja noch, einen anständigen Menschen aus ihm zu machen, bevor du wieder fährst. Die Insel wird dir zum Dank eine Statue aufstellen.«

Nach allem, was gerade um ein Haar zwischen Joe und ihr passiert wäre, konnte sich wohl keiner von ihnen wie ein anständiger Mensch fühlen.

»Ich tue mein Bestes«, entgegnete sie und legte auf. Als sie einen Blick aus dem Fenster warf, sah sie in Joes Haus ein trübes Licht.

Vielleicht sollte sie rübergehen. Sie waren immerhin erwachsen. Diese gegenseitige Anziehung, oder was immer es war, hatte nichts zu bedeuten. Sie mussten offen darüber sprechen, irgendwie damit umgehen und dann zur Tagesordnung übergehen. Das mussten sie tun.

Bereits nach einem Schritt meldete sich ihr Gewissen.

Warum willst du wirklich rübergehen? Was, wenn das, was um ein Haar passiert wäre, wieder passiert und wir nicht rechtzeitig gestört werden? Bist du sicher, dass du dir beim Spiel mit dem Feuer nicht die Finger verbrennst?

Blöder Verstand. Zwischen ihr und Joe gab es kein Feuer. Es durfte keins geben. Lucas war ihr zukünftiger Ehemann, und sie würde ihn nicht betrügen. Niemals.

Und genau aus diesem Grund mussten sie und Joe diese Geschichte jetzt aus der Welt schaffen. Beth straffte die Schultern und steuerte auf die Tür zu. Sie ignorierte ihr Herzklopfen. Als sie von der untersten Stufe der Verandatreppe trat, wurde es in Joes Haus dunkel.

»Na, dann eben nicht.«

Vielleicht war jetzt nicht der richtige Zeitpunkt. Vielleicht gab es ohnehin nichts zu besprechen. Wenn ihr Beinahe-Kuss Joe keine schlaflose Nacht bereitete, dann ihr auch nicht.

Ihr Herzschlag normalisierte sich.

Während sie zurück auf die Veranda ging, versuchte der rationale Teil von ihr den irrationalen davon zu überzeugen, dass sie keinen Grund für Schuldgefühle hatte.

Trotzdem fühlten sich beide Teile schuldig.

*

Knapp eine Stunde vor dem Beginn der Vormittagstour rief der Kunde an, um den Termin zu verschieben. Wenn Joe zu Hause blieb, erhöhten sich seine Chancen, Beth zu begegnen, was er vermeiden wollte. Es wäre ihm sogar am liebsten gewesen, ihr bis zu ihrer Abreise von der Insel vollkommen aus dem Weg zu gehen.

Deshalb machte er sich auf den Weg ins Fitnessstudio. Sich körperlich zu verausgaben würde ihm guttun. Zumindest würde es den Frust lindern, der ihn die halbe Nacht wach gehalten hatte. Gewichte zu stemmen war nicht das, was sein Körper wollte, aber was sein Körper wollte, konnte er nicht bekommen. Niemals.

Zuerst würde er sich den Sandsack vornehmen. Jedes Mal, wenn er daran dachte, wie Buddy Wilson Beth befingert hatte, wollte er auf etwas eindreschen. Besser, er reagierte sich an einem Sandsack ab als an Buddys Gesicht. Doch Buddy war nicht der einzige Grund für seine Wut.

Nach dem, was auf der Veranda seiner Eltern vorgefallen war, hätte er sich am liebsten selbst in den Hintern getreten. Wer versuchte schon, die Verlobte seines Bruders zu küssen? Noch vor einer Woche hätte er gesagt, nur ein Mistkerl. Und jetzt war er der Mistkerl.

»Abby hat mir gesagt, dass du hier bist«, sagte Randy und schickte sich an, Joe beim Bandagieren der rechten Hand zu helfen. »Du hast die Kleine zu Tode erschreckt.«

Joe reichte ihm die Bandage und blickte auf. »Ich hab ihr doch nichts getan.«

»Ich glaube, es lag an deinem Knurren und dem furchterregenden Ausdruck in deinen Augen. Was ist denn los, Mensch?« Randy schnitt den Verband zu und nahm sich das Klebeband von der Bank.

»Ein Kunde hat in letzter Minute storniert, das ist alles.« Joe prüfte den Sitz der Bandage an der rechten Hand, während Randy sich der linken widmete. »Sag der Kleinen, dass es mir leidtut.«

»Sag's ihr selbst, wenn du gehst. Ich bin nicht dein Bote.« Sie verfielen in Schweigen, während Randy Joes linke Hand fertig einwickelte. Dann trat der Hüne zurück und verschränkte die Arme. »Und jetzt reden wir mal darüber, was wirklich los ist. Ich habe gesehen, wie du gestern Abend mit Wilson aneinandergeraten bist.«

Joe ballte seine Hände zu Fäusten und dehnte dadurch die frisch angelegten Bandagen. »Er hat sich danebenbenommen. Nichts Neues.«

»Er hat sich bei deiner zukünftigen Schwägerin danebenbenommen, aber anstatt ihm nur einen Schuss vor den Bug zu geben, hast du ihm schier den Kopf abgerissen. Du spielst mit dem Feuer, mein Freund.«

Joe kehrte ihm den Rücken zu, weil er seinem Freund nicht ins Gesicht lügen wollte. »Ich habe keinen Schimmer, wovon du redest.«

»O doch, und ob.«

Joe drehte sich wieder zurück. Wenn der Kerl nicht so verdammt groß gewesen wäre, hätte er sich jetzt am liebsten an *ihm* abreagiert anstatt an dem Sandsack. »Ich will nicht darüber reden.«

»Das merke ich.« Randy lockerte seine Haltung und setzte sich auf die Bank. Er hatte offenbar keine Angst vor Schlägen. »Als du mir das erste Mal von dieser Miss Chandler erzählt hast, hast du mich gewarnt, sie sei tabu für mich. Damals dachte ich, weil sie zu dir gehört. Und du wusstest, dass ich das dachte.«

Joe tigerte vor den Spinden auf und ab. »Das habe ich nie behauptet.«

»Aber du hast auch nicht erzählt, dass sie mit Lucas verlobt ist.« Randy seufzte. »Das ist eine verzwickte Geschichte, Kumpel.«

»Verzwickt« beschrieb seine missliche Lage nicht annähernd. Und er steckte zu tief drin, um eine Lösung zu finden. »Ich bin gekommen, um mich zu verausgaben. Und das werde ich jetzt auch tun. Ich muss einfach ein bisschen Dampf ablassen.« Er schnappte sich ein Handtuch vom Regal am Ende der Spinde und ging zur Tür.

Ehe er draußen war, hielt ihn Randy noch einmal zurück. »Du kannst wie blöd auf diesen Sandsack eindreschen. Und du kannst versuchen, mich zu vermöbeln, wenn dir das noch nicht reicht. Aber wenn du damit fertig bist, wird sie immer noch da sein.«

Randy hatte Joe beigestanden, als er ganz am Boden lag, er hatte ihn nach der Sache mit Cassie vom Pflaster gekratzt. Joe war ihm etwas schuldig. »Ich mache mich nicht an das Mädchen meines Bruders ran. Das würde ich nie tun.« Als er sich mit den Fingern durch die Haare fahren wollte, merkte er, dass seine Hände bandagiert waren. »Ich muss ja nur noch eine Woche durchhalten. Dann ist sie weg und alles kann wieder normal weiterlaufen.«

Randy gesellte sich zu ihm an die Tür. »Nicht gerade der beste Plan, den du je hattest, aber immerhin ein Anfang. Kann ich dir einen Rat geben?«

»Kann ich dich davon abhalten?«, fragte Joe zurück.

»Sei kein Märtyrer.«

»Was meinst du damit?«

»Genau das, was ich gesagt habe. Wenn ich mich gestern Abend nicht getäuscht habe, dann bist du nicht der Einzige, der ins Schwimmen geraten ist.« Randy nahm sich einen Korb mit gebrauchten Handtüchern und stellte sich in die Tür, wobei seine breiten Schultern den gesamten Rahmen ausfüllten. »Vielleicht ist sie doch nicht so tabu, wie du denkst.«

*

Beth hielt vor dem letzten Haus in der Tuttles Lane und hoffte, dass es das Richtige war. Sie hatte Joe noch einmal nach Sids Adresse und der Wegbeschreibung fragen wollen, aber er war schon verschwunden, bevor sie sich die erste Tasse Kaffee eingeschenkt hatte. Das war wohl auch besser so, denn sie wusste nicht, wie sie sich ihm gegenüber verhalten sollte.

Sollte sie den Beinahe-Kuss zur Sprache bringen? Was, wenn alles nur Einbildung gewesen war? Dann hätte sie nicht nur ein schlechtes Gewissen, weil sie ihn küssen wollte, sondern käme sich obendrein wie eine Idiotin vor, falls Joe das gar nicht beabsichtigt hatte. Andererseits waren seine Absichten dort im Dunkel der Veranda, nur in der Gesellschaft von Grillen und Motten, ziemlich eindeutig gewesen.

Im hellen Tageslicht und nach einer schlaflosen Nacht war sie sich nicht mehr sicher, was eigentlich passiert war, und der Traum, von dem sie gerade aus dem Schlaf hochgeschreckt war, steigerte ihre Schuldgefühle ins Unermessliche. Sie war zu den Klängen des Hochzeitsmarsches zum Traualtar geschritten, durch den Brautschleier hindurch nahm sie ihre Umgebung nur verschwommen war. Links und rechts von sich sah sie schemenhafte Gestalten, deren Gesichter sie nicht erkennen konnte.

Als sie sich vor dem Altar zu dem Mann zu ihrer Rechten drehte, hob sich ihr Schleier. Blaue Augen zwinkerten ihr entgegen, und ein sexy Lächeln mit dem unverwechselbaren Grübchen verwandelte ihr Gehirn in Butter.

Beth war schweißgebadet aufgewacht. Eine lange Dusche wusch zwar den Schweiß weg, nicht aber die Erinnerung daran, wie gut sie sich in dem Traum gefühlt hatte. Was für ein ungekanntes Glücksgefühl sie durchströmt hatte, bevor sie aufwachte und wieder in die Realität zurückversetzt wurde.

»Steigen Sie jetzt aus oder was?« Sids Stimme riss Beth aus ihrem Land der Träume.

»Nur für die Zukunft: Wenn ich Ihnen dabei helfe, Ihren Schwarm auf sich aufmerksam zu machen, dann versprechen Sie mir, ihn beim ersten Date nicht so zu begrüßen wie mich gerade.«

»Ich werde mich bemühen, mein wahres Ich erst bei unserem dritten oder vierten Treffen zu offenbaren.« Im Weggehen murmelte Sid etwas vor sich hin, das Beth nicht verstand. Wahrscheinlich war das auch besser so.

Sie folgte Sid in eine große Garage, die an einen von Einbrechern auf den Kopf gestellten Baumarkt erinnerte. Arbeitstische mit Gerümpel und, wie Beth vermutete, Motorteilen säumten drei Wände. Zwischen undefinierbaren Werkzeugen verliefen schmale Pfade. Als Beth klein war, hatte ihr Großvater viel Zeit in seinem Werkzeugschuppen verbracht, aber sie hatte ihn nie in seiner Höhle besuchen dürfen, und er hatte ihr auch nicht beigebracht, wie man Elektrowerkzeuge bediente.

»Können Sie mit dem ganzen Zeug hier umgehen?«, fragte sie. Als sie weiter in den unbeleuchteten Raum vordrang, musste sie blinzeln, bis sich ihre Augen an die Dunkelheit gewöhnt hatten.

»Warum sollte ich den ganzen Krempel haben, wenn ich nicht wüsste, wie man damit umgeht?«

Beth zuckte die Schultern. In Sids Miene zeigte sich Streitlust. »Keine Ahnung. Vielleicht weil Sie sie von Ihrem Dad geerbt haben?«

Sid hatte sich die Hände an einem verdreckten Lappen abgewischt, der nicht so aussah, als könnte er irgendetwas reinigen. Nun flog der Lappen an Beths Nase vorbei und landete auf einem der vollgerümpelten Arbeitstische. »Eins vorweg: Das hier ist mein Haus und meine Garage und mein Krempel. Nur weil ich einen Bohrer von einer Kreissäge unterscheiden kann, bin ich trotzdem eine Frau.«

Eins zu null für Sid. Beth neigte den Kopf zur Seite und überlegte, wie sie es anpacken sollte. Die direkte und offene Art hatte am Abend zuvor ganz gut funktioniert, und am besten blieb sie auch bei der bewährten Methode.

»Sie sind eindeutig schon mit einer Menge richtiger Arschlöcher fertig geworden, und ich bin sicher, die haben es alle bereut, Sie blöd angemacht zu haben. Manche haben bestimmt Narben davongetragen. Aber jeder intelligente Mensch kann sehen, dass sich unter all dem Schmutz und dieser – Tarnkleidung, oder? – eine Frau verbirgt.«

Sid schien sich für ihre Kleiderwahl verteidigen zu wollen, doch Beth winkte ab. »Vergessen Sie's. Heute fangen wir mit einem einfachen Umstyling an. Wir suchen ein paar ... femininere Sachen für Sie, damit Ihre natürliche Schönheit zur Geltung kommt.«

Sids Reaktion war für Beth eine echte Überraschung. Sie lächelte nämlich. Es sah aus, als würde die Sonne durch eine Gewitterwolke brechen. Beth glaubte Vogelgezwitscher zu hören, und gleich würde Cinderella mit ihrem Besen und zwei tanzenden Mäusen aus der Asche steigen.

In diesem Szenario hätte Beth die Rolle der guten Fee, angesichts der vor ihr liegenden Aufgabe eine einschüchternde Vorstellung. Seltsamerweise fand sie aber irgendwie Spaß daran.

Hätte das Lächeln nicht schon gereicht, setzte Sid mit ihrer nächsten Frage noch eins drauf, und Beth suchte unwillkürlich nach versteckten Kameras. »Sie finden mich also schön?« Als Beth nicht antwortete, denn dazu musste sie sich erst einmal von ihrer Überraschung erholen, fügte Sid hinzu: »Das ist doch jetzt nicht wieder dieser Lesben-Scheiß, oder?«

»Nein«, sagte Beth und schüttelte den Kopf erst einmal und dann zur Bekräftigung noch einmal. »Haben Sie keinen Spiegel?«

Sid holte aus dem Kühlschrank rechts von sich zwei Flaschen Bier. »Natürlich habe ich einen Spiegel. Aber das heißt nicht, dass ich den ganzen Tag reinstarre. Ich bin nicht darauf aus, irgendwen zu beeindrucken.«

Da es noch nicht einmal Mittag war, lehnte Beth das Bier dankend ab.

»Wie Sie wollen.« Als Sid die Flasche zurückstellte, begriff Beth erst so richtig, was diese gerade gesagt hatte. Sollte die ganze Verschönerungsaktion denn nicht dazu dienen, eine ganz bestimmte Person zu beeindrucken?

»Jetzt bin ich ein bisschen verwirrt.«

»Weshalb?« Sid öffnete ihr Bier mit so viel Schwung, dass der Deckel quer durch den Raum segelte und irgendwo scheppernd gegen eine Metalldose prallte.

»Gerade haben Sie gesagt, Sie wären nicht darauf aus, irgendwen zu beeindrucken – bin ich denn nicht genau deswegen hier?«

Sid trank einen großen Schluck Bier. Beth hatte fast den Eindruck, als wäre dem kleinen Kraftpaket der Saft ausgegangen. »Ich habe gemeint bis jetzt. Bis jetzt war ich nicht darauf aus, jemanden zu beeindrucken.«

»Okay.« Es klang nicht allzu glaubwürdig, aber Beth konnte sich auch keinen anderen Grund vorstellen, warum Sid freiwillig einen Tag mit ihr verbringen sollte. Oder warum sie sich von ihren Arbeitsstiefeln und ihren verdreckten T-Shirts trennen sollte. »Am besten fangen wir mit Ihrem Schrank an. Da drin gibt es bestimmt irgendetwas, worauf wir aufbauen können.«

Sid wirkte zweifelnd. »Nur zu. Ich habe noch die alten Sachen von meiner Mom, aber ich glaube kaum, dass sie mir passen, Mom war nämlich ein ganzes Stück größer als ich.«

Beth folgte Sid zu einer Seitentür, die ins Haus führte. Sie stutzte, als sie den Kalender neben der Tür sah. Das Kalenderbild zeigte einen Mann mit nacktem Oberkörper, strahlend blauen Augen und einem spitzbübischen Lächeln. Eine schwarze Locke, die man am liebsten zurückgestrichen hätte, ringelte sich in seine Stirn.

Mit haselnussbraunen Augen und etwas breiteren Schultern hätte der Mai-Mann fast Lucas sein können. Offenbar stand Sid auf einen bestimmten Typ Mann.

»Ist das nicht ein Schauspieler?«

Sid sah ebenfalls auf den Kalender und lächelte leicht anzüglich. »Stimmt genau. Engländer. Ein ganzer Kalender voll.« Als Sid weiterblätterte, kamen noch mehr schlaksige Männer zum Vorschein, alle mit nacktem Oberkörper.

»Verstehen Sie mich nicht falsch, aber ich dachte, Sie würden eher auf kernige Arbeiter-Typen stehen«, meinte Beth.

Kurz verfinsterte sich Sids Miene, doch dann warf sie einen Blick in die Garage und nickte. »Ich verstehe, dass man das glauben könnte, aber nein. Mir gefallen schlaksige, charmante Männer mit einem Hauch Feuer und Leidenschaft. Die Briten erfüllen meine Vorstellung perfekt.« Sie zuckte die Schultern. »Und ihr Akzent ist ein zusätzlicher Pluspunkt.«

Als sie durchs Haus gingen, erlebte Beth eine weitere Überraschung. Im Gegensatz zu der unaufgeräumten Garage glänzte die Küche vor Sauberkeit. »Trifft diese Beschreibung auch auf Ihren Schwarm zu? Schlaksig und charmant?«

Beth konnte Sid vom Gesicht ablesen, dass es tatsächlich jemanden gab, nicht nur auf dem Kalender. »Ja, tut sie.« Sie stellte das Bier auf die Küchentheke und bückte sich, um ihre Stiefel aufzuschnüren. Dabei deutete sie in Richtung Flur. »Das Schlafzimmer ist die zweite Tür rechts. Ich komme gleich nach, sobald ich meine Schuhe ausgezogen habe.«

Beth dachte nicht weiter darüber nach, dass »schlaksig und charmant« genau auf Lucas zutraf. Auf dem Weg zum Schlafzimmer erkundete sie das Haus. Das Wohnzimmer erinnerte mit seiner weißen Holzvertäfelung an ein Strandhäuschen. Ein großer, schon etwas abgetretener Teppich auf den Holzdielen brachte etwas Gemütlichkeit in das kühle Ambiente. Auf den wenigen Möbelstücken standen diverse Bilderrahmen, auch die Wand hinter dem Sofa war voller Bilder.

Dieses Häuschen gehörte eindeutig einer Frau. Einer sehr femininen Frau. Sidney Ann Navarro entpuppte sich als wandelndes Rätsel.

Kapitel 16

Als Beth zurück in den Flur ging, gesellte sich Sid zu ihr und folgte ihr ins Schlafzimmer.

Anders als im Wohnzimmer waren die Wände hier lavendelfarben gestrichen, die Bettwäsche war himmelblau. Links und rechts von dem weißen, schmiedeeisernen Bett standen zwei weiße Rattan-Nachtkästchen mit einfachen, aber femininen Lampen, deren Form an den Leuchtturm von Anchor Island erinnerte.

Solche Lampen hätte Beth selbst gerne gehabt. »Haben Sie die Lampen hier auf der Insel gekauft?«

»Nein, ich habe sie aus Florida mitgebracht. Die sind von meiner Mom, aber ich weiß nicht, wo sie sie gekauft hat.«

Vielleicht wusste Lola, wo man etwas Derartiges auftreiben konnte, wenn sie ihr eine Beschreibung lieferte.

Sids Schlafzimmer hatte nichts Verspieltes, bis auf ein paar weibliche Akzente. Es war ebenso blitzblank wie der Rest des Hauses. Beth hatte Gewissensbisse, weil sie erwartet hatte, hier würde es aussehen wie in einer verlotterten Studentenbude.

»Nettes Zimmer«, bemerkte Beth. »Haben Sie es selbst eingerichtet?«, fragte sie, wobei sie sich bemühte, nicht allzu skeptisch zu klingen.

»Ja, ganz allein. Versuchen Sie erst gar nicht, Ihre Überraschung zu verbergen, Sie wären eine jämmerliche Pokerspielerin.« Sid durchquerte den Raum und öffnete mehrere Schranktüren.

»Ich bin tough. Ich repariere Motoren, um meinen Lebensunterhalt zu verdienen und finde mich in einem Angelkasten zurecht. Aber ich mag auch zarte Farben, hübsche Unterwäsche und ab und an einen Liebesroman.« In breitbeiniger Pose und mit verschränkten Armen warnte sie Beth: »Wenn Sie das jemals den Jungs erzählen, machte ich Fischfutter aus Ihnen.«

Beth lächelte. »Ich stehe auf historische Romane, vor allem über das Mittelalter. Es gibt nichts Besseres als einen Highland-Krieger, um eine Frau nachts warmzuhalten.«

Sid erwiderte ihr Lächeln. »Ein Schottenrock ist nicht schlecht, aber scharfe FBI-Agenten sind mir lieber.«

Nun, da sie eine Gemeinsamkeit entdeckt hatten, konnten sie ihren Verschönerungsfeldzug starten.

*

Was Randy im Fitnessstudio zu ihm gesagt hatte, ging Joe eine ganze Weile nicht mehr aus dem Kopf. Als er auf dem Tankdock stand, ließ er den vergangenen Abend noch einmal Revue passieren. Auch Beth war nicht ganz unschuldig an der Situation gewesen. Wie sie ihn angesehen hatte mit ihren grünen Augen, voller Begehren. Trotz des Dieselgestanks ließ ihn die Erinnerung an ihren Duft, süße Vanille und weiche Frau, erschaudern.

Sie wollte ihn ebenso sehr wie er sie.

Aber was sie wollten, zählte nicht. Dass Beth nun von einer verbotenen zu einer erreichbaren Frucht geworden war, änderte nichts daran, dass sie mit seinem Bruder verlobt war. Joe mochte zu vielem fähig sein, aber nicht dazu, seinem Bruder die Verlobte auszuspannen.

»Wie ich gehört habe, ist es gestern, nachdem ich weg war, noch richtig interessant geworden.«

Joe erstarrte. Heute konnte er Mohlers dumme Anmache nicht verkraften. Ohne sich zu ihm umzudrehen, sagte er:

»Helga hat einen echt leckeren Käsekuchen aufgetischt, sonst war nichts.«

Phil schnaubte. »Ich rede von deinem Streit mit Buddy, das weißt du genau.«

Der Tag wurde ja immer schlimmer. Joe seufzte. »Einen Streit würde ich es nicht nennen.«

»Buddy schon. Du musst dich aufgeführt haben, als hätte er sich an deiner besten Angelrute vergriffen. Oder vielleicht hast du ja auch in fremden Gewässern gefischt.«

Mohler wusste nicht, wie glücklich er sich schätzen konnte, dass Joe den ganzen Vormittag über auf einen Sandsack eingedroschen hatte. Sonst hätte er jetzt bereits eine blutige Nase.

»Zeig mir deine Freunde, und ich sage dir, wer du bist.« In aller Seelenruhe schraubte Joe den Tankdeckel auf, dann drehte er sich um. »Andererseits wärst du bestimmt auch dann ein Blödmann, wenn du nicht mit Wilson herumhängen würdest.«

»Leck mich am Arsch, Dempsey.«

»Nein danke, du bist nicht mein Typ.« Joe nahm sich vor, öfter mit dem Sandsack zu trainieren. Er war seit Wochen nicht so duldsam gewesen. »Ich muss zu einem Kundentermin.«

»Dein überhebliches Getue wird dir schon noch vergehen, wenn dein Bruder herausfindet, dass du mit seiner Frau vögelst.«

Joe stand bereits mit einem Bein im Boot und hielt inne. Er konnte die Gelegenheit beim Schopfe packen und Mohler plattmachen, das änderte jedoch nichts an der Tatsache, dass Mohlers Bemerkung ein Körnchen Wahrheit enthielt. Mohler kannte Lucas nicht gut genug, um ihm eine Klatschgeschichte zu servieren, es musste ihm also darum gehen, Joe zum Zuschlagen zu provozieren.

Als Joe zurück auf das Dock trat, wich Mohler zwei Schritte zurück. Feiger Hund. »Ich könnte dich vermöbeln, denn darauf legst du es anscheinend an, aber das mache ich nicht. Du und

Wilson, ihr könnt von mir aus euer Teekränzchen halten und klatschen und tratschen wie kleine Mädchen, das ist mir ganz egal. Aber wenn ich das, was du gerade gesagt hast, noch mal von irgendjemand anderem höre, dann gnade dir Gott.«

Mohler bekam es sichtlich mit der Angst zu tun, auf seiner Stirn bildeten sich Schweißperlen. »Du streitest es ja nicht mal ab.«

»Treib's nicht zu weit, Mohler. Ich habe dich gewarnt.« Damit stieg Joe ins Boot, ließ beide Motoren an und rief sich ins Gedächtnis, dass er ja nichts Unrechtes getan hatte.

*

Bereits nach wenigen Minuten war klar, dass Sids Kleiderschrank nichts annähernd Brauchbares für ihre Aschenputtel-Mission enthielt. Auch mit noch so viel Feenstaub ließ sich Sids Garderobe in nichts verwandeln, wonach ein Mann sich zweimal umgedreht hätte. Im besten Fall könnte er sich Anregungen für sein eigenes Outfit holen.

Zur Sicherheit hatte Beth mit Pattys Hilfe eine Liste von Läden zusammengestellt, in denen sie von Kleidern über Schuhe bis zur Unterwäsche alles bekommen würden. Sid hatte nicht gelogen, sie hatte eine ganze Schublade mit zarten, verführerischen Dessous wie aus einem Katalog von Victoria's Secret, deshalb war der Besuch eines Dessous-Ladens wohl unnötig.

»Es gefällt mir nicht«, sagte sie zum gefühlt fünfzehnten Mal. Bisher hatte sie an jedem der Kleider, die Beth ihr ausgesucht hatte, etwas zu bemängeln gehabt.

»Was ist denn damit?«

»Die Ärmel.«

»Was ist mit den Ärmeln?«

»Die haben Rüschen.«

Beth wiederholte im Geiste die aufmunternden Sätze, die sie im Auto davor bewahrt hatten, Sid noch vor dem ersten

Laden hinauszuwerfen. Sie hatte noch nie einen schlimmeren Beifahrer erlebt.

»Das sind Flügelärmel, und sie betonen deine tollen Arme.« Sie waren inzwischen beim vertraulichen »Du« angelangt. Beth war zwar schlank, hatte jedoch in ihrem Leben noch keine Hantel gestemmt. Sie beneidete Sid um ihre wohlgeformten Arme, an denen kein Gramm Fett hing.

»Das sind Rüschen.«

»Na schön.« Beth nahm sich einen anderen Ständer vor, wo sie das ideale Teil für Sid entdeckte. Das Marmormuster aus Dunkelviolett, Blau und Rot, vermischt mit weißen, grünen und aquamarinblauen Tupfern würde sich auf Sids olivbrauner Haut toll machen. Das Kleid war ärmellos, hatte einen V-Ausschnitt und einen breiten schwarzen Gürtel, der Sids schmale Taille betonen würde.

»Probier das mal an.« Beth riss das Kleid vom Ständer und steuerte die Umkleidekabine an, bevor Sid etwas dagegen einwenden konnte.

»Was ist das? Ich will es erst sehen.«

»Du wirst es anprobieren, ob du willst oder nicht.« Beth zog den orangefarbenen Vorhang zurück, hängte das Kleid an einen Haken in der Kabine und schob Sid hinein. »Und diesmal zeigst du es mir. Du ziehst es nicht schon wieder aus, weil es dir nicht gefällt, bevor ich überhaupt einen Blick darauf geworfen habe.«

»Du kannst ganz schön penetrant sein, Lockenkopf.« Seit dem Abend im Dempsey's nannte Sid Beth Lockenkopf, und auch wenn Beth diesen Spitznamen in der Grundschule gehasst hatte, drückte sie diesmal beide Augen zu. Aus Sids Mund klang es fast wie ein Kosename.

Und da Beth Sid insgeheim mit »bockiges Ding« betitelte, stand es eins zu eins zwischen ihnen.

Als Sid zwei Minuten später den Vorhang zur Seite schob, fing Beth zu grinsen an. »Ich wusste es. Perfekt.«

Sid schob die Hände in die Taschen, die Beth zuvor gar nicht aufgefallen waren, und trat vor den dreiflügligen Spiegel. »Gar nicht mal schlecht«, meinte sie, während sie sich von allen Seiten begutachtete. Als ihre Blicke sich im Spiegel begegneten, wusste Beth, dass sie am Ziel waren.

»Nur eins noch«, sagte Beth und löste unversehens Sids Pferdeschwanz. Lange schwarze Locken fielen auf die Schultern der zierlichen Frau, rahmten ihr Gesicht ein und lenkten den Blick hinunter zu dem tiefen V-Ausschnitt. Doch Sids Busen wäre auch so ins Auge gefallen. Sie hatte die Oberweite einer Pornodarstellerin, nur ohne das Silikon und die Narben.

»Wer auch immer dein Schwarm ist, er hat keine Chance.« Errötend drehte Sid sich noch einmal vor dem Spiegel. Allmählich fand Beth Gefallen daran, die gute Fee zu spielen. »Dann können wir uns ja jetzt mit den Schuhen befassen.«

»Nein«, widersprach Sid mit rebellischer Miene. Beth würde sie falls nötig fesseln und knebeln, aber sie würden diesen Laden nicht ohne das Kleid verlassen. »Jetzt bist nämlich du dran«, bestimmte Sid.

»Ich?« Beth konnte sich nicht erinnern, dass die gute Fee auch selbst etwas bekam. »Ich brauche nichts. Mein gelbes Sommerkleid wird es heute Abend schon tun. Hier geht es um dich, nicht um mich.«

Sid stemmte die Hände in die Seiten. »Wenn ich ein Kleid bekomme, dann sollst du auch eins haben.« Sie sah auf das Preisschild. »Es kostet nur halb so viel, wie ich ausgeben wollte, also reicht es auch noch für deins.«

Wer war jetzt eigentlich die gute Fee? »Das geht doch nicht.«

»Dann lasse ich das auch hier.« Sid stiefelte zurück in die Kabine und löste im Gehen den Gürtel.

»Auf keinen Fall. Dieses Kleid ist wie für dich gemacht.«

»Ich nehme es nur, wenn du auch eins nimmst.«

Diese Ausgeburt der Hölle konnte einen Heiligen zum Gewalttäter werden lassen. »Na gut«, murmelte Beth. »Dann suche ich mir eben ein Kleid aus.«

»Das übernehme ich.«

Keine gute Idee. »Zieh du dich um, ich schaue selbst.«

Sid schlug mit der Hand gegen die Kabinenwand. »Ich bin kein Sozialfall, Lockenkopf. Und auch kein totaler Modemuffel.« Beth merkte, wie sich unwillkürlich ihre rechte Augenbraue hob. »Mag ja sein, dass ich mich selbst nicht gut anziehen kann, aber für dich etwas zu finden dürfte ein Kinderspiel sein. Jetzt setz dich hierher, während ich in meine Tarnhose schlüpfe.«

Dass Sid eine Tarnhose trug, war ja gerade der Grund, warum Beth auf keinen Fall wollte, dass Sid ihr ein Kleid aussuchte. Trotzdem tat sie wie befohlen, hauptsächlich deshalb, weil ihnen die Verkäuferin hinter der Theke schon besorgte, um nicht zu sagen ängstliche Blicke zuwarf.

»Ich finde schon das Richtige, Lockenkopf. Lass mich nur machen«, sagte Sid und ließ Beth in der Kabine zurück. Eine Sekunde später segelte ein Kleid mit Marmormuster über die Vorhangstange, gefolgt vom Kleiderbügel. Das Kleid landete in Beths Schoß, den Bügel konnte sie auffangen, bevor er ihr an den Kopf knallte.

Fünf Stunden, zwei Maniküren und Pediküren, eine Haarglättung (für Beth) und reichlich Gequengel (von Sid) später stand Beth im Gästezimmer der Dempseys vor einem Ganzkörperspiegel und starrte eine Frau an, die sie kaum wiedererkannte.

»Ich hätte mich nie dazu überreden lassen sollen.« Zum wiederholten Mal zog sie am Oberteil des Kleids, aber der Stoff verweigerte die Zusammenarbeit. Ihr Badeanzug verhüllte mehr als dieses Kleid.

»Hör auf, daran herumzuzupfen. Du siehst fantastisch aus.« Sid schob Beth zur Seite und stellte sich selbst ganz nah vor den Spiegel. »Ich wusste gar nicht, dass meine Brüste so aussehen können.«

Obwohl ihr kleines Aschenputtel ein ganzes Sortiment Spitzen-BHs besaß, hatte es noch nie einen zu dem richtigen Kleid getragen. Schlimm genug, dass Beths Brüste so entblößt wie selten waren, neben Sids Riesenbusen bekam sie auch noch Minderwertigkeitskomplexe.

»Ich zieh den Pullover an«, sagte Beth und schnappte sich den weißen Pulli mit Dreiviertelärmeln vom Bett, wo Sid ihn hingeworfen hatte. Als sie ihn über die Schultern zog, warf sie erneut einen Blick in den Spiegel. Gott sei Dank war Sid damit beschäftigt, auf einem Stuhl daneben ihre neuen Schuhe zu bewundern. Sie hatten sich in der Erkenntnis, dass man nicht an einem Nachmittag von Arbeitsstiefeln auf Stilettos umsteigen konnte, für Keilabsätze entschieden.

Beth begutachtete ihre Erscheinung. Sie liebte dieses Kleid. Es war nicht so gewagt und auffällig wie das von Sid, und das war ihr auch ganz recht so. Das Oberteil, das aus nicht viel mehr als zwei dunkelgrünen Stoffdreiecken bestand, wurde von Spaghetti-Trägern gehalten. Von der hoch angesetzten Taille fiel ein ausgestellter Rock, der bei jeder Bewegung um ihren Körper schwang. Der smaragdgrüne Stoff ging in ein wirres Muster wirbelnder Kringel über, mit weißen und dunkelgrünen Streifen am unteren Saum.

Die Farbe ließ ihre Augen erstrahlen, und durch das Glätten waren ihre Haare viel länger als sonst. Normalerweise fielen ihr die Locken nur bis auf die Schultern, aber nun reichten sie ein gutes Stück tiefer und lenkten den Blick auf jede Menge blasse Haut, die nur dürftig durch das Oberteil verhüllt wurde.

Sie zog den Pullover ganz herunter und beschloss, sich nicht länger Gedanken über ihr Outfit zu machen. Ihre Mission lautete, den Inselbewohnern, oder zumindest einem männlichen Inselbewohner, dessen Namen Beth noch nicht kannte, zu zeigen, dass unter Sids schmuddeliger Aufmachung eine echte Frau verborgen war.

Nach der Granate neben sich zu schließen, würde sie ihre Mission erfüllen.

Als Beth ihre weißen Ledersandalen überstreifte, sagte Sid: »Ich muss noch mal bei Joe vorbeischauen, bevor wir fahren.«

»Wozu das denn?«, fragte Beth nach. Sie hatte ihrem künftigen Schwager nach dem Vorfall auf der Veranda eigentlich aus dem Weg gehen wollen.

»Sagen wir mal so, um eine Wette einzulösen.« Sid nahm Beths Körperspray und spritzte sich ein wenig davon hinter die Ohren und aufs Dekolleté. Vielleicht war das neue Kleid ein bisschen *zu* sexy. Aus dem Aschenputtel Sid war eine wahre Sexbombe geworden. »Dauert nicht lange.«

Beth wartete feige auf der Veranda, während Sid hinüber zu Joes Haus stolzierte.

*

Joe war entschlossen, nicht aus dem vorderen Fenster zu schauen, bis die beiden Frauen sicher aufgebrochen waren, was es umso schwieriger machte, alle paar Minuten nachzusehen, ob Sids Truck noch da war. Teils war er neugierig, wie die neue, feminine Sid aussah, aber ein anderer Teil von ihm, der Teil, der neuerdings das Denken übernahm, wollte einfach nur Beth sehen.

Ihm fiel sein Stück Pizza aus der Hand, als Sid durch die Tür rief.

»Beweg deinen Arsch raus, Dempsey!«

»Immer mit der Ruhe, ich komm ja schon.« Er stellte den Teller auf dem Beistelltisch ab, stellte die Sportübertragung leise und ging zur Tür. Vor ihm stand eine Fremde.

Eine kleine brünette Frau mit einem Mordsdekolleté klopfte, die Arme verschränkt, ungeduldig mit einem Fuß auf den Boden. Die hohen Absätze ließen das ein Meter siebenundfünfzig kleine Persönchen ein ganzes Stück größer erscheinen, und durch das kurze Kleid wirkten ihre Beine doppelt so lang.

Beth hatte Wunder gewirkt.

Joe, der sich nicht gleich geschlagen geben wollte, sagte: »Was zum Teufel ist denn mit dir passiert?«

»Netter Versuch, Dempsey, aber dein cooles Getue wirkt nicht so richtig, wenn du dich mit meinen Titten anstatt mit meinem Gesicht unterhältst.« Nicht dass ihr Gesicht nicht auch toll gewesen wäre. Ohne Schmierflecken, mit dichten, geschwungenen Wimpern und schimmerndem Gloss auf den Lippen sah seine kleine Mechanikerin echt klasse aus. »Zahltag.«

»Ihr wart doch noch gar nicht in der Bar.« Joe warf einen Blick über Sids Schulter, um sich zu vergewissern, dass Beth außer Hörweite war. Da er sie nirgends entdeckte, ging er davon aus, dass sie sich noch zurechtmachte. »Wir haben darum gewettet, dass du die schärfste Braut in der Bar bist. Aber um dich zur Siegerin zu erklären, musst du erst mal *in* der Bar sein.«

»Du glaubst doch nicht etwa, dass irgendjemand in der Bar besser aussieht als ich?« In diesem Augenblick entdeckte Joe Beth auf der Veranda seiner Eltern, und sein Herz setzte einen Schlag aus. Dann begegnete er ihren Augen in der Ferne, und sein Herz klopfte doppelt so schnell wie normal. »Dempsey«, sagte Sid und schnippte ihm durch die Fliegentür auf die Nase.

»Könnte doch sein«, log er. »Jedenfalls halten wir uns genau an die Regeln.«

Sid kniff die Augen zusammen und schnaubte. »Gut. Aber ich komme morgen zum Kassieren.« Als sie sich umdrehte, stieg ihm ein Duft in die Nase.

»Hey«, sagte er und hielt Sid vor der Treppe zurück. »Was ist das?«

»Ein Kleid, du Trottel. Wonach sieht es denn aus?«

»Nicht das. Das Parfum.«

Sid schnupperte an ihrem Handgelenk. »Was von Beth. Warum?«

Am liebsten hätte er sie gebeten, es nie wieder aufzutragen, aber er tat es nicht. »Nur so. Ich bin wohl nicht daran gewöhnt, dass du nach etwas anderem als Motoröl riechst.«

»Verpiss dich, Dempsey.« Sid sprang leichtfüßiger die Treppen hinunter, als er angesichts ihrer Absätze erwartet hätte. Zum Abschied rief sie noch über die Schulter: »Und hör auf, Beth so anzustarren, sonst bekommst du von mir höchstpersönlich einen Tritt in den Hintern.«

Kapitel 17

Joe malte sich eine ganze Stunde lang aus, wie besoffene Touristen Beth anschmachteten. Der Gedanke, dass ihr verschwitzte Männer mittleren Alters Drinks spendierten, mit ihren behaarten Fingern über ihre blasse Haut strichen und ihr auf die Pelle rückten, setzte ihm dermaßen zu, dass er etwas unternehmen musste. Es kam nicht infrage, hinzufahren und sie aus der Bar zu zerren, deshalb fuhr er stattdessen zum Restaurant der Dempseys, denn dort konnte er entweder Tische abräumen oder Alvie beim Billard ein paar Dollar abknöpfen.

Als er ankam, herrschte Hochbetrieb – er würde wohl Tische abräumen. Einige College-Studenten, die den Sommeranfang feierten, saßen in einer Nische in der Ecke und hielten ihn auf Trab. Er musste leere Bierflaschen und Chicken-Wings-Körbe abräumen. Bei seiner dritten Tour warf ihm ein junges Ding mit dunklen Locken und grünen Augen verheißungsvolle Blicke zu.

Bei der Vorstellung, wie Beth einen Barkeeper anlächelte, während dieser ihr Kleid taxierte, knallte Joe die Flaschen heftiger als nötig auf das Tablett. Die hübsche Brünette wurde mit Bier bespritzt, und der verheißungsvolle Ausdruck verschwand aus ihren Augen. Joe suchte den zweiten Hilfskellner und bat ihn, die Tische zu tauschen. Als Mitch die College-Mädchen sah, war er sofort einverstanden.

Joe hatte nicht wissen können, dass ihn an einem seiner neuen Tische jemand viel Schlimmeres erwartete als eine jüngere Ausgabe von Beth.

»Ich habe mich schon gefragt, wann du endlich zu mir rüberkommst.« Cassie schenkte ihm ein Lächeln, das ihn früher einmal hätte niederknien lassen. Heute Abend jedoch war der einzige Effekt, dass er die Kiefer leicht zusammenpresste.

»Ich hab dich nicht gesehen.« Ohne ihr in die Augen zu sehen, fragte er: »Kann ich das abräumen?«

Cassie lehnte sich zurück. »Ja, nimm es mit.« Als Joe nach ihrem leeren Weinglas griff, packte sie ihn am Handgelenk. »Warum bringst du das nicht in die Küche und setzt dich dann zu mir? Wir müssen reden.«

»Ich finde nicht ...«

»Joe«, sagte sie und strich mit dem Daumen über seine Hand. »Eine kleine Unterhaltung. Das ist doch nicht zu viel verlangt.«

Eine ironische Bemerkung, war es doch in ihrer Beziehung ständig darum gegangen, was sie von ihm verlangte und was davon er ihr geben konnte und was nicht. Oder vielleicht auch, was er ihr nicht geben wollte.

»Gut. Bin gleich wieder da.«

Ohne Eile räumte Joe auf dem Weg zur Küche zwei weitere Tische ab. Das Einzige, worüber sie reden mussten, war das Bauprojekt. Wollte sie etwa mit ihm verhandeln? Er im Tausch gegen die Insel. Als er sich bei diesem Gedanken ertappte, schalt er sich für seine Arroganz.

So scharf war Cassie nicht auf ihn. Und selbst wenn, die Antwort wäre trotzdem nein.

Sobald das Geschirr in der Maschine war, zog Joe die Schürze aus und hängte sie an den Haken neben der Hintertür.

»Wo willst du hin?«, fragte Tom, der mit einer großen Tüte Salzbrezeln aus der Speisekammer kam.

»Cassie möchte sich mit mir unterhalten.«

Tom hob die Augenbrauen und zwinkerte ungläubig, als hätte Joe ihm gerade eröffnet, dass er Vater wurde.

»Und du tust es? Etwa hier?«

Sich mit dem Feind in der Öffentlichkeit zu zeigen, war nicht gerade ein kluger Schachzug, aber vielleicht konnte er sie von dieser verrückten Idee abbringen. Ihr den Standpunkt der Einheimischen klarmachen und dass sie nicht nachgeben würden. Er war bereit, die ganze Schuld an allem, was zwischen Cassie und ihm passiert war, auf sich nehmen, wenn Cassie und ihr Vater dann für immer von der Insel verschwanden.

Joe trocknete sich die nassen Hände an seiner Jeans ab, schlängelte sich zwischen den Tischen hindurch zu ihrer Sitzecke und nahm gegenüber von seiner ehemaligen Verlobten Platz. Sie war noch schöner geworden, doch ebenso wie ihr Lächeln verfehlten ihre vollen Lippen und ihre tiefblauen Augen nun die Wirkung auf ihn.

Er kannte jetzt ihr wahres Wesen, das sich hinter ihrem makellosen Model-Gesicht verbarg. Zum ersten Mal seit über zwei Jahren wurden seine Gewissensbisse und seine Selbstvorwürfe durch ein Gefühl der Erleichterung gedämpft. Er hatte sich dumm verhalten. Daran ließ sich nichts ändern. Aber er war gerade noch mal davongekommen und sah das Ende ihrer Beziehung endlich als das, was es war. Ein Glücksfall.

Ihm war so leicht ums Herz wie schon lange nicht mehr, als er sie fragte: »Worüber willst du reden?«

Cassie presste die Lippen zu einem dünnen Strich zusammen. »Ich dachte, das läge auf der Hand.«

Joe, der aus Erfahrung bei Frauen nie etwas als selbstverständlich voraussetzte, gab sich begriffsstutzig. »Du musst mich schon aufklären.«

»Ich bin jetzt seit über einer Woche auf dieser Scheißinsel, und wir wissen beide, dass ich hier nicht Urlaub mache.« Joe lehnte sich zurück und verschränkte die Arme. Er wollte sich nicht schon wieder von ihr anhören, was sie von seiner Heimat hielt.

Cassie erkannte, dass sie einen Fehler gemacht hatte, deswegen versuchte sie es noch einmal. »Unsere Ferienanlage könnte dieser Insel zu Bekanntheit verhelfen. Das musst du doch einsehen, Joe.«

»So wie ich das sehe, versuchen dein Dad und du eher, uns von der Landkarte zu tilgen. Wir leben seit Jahrhunderten hier, und bisher hatte niemand an uns etwas auszusetzen.«

Cassie schnaubte. »Ein schäbiger Leuchtturm und ein paar alte Grabsteine, das reicht heute nicht mehr. Anchor Island ist vielleicht noch nicht tot, aber es wird keine fünf Jahre dauern, bis euch die Luft ausgeht.«

»Das sehen wir anders.« Wenn Cassie bei Wheelers Projekt das Sagen hatte, war Anchor Island ohnehin dem Untergang geweiht. »Angenommen, es geht uns wirklich so schlecht, warum wollt ihr die Insel dann unbedingt haben?«

Cassie senkte den Blick und trommelte mit einem Fingernagel auf die Tischplatte. Vielleicht hatte ihn sein Instinkt doch nicht getrogen.

»Das ist keine Art, sich zu rächen, Cass. Die Menschen hier haben dir nichts getan. Und ich im Grunde auch nicht.« Es tat gut, es loszuwerden. »Zwischen uns hat es von Anfang an nicht geklappt. Ich war nur ein Mittel zum Zweck für dich, um deinen Vater auf die Palme zu bringen, und du warst ein Vogel im Käfig, der die Freiheit suchte.«

»Ich glaube, unsere Erinnerungen gehen ein bisschen auseinander. Wenn es mir nur darauf angekommen wäre, aus dem Käfig zu entkommen, hätte ich unter zig Männern wählen können.« Stolz reckte sie das Kinn, doch hinter der Make-up-Schicht schmollte das verwöhnte kleine Mädchen.

»Das waren doch bloß lauter Elitestudenten, die hinter deinem Namen und deinem Geld her waren. Du hättest den einen

Käfig gegen einen anderen eingetauscht. Und das wusstest du.« Ein paar Quadratkilometer Sand am Ende einer vorgelagerten Inselkette in den Outer Banks mussten ihr allerdings auch wie ein Käfig erschienen sein. »Schau nach vorne, Cass. Wir müssen beide nach vorne schauen.«

Während sie ihn schweigend musterte, ging in ihr eine Veränderung vor. Aus dem schmollenden kleinen Mädchen wurde eine zornige Frau. »Dein Ego ist mal wieder mit dir durchgegangen, Joe. Ich bin nicht wegen dir gekommen. Unsere private Beziehung war zu Ende, als du deine Entscheidung getroffen hast.« Sie griff in ihre Geldbörse, zog zwei Zwanzig-Dollar-Scheine heraus und warf sie auf den Tisch. »Ich bin geschäftlich hier. Und ich beabsichtige, das Geschäft durchzuziehen.«

*

»Trinkst du den Wein noch oder wartest du, bis er verdunstet ist?«

Beth stellte ihr Glas auf die Theke. »Die ersten beiden habe ich zu schnell hinuntergekippt. Ich habe jetzt schon das Gefühl, gleich vom Hocker zu fallen.« Als sie neue Gäste hereinkommen hörte, drehte sie sich um und fragte zum vierten Mal: »Ist er das?«

Die Neuankömmlinge im O'Hagan's waren zwei junge Frauen, die noch nicht alt genug aussahen, um in eine Bar zu gehen.

Sid schnaubte. »Hör auf, zur Tür zu starren, und trink deinen Wein.«

Sid hatte ihr den Namen ihres mysteriösen Angebeteten immer noch nicht verraten, und warum sie so mysteriös tat, fand Beth mysteriös. Ein verwirrender Gedanke, der es ihr umso ratsamer erscheinen ließ, an ihrem dritten Glas Wein nur zu nippen.

Sids Umstyling war ein voller Erfolg. Alle männlichen Gäste hatten aufgemerkt, als die beiden Frauen das Lokal betraten. Eine Stunde später hatten sie noch keinen einzigen Drink selbst bezahlt.

O'Hagan's Pub war kleiner als das Dempsey's und zog ein jüngeres, einheimisches Publikum an. Während das Dempsey's mit zwei großen Fensterfronten aufwartete, bot das O'Hagan's eine eher höhlenartige Atmosphäre. Die einzigen Lichtquellen in dem fensterlosen Raum waren neben der einen oder anderen Leuchtreklame an der Wand schummrige Wand- und Tischleuchten.

Laut Auskunft der Barkeeperin Will, einer gertenschlanken Frau mit klimpernden Armreifen und Armeestiefeln, waren die ersten drei Runden von zwei verschiedenen Männertischen spendiert worden. In dem dämmrigen Licht und bei all dem Rauch fiel es Beth und Sid allerdings schwer, ihre Wohltäter auszumachen.

»Wo kommst du eigentlich her?«

»Ich?«, fragte Beth überrascht. Sid hatte sich bis jetzt kaum für sie interessiert.

»Nein, der ausgestopfte Kobold, der hinter dir von der Theke baumelt.« Das Make-up und die hohen Schuhe hatten vielleicht Sids Äußeres verändert, aber ihr Mundwerk war dasselbe geblieben. »Ja, du. Bist du in Richmond aufgewachsen?«

»Etwas außerhalb«, entgegnete Beth. »In einer Kleinstadt.«

Sid schlürfte ihren Cuba Libre mit einem dünnen Strohhalm, was Beth für keine gute Idee hielt. »Hat diese Kleinstadt auch einen Namen?«

Ihr den Namen ihres Heimatorts zu verraten konnte ja nicht schaden. »Louisa.«

»Eine Stadt, die Louisa heißt?«

Beth schwenkte ihr Weinglas. »Wie gesagt, es ist eine Kleinstadt.«

»Okay.« Sid wirbelte auf dem Hocker herum und setzte sich mit dem Rücken zum Tresen. »Lebt deine Familie noch dort?«

Diese Frage war schon schwieriger. »Ich habe keine Familie.«

»Oh«, sagte Sid und drehte sich wieder zurück. »Das ist hart.«

Ein peinliches Schweigen trat ein, bis Beth sagte: »Und was ist mit dir? Hast du noch Angehörige außer deinem Bruder?«

Sid sah überrascht auf, dann konzentrierte sie sich wieder auf ihr Glas und kaute auf ihrer Unterlippe herum. »Mom ist gestorben, als ich acht war, und Dad, als ich vierzehn war. Randy war damals zwanzig und seit zwei Jahren auf der ganzen Welt unterwegs, um Abenteuer zu erleben.«

»Das erklärt die Bilder an der Wand seines Büros.«

»Er hat nichts ausgelassen, ist auf jede Klippe geklettert oder hat sich davon runtergestürzt.« Ein Lächeln ließ ihre Züge weich werden. »Er war gerade mit ein paar Kumpeln hier auf Anchor Island beim Surfen, als die Ärzte anriefen und sagten, Dad liege im Sterben. Nach Dads Tod hat er mich hierher mitgenommen, und seitdem leben wir beide auf der Insel.«

Wieder einmal gab es Beth einen Stich, ein Einzelkind zu sein, wie so oft, wenn jemand von seiner Familie erzählte. »Du hast Glück, einen solchen Bruder zu haben.«

Sid kräuselte die Nase und schwenkte das Eis in ihrem Glas. »Er kann eine echte Nervensäge sein, aber welcher Typ kann das nicht?«

»Nervensäge«, das passte auf Joe. Er hatte den ganzen Tag Beths Nerven strapaziert. Sie wusste genau, dass er sie vorhin auf der Veranda gesehen hatte. Er hätte wenigstens rüberkommen und ihr für ihre Mühe danken können. Nicht dass er sie in dem gewagten Kleid sehen sollte. Darum ging es nicht.

Sie war wirklich eine erbärmliche Lügnerin. Nicht einmal sich selbst konnte sie etwas vormachen.

»Die Runde hier geht auf die zwei Typen in der Ecke«, sagte Will und schob Sid einen neuen Cuba Libre hin. »Für dich auch noch einen, Schätzchen?«, fragte sie Beth.

»Nein danke, später.« Will nickte und bediente einen anderen Gast. »Bist du sicher, dass dieser geheimnisvolle Typ heute noch hier aufkreuzt?«

Sid leckte den Strohhalm ab, schob das leere Glas zurück und zog sich das nächste heran. »Ich kann heute gar nicht genug von dem Zeug kriegen.«

»Solltest du dich nicht lieber ein bisschen bremsen? Immerhin musst du noch fahren.«

Nach einem tiefen Zug sagte Sid: »Die Drinks sind spendiert. Es wäre unhöflich, sie stehen zu lassen.«

»Und wer fährt uns dann heute nach Hause?«

Sid schlug mit den Händen auf die Theke. »Meine Güte, sei doch mal locker und trink noch was.«

»Du bist jetzt schon viel zu betrunken, um noch Auto zu fahren.« Beth schob ihr Glas von sich. »Ich lasse es jetzt lieber.«

Sid zog das Glas zurück. »Das hier ist ein Mädelsabend. Wir trinken und amüsieren uns, und wenn wir nicht mehr fahren können, dann holt Randy uns ab. Wann hast du das letzte Mal so richtig einen draufgemacht?«

Beth überlegte. Da war diese Party im zweiten Studienjahr gewesen. »Das ist lange her«, sagte sie, ohne genauer ins Detail zu gehen. »Ich glaube, ich gönn mir auch noch einen oder zwei.«

»Na also«, sagte Sid und winkte Will, damit sie noch ein Glas Wein brachte. »Und wie bist du in Richmond gelandet? Warte.« Ihre dunklen Augenbrauen zogen sich zusammen. »Wahrscheinlich gibt es in Louisa nicht so viele Anwälte.«

»Howard Maplethorn.«

»Howard wer?«

»Maplethorn. Er ist seit ewigen Zeiten der einzige Anwalt in Louisa.« Beth leerte ihr Glas in zwei Schlucken. »Meine Güte, der muss inzwischen an die siebzig sein. Danke, Will«, sagte sie zur Bedienung, die schon Nachschub brachte.

»Wollt ihr zu all den Drinks nicht eine Kleinigkeit essen?« Will warf einen Blick auf die Miller-Lite-Uhr an der Wand hinter der Bar. »Die Küche ist noch eine Stunde geöffnet. Was haltet ihr von einem kleinen Snack?«

Beth hörte, wie die Tür des Lokals aufging. Als sie sich auf ihrem Hocker herumschwang, um zu sehen, wer gekommen war, wurde ihr schwindlig im Kopf und ein Fuß rutschte von der Fußstange unten am Tresen.

»Boah.« Sid stützte sie und unterdrückte ein Kichern. »Wenn du vom Hocker fällst, tue ich so, als würde ich dich nicht kennen.«

»Chicken Wings und Pommes kommen gleich.« Will entfernte sich, vermutlich, um die Bestellung aufzugeben.

»Du hast meine Frage nicht beantwortet«, sagte Sid.

»Was für eine Frage?«

»Wie bist du in Richmond gelandet?«

»Oh, die Frage.« Beth zuckte die Schultern. »Meine Großeltern haben mich zum Jurastudium an die Universität von Virginia geschickt. Ich sollte einmal ein besseres Leben haben als das, was Louisa zu bieten hatte. Großvater starb noch vor meinem Abschluss, und ich wollte in Grannys Nähe sein, deshalb bin ich nach Richmond gezogen.«

Sid zwinkerte, wie um sich besser zu konzentrieren. »Du bist also bei deinen Großeltern aufgewachsen?

»Ja.« Sie hatte bereits mehr gesagt, als sie sollte. »Wann kommt dein mysteriöser Traummann denn endlich? Hoffentlich war nicht alles umsonst.«

»Der kommt schon noch. Wie hast du Lucas kennengelernt?«

Beth hatte den ganzen Tag nicht an Lucas gedacht. Sie war zu beschäftigt damit gewesen, über Joe und den möglicherweise eingebildeten Beinahe-Kuss nachzudenken. »Im Büro. Lucas ist ein beliebter Kollege. Er ist selbstbewusst. Perfekt gekleidet.

Ehrgeizig.« Sie kippte den Rest des Rotweins in einem Schluck hinunter. Sofort war ihr leichter im Kopf und ihre Schuldgefühle legten sich ein wenig. »Es ist ein Wunder, dass er mich überhaupt gefragt hat, ob ich mit ihm ausgehen will.«

Sid knallte ihr Glas auf den Tresen. »Er hat dich gefragt, ob du mit ihm ausgehen willst?«

»Na ja, ich hätte mich nie getraut.«

»Natürlich nicht.« Sid presste die Lippen aufeinander, und Beth musste an Randys Worte denken. *Sid ist schon seit der Highschool in Lucas verliebt.* Sie hatte das Gefühl, gerade einen Hundewelpen mit den Füßen getreten zu haben.

»Lucas hat auch nicht nur gute Seiten«, sagte Beth. Sid sollte ruhig erfahren, wie ihr Schwarm wirklich war.

»Was meinst du damit?« Sid starrte Beth an und wartete auf eine Antwort, während sie ihren Drink schlürfte.

Beth stellte einen Ellbogen auf den Tresen und legte ihr Kinn in die Hand. »Ich war vor Lucas nur mit ein paar Typen zusammen, und die wollten immer bemuttert werden. Brauchten jemand, der sich um sie kümmerte. Der für sie kochte, putzte und ihnen alles abnahm.«

»Klingt nach echten Siegertypen«, murmelte Sid. »Aber was haben die mit Lucas zu tun?«

»Sie waren das komplette Gegenteil von Lucas.« Sie schüttelte den Kopf, als müsste sie die verwickelten Fäden der Geschichte entwirren. »Ich meine, er ist vollkommen anders. Lucas muss man nicht bemuttern. Es ist eher umgekehrt, man wird vom ihm bemuttert.« Sie starrte in ihr Glas und fügte hinzu: »Wenn er mal da ist.«

Sid sog an ihrem Strohhalm, bis ihr Glas erneut leer war. »Was meinst du damit, wenn er mal da ist? Arbeitet ihr denn nicht zusammen? Du musst ihn doch den ganzen Tag sehen.«

»Das könnte man meinen, nicht wahr? Aber Fehlanzeige. Lucas geht ganz in seiner Arbeit auf, der Job kommt immer an erster Stelle. Das ist ja auch gut so, weil er uns eine sichere Zukunft aufbauen will. Bloß manchmal, jetzt zum Beispiel«, sagte sie und machte eine ausholende Handbewegung, um zu unterstreichen, wo sie sich gerade befanden, »wäre es schön, wenn er sich auch ein bisschen um mich kümmern würde.«

»Nur damit ich es richtig verstehe.« Sid gab Will ein Zeichen, ihr einen neuen Drink zu bringen. »Du willst Lucas heiraten, obwohl es dir nicht gefällt, dass er so viel Zeit in der Arbeit verbringt? Ich war ja noch nie verheiratet, aber das klingt nicht nach einer guten Idee.«

Wenn sie das so von jemand anderem hörte, klang es auch für Beth nicht nach einer guten Idee. Aber sie liebte Lucas doch, oder etwa nicht? Natürlich liebte sie ihn.

»Lucas ist liebenswürdig und großzügig. Der netteste Mann, den ich je kennengelernt habe, wenn auch manchmal ein bisschen unaufmerksam. Er ist genau der Mann, den sich meine Großeltern für mich gewünscht hätten. Klug, verlässlich, kein Krimineller.«

Sid verschluckte sich an ihrem Drink. »Hast du gerade ›kein Krimineller‹ gesagt? Wow. Deine Großeltern hatten ja hohe Maßstäbe.«

»Ich sollte es einmal besser haben als meine Mom. Die Messlatte lag nicht sehr hoch.« Beth stellte den Ellbogen auf die Bar, aber er rutschte weg und sie fiel fast vom Hocker. Schon wieder. Als sie sich wieder unter Kontrolle hatte, sagte sie: »Ich sollte mich eigentlich nicht beschweren. Er arbeitet nur deswegen so viel, um in der Firma aufzusteigen und Partner zu werden.«

»Und was dann?«, fragte Sid.

»Wie, und was dann?«

»Wenn er erst Partner ist, wird er dann weniger arbeiten? Er muss doch weiterhin seine Prozesse führen, und verbringen diese Partner nicht ständig die Wochenenden auf dem Golfplatz?«

Die Partner spielten tatsächlich viel Golf, nicht nur am Wochenende. Lucas nahm sogar schon Golfunterricht, um bei den wichtigen Leuten einen Stein im Brett zu haben. Beth konnte Golf nicht ausstehen.

»Das wird schon irgendwie, bestimmt«, sagte Beth, obwohl sie alles andere als sicher war. Sie stellte fest, dass ihr Glas leer war. »Habe ich den auch schon wieder ausgetrunken?«

Ihr Essen kam, und Sid bestellte noch einen Wein für Beth, doch dann überlegte sie es sich anders. »Ich glaube, jetzt sind Shots angesagt.«

»Shots?« Beth hatte noch nie Shots getrunken, aber ihr war vom Wein schon so schwummrig zumute, dass sie es für keine gute Idee hielt, jetzt damit anzufangen. »Für mich eher nicht.«

»Das ist ein Mädelsabend, Lockenkopf. Da sind Shots ein Muss.«

*

Kaum hatte Joe die letzte Ladung in der Geschirrspülmaschine verstaut, als ihm der Souschef, Chip, Bescheid gab, er werde am Telefon verlangt. Wer mochte ihn wohl im Restaurant aufgespürt haben? »Hallo?«, sagte er und hängte die Schürze an den Haken neben der Hintertür.

»Du musst kommen.«

»Randy? Wohin denn?

»Zum O'Hagan's.«

Verdammt. Wie er Sid kannte, hatte ihr irgendein Vollidiot an den Hintern gefasst und sie hatte eine Schlägerei angefangen.

»Was ist denn passiert? Geht es Beth gut?« Seine zukünftige Schwägerin mit ihrem friedlichen Gemüt schien nicht der Typ für Kneipenschlägereien zu sein.

»Ich will es mal so sagen, im Augenblick hat keine der beiden Damen, was im Fall von Sid ein gewagter Ausdruck ist, Schmerzen. Aber morgen früh werden sie sich schrecklich fühlen.«

Joe war fassungslos. »Beth ist betrunken?«

»Sternhagelblau. Die Barkeeperin meint, sie haben vor ein paar Stunden angefangen, Schnäpse zu kippen.« Randy wirkte alles andere als erfreut. »Beth behauptet, sie hat keinen Schlüssel, und du bist wohl nicht scharf darauf, dass ich sie ins Dempsey's bringe. Nicht in diesem Zustand.«

Gleich am nächsten Morgen würde er Beth ihren eigenen Schlüssel besorgen. »Bin schon unterwegs.«

Joe gab seinem Dad Bescheid und machte sich auf den Weg. Fünf Minuten später bog er auf den Parkplatz des O'Hagan's ein und sah Randy hinter einer Bank vor dem Pub stehen. Er wirkte wie ein Hundehalter, der versuchte, zwei ausgelassene Welpen zu bändigen. Die Frauen kicherten und grölten. Was auch immer so lustig war, an Randy ging der Witz vorbei.

»Na schön, Mädels, die Party ist vorbei«, sagte er und versuchte, beide am Ellbogen hochzuziehen. Sid riss sich los und fiel fast von der Bank. Als Randy seine Schwester auffing, schubste er dabei Beth gegen Joes Brust. Der Duft nach süßer Vanille stieg ihm in die Nase.

Als Beth wieder sicher auf den Beinen stand, sah sie ihn mit ihren großen grünen Augen an und lallte: »Heeeeyyy.«

Ihre Alkoholfahne hätte einen Flammenwerfer befeuern können.

»Muss ja ein toller Abend gewesen sein«, sagte er und ging ein wenig auf Abstand, während er sie weiterhin stützte. Sie trug eine kleine Tasche in der einen und einen Pullover in der anderen Hand. Ein dünner Träger rutschte ihr von der Schulter und drohte das kleine Stoffdreieck über ihrer Brust mit nach unten zu ziehen.

»Ein super Abend«, sagte Beth. Dann grölte sie Sid zu: »Oder?«

Sid, die selbst ziemlich schwankte, antwortete: »Und ob!« Ihre Lautstärke entsprach ihrem Alkoholpegel.

Beth stieß die Faust mehrmals in die Luft, und zusammen kreischten sie: »Die beste Bar überhaupt!« Ein Kicheranfall folgte, und Randy riss der Geduldsfaden.

Er klemmte sich Sid wie einen Mehlsack unter den rechten Arm. »Ich bring sie nach Hause. Viel Spaß noch mit der anderen.« Randy marschierte zum Parkplatz, während Sid sich wand und ihn mit Schimpfwörtern überhäufte.

»Hat er dir gerade viel Spaß gewünscht?«, fragte Beth hicksend. »Mit wem sollst du denn Spaß haben?« Suchend sah sie sich auf der kleinen Veranda um. Sid hatte sie beschwipst machen sollen, nicht volltrunken.

»Heute Abend hat keiner mehr Spaß, ich am allerwenigsten«, sagte er und steuerte Beth um die Findlinge auf dem Parkplatz herum.

»Ja«, sagte sie. »Ich auch nicht. Dabei wäre es doch so schön.« Sie blieb stehen und drehte sich zu Joe. »Bist du sicher, dass wir zusammen keinen Spaß haben können?«

Kapitel 18

Joe spürte, wie sein gesamtes Blut auf einmal in eine Richtung floss. Sein Verstand nannte ihm alle Gründe, warum die Antwort nein lauten musste. Und einer davon war, dass er prinzipiell nicht mit Frauen schlief, die sich kaum auf den Beinen halten konnten.

Aber seinen Schwanz schien es nicht zu interessieren, was sein Verstand sagte.

»Du brauchst einen Kaffee. Dieses Gourmetzeugs, das Patty hat, müsste wirken.« Und während der Kaffee durchlief, konnte er ein großes Glas Eiswasser trinken. Oder auch zwei.

»Wusstest du eigentlich, dass Sid ein Waisenkind ist?«

»Ist Sid nicht schon ein bisschen zu alt, um sie als Waisenkind zu bezeichnen«, fragte Joe und hievte Beth in den Jeep, nachdem sie dreimal vergeblich versucht hatte, den Einstieg zu finden. Auch der Sicherheitsgurt überforderte sie, weshalb er sie anschnallte. Als er sich über sie beugte, streifte Beth mit den Lippen seinen Hals. Sein verbliebenes Blut rauschte nach Süden.

»Hmmm ...« seufzte sie. »Du schmeckst gut. Besser, als ich es mir vorgestellt habe.«

Vielleicht war es noch nicht zu spät, um mit Randy zu tauschen. Sid als aufsässige Alkoholleiche wäre weniger gefährlich als diese Betthäschen-Version von Beth, die jetzt in seinem Jeep saß.

»Was wolltest du gerade über Sid erzählen?«, fragte er mit ungewohnt hoher Stimme. Solange er sie am Reden hielt, konnte ihr Mund keine anderen Dinge tun. Ihm fielen spontan drei »andere« Dinge ein, die sie mit ihrem Mund anstellen könnte.

Das war nicht gerade hilfreich.

»Sid ist ein Waisenkind, genau wie ich.« Als Joe auf seinen Sitz kletterte, legte Beth ihre Hand auf seinen Oberschenkel. »Wusstest du, dass ich ein Waisenkind bin?«

»Nein, wusste ich nicht«, sagte er und legte ihre Hand auf ihren eigenen Oberschenkel, der nackt war, weil das Kleid wegen des Sicherheitsgurts hochgerutscht war. Bemüht, so wenig Haut wie möglich zu berühren, zog Joe das Kleid nach unten.

»Du bist so nett. Ich glaube, die Leute wissen gar nicht, wie nett du bist.« Beth schob ihm eine Haarsträhne hinters Ohr und fuhr dann, eine Funkenspur hinterlassend, mit einem Finger über seine Schulter und seinen Arm. »Ich liebe deine Arme. Habe ich dir das eigentlich schon mal gesagt?«

»Nein.« Wenn er geahnt hätte, wie Alkohol bei ihr wirkte, hätte er Sid nie auf diese blöde Mission geschickt. »Vielleicht machst du besser eine Weile die Augen zu.«

»Und deine Augen«, machte sie weiter und gab ihm einen Klaps auf die Brust. »Meine Güte, mit diesen Augen könntest du einem Mädchen das Höschen ausziehen. So schön blau.« Ihr Kopf kippte zur Seite, und sie warf ihm ein Lächeln irgendwo zwischen vertrottelt und sexy zu.

»Was habt ihr eigentlich getrunken?«

»Tequila!«, schrie sie und warf die Hände in die Luft. Dann fing sie zu singen an. »Badum, badubadu bum bum ...«

Soviel dazu, sie nur beschwipst zu machen. Joe nahm sich vor, Sid zur Schnecke zu machen, sobald sie wieder nüchtern war. »Trinkst du oft Tequila?«

»Hab ich noch nie«, lallte sie, weiter summend. »Beim ersten Mal stach es ganz schön in der Nase, aber Sid hat gemeint, mit der Zeit wird es besser. Und so war es auch.« Aus dem Augenwinkel sah er, dass Beth sich aufs Kinn tippte. »Ich kann meine Lippen nicht mehr spüren.«

»Die sind aber noch da«, sagte er und richtete den Blick wieder auf die Straße. »Was soll das Waisenkind-Gerede?«

»Sid und ich, wir sind beide Waisenkinder. Unsere Eltern sind gestorben.« Sie schlug sich leicht auf die Unterlippe und sagte: »Autsch.«

Für den Fall, dass alles, was Sid in Erfahrung gebracht hatte, sich im Tequilanebel verflüchtigt hatte, quetschte Joe Beth selbst aus. »Deine Eltern sind tot?«

»Ja.« Wieder schlug sie sich auf die Lippe, keuchte auf und umklammerte mit der Hand seinen Bizeps. »O mein Gott!«

Joe trat auf die Bremse und der Jeep kam schlingernd am Rand der Middle Road zum Stehen. »Was ist passiert?«, fragte er und suchte die Straße ab, weil er dachte, ein Hund oder eine Katze sei ihm vors Auto gelaufen. Im Kegel der Scheinwerfer bewegte sich nichts.

Ein schrilles Heulen vom Beifahrersitz ließ ihn erneut aufschrecken. Sein alkoholseliges Betthäschen hatte sich in ein schluchzendes Häufchen Elend verwandelt, das sich auf dem Sitz vor und zurück wiegte.

»Hey«, sagte er, legte den Leerlauf ein und schnallte sich ab. »Was ist denn mit dir?« Sie hatte das Gesicht in den Händen vergraben und schüttelte heftig den Kopf. »Hast du dir wehgetan?«

»Viel schlimmer!« heulte sie und ließ die Hände fallen. »Ich habe gerade erkannt, dass ich wie meine Mutter geworden bin!«

Joe wusste, dass Frauen ungern mit ihrer Mutter verglichen werden wollten, aber dass man deswegen gleich weinen musste, hatte er noch nie erlebt. »Deine Mutter war bestimmt toll.«

»Nein, war sie nicht«, knurrte Beth. Ihre Stimmung wechselte so schnell von glücklich zu traurig zu wütend, dass Joe nicht mehr mitkam. »Sie war wild und rebellisch und trank sich schon jung zu Tode.«

Er hatte Antworten haben wollen, und er hatte sie bekommen. Allerdings nicht gerade das, was er erwartet hatte.

Wieder kamen ihr die Tränen. »Granny hatte recht. Sie hat immer gesagt, wenn ich einmal zu trinken anfange, werde ich wie meine Mutter.« Beth putzte sich am Pullover die Nase. »Was soll ich bloß tun?«

Sie segelten in gefährlichem Gewässer, und Joe hatte keine Ahnung, wie er sich verhalten sollte. Mit einer weinenden Frau umzugehen war schon schwierig genug. Eine betrunkene weinende Frau kam ihm vor wie ein Hurrikan der Kategorie drei.

Aber bei einem Hurrikan gab es wenigstens eine Vorwarnung. Darauf konnte man sich einstellen.

Joe wusste keine Antwort auf ihre Frage, deshalb fuhren sie das letzte Stück schweigend, während Beth neben ihm schluchzte. Er wollte sie in den Arm nehmen und ihr sagen, dass sie überhaupt nicht wie ihre Mutter war. Und er wollte sich diese Granny vorknöpfen und ihr verklickern, wie furchtbar es war, wenn man einem Kind, das seine Mutter verloren hatte, erzählte, seine Mutter sei ein schlechter Mensch gewesen und es dürfe auf keinen Fall werden wie sie.

Wer brachte denn so etwas fertig?

Joe wusste, wie man sich fühlte, wenn die Mutter starb. Er war damals zehn gewesen. Und Beth?

Er hielt vor dem Haus seiner Eltern, stellte den Motor ab und starrte auf das Lenkrad. Aus Beths Schluchzen wurde ein Schniefen, schließlich ein gelegentliches Schlucken.

»Tut mir leid für dich«, sagte er. Lahme Worte, mit denen er nicht nur den Tod ihrer Mutter meinte. Es war mies von ihm gewesen, den Plan auszuhecken. »Wie alt warst du?«

»Was?«, fragte sie und benutzte wieder den Pulli als Taschentuch. »Wann denn?«

»Als deine Mom gestorben ist.«

Beth tat seine Frage mit einem Winken ab. »Ich war noch nicht mal zwei. Ich kann mich gar nicht mehr an sie erinnern.« Der Weinanfall war offenbar vorüber, und jetzt sah sie sich um. »Hast du was zu trinken zu Hause?«

»Von mir bekommst du nur Kaffee.« Joe erwartete, Beth aus dem Auto helfen zu müssen, aber sie tanzte schon in der Auffahrt herum, bevor er einen Fuß auf den Boden gesetzt hatte. »Was machst du denn da?«

»Hörst du das nicht?«

Joe lauschte. Die Klänge einer Steeldrum erfüllten die Luft. »Das ist Buddy Trousseau. Er spielt heute drüben im Park.«

Beth ließ ihren Pullover und ihre Tasche auf die Verandatreppe fallen und begann, sich zur Musik zu bewegen. Dabei flog der Rock ihres fließenden Kleids mit jedem Hüftschwung höher. Joe bekam einen trockenen Mund.

»Der Kaffee«, sagte er und ging nach dem Hausschlüssel kramend an ihr vorbei zur Treppe. Ehe er auf der ersten Stufe angelangt war, packte sie ihn am Arm und animierte ihn zum Tanzen.

Er setzte sich zur Wehr. »O nein, das machen wir nicht.«

»Komm schon, Joe, tanz mit mir. Die Nacht ist jung. Am Himmel funkeln die Sterne.« Sie vergrub ihre Hände in ihrem Haar. »Und ich fühle mich so lebendig.« Sie lockte ihn mit dem Finger und flüsterte: »Komm, fühl dich mit mir zusammen lebendig, Joe.«

Sein Verstand sagte nein, aber seine Füße gehorchten nicht. Sie lächelte, nahm seinen Arm und vollführte darunter eine Drehung. Dabei verlor sie das Gleichgewicht und stolperte gegen ihn, wobei ihr Po sich an seine Leiste schmiegte. Trotzdem tanzte sie ohne Unterbrechung weiter.

Joes Verstand befahl ihm, sie wegzuschieben, doch seine Arme widersetzten sich ebenso wie zuvor seine Füße. »Das ist keine gute Idee«, sagte er. Eine gewaltige Untertreibung.

Beth gurrte, lehnte sich zurück und warf ihren Kopf gegen seine Schulter. Als die Musik aufhörte, setzten ihre Körper die Zwiesprache fort. Eine Zwiesprache, die Joes Körper weiter vertiefen wollte.

Gerade fing er an, an ihrem Hals zu schnuppern, als Dozer bellte. Beths Kopf schoss nach oben und verfehlte Joes Nase nur knapp. »Ist das Dozer? Ich will zu Dozer.«

»Verdammt, Dozer«, schimpfte Joe und scheuchte Beth über den Hof. Er musste sie ins Bett packen. Ins Bett *packen*, ermahnte er sich nach kurzem Nachdenken, nicht mit ihr ins Bett *gehen*.

Während Joe mit derlei Gedanken beschäftigt war, entkam Beth zu Joes Veranda. Sie klopfte an die Tür, als könnte Dozer sie hereinlassen. Der Hund bellte noch lauter. »Gib Ruhe, Dozer!«, brüllte Joe durch die Tür. Der Hund hörte auf.

Zu Beth sagte er: »Hier bekommst du keinen Kaffee. Rüber zu Patty, marsch.« Er packte sie am Arm, doch sie entwand sich seinem Griff.

»Aber ich will zu Dozer«, quengelte sie, die Lippen vorgeschoben wie ein Kleinkind, das um einen Keks bettelt. Das kindische Getue war immer noch besser, als dass sie sich an ihn schmiegte wie an eine Striptease-Stange.

»Du kannst morgen zu Dozer. Komm mit.«

»Nei-ein.« Sie verschränkte die Arme und gewährte Joe einen tiefen Blick in ihren Ausschnitt.

»Na schön.« Sollte sie Dozer kurz den Kopf tätscheln, danach würden sie drüben Kaffee trinken. Er würde einen großen Bogen um jedes Bett machen. Sie konnte auf dem Sofa schlafen.

Kaum hatte er aufgesperrt, als Beth schon ins Haus stürzte. Auf dem Couchtisch lag eine leere Pizzaschachtel mit Pappteller, rechts neben der Haustür stand ein Korb mit schmutziger Wäsche. Er hatte ihn eigentlich nach nebenan bringen wollen, den Waschtag dann jedoch verschoben.

Nicht sehr schlau, wie der Mief im Raum bewies. Andererseits hatte er ja auch keinen Besuch erwartet.

Beth schien weder die Unordnung noch der Geruch aufzufallen. Sie war ganz damit beschäftigt, mit Dozer Guck-Guck zu spielen. Wann hatte sein Hund das eigentlich gelernt?

»Du hast ihn gesehen. Gehen wir.«

Beth entwischte ihm und schwebte weiter ins Haus hinein. An der Küchentür drehte sie sich um und nahm das Wohnzimmer in Augenschein. »Das ist ja ganz leer.«

Joe sah sich um. Seit wann konnte man ein Zimmer als leer bezeichnen, wenn sich darin ein Sofa, zwei Beistelltische, eine Stehlampe und ein Fernseher befanden?

»Hat dich der Alkohol blind gemacht?«, fragte er sie. »Hier steht doch jede Menge Zeug.« Wie um Joes Bemerkung zu untermalen, machte sich Dozer auf dem Sofa breit.

»Du hast ja nur Möbel.« Beth stemmte die Hände in die Hüften, was ihr allerdings erst beim dritten Versuch gelang.

Eines Tages würde er sich vielleicht schmunzelnd an diese Szene zurückerinnern, aber Beths Anblick, die so weich und sexy wirkte und nur wenige Schritte von seinem Schlafzimmer entfernt war, machte es ihm schwer, das Ganze mit Humor zu nehmen. »Ich würde ja den Jeep hier drin abstellen, aber das gäbe Reifenabdrücke auf dem Boden.«

»Dagegen muss ich etwas unternehmen.« Mit dieser rätselhaften Bemerkung ging sie in die Küche. »Daraus könnte man eine süße kleine Küche machen«, sagte sie, während sie Schränke öffnete und den Wasserhahn ausprobierte. Vielleicht träumte sie davon, Immobilienmaklerin zu werden. Dann wirbelte Beth abrupt herum, spähte in den Flur und warf ihm über die Schulter einen herausfordernden Blick zu. »Was kommt da hinten noch?«

Diese Frau musste unbedingt an die Leine gelegt werden. Entschlossen, sie aus seinem Haus zu entfernen, und wenn er sie auf der Schulter hinaustragen musste, folgte Joe ihr zum Schlafzimmer. Er hätte sie rechtzeitig eingeholt, wenn Dozer ihm nicht den Weg versperrt hätte.

»Treib's nicht zu weit, Kumpel.«

Als Joe um die Ecke bog, lag Beth ausgestreckt auf seinem Bett. Der Kleidersaum war ihr bis zum Nabel hochgerutscht, und er sah ihr weißes Baumwollunterhöschen. Er hätte nie gedacht, dass ihn einfache weiße Baumwollunterhosen dermaßen anturnen könnten, aber sein Körper reagierte, als trüge sie rote Spitzen-Dessous und Strapse.

Höchste Zeit, sie hier rauszuschaffen.

»Wir gehen.« Bevor er das Bett erreichte, hatte sie sich davon heruntergerollt und steuerte auf sein Badezimmer zu. Vielleicht fand sie es so ekelhaft, dass sie freiwillig das Haus verlassen und ihm die Rückenschmerzen ersparen würde. »Was hat du?«

»Aha!«, kreischte sie. Vielleicht hatte sie endlich kapiert, wo sie sich befand. »Darum duftest du so gut.«

Das ergab doch keinen Sinn. Er duftete gut, weil es im Badezimmer so stank? »Du kannst ganz schön nerven, weißt du das eigentlich?«

Sie ignorierte seine Bemerkung, drehte sich mit dem Rücken zum Waschbecken und präsentierte ihm triumphierend sein Eau de Cologne. Dann versprühte sie ein wenig davon im Raum und atmete tief ein. »In der Luft riecht es nicht so gut wie an dir.« Sie zog ihn am Hemd zu sich, gab einen Spritzer auf seinen Hals und schnupperte daran.

»Was soll das?«

»Himmel, ist das gut. Wie es sich wohl an mir macht?« Sie lüpfte das Oberteil ihres Kleids und sprühte sich das Parfum in den Ausschnitt. »Willst du mal riechen?«

Joe wurde der Mund wässrig, und seine Hände wanderten zu ihren Hüften. »Du weißt nicht, was du da tust«, sagte er gepresst. Er konnte sich kaum noch beherrschen.

»Ich weiß genau, was ich tue«, hauchte sie, bevor sie sich über seinen Mund hermachte.

Eine Welle roher Begierde nahm Besitz von Joe. Beth schmeckte nach Zitrone und Tequila und Hitze, wie das Feuer, das zwischen ihnen loderte. Ein Feuer, das er nicht ersticken konnte. Er hob ihre Füße vom Boden, und Beth legte die Arme um seinen Hals. Als er ihren Po auf dem Waschbecken absetzte, schlang sie die Beine um seine Taille und drückte ihn noch fester an ihr weißes Unterhöschen.

Sie leckte an seiner Unterlippe und knabberte daran, während er die Träger ihres Kleids herunterstreifte. Als er mit dem Daumen über ihre harte Brustwarze rieb, stöhnte sie lustvoll auf. Joe verstärkte den Druck und verfluchte im Geiste den BH, der ihm im Weg war. Beth kletterte auf ihn und schob sich vom Waschtisch, sodass seine Hände freien Zugriff auf ihren Po hatten.

Er konnte sie nehmen, hier und jetzt. Gütiger Gott, er wollte sie. Zum Teufel mit Lucas.

Der Gedanke an seinen Bruder war wie ein Schlag in die Magengrube. Joe löste sich von Beths Lippen und holte keuchend Luft. Wieder stöhnte sie, diesmal aus Protest. Er legte die Stirn auf ihre Brust. »Ich kann das nicht tun.«

»O nein.« Beth schlug sich die Hand vor den Mund und zwang Joe damit, den Kopf zu heben. Aber er wollte den schuldbewussten Ausdruck in ihren Augen nicht sehen. Das hier war seine Schuld. Immerhin war er nüchtern.

»Entschuldige«, sagte er und zog ihr das Kleid herunter.

Beth schüttelte den Kopf. Dann drehte sie sich zur Seite und übergab sich ins Waschbecken.

*

In der Dunkelheit, die sie umgab, dachte Beth, sie sei tot. Alles tat ihr weh, sie fühlte sich, als wäre sie von einem Lastwagen überfahren worden. Ihr Kopf dröhnte wie eine überdimensionale Stimmgabel, in ihrem Mund war ein Geschmack, als hätte sie zuletzt ein überfahrenes Tier gegessen, und ihr Magen fühlte sich leer und sauer an.

Wie auch immer sie gestorben war, es musste ein scheußlicher Tod gewesen sein.

Und sie erinnerte sich an nichts. Das war wahrscheinlich gut. Niemand erinnerte sich gern an den Augenblick, an dem er wie eine Fliege an der Windschutzscheibe zermatscht wurde.

Der schwache Lichtschein, der durch ihre Augenlider drang, tröstete sie einerseits, andererseits tat er ihr weh. Die Helligkeit bedeutete, dass sie im Himmel oder auf dem Weg dorthin war, aber sie verstärkte das Pochen in ihrem Kopf. Wie sollte sie auf das Licht zugehen, wenn sie das Gefühl hatte, als würde ihr jeden Moment der Kopf platzen?

Pfeif auf das Licht, dachte sie und warf sich einen Arm über die Augen. Sie würde sich mit der Vorhölle begnügen. Und dann leckte eine nasse Zunge über ihre Lippen und sagte ihr, dass sie weder in der Vorhölle war noch allein.

»Du lieber Himmel. Was zum ...« Als sie sich abrupt aufsetzte, wurde ihr dreierlei klar: Erstens, sie trug nur ihren braven weißen Baumwollschlüpfer und ihren trägerlosen BH. Zweitens, sie war quicklebendig. Drittens, sie würde gleich auf Pattys gute Steppdecke kotzen.

Sie entdeckte ihr Kleid über der Stuhllehne, hielt sich das dünne Fähnchen vor die Brust und stürzte, eine Hand auf den Mund gepresst, zur Tür. Gott sei Dank lag das Badezimmer gleich gegenüber von ihrem Schlafzimmer. Als sie die Substanzen los war, die ihren Organismus lahmgelegt hatten, sank Beth neben der Badewanne nieder und wartete darauf, dass sich das Klingeln in ihren Ohren legte.

Sie musste sich einen Virus eingefangen haben. Oder vielleicht hatte sie etwas Schlechtes gegessen. Was hatte sie gestern

Abend gegessen? Sie wusste es nicht mehr. Das Letzte, woran Beth sich erinnerte, war, dass sie ein Glas Wein hinuntergekippt und dass Sid etwas von Shots erwähnt hatte.

Stöhnend legte sie sich die Hände vors Gesicht. Sie hatte sich das selbst angetan. Es musste einen weniger schmerzhaften Weg geben, um sich umzubringen. Zum Beispiel mit einem Flammenwerfer oder durch chinesische Wasserfolter.

Dozer winselte und stupste sie mit dem Kopf. »Danke für den Kuss, Dozer. Aber wenn ich das Schneewittchen bin und du mein Prinz, dann ...« Beth dachte an den Rest des Satzes. »Ehrlich gesagt wurde ich schon schlechter geküsst.«

Irgendwo hinter ihrer linken Schläfe regte sich eine Erinnerung. Irgendetwas mit Küssen. Sie versuchte sich zu konzentrieren, aber es funktionierte nicht. »Die Badewanne ist kalt.« Sie rappelte sich hoch und probierte ihre Beine aus. Sie waren stabil, nur ihrem Kopf gefiel die Veränderung der Lage nicht.

An den Waschtisch gelehnt, wartete sie darauf, dass sich der Nebel in ihrem Kopf lichtete. Schütteln kam nicht infrage. Als sie sich wieder gefangen hatte, spähte sie den Flur auf und ab, bevor sie zurück in ihr Zimmer schlich. Mit viel Glück hatte niemand ihre überstürzte Flucht ins Badezimmer mitbekommen. Sie schlüpfte unter die Bettdecke und knüllte das Kleid zusammen, und dabei kam ihr der Gedanke, dass sie es unmöglich allein ausgezogen haben konnte. Sie hatte schon beim Anziehen Mühe gehabt, bis Sid gekommen war und ihr mit dem Reißverschluss geholfen hatte.

Wer also hatte gestern Nacht den Reißverschluss wieder geöffnet? Wie war sie nach Hause gekommen? Hatte sie noch mit Patty und Tom gesprochen? Falls ja, dürften sie heute Morgen keine sehr hohe Meinung von ihr haben.

»Haben wir uns gestern Nacht noch gesehen, Dozer?« Der Hund neigte den Kopf zur Seite, sodass ihm die Zunge seitlich aus dem Maul hing. »Vielleicht miefe ich so, weil ich mich mit dir herumgewälzt habe.« Beth schnupperte an ihrem Kleid. Das Unterteil war steif und roch nach alkoholgetränkten Chicken Wings. »Du meine Güte.« Sie wollte es gerade auf den Boden werfen, als ihr ein anderer, vertrauter Geruch in die Nase kam. Joes Eau de Cologne.

Sie roch an der Bettdecke. Nichts. Als sie ihren Kopf zum Laken hinuntersenkte, fiel ihr auf, dass der Geruch zwischen ihren Brüsten am stärksten war.

»O mein Gott.«

Entsetzt zog sie sich die Decke bis zum Hals. Was hatte Joes Eau de Cologne zwischen ihren Brüsten zu suchen? Bedeutete das etwa, dass Joe zwischen ihren Brüsten gewesen war? Beth durchforstete panisch ihr Gedächtnis nach den Ereignissen ihrer zügellosen Nacht.

Sie kniff die Augen zusammen und versuchte, sich zu konzentrieren. Alles blieb schwarz. Als sie die Augen wieder öffnete, bellte Dozer, und Beth fuhr ein stechender Schmerz durch den Schädel. »Ich gebe dir alles, was du willst, Hund, aber mach das nicht noch einmal.«

»Dozer, weck sie doch ...« Patty blieb händeringend in der Tür stehen. »Tut mir leid. Ich habe nicht gemerkt, dass er sich verkrümelt hat.«

Wenn Beth gestern Nacht irgendetwas getan hatte, um Patty vor den Kopf zu stoßen, dann wollte sie es sofort wissen. »Wegen gestern Nacht.«

»Ich habe schon erfahren, dass ihr euch gut amüsiert habt. Vielleicht ein bisschen zu gut«, meinte Patty schmunzelnd. »Deshalb habe ich dich schlafen lassen.«

»Haben wir, ähm, gestern noch miteinander gesprochen?«

»Du warst schon im Bett, als Tom und ich heimgekommen sind.« Die ältere Frau verschränkte die Arme und lehnte sich an den Türpfosten. »Wie man so hört, hast du mit Sid gestern bei O'Hagan's mächtig einen draufgemacht.«

Beth wand sich. Na toll. »Weißt du, wie ich nach Hause gekommen bin?«

Patty zog die Augenbrauen zusammen. »Keine Ahnung. Randy hat Sid heimgefahren, er wird dich wohl hier abgesetzt haben.«

Beth war sich sicher, dass sie keinen Schlüssel mitgenommen hatte. Sie wollte ihn beim Gehen einstecken, hatte es jedoch vergessen. Und als es ihr auffiel, waren sie schon in der Bar. Wenn Tom und Patty sie nicht ins Haus gelassen hatten, blieb nur noch eine Person übrig. »Weißt du, ob Joe auch in die Bar gekommen ist?«

»Du kannst dich wirklich an nichts mehr erinnern? Joe hat ziemlich lange im Restaurant gearbeitet, aber ich habe nicht mitbekommen, als er gegangen ist, deshalb kann ich es nicht sagen. Stimmt etwas nicht?«

»Nein, nein«, wiegelte Beth ab und dachte daran, dass sie praktisch nackt war. Joes Geruch waberte ihr von ihrem Ausschnitt entgegen, und Beth wagte nicht daran zu denken, was sie vielleicht getan hatte. »Ich glaube, ich brauche eine Dusche.«

»Natürlich«, sagte Patty. »Komm, Dozer. Tut mir leid, dass er dich aufgeweckt hat.«

»Macht doch nichts«, sagte Beth und versuchte, locker zu klingen. »Gibt es Kaffee?«

»Ich koche eine frische Kanne, während du in der Dusche bist. Ich würde dir Eier braten, aber deiner Gesichtsfarbe nach hältst du dich besser an Toast.«

»Danke.« Patty war so nett zu ihr, dass Beth sich noch schlechter fühlte. »Ich bin in zwanzig Minuten unten.«

»Lass dir ruhig Zeit.« Nachdem Patty mit Dozer gegangen war, blieb Beth mit ihren Gedanken allein. Erneut versuchte sie sich daran zu erinnern, wie sie nach Hause gekommen war und wer sie ausgezogen hatte. Ihr Gedächtnis war vollkommen leer.

Als sie sich über das Kinn rieb, brannte es. Sie begutachtete sich im Spiegel des Toilettentischs und suchte nach einer Abschürfung. Ihrem Kopf nach zu schließen war sie im Suff hingefallen. Sie hatte definitiv eine Rötung am Kinn, aber das kam nicht davon, dass sie sich an Steinen aufgeschürft hatte.

»Elizabeth Marie Chandler, was zum Teufel hast du gestern Nacht getrieben? Und bitte lass es nichts mit Joe gewesen sein.«

Kapitel 19

Kein Mann sollte auf die Probe gestellt werden wie Joe die Nacht zuvor. Ihre schizophrenen Stimmungsumschwünge waren schon schlimm genug, aber ihre Verführungsversuche im Badezimmer hatten seine Gehirnzellen zum Kochen gebracht. Und als er Beth schließlich ausziehen und ins Bett packen musste, hatte er das Gefühl, über dem Höllenfeuer geröstet zu werden.

In ihrem Kleid konnte er sie nicht schlafen lassen, nachdem noch die Reste diverser Snacks daran klebten. Wenigstens war sie umgekippt, noch bevor sie ihr Schlafzimmer erreicht hatten. Bei seinem Glück hätte sie bestimmt versucht, ihm die Kleider vom Leib zu reißen, während er sie auszog, und diese Prüfung hätte er nicht bestanden.

Nachdem er alkoholgetränkte Nahrungsreste aus seinem Waschbecken gekratzt und eiskalt geduscht hatte, bemühte sich Joe den Rest der Nacht, nicht an seine zukünftige Schwägerin zu denken. In Gedanken nannte er sie so, denn das half ihm dabei, auf dem Boden der Realität zu bleiben und nicht in Fantasien abzugleiten.

Die Realität war beschissen.

Sie würden darüber reden müssen, was passiert war. Um sich damit auseinanderzusetzen, was zum Teufel eigentlich zwischen ihnen lief, musste sie jedoch nüchtern und bei klarem Verstand sein. Inzwischen dürfte Beth zwar wieder nüchtern sein, aber ganz bestimmt noch nicht in der Lage, sich auf irgendetwas zu konzentrieren. Besser, er wartete erst einmal ab, bis sie sich richtig erholt und ihren Kopf wieder beisammen hatte. Und deshalb machte sich Joe zu seinem Boot auf, sobald er hörte, dass sie aufgestanden war.

»Ich dachte mir schon, dass ich Sie hier finde«, sagte eine Stimme auf dem Pier. Joe war gerade dabei, Angelschnur aufzuwickeln. Als er hochsah, stand Derek Paige vor ihm, der in Anzug und Krawatte steif und irgendwie fehl am Platz wirkte. »Darf ich an Bord kommen?«

Dozer begann leise zu knurren. Joe war ganz seiner Meinung, doch seine Neugier siegte.

»Springen Sie rein. Aber Vorsicht. Ich möchte nicht, dass Sie sich den Anzug ruinieren.« Nur weil er nicht so redselig war wie Paige, hieß das nicht, dass er nicht schlagfertig sein konnte.

Paige betrat das Boot so leichtfüßig, als hätte er sein Leben lang nichts anderes gemacht. »Ich war so oft auf Mr Wheelers Jacht, da werd ich wohl mit Ihrem kleinen Fischkutter zurechtkommen.«

Wenn das seine Strategie war, ihn zum Verkauf zu bewegen, konnte Wheeler die Insel vergessen. »Kommen wir lieber auf den Punkt: Warum sind Sie hier?«, sagte Joe und widmete sich wieder seiner Angelschnur.

»Ich bin hier, um über Cassandra zu reden.«

»Was ist mit ihr?«

»Sie ist in festen Händen.«

Jetzt richtete Joe seine Aufmerksamkeit auf den Mann, der anderthalb Meter vor ihm stand. Falls Paige versuchte, locker zu wirken, versagte er kläglich. »Sie ist in festen Händen?«

»So ist es.« Der hartnäckige Besucher verlagerte sein Gewicht von einem Bein auf das andere. »Ich habe gesehen, wie Sie sich gestern Abend mit ihr unterhalten haben.«

»Ja«, sagte Joe, lehnte die Angelrute an die Kabinenwand und drehte sich in seinem Stuhl herum. »Wir haben uns unterhalten. Mir ist nicht ganz klar, was Sie das angeht.«

»Das habe ich Ihnen gerade erklärt.«

Joe musste grinsen. Vielleicht war Paige die Krawatte zu eng und sein Gehirn wurde nicht ausreichend durchblutet. »Wollen Sie damit etwa andeuten, dass Sie Ansprüche auf Cassie erheben?«

»Sie heißt Cassandra, und ja, das tue ich.«

»Kennen Sie Cassandra Wheeler überhaupt? Sie ist nicht der Typ Frau, auf den man Ansprüche erheben kann. Ganz besonders nicht, wenn man einer der Arschkriecher ihres Vaters ist.«

Paige erstarrte, Röte zog sich vom Kragen aus seinen Hals hinauf. »Es ist mir vollkommen egal, was Sie von mir halten, Dempsey. Bleiben Sie ihr einfach vom Leib.«

Joe lehnte sich zurück und kreuzte die Arme vor der Brust. »Sie hat Sie bei unserem Gespräch gar nicht erwähnt.« Obwohl er nicht die Absicht hatte, mit Paige um Cassandras Gunst zu buhlen, konnte er der Versuchung nicht widerstehen, ihn in Rage zu bringen. »Der Plausch war übrigens ihre Idee. Sie hat seit einer Woche versucht, mich unter vier Augen zu sprechen.«

Paige machte einen Schritt auf Joe zu, aber als Dozer zu knurren anfing, wich er zwei Schritte zurück. »Sie hatten Ihre Chance, Dempsey. Sie hatten den Hauptgewinn in der Hand und haben ihn weggeworfen. Und jetzt wollten Sie ihn zurückhaben.«

»Den Hauptgewinn?«

»Tun Sie nicht so, als wäre es Ihnen nicht ums Geld gegangen. Cassandra Wheeler ist die Alleinerbin eines Firmenimperiums. Warum hätten Sie sonst hinter einer Frau her sein sollen, die so weit jenseits Ihrer Liga ist?«

Joe erstarrte, er konnte nur mit Mühe seine Stimme im Zaum halten. »Cassie ist kein Hauptgewinn, und sie ist ganz bestimmt nicht der Besitz von irgendjemandem. Und jetzt verschwinden Sie von meinem Boot, bevor ich Ihnen von Dozer Beine machen lasse.«

»Ich habe keine Angst vor Ihrem Köter.« Dozer kam mit gesträubtem Nackenhaar auf ihn zu. Mit einem Satz war Paige wieder oben auf dem Pier. »Sie haben recht, sie ist kein Besitz. Aber sie ist ein Hauptgewinn, und wenn Sie sie so lieben würden wie ich, wüssten Sie das.«

Joe sah ihn ungläubig an. »Sagten Sie gerade, Sie lieben sie?«

Paige verschränkte die Arme. »Sie haben mich gehört. Halten Sie sich von ihr fern, Dempsey. Sie haben Sie schon einmal verletzt. Das lasse ich nicht noch einmal zu.«

Dozer bellte, als der Widerling seinen Abgang machte. Na sieh mal einer an. Der Blödmann war verliebt. Joe würde den aalglatten Mistkerl zwar nie leiden können, trotzdem empfand er in diesem Augenblick unwillkürlich Respekt für ihn. »Viel Glück, Paige. Hoffentlich reißt sie dir nicht das Herz raus und zwingt dich dann, es aufzuessen.«

*

Beth wollte Antworten haben, und die würde sie von der niederträchtigen Person bekommen, die sie mit Tequila abgefüllt hatte. Sie hämmerte schon seit zwei Minuten an Sids Haustür und verlor allmählich die Geduld. Der Truck stand in der Einfahrt, das zu kurz geratene Monster schlief also noch.

Aber nicht mehr lange.

Wenn es so etwas wie Gerechtigkeit auf der Welt gab, ging es Sid heute noch schlechter als Beth. Beth fühlte sich, als wäre sie unter einen Vorschlaghammer geraten, Sid sollte also einen Kopf haben, als hätte sie Bekanntschaft mit einer Abrissbirne geschlossen.

»Mach die Tür auf, Sid. Ich muss mit dir reden.« Beth hielt sich vor Schmerz die Schläfen, das laute Reden tat ihr weh. Immer noch keine Antwort. Sie dachte kurz nach, dann schloss sie leise die Fliegentür – es war ja nicht nötig, die kleinen Männer zu verärgern, die mit einem Meißel ihre Schädeldecke bearbeiteten – und ging ums Haus herum zur Hintertür.

Sids Schlafzimmerfenster war nicht schwer zu finden. Und es stand offen. »Sid«, rief Beth so laut es ihre Kopfschmerzen zuließen. Die einzige Antwort war Schnarchen. »Gut. Ich komme rein.«

Beth kletterte mit dem Kopf voran durch das Fenster, blieb jedoch an der darunter stehenden Kommode hängen und fegte ein kleines Kästchen sowie zwei Bilderrahmen auf den Boden. Der Lärm setzte dem Schnarchen ein Ende.

Sid saß aufrecht im Bett. »Was zum ...« Sie brach ab, hielt sich den Kopf und kniff die Augen fest zusammen. Beth klemmte immer noch im Fenster, während Sid die Augen wieder öffnete und sich zu orientieren versuchte.

»Lockenkopf?«

»Ja, ich bin's.«

»Was zum Teufel machst du da?«

»Im Augenblick stecke ich in deinem Fenster und versuche, nicht auf deinen Teppich zu kotzen. Hilf mir lieber.«

»Ich komme, ich komme«, sagte sie und schwang die Beine vorsichtig aus dem Bett. »O Gott, das ganze Zimmer dreht sich um mich.«

»Warum hast du dein Kleid noch an?«, wollte Beth wissen. Wenn sie schon halb nackt aufgewacht war und nicht wusste, wer sie ausgezogen hatte, sollte es Sid mindestens genauso ergehen. »Und dein ganzes Gesicht ist voller Wimperntusche.«

»Ich habe geschlafen und mich nicht für einen verdammten Schönheitswettbewerb zurechtgemacht.« Sie packte Beth unter den Armen und zog, bis sie beide auf dem Boden landeten und ächzend liegen blieben.

»Sobald ich es schaffe aufzustehen, kriegst du eine saftige Abreibung dafür, dass du mich aufgeweckt hast.«

»Es ging nicht anders. Ich muss unbedingt wissen, was letzte Nacht passiert ist.« Beth rollte sich auf die Seite und hielt sich mit einer Hand die Stirn, während sie sich mit der anderen zum

Sitzen hochhievte. Ans Fußende des Betts gelehnt, untersuchte sie die heruntergefallenen Bilder. »Die haben es heil überstanden, glaube ich.«

Eines zeigte Sid mit einer Frau, die ihre Mutter sein musste. Sie wirkten eher wie Schwestern. »Ist das deine Mom?«, fragte sie.

Sid, die immer noch ausgestreckt dalag, warf ihr einen Blick zu. »Ja.«

»Wie hieß sie?« Beth strich mit dem Finger über das Bild und wünschte, sie hätte auch ein Foto von ihrer Mutter.

»Angelita Pilar Navarro. Bildschön, zart und graziös. Das komplette Gegenteil von mir.«

Dieses Eingeständnis überraschte Beth. In der kurzen Zeit ihrer Bekanntschaft hatte Sid sich nicht gerade durch Selbstkritik ausgezeichnet. »Quatsch. Die Ähnlichkeit ist unverkennbar. Sie wäre stolz auf dich, wenn sie dich heute sehen könnte.«

Sid seufzte. »Ich habe deinen dürren Hintern nicht durch das Fenster gezogen, um mit dir über meine Mutter zu reden. Was willst du eigentlich von mir wissen?«

»Ich kann mich nicht an letzte Nacht erinnern.«

Sid rappelte sich auf und setzte sich neben Beth. »Was soll das heißen?«

»Das Letzte, woran ich mich erinnere, ist, dass du Tequila bestellt hast. Der Rest ist ausgelöscht.« Sie unterdrückte die in ihr aufsteigende Panik und fügte hinzu: »Ich weiß nicht einmal, wie ich nach Hause gekommen bin.«

»Das ist leicht, wir ...« Sid blinzelte. »Da war ...«

»Was?«, fragte Beth und zog die Knie an die Brust. »Wir haben was?«

»Mist.«

»Was denn nun?«

»Warte mal einen Augenblick, ja?«

Beth schluckte schwer. »Du kannst dich auch nicht erinnern.«

»Das wird schon wieder. Ich bin gerade erst aufgewacht. Mein Gehirn ist noch umnebelt.«

»Ich bin schon seit über einer Stunde auf, und bei mir ist immer noch alles umnebelt.« Beth wurde bang ums Herz. »Das ist nicht gut.«

»Wir haben es beim Feiern ein bisschen übertrieben und können uns jetzt an nichts erinnern. Wo liegt das Problem?«

»Das Problem ist ...« Beth hielt inne, bevor ihr noch herausrutschte, dass sie mit Joe womöglich die Grenzen des Zulässigen weit überschritten hatte. »Und wenn wir nun in der Bar etwas total Dummes angestellt haben?«

»Du meinst, außer den ganzen Tequila zu trinken?«, fragte Sid und massierte sich die Schläfen. »Mein Kopf fühlt sich an, als hätte man ihn als Sandsack verwendet.«

»Willkommen im Klub. Ich dachte, ich wäre tot, als Dozer mich heute Morgen aufgeweckt hat.«

»Dozer hat dich aufgeweckt?« Auf einmal war Sid ganz Ohr. »Du warst bei Joe?«

»Sei nicht albern.« Dass sie halb nackt und nach Joes Eau de Cologne duftend aufgewacht war, war schon schlimm genug. Sie wollte gar nicht darüber nachdenken, was es bedeutet hätte, wenn sie auch noch in Joes Bett gelegen hätte. »Ich war in meinem Zimmer bei Tom und Patty. Dozer muss zu Besuch gekommen sein. Während ich unter der Dusche stand, hat Joe ihn mit zum Hafen genommen, das hat Patty mir erzählt.«

»Wir haben heute keine Tour. Was hat er dann am Hafen zu suchen?«

»Keine Ahnung. Im Augenblick weiß ich irgendwie gar nichts mehr.« Beth wollte nicht offen über ihre Befürchtungen sprechen und blieb deshalb vage. »Aber ich werde das Gefühl nicht los, dass ich gestern etwas getan habe, was ich nicht hätte tun sollen. Wenn es etwas gibt, das ich wieder in Ordnung bringen muss, würde ich es gerne wissen.«

»Auch wenn ich noch so betrunken war, ich hätte nie zugelassen, dass du etwas Dummes tust.« Sid klang fast beschützerisch. Eine bemerkenswerte Veränderung. Irgendwann im Laufe der vergangenen vierundzwanzig Stunden waren die beiden Frauen Freundinnen geworden. »Wenn du mit mir zusammen warst, ist nichts passiert.«

Aber was, wenn nicht?

Beth wagte es nicht auszusprechen, trotzdem musste sie die Antwort wissen. »Wer könnte uns sagen, was gestern passiert ist? Laut Patty hat Randy dich nach Hause gebracht. Sie nimmt an, dass er mich auch mitgenommen hat.« Es war allerdings ziemlich unwahrscheinlich, dass Randy Beth das Kleid ausgezogen hatte, deshalb bezweifelte Beth Pattys Vermutung. »Ob wir ihn fragen sollen?«

Sid zuckte die Schultern. »Ich könnte ihn anrufen, aber er ist bestimmt mit dem Boot rausgefahren, da erreiche ich ihn nicht. Außerdem war er nicht mit uns in der Bar. Glaube ich jedenfalls. Er wird es also nicht wissen.«

Bei dem Gedanken, Joe zu fragen, krampfte sich Beths Magen zusammen. Schon wieder. »Es muss noch jemand anders geben.« Sie klopfte mit dem Finger auf ihr Knie und versuchte sich zu erinnern, wer sonst noch in der Bar gewesen war. »Was ist mit dieser Barkeeperin?«

»Will?«

»Hat sie so geheißen?« Beth drehte sich zu Sid und legte ihre Beine zum Schneidersitz übereinander. »Sie hat uns die ganzen Drinks serviert, war also die ganze Zeit da. Wir müssen mit ihr reden.«

»Heute ist doch Sonntag, oder?«, fragte Sid und stand langsam auf.

»Ja, warum?«

»Sonntags arbeitet sie im Hava Java. Das trifft sich gut, ich brauche nämlich dringend einen Kaffee.« Sid holte ein Paar Arbeitsstiefel aus dem Schrank.

»Was machst du denn da?« Beth rappelte sich ebenfalls auf die Beine, erleichtert, dass ihr Magen nicht rebellierte.

»Du hast gesagt, du willst mit Will reden.«

Schwarze Streifen zogen sich über Sids Wangen, ihr Haar stand in alle Richtungen ab. Beth versuchte, nicht zu lachen. »Keine gute Fee, die etwas auf sich hält, würde ihr Aschenputtel in diesem Zustand aus dem Haus lassen.«

Sid sah an sich herunter und fuhr sich mit der Hand durch das unordentliche Haargestrüpp auf ihrem Kopf. »Hast du mich gerade Aschenputtel genannt?«

Beth zuckte die Schultern. »Immer noch besser als Schmierenputtel. Schwing deinen Hintern unter die Dusche, damit wir gehen können. Ich lege mich solange aufs Sofa und versuche, den Vorschlaghammer in meinem Kopf abzustellen.«

Eine halbe Stunde später betraten Beth und Sid das Hava Java, auf der Suche nach der Barkeeperin Will und nach Koffein lechzend. Will war gerne bereit, sich mit ihnen zu unterhalten. Sie gab ihrer Kollegin Bescheid, dass sie eine Pause mache, dann setzten sich die drei Frauen mit je einem Becher Kaffee in der Hand auf die Terrasse.

»Es wundert mich, dass ihr schon wieder auf den Beinen seid«, sagte Will und glitt auf einen schwarzen, schmiedeeisernen Stuhl. »Ihr müsst euch furchtbar fühlen.«

Sid schnaubte. »Furchtbar ist noch untertrieben.« Sie nickte mit dem Kopf zu Beth. »Der Lockenkopf hier macht sich schreckliche Sorgen, weil wir uns so gut wie gar nicht an gestern Abend erinnern. Wir hoffen, du kannst sie beruhigen, dass sie nichts Dummes angestellt hat.«

»Du meinst, außer dass sie auf dem Tresen getanzt und das ganze Lokal unterhalten hat?«

Beth drückte sich die Hand auf den Bauch. »Ach du lieber Himmel.«

»Entspann dich«, sagte Will, lehnte sich zurück und schwenkte ihren Kaffee im Becher. »Ich hab nur Spaß gemacht. Du hast nichts gemacht. Zumindest soweit ich mitbekommen habe.«

Was war bloß mit den Frauen auf dieser Insel los? »Willst du, dass ich einen Herzinfarkt bekomme?«

»Es war ein Scherz. Als du betrunken warst, hattest du mehr Sinn für Humor.«

Sid lachte und musste sich daraufhin den Kopf halten. Geschah ihr ganz recht. Nach einem Schluck Kaffee fragte sie: »Also hat sich das kleine Nervenbündel hier nicht an Touristen rangemacht oder mit irgendwem rumgeknutscht?«

Der letzte Teil der Frage beschwor ein Bild in Beths Kopf herauf. Ein Bild von Joe und einem ihr unbekannten Badezimmer. Es trug nicht gerade zu ihrer Entspannung bei.

»Wie gesagt, ich habe nichts Derartiges gesehen. Aber ich weiß nicht, was passiert ist, nachdem dein Riese von einem Bruder euch beide mitgenommen hat.« Will verkrampfte sichtlich, als sie Randy erwähnte. Beth fragte sich unwillkürlich, ob er der Barkeeperin Vorwürfe gemacht hatte, sie derart abgefüllt zu haben.

»Warum hat er uns überhaupt abgeholt?«, fragte Beth in dem verzweifelten Bemühen, die weißen Flecken in ihrer Erinnerung zu füllen.

»Nach ein paar Runden Meatloaf-Karaoke, was sie angesichts eures Zustands gar nicht so schlecht hingekriegt hat, ist Beth auf einmal in Tränen ausgebrochen, weil sie ein Waisenkind ist und ihr Leben lang eine Strohwitwe sein wird. Aus dem fröhlichen Partygirl wurde eine weinerliche Schnapsleiche, und da habe ich vorgeschlagen, dass ihr euch abholen lasst. Sid hat dann ihren Bruder angerufen.«

»Was war das denn gerade?«, wollte Sid wissen.

»Was meinst du?«, fragten Beth und Will gleichzeitig.

»Ich rede mit dir, Will.« Sid setzte sich aufrecht und stellte die Ellbogen auf den Tisch. »Jedes Mal, wenn du von meinem Bruder sprichst, machst du so ein komisches Gesicht dabei.«

Will blickte starr auf ihren Kaffeebecher. »Keine Ahnung, wovon du redest.«

»Hat Randy dir Vorwürfe gemacht, weil du uns abgefüllt hast?«, fragte Beth, bereit, Will falls nötig zu verteidigen. Schließlich hatte niemand sie gezwungen, den ganzen Alkohol zu trinken, und das würde sie Randy auch begreiflich machen.

»Randy war sauer, aber nicht auf mich.«

»Was ist es dann?«, drängte Sid. Will wand sich und sah immer wieder nervös in die Ferne.

»Ich mag keine großen Kerle, das ist alles.«

»Große Kerle?«, hakte Beth nach.

»Ja, große Kerle.« Will zuckte die Schultern. »Ich hatte schon einige unschöne Auseinandersetzungen mit solchen Muskelpaketen.«

Sid entspannte sich und lehnte sich im Stuhl zurück. »Du weißt aber schon, dass Randy keiner Fliege was zuleide tun kann?«

»Wenn du das sagst.« Will wirkte nicht überzeugt. »Jedenfalls ist Randy aufgekreuzt und hat euch beide mitgenommen. Was danach passiert ist, weiß ich nicht.«

Beth fiel siedend heiß ein, dass sie sich ja womöglich an Randy rangemacht hatte und nicht an Joe. Randy schien allerdings nicht der Typ zu sein, der einem so etwas krummnahm. Blieb immer noch die Frage, warum sie nach Joes Eau de Cologne gerochen hatte. Und wie sie ins Haus gekommen war.

»Ich kann mich an nichts mehr erinnern«, sagte Sid und spielte mit ihrem Becher. »Damit wird mich Randy bis in alle Ewigkeit aufziehen.«

Beth ging über ihre Bemerkung hinweg. »Ich habe immer noch das Gefühl, dass irgendetwas fehlt.«

Will stand auf. »Wie gesagt, als ihr draußen wart, kann alles Mögliche passiert sein. Sid ist rebellisch geworden, als sie ihren Bruder gesehen hat, aber du warst wie ein zahmes Kätzchen. Als du zu weinen aufgehört hast, warst du die netteste Betrunkene, die ich je erlebt habe. Und ich habe schon in einer Menge Bars die ganze Küste rauf und runter gearbeitet.«

Sid schob sich die Sonnenbrille auf die Nase, als sie aus dem Schatten des Sonnenschirms trat. »Danke, dass du dir Zeit genommen hast, Will. Tut mir leid, wenn wir dir den Abend verpatzt haben.«

»Du musst dich nicht entschuldigen.« Will nahm zwei leere Pappbecher vom Nebentisch und warf sie in den Mülleimer. »Die Typen, die euch die Drinks spendiert haben, waren ziemlich großzügig mit dem Trinkgeld. Jetzt kann ich mir bei Lola die Halskette kaufen, auf die ich schon ein Auge geworfen habe.«

»Wer hat uns denn die Drinks spendiert?«, fragte Beth und hoffte, dass das wundgescheuerte Kinn nicht von einem Wildfremden stammte.

»Frag lieber, wer nicht. Ich glaube, ihr habt den ganzen Abend keinen einzigen Drink selbst bezahlt.«

»Toll«, murmelte Beth und warf ihren Becher weg. »Wenigstens habe ich für meine Kopfschmerzen nicht auch noch Geld ausgegeben.«

»Ich hätte nicht gedacht, dass du so glimpflich davonkommst, Beth«, sagte Will und fing an, Stühle ordentlich an die Tische zu stellen. »Du hast viel mehr durcheinander getrunken als Sid. Ich an deiner Stelle hätte mir schon auf dem Heimweg die Seele aus dem Leib gekotzt.«

Die Erinnerung an Joe im Badezimmer kehrte zurück, diesmal klarer. Als Beth die Augen schloss, sah sie vor sich, wie sie die Beine um Joes Hüften geschlungen hatte. Ihr wurde heiß, als die Bilder vor ihren Augen aufblitzten. Alles fiel ihr wieder ein. Wo er sie angefasst hatte. Wie er sie angefasst hatte.

Und was passiert war, als er aufgehört hatte, sie anzufassen.

Beth sank zu Boden und riss dabei einen Stuhl mit um. Sie drückte die Handflächen auf die Augen, wiegte sich vor und zurück und wimmerte: »Nein nein nein nein nein.«

»Was ist mit dir?«, fragte Sid und fasste sie an den Schultern.

Wieder wurde ihr heiß, ein Hitzeschauer lief ihr den Hals hinauf bis zu den Ohrenspitzen. Die Scham drückte sie nieder wie eine schwere Decke, die sie zu ersticken drohte, während sich ihre schlimmsten Ängste bewahrheiteten.

Wills Stimme klang wie von weit weg. »Wenn ihr schlecht wird, schaff sie an den Rand der Terrasse.«

»Kotz mich bloß nicht voll, Lockenkopf. Komm.« Sid zerrte sie am Arm. »Du bist schwerer, als du aussiehst.«

»Mir fehlt nichts«, sagte Beth, die ihre Stimme wiedergefunden hatte. Sie durfte ihnen nicht sagen, was passiert war. Niemand durfte es wissen. »Ich dachte, mir wird schlecht, aber jetzt geht es wieder.«

Sie konzentrierte sich auf ihren Atem und rezitierte im Geist Affirmationen.

Ich kann das wieder hinbiegen. Ich kann das wieder in Ordnung bringen. Ich muss *das wieder in Ordnung bringen.*

Aber es funktionierte ebenso wenig wie auf der Fähre. »Ich muss nach Hause«, sagte sie und meinte damit Richmond, wo sie sich verstecken konnte. Wo sie so tun konnte, als wäre all das nicht passiert. Wo sie so tun konnte, als hätte sie nicht ihren Verlobten mit seinem eigenen Bruder betrogen.

»Ich bring dich nach Hause«, sagte Sid und zog Beth mit Wills Hilfe auf die Beine. Sie versuchten, sie zum Wagen zu tragen, aber Beth schüttelte sie ab.

»Mir geht's gut. Ich kann selber gehen.«

Ohne noch irgendetwas um sich herum wahrzunehmen, kletterte Beth in Sids Truck und starrte aus dem Fenster. Sie hatte unbedingt herausfinden wollen, was am Abend zuvor passiert war. Und jetzt wollte sie nichts lieber als es wieder vergessen, doch die Erinnerungen kamen wie Schläge, eine nach der anderen.

Joes Stirn an ihrer Brust.

Was er zu ihr gesagt hatte, immer und immer wieder.

Ich kann das nicht tun.

Was hatte sie getan?

Kapitel 20

Joe machte es sich auf seiner hinteren Veranda bequem, nippte an einem kalten Bier und dachte über das schwere Dilemma nach, dass er etwas für die Frau seines Bruders empfand. Er hatte sich seit Tagen eingeredet, die Funken zwischen ihnen seien lediglich auf die körperliche Anziehung zurückzuführen. Die Lust würde abflauen, wenn sie erst wieder zurück in Richmond wäre. Zurück bei ihrem Leben mit Lucas.

Aber sein Gespräch mit Cassie hatte mehr bewirkt, als eine alte Wunde zu schließen: Er konnte wieder nach vorne blicken. Eine komplizierte Situation hatte sich als ganz einfach herausgestellt. Und etwas, das eigentlich ganz einfach sein sollte, entpuppte sich als verdammt kompliziert.

In der Ferne ging die Sonne unter, ihre Orange- und Rottöne steckten den Horizont in Brand. Während Joe dem Spiel der Farben zusah, fasste er einen Entschluss.

»Hast du mal eine Sekunde?«

Joe drehte sich um und sah seinen Dad durch die Fliegentür kommen. »Klar. Willst du ein Bier?«

»Nein, danke.« Tom setzte sich und schwieg fast eine Minute. Lange genug für Joe, um den Grund seines Kommens zu erraten.

»Es ist nichts passiert«, beantwortete er die unausgesprochene Frage. Er machte es seinem Dad nicht zum Vorwurf, dass er sich sorgte. Ein falscher Schritt von Joe konnte die ganze Familie zerstören. Aber er wollte Beth auch nicht in Verlegenheit bringen, indem er irgendwelche Details preisgab.

»Elizabeth muss heute Morgen ziemlich fertig ausgesehen haben. Laut Patty konnte sie sich gar nicht mehr erinnern, wie sie nach Hause gekommen ist.«

Damit hatte Joe nicht gerechnet. Es würde einige seiner Probleme lösen. »Hast du Patty aufgeklärt?«

»Nein. Warum sollte ich?«, sagte Tom und starrte in den sich verdunkelnden Himmel. »Vollkommen unnötig, dass sie sich den Kopf darüber zerbricht, ob nun etwas zwischen dir und Lucas' Verlobter läuft oder nicht.«

»Es läuft nichts«, sagte Joe. Zumindest würde nach letzter Nacht nichts mehr laufen. »Sie war betrunken. Ich habe sie nach Hause gebracht.«

Er wollte seinem Dad böse sein, weil er an ihm zweifelte. Weil er glaubte, er könnte Lucas so etwas antun. Aber Joe hatte sich ja auch schon selbst Gedanken darüber gemacht. Über die möglichen Konsequenzen, falls es doch so wäre. Ob ihre Familie das überstehen würde.

Die Antwort war so schnell da gewesen wie ein Großsegel, das einem auf den Hinterkopf knallt. Ein weiterer Grund, warum er wusste, wie er zu handeln hatte.

Tom stand auf. »Ich vertraue darauf, dass du das Richtige tust.«

Bevor sein Dad noch mehr sagen konnte, sprang Dozer auf und wedelte vor Aufregung mit dem Schwanz, sodass der kleine Plastiktisch, auf dem Joes Bier stand, klapperte. »Was hast du denn?«, fragte Joe.

Der Hund lief ums Haus herum und kehrte Sekunden später mit Beth im Schlepptau zurück. Sie war ganz auf den hüpfenden Fellball neben sich konzentriert und blickte erst auf, als sie an der untersten Stufe stand.

Ihre geröteten Wangen brachten das Grün ihrer Augen zur Geltung, und er beantwortete ihr zögerndes Lächeln mit einem beruhigenden Grinsen.

»Hallo, du«, begrüßte er sie und widerstand dabei dem Drang, ihr die Hand entgegenzustrecken.

»Hallo«, entgegnete sie, verschränkte die Arme, löste sie wieder und vergrub schließlich die Hände in den Hosentaschen. Den Blick auf Tom gerichtet sagte sie: »Ich wollte euch nicht stören. Ich geh wieder zurück ins Haus.«

»Bleib ruhig«, sagte Tom und ging zur Verandatreppe. »Ich wollte sowieso gerade gehen.« Am Fuß der Treppe drehte er sich noch einmal zu Joe um und schien etwas sagen zu wollen, besann sich jedoch anders. Er tätschelte Beth die Schulter, dann war er weg.

Als er außer Sichtweite war, fragte Beth: »Alles in Ordnung mit ihm?«

»Man sieht es ihm nicht an«, sagte Joe, »aber er ist ein richtiger Sorgenkrämer.«

»Was macht ihm denn Sorgen?«

»Nichts Wichtiges.« Joe nahm einen Schluck von seinem Bier und wartete darauf, dass Beth den nächsten Schritt tat.

Sie wippte auf den Absätzen und streichelte Dozer, dann verschränkte sie erneut die Arme und sah ihm schließlich in die Augen. »Wie geht es dir?«, fragte sie.

»Wahrscheinlich besser als dir. Setz dich doch.«

Sie schürzte die Lippen und nickte. »Okay.«

Joe schwieg, während sie sich im Schaukelstuhl niederließ und ein Bein anzog, es wieder ausstreckte und dann das andere anzog. Als sie es sich schließlich bequem gemacht hatte, fragte er: »Möchtest du etwas trinken?«

Beth schüttelte den Kopf. »Nein, danke.« Sie starrte auf den Sonnenuntergang und sagte: »Ich muss mich bei dir entschuldigen.«

»Wofür?«, fragte er. Er war derjenige, der sich entschuldigen musste.

Ihre Augen weiteten sich in einer Mischung aus Hoffnung und Angst und flogen zu ihm. »Für das, was ich gestern Nacht getan habe. Oder was ich glaube getan zu haben.« Sie kniff sich in die Nasenwurzel und sagte mehr zu sich selbst: »Ich fühle mich wie eine Idiotin.«

Also erinnerte sie sich doch wieder. »Ich bin genauso daran schuld wie du. Sogar noch mehr, schließlich war ich nüchtern.«

Beth vergrub ihr Gesicht in den Händen und fragte: »Habe ich mich wirklich in dein Waschbecken übergeben?«

Joe gluckste. »Allerdings. Ich bin ja daran gewöhnt, dass die Leute auf meinem Boot über die Reling kotzen, aber dass sie es in meinem Badezimmer tun ist neu.«

»Ich werde mein Leben lang keinen Tropfen Alkohol mehr anrühren.«

»Das ist wohl ein bisschen übertrieben, aber um Tequila solltest du künftig tatsächlich einen Bogen machen.«

Beth stöhnte, was Dozer aufspringen ließ. Er legte seinen großen Schädel in ihren Schoß. »Danke für dein Mitgefühl, Dozer.«

Joe stieß den Atem aus. »Wir müssen darüber reden, was zwischen uns passiert ist, bevor du dich übergeben hast.«

»Ich weiß.« Beth lehnte sich zurück und kraulte Dozer hinter dem Ohr. »Ich erinnere mich nur bruchstückhaft, aber es reicht. Ich weiß nicht, was ich mir dabei gedacht habe.«

»Der Tequila hat das Denken für dich übernommen. Ich hätte nicht zulassen dürfen, dass es so weit kommt.«

Zu seiner Überraschung schnaubte Beth. »Sehr ritterlich von dir, die ganze Verantwortung zu übernehmen, aber wie du vorhin selbst gesagt hast, wir waren beide nicht ganz unschuldig. Schließlich hat mich niemand gezwungen, den ganzen Tequila zu trinken, und ich war diejenige, die mit dem Küssen angefangen hat. Daran erinnere ich mich genau.«

»Falls es dir noch nicht aufgefallen ist, ich bin schon ein großer Junge.«

»Auch daran erinnere ich mich genau.« Eine zarte Röte überzog ihre Wangen, als wäre ihr dieser Satz nur herausgerutscht.

Joe wollte darüber hinweggehen, aber sein Ego war stärker. »Aha.« Wann war er zum letzten Mal rot geworden? »Aber das habe ich nicht gemeint. Wenn wir so tun, als wäre nichts zwischen uns, macht das die Sache nicht ungeschehen.«

»Es kann nichts zwischen uns sein«, beharrte Beth, obwohl es mehr wie ein Flehen klang. Sie fuhr sich mit der Hand durch die Haare. »Wie ist das alles nur so kompliziert geworden?«

Er hatte zwar keine Antwort, aber dafür einen Plan: es wieder einfach zu machen.

»Es gibt nur eins, was wir tun können.«

»Ich weiß. Ich muss die Koffer packen.«

»Was würde das denn bringen?«

»Glaubst du nicht, dass Abstand jetzt das Beste ist?«

Wenn er nicht schon den ganzen Tag über ihr Problem nachgegrübelt hätte, wäre er vielleicht versucht gewesen, ihr zuzustimmen. »Und was passiert dann das nächste Mal? Was passiert, wenn ihr an Weihnachten zu Besuch kommt und wir beim Essen nebeneinandersitzen?«

»Daran habe ich nicht gedacht.« Sie starrte auf ihre Füße. »Was schlägst du vor?«

»Wir werden Freunde.«

»Jetzt musst du aber betrunken sein. Haben wir das nicht schon versucht?«

Joe beugte sich vor, entschlossen, sie zu überzeugen. »Wir sind umeinander herumgeeiert und haben vor lauter Wasser das Meer nicht gesehen.«

»Sagt ihr Fischer das so, wenn ihr vor lauter Bäumen den Wald meint?« Beths Lächeln raubte ihm schier den Atem. Was er sich vorgenommen hatte, würde nicht leicht werden.

»Ja, so ungefähr.« Er blickte in die Ferne. Pastelliges Blau, Gelb und Rosa überzog den Himmel. »Wenn du eine Dempsey wirst, können wir einander nicht mehr aus dem Weg gehen. Und deswegen werden wir Freunde. Oder eigentlich eine Familie. Ich werde wie ein Bruder für dich sein und du irgendwann wie eine Schwester für mich. Die Frau meines Bruders.« Als er ihr wieder in die Augen sah, spielte er seine Trumpfkarte aus. »Für Lucas.«

Beth biss sich auf die Lippe. Trotz ihres Zögerns konnte er sehen, dass er den richtigen Knopf gedrückt hatte. Mit einem steifen Nicken willigte sie ein. »Für Lucas.« Sie lehnte sich in ihrem Stuhl zurück, als wäre ihr ein schweres Gewicht von den Schultern genommen worden, und schloss die Augen. »Ich habe schon dreimal versucht, bei ihm anzurufen, aber er ist nicht rangegangen. So sehr ich es hasse, Geheimnisse vor ihm zu haben, die Wahrheit würde ihn zu sehr verletzen.«

»Wir werden Lucas nicht verletzen. Wenn du nüchtern gewesen wärst, hätten wir uns nie geküsst.« Noch eine Lüge zu all den anderen dazu. »Es wird nie wieder vorkommen, deshalb besteht keine Notwendigkeit, es ihm zu erzählen.«

»Nie wieder«, flüsterte Beth und starrte auf den inzwischen dunklen Himmel.

Joe hob die Flasche an den Mund und ging über den Anflug von Enttäuschung in ihrer Stimme hinweg. »Problem gelöst.«

*

Das Windspiel über der Tür von Island Arts & Crafts klimperte schrill, als Beth die Tür energischer als beabsichtigt aufriss. Die vergangenen vierundzwanzig Stunden hatten ihre Nerven bis aufs Äußerste strapaziert. Sie war so kribbelig, als hätte sie eine scharfe Handgranate in der Tasche.

Lola blickte von ihrem Arbeitstisch auf und musterte Beth über die Lesebrille auf ihrer Nasenspitze hinweg. »Hallo, Schätzchen. Was ist denn mit dir passiert? Du bist ja völlig überdreht?«

»Nichts«, entgegnete Beth, bemüht, ihr Zappeln zu bezähmen. »Hast du noch was von dem beruhigenden Kräutertee da?«

Lola runzelte die Stirn. Sie nahm die Brille ab und ließ sie an der violetten Schnur um ihren Hals baumeln. »Jetzt setzt du dich erst mal und erzählst der alten Lola, was dich so aufgeregt hat. Du zappelst herum wie eine Fliege im Spinnennetz.«

Bei der Erwähnung von Insekten begann es Beth zu jucken, was sie noch nervöser machte. »Ich habe ein paar harte Tage hinter mir und bin ein bisschen aufgeregt wegen heute Nachmittag.«

Lola drückte Beth in ihren Lieblingssessel, einen Polstersessel mit hoher Lehne, dessen hellblauer Bezug ein Muster aus weißen Chrysanthemen trug. Beth versuchte sich in dem weichen Kissen zu entspannen, aber es ging nicht.

»Schließ die Augen, versuch ruhig zu atmen, während ich den Tee mache. Sieht ganz so aus, als bräuchten wir eine ganze Kanne davon.«

Beth folgte Lolas Anweisung. Sie legte den Kopf zurück, schloss die Augen und konzentrierte sich auf ihren Atem. Ein gleichmäßiger Atem war ein gutes Mittel gegen Panik. Nach drei tiefen Atemzügen wippte ihr rechter Fuß schon langsamer. Nach weiteren drei ließen ihre verkrampften Hände locker.

»Hier kommt das Wasser.«

Bei der Erwähnung von Wasser kippelte ihr Fuß wieder doppelt so schnell. »Ich kann das einfach nicht, unmöglich. Ich dachte, ich schaffe es, und Joe meint es auch, aber es geht nicht. Ich werde ihm sagen, dass ich es mir anders überlegt habe.«

»Langsam, Kindchen. Du bist ja völlig durch den Wind. Was kannst du laut Joe tun?«

»In ein Boot steigen.«

Lola blinzelte verwundert. »Das ist alles? In ein Boot steigen?«

Beth atmete flach, das war ein schlechtes Zeichen. »Und es war auch noch meine eigene Idee.« Sie beugte sich vor und legte sich eine Hand auf die Brust. »Kann sein, dass ich gleich eine Papiertüte brauche.«

»Hoffentlich ist es kein Herzanfall, sonst bekomme ich auch einen, und ich wollte Marcus' Besuch eigentlich noch erleben.«

Beth bekam keinen Herzanfall, auch wenn sie manchmal dachte, ein Herzstillstand ließe sich womöglich leichter behandeln als ihre Panikattacken. »Marcus besucht dich?«, fragte sie und rieb sich die Stelle über der linken Brust. »Warum hast du mir das nicht erzählt?«

»Ich habe es selbst erst gestern Abend erfahren. Ich wollte es ihm ausreden, aber er ist fest entschlossen. Wenn ein Mann sich etwas in den Kopf gesetzt hat, ist jedes Argument zwecklos.«

»Wann kommt er denn?«, fragte Beth. »Ich würde ihn gerne kennenlernen.«

»Er segelt mit dem Boot her.« Lola hielt inne, um abzuwarten, wie Beth darauf reagierte.

Beth winkte ab. »Erzähl ruhig weiter, alles bestens.« Sie schnappte sich eine Zeitschrift vom Tisch und benutzte sie als Fächer. »Ich freue mich so für dich.«

»Wenn das dein erfreuter Zustand ist, möchte ich dich nicht an einem schlechten Tag erleben.«

Beth schüttelte den Kopf. »Panikattacke. Das passiert jedes Mal, wenn ich nur daran denke, in ein Boot zu steigen.« Die Kurzatmigkeit machte ihr das Reden schwer. »Es ist eine Phobie.«

»Wie um alles in der Welt bist du auf diese Insel gekommen, wenn du keine Boote magst?«, fragte Lola und reichte ihr einen riesigen Becher Kräutertee.

»Mit Joes Hilfe.«

»Ich dachte, du kanntest ihn nicht?«

»Hab ich auch nicht.«

»Eine alte Dame hält man nicht zum Narren«, sagte Lola, schlug die Beine übereinander und wippte ungeduldig mit dem Fuß. »Wie konnte Joe dir helfen, die Überfahrt durchzustehen, wenn du ihn gar nicht kanntest?«

Nach einem großen Schluck Tee fiel ihr das Reden leichter. »Ich wusste nicht, dass es Joe war. Wir waren auf derselben Fähre, und ich bekam eine Panikattacke.« An jenem Tag hatte er sie zum Lachen gebracht. Er hatte ihr einfach so beigestanden, ohne sie zu kennen. Joe Dempsey war unter seiner harten Schale ein netter Kerl. »Er hat mich mit Reden abgelenkt, bis wir drüben waren.«

»Das klingt ganz nach Joe. Er kann kein Geschöpf leiden sehen.«

»Das soll ganz nach Joe klingen?«

Lola lächelte ebenso wissend wie bei der Versammlung des Unternehmerverbands. »Ob sich ein Vogel den Flügel gebrochen hat oder eine Katze auf einem Baum festsitzt, stets wird Joe gerufen.«

Beth fielen zu Joe viele Attribute ein. Mürrisch. Misslaunisch. Bevormundend. Sexy. Ritter in schimmernder Rüstung stand nicht auf ihrer Liste. Andererseits hatte er sich um ihre Blasen gekümmert.

»Du wirkst überrascht«, stellte Lola fest. »Hast du nicht selbst gesagt, er hat dir beigestanden, obwohl er dich gar nicht kannte?«

»Doch. Aber dann hat er mich noch während der Überfahrt beleidigt.«

»Das kann ich mir nicht vorstellen«, meinte Lola zweifelnd.

»Na ja«, räumte Beth ein, »er konnte nicht wissen, dass er mich damit beleidigt.«

»Du sprichst schon wieder in Rätseln.«

Beth konnte sich auf einmal gar nicht mehr daran erinnern, warum sie sich damals eigentlich so über ihn geärgert hatte. »Er hat mir erzählt, er würde am Wochenende die Verlobte seines Bruders kennenlernen. Obwohl er sie noch nie gesehen hatte, wusste er schon, dass sie eine langbeinige, blonde Tussi sein würde, die nur hinter Lucas' Geld her war.«

Lolas spöttisches Lachen überraschte Beth. Ihre Augen funkelten. »Das ist Joe, wie er leibt und lebt. Wie hat er reagiert, als du ihm gesagt hast, wer du bist?«

Beth wich Lolas Blick aus, als sie gestand: »Das habe ich nicht.«

»Ist das dein Ernst? Du hast ihn einfach so weitermachen lassen, ohne ihm zu sagen, dass du die Frau bist, über die er gerade hergezogen ist?« Die ältere Frau schürzte die Lippen und schüttelte den Kopf. »Das tut man nicht.«

»Ich wollte bei Lucas' Familie einen guten Eindruck machen«, verteidigte sich Beth. »Lucas hatte mich gewarnt, dass Joe der härteste Brocken sein würde, und es schien mir nicht ratsam, ihn gleich zu Anfang in eine peinliche Situation zu bringen.«

»Er muss fuchsteufelswild gewesen sein, als er es herausgefunden hat.«

Beth stieß den Atem aus. Fuchsteufelswild traf es gut. »Sagen wir mal so, es war ein holpriger Anfang.«

»Jetzt scheint ihr euch ja ganz gut zu verstehen.«

»Vielleicht zu gut«, rutschte es Beth heraus.

Lola setzte sich aufrecht. »Raus damit.«

Sie musste sich jemandem anvertrauen, und Lola war der einzige Mensch auf der Insel, der sie nicht verurteilen oder ihr Geheimnis weitertratschen würde. Beth sah sich um, ob jemand lauschte. »Ich habe das Schlimmste getan, das man sich vorstellen kann.«

»Du hast doch nicht etwa ...« Lolas Brauen zuckten.

»Nein!«, rief Beth und wand sich bei dem Gedanken. »Dann wäre ich jetzt nicht mehr auf der Insel.«

»Aber du hast etwas getan. Spann eine alte Frau nicht so auf die Folter.«

Beth starrte auf ihre Knie und platzte heraus: »Ich habe ihn geküsst.«

Lola schwieg so lange, bis Beth endlich den Blick zu ihr hob. Die Frau wirkte, als hätte ihr jemand in den Tee gespuckt. »Das ist alles?«

»Himmel noch mal, ich bin mit seinem Bruder verlobt. Das reicht doch.«

»Schätzchen, du hast mich wegen nichts und wieder nichts in Aufregung versetzt.«

»Wegen nichts? Dieser Kuss war nicht nichts. Ich bin quasi auf ihn raufgeklettert wie ein ... ein Klammeraffe.«

»Das klingt schon interessanter.«

Beth schüttelte den Kopf. »Ich war so betrunken, dass ich mich erst im Laufe des nächsten Tages wieder daran erinnern konnte. Aber dann war alles wieder präsent, ziemlich plastisch sogar. Ich weiß nicht, wie weit wir gegangen wären, wenn Joe nicht aufgehört hätte.«

»War Joe betrunken?«, fragte Lola und fuhr mit ihrem knotigen Finger den Rand ihrer Tasse nach.

»Nein«, sagte Beth. »Randy, Sids Bruder, hat ihn von der Bar aus angerufen, dass er mich abholen soll. Er wollte mich wohlbehalten zu Hause abliefern, und ich habe mich praktisch an ihn rangeschmissen.«

»Aber er hatte nicht getrunken?«

»Nein.« Wieder dieses Grinsen. »Ich weiß, was dieser Blick bedeutet, Lola. Ich bin mit Lucas verlobt, und ich werde ihn auch heiraten, also schlag dir diese Hirngespinste aus dem Kopf.«

»Du hast es mir versprochen.«

»Was habe ich dir versprochen?« Allein der Gedanke daran, worauf Lola hinauswollte, bereitete Beth Qualen, weil sie wusste, wie weh es Lucas tun würde.

Lolas Blick wurde ernst. »Du musst die wahre Liebe festhalten, wenn du ihr begegnest. Das habe ich dir gesagt. Und du hast es mir versprochen.«

Ein Schmerz fuhr durch Beths Brust. Aber es war keine Panikattacke. »Joe ist nicht die wahre Liebe. Lucas ist die wahre Liebe.«

»Lass dir das von einer weisen alten Frau gesagt sein«, flüsterte Lola. »Wir wissen beide, dass dir dein Herz etwas anderes sagt. Je früher du dich der Wahrheit stellst, desto leichter wird es.«

Beth beugte sich vor und nahm Lolas Hand in ihre. »Ich folge meinem Herzen. Ich werde Lucas nicht wehtun. Das bringe ich nicht fertig. Und ich werde seine Familie nicht zerstören. Dafür sind sie mir alle viel zu sehr ans Herz gewachsen.«

Braune Augen blickten in grüne Augen. Eine dunkle Hand hob sich, um eine Strähne aus Beths Stirn zu streichen. »Denk einfach mal darüber nach. Tu's für mich. Ich möchte nicht, dass du den gleichen Fehler machst wie ich.«

Die Sorge in ihrem Blick rührte Beth zu Tränen. Sie wiederholte den Satz, den Lola einst zu ihr gesagt hatte: »Alles wird sich zum Guten wenden.«

»Ich hoffe, du hast recht«, sagte Lola und schüttelte den Kopf. »Aber jetzt noch mal zurück zu dieser Sache mit dem Boot. War das wirklich deine Idee?«

Beth wurde wieder ganz zappelig. »Ich weiß nicht, was ich mir dabei gedacht habe. Patty und ich haben geplaudert, und sie hat mir erzählt, dass Lucas so gerne segelt, wenn er nach Hause kommt, und dass sie hofft, er werde künftig häufiger kommen – natürlich mit der Fähre. Und auf einmal ist mir klargeworden, dass *ich* ihn davon abhalten werde.«

Beth rutschte in ihrem Sessel nach vorne. »Ich habe Angst vor der Überfahrt und werde nie mit ihm segeln gehen. Manchmal habe ich das Gefühl, ich bin nicht so ehrgeizig, wie Lucas es gerne hätte, und da dachte ich, wenn ich meine Angst überwinde, werde ich vielleicht ein wenig mehr so sein, wie Lucas mich haben will.«

Jetzt rutschte auch Lola an den Rand ihres Sessels. »Du tust es, um so zu werden, wie ein Mann dich gerne hätte?«

»Na ja, irgendwie schon«, entgegnete Beth. Aus Lolas Mund klang die Idee auf einmal gar nicht mehr so gut. »Das macht man doch, wenn man jemanden gernhat.«

»Schätzchen, wenn man jemanden gernhat, akzeptiert man ihn so, wie er ist. Man versucht nicht, ihn zu ändern. Würdest du versuchen, Lucas zu ändern?«

»Hier geht es um mich, Lola.« Das war die Wahrheit. Tief im Innern tat Beth es auch für sich selbst. »Ich habe zwar einen Riesenbammel davor, aber ich möchte es tun. Ich muss mich meinen Ängsten stellen.«

»Dann tu es«, sagte Lola.

Sie wurden vom Klingeln des Telefons unterbrochen. Die ältere Frau stand auf, um abzuheben, und nach einer kurzen Begrüßung schwieg Lola eine ganze Weile. Dann drehte sie sich zu Beth und sagte: »Ich glaube, ich habe hier jemanden, der dir helfen kann. Ich schick sie dir rüber.«

In Beths Ohren klang das gar nicht gut. Wohin sollte sie geschickt werden? Als Lola aufgelegt hatte, fragte Beth: »Wer war das?«

»Du musst dich ablenken, damit du nicht ständig an die Sache mit dem Boot denkst. Helga braucht Hilfe, weil ihre Mitarbeiterin krank ist. Geh und kümmere dich um ein paar Babys.« Sie sammelte ihre Becher ein und trug sie in die Teeküche, und dabei sagte sie über die Schulter gewandt: »Alle Sorgen vergehen, wenn man in unschuldige Kinderaugen blickt.«

»Aber ich will noch mehr über Marcus erfahren.«

Im Gehen drehte sich Lola noch einmal um. »Ich erwarte ihn Ende der Woche. Bis dahin werde ich dir alles über ihn erzählen.« Mit den Bechern in Richtung Tür wedelnd fügte sie hinzu: »Marsch, marsch. Die Babys warten auf dich.«

Kapitel 21

Joe hörte das Kreischen schon auf dem Parkplatz, was ihm eine Warnung hätte sein sollen. Kaum war er über die Schwelle getreten, gellten ihm die Ohren von dem schrillen Geschrei. In einem großen Raum standen vier runde Tische mit kleinen bunten Stühlen, jeweils ein Tisch in jeder Ecke. Auf dem Boden verteilt lagen Schaumstoffquadrate, die Wände waren mit Marienkäfern, Hummeln und Schmetterlingen dekoriert.

Von der Decke baumelten schlampig gebastelte, mit Fingerfarben bemalte Mobiles, unter denen Joe sich ducken musste, während gleichzeitig Winzlinge zwischen seinen Knien herumwuselten. Er hätte nie gedacht, dass er wegen vier solcher Zwerge einmal Angst um seine Kronjuwelen haben würde.

Wie schaffte es Helga bloß, jeden Tag mit der Rasselbande fertig zu werden und dabei nicht durchzudrehen?

Eine pummelige kleine Person stürzte sich von rechts auf ihn, umklammerte seine Wade und pflanzte ihren Po, der sich irgendwie matschig anfühlte, auf Joes Fuß. Sein erster Instinkt war, das Kind abzuschütteln, doch sein Verstand schaltete sich rechtzeitig ein.

»Spencer, lass Joes Bein los«, schrie Helga aus der gegenüberliegenden Ecke, wo sie eine dicke Haarsträhne dem Griff eines anderen Kleinkinds entwand. An Joe gewandt sagte sie: »Er denkt, dass jeder Erwachsene ihn auf dem Fuß reiten lässt. Wahrscheinlich darf er das zu Hause bei seinem Dad.«

Spencer blickte hoch zu Joe und machte ihm klar, was er wollte: »Hoppe hoppe Reiter.«

Im selben Moment krachte etwas gegen Joes rechte Ferse. Der Angreifer hatte schwarze Locken und große, braune Augen, die rund wie Geldstücke wurden, als er zu Joe hinaufsah. »Weg da«, sagte er und rammte seinen gelben Kipplaster trotzig ein zweites Mal in Joes Ferse.

Helga pflückte erst den mit der Matschwindel von Joes Fuß, dann kümmerte sie sich um den rowdyhaften Fahrer. »Bring den Kipplaster zurück zum Verkehrsteppich. Das haben wir doch besprochen. Kipplaster fahren auf der Straße und nicht über Leute.«

Der Junge warf Joe einen bösen Blick zu, packte sein Spielzeug und stürmte davon. Joe nahm sich fest vor, seine Kondomvorräte zu überprüfen. Er hatte zwar in letzter Zeit kaum Sex, aber er wollte lieber auf Nummer sicher gehen, als bald so einen Windelzwerg auf dem Hals zu haben.

»Tut mir leid.« Helga sammelte vier kleine Tassen von einem Tisch ein. »Weil das Wetter so schön war, habe ich sie draußen spielen lassen. Sie sollten sich so richtig austoben, aber ich habe das Gefühl, sie haben noch mehr Energie als zuvor.«

»Für mich bist du die Unternehmerin des Jahres, Helga. Ist Beth irgendwo in der Nähe?« Im Hauptraum entdeckte er sie nicht. Vielleicht hatten die Knirpse sie schreiend in die Flucht gejagt.

»Meinst du Elizabeth? Sie ist im Babyzimmer. Gott sei Dank ist nur noch ein Baby da, und diese beiden hier werden auch bald abgeholt.« Als Helga sich in Bewegung setzte, blieb Joe ihr aus Angst, sie könnte ihn mit den kleinen Rabauken allein lassen, dicht auf den Fersen. Sie deutete auf eine Tür links von sich und sagte: »Sie ist da drin. Diese Frau hat mir heute wirklich das Leben gerettet.«

Helga ging weiter in den Küchenbereich, während Joe über die geschlossene Halbtür spähte. Was er sah, rührte ihn an. Auf einem schmalen Durchgang zwischen leeren Kinderbetten und Laufställen tänzelte Beth mit wiegenden Schritten herum. Ein Schrittchen vor, dann zur Seite, dann wieder zurück. Dazu summte sie und hielt den Blick auf das Kind auf ihrem Arm gerichtet. Sie war so selbstvergessen, dass sie seine Anwesenheit nicht bemerkte.

Lächelnd lehnte sich Joe an die Wand, um ihr zuzusehen, er wollte das tanzende Pärchen nicht stören. Ein Gedanke ging ihm durch den Kopf. Beth würde irgendwann einmal eine tolle Mutter werden. Er stellte sich einen eigensinnigen kleinen Jungen mit ihren grünen Augen und seinem Grübchen vor. Dann wurde er schmerzhaft von der Realität eingeholt.

Beths Kinder würden seine Nichten und Neffen sein, nicht seine Kinder. Und daran konnte und würde er nichts ändern, auch wenn er es sich noch so sehr wünschte.

Beth gehörte zu Lucas. Punkt.

Als Beth sich wieder nach rechts drehte, entdeckte sie ihn. »Oh.« Sie fuhr zusammen und sah sofort nach dem Baby, das durch die plötzliche Bewegung die Augen aufgerissen hatte. »Mist, ich hatte sie gerade zum Einschlafen gebracht.«

»Ich wollte dich nicht erschrecken«, sagte Joe, schlüpfte durch die Halbtür und schloss sie hinter sich. »Du scheinst ja ein Naturtalent im Umgang mit Babys zu sein.«

»Ehrlich gesagt hatte ich einen Riesenbammel, als Lola mich hergeschickt hat. Ich weiß nicht, wann ich das letzte Mal ein Baby auf dem Arm gehalten habe.« Sie blickte zu der Kleinen hinunter, die mit den Fäustchen wedelte. »Das ist Cecilia. Sie war bei meinem Crashkurs in Babypflege sehr geduldig.«

Joe ignorierte den Druck auf seiner Brust. »Du lernst eben schnell. Die Knirpse drüben haben mir gerade ganz schön zugesetzt.« Da er sich in dem Kindergarten völlig fehl am Platz fühlte, beschloss er, gleich zur Sache zu kommen. »Das Boot ist vollgetankt und wartet auf uns. Bist du bereit?«

Beth verkrampfte sichtlich. »Bereit?«, fragte sie mit piepsiger Stimme. Sie räusperte sich. »Bereit. Klar. Ich muss nur noch …« Ihre grünen Augen schossen durch den Raum. Joe schien es ganz so, als suchte sie nach dem Notausgang. »Ich muss nur noch ein bisschen aufräumen, weißt du«, sagte sie und reichte ihm das inzwischen zappelnde Kind. »Helga beim Aufräumen helfen, bevor ich gehe. Sie hat alle Hände voll zu tun und so.«

Bevor er wusste, wie ihm geschah, starrte er in zwei tiefblaue Augen, die ebenso verdutzt dreinschauten wie er. Dann begann Cecilias Unterlippe zu zittern, was ihn in Alarmbereitschaft versetzte.

»Nimm lieber du sie wieder«, sagte er, aber Beth war schon dabei, die Mülltüte aus dem Eimer neben dem Hochstuhl zu entfernen. Der Gestank haute ihn um. »Kommt das von ihr?«

»Von ihr und den beiden anderen, die ich vorher hatte.«

»Also …« Joe blickte zu der winzigen Hand, die sich in seine Unterlippe gekrallt hatte. Er zog Cecilia am Arm, doch sie ließ nicht los. »Sie hält mich fest«, jammerte er, aber es klang eher wie »Schiehältmischfescht«.

Beth blieb auf dem Weg zur Tür bei ihm stehen, stellte den Müllbeutel ab und befreite seinen Mund vom Griff der winzigen Finger. »Tut mir leid, mit mir hat sie das heute auch schon zweimal gemacht.«

»Ich lasse sie gleich fallen«, sagte er und sah sich nach einem Ort um, wo er sie hinlegen konnte.

»Hast du schon mal Football gespielt?«, fragte Beth.

»Was hat das mit dieser kleinen Dame mit dem Klammergriff zu tun?«

»Tu so, als wäre sie ein Football. Klemm sie dir ganz fest an den Körper, dann passiert nichts.«

Das leuchtete ihm ein, und als er es ausprobierte, beruhigte sich Cecilia auf seinem Arm. Gewusst wie! Er dachte daran, wie Beth sie in den Schlaf gewiegt hatte, und schaukelte sie in seinen Armen hin und her. Ihrem Gurgeln nach zu schließen gefiel es ihr. Als er zusätzlich noch leicht auf und ab federte, fielen ihr die Augen zu und ihre Wimpern legten sich auf ihre Pausbacken.

»Ist doch gar nicht so schwer«, sagte er im Flüsterton. Ohne mit dem Schaukeln aufzuhören, blickte er auf und stellte fest, dass Beth ihn beobachtete. Auf einmal hatten sie vertauschte Rollen.

Einer ihrer Mundwinkel zuckte nach oben, und ihre Augen glänzten. »Anscheinend bin ich nicht die Einzige, die schnell lernt.« Sie trat auf ihn zu und strich dem Baby eine Strähne hinters Ohr. Als sie erneut seinen Blick suchte, meinte sie ernst: »Du wirst mal ein toller Vater werden.«

Versunken in Beths grüne Augen und eingelullt durch das friedliche Bündel auf seinem Arm, sagte er das Erste, was ihm in den Sinn kam. »Das Gleiche habe ich gerade über dich gedacht.«

Beth nahm seine Bewegungen auf, und so wiegten sie sich eine Weile zu dritt. Diese wenigen Sekunden gehörten ihm. Er konnte so tun, als gäbe es die ganzen Komplikationen nicht. Er konnte so tun, als stünde nichts zwischen ihnen.

Cecilia pupste, und auf einmal spürte Joe etwas Warmes, Weiches unter seiner Hand. Ein Geruch wie der, der gerade dem Mülleimer entströmt war, erfüllte die Luft.

Beth trat zurück und grinste hämisch. »Du kennst die Regel.«

Er hatte keine Ahnung, worauf sie hinauswollte - außer sie konnte seine Gedanken lesen und meinte die Regel, dass man seinem Bruder nicht die Frau ausspannen durfte. »Was für eine Regel?«

»Derjenige, der das Kind gerade hält, wechselt auch die Windel.«

Er hatte sich in seinem Leben schon oft die Finger schmutzig gemacht. Hatte jede Menge Fische ausgenommen. Hatte diverse Male einen versifften Hund gebadet. Einmal hatte er in seinem Sportbeutel uralte Drecksocken gefunden. Aber Joe konnte auf keinen Fall diese Windel wechseln.

»Keine Chance«, sagte er und drückte Beth so schnell das Baby in die Hand, dass sie sich nicht wehren konnte. »Ich warte draußen.«

*

Cecilias Timing war perfekt. Sie hatte Beth vor einem weiteren dummen Fehler bewahrt. Nicht dass sie scharf darauf war, noch eine dieser Giftmüll-Windeln zu wechseln. Was gaben sie den Babys heutzutage bloß zu essen? Aber die glückliche Familienszene hatte unerlaubte Bilder in ihrem Kopf heraufbeschworen. Bilder eines gemeinsamen Lebens mit Joe. Bilder davon, wie sie sich den Sonnenuntergang ansahen, während Dozer zu ihren Füßen schlief. Von Babys, die blaue Augen und Grübchen hatten und Dozer an den Ohren zogen.

Bilder, die ihr ein schlechtes Gewissen machten und ihre Zweifel noch verstärkten.

Wie konnte sie sich solche Dinge mit Joe ausmalen, wenn sie doch in Lucas verliebt war?

Sie liebte Lucas. Seine Liebenswürdigkeit und Großzügigkeit. Seinen Ehrgeiz und wie tatkräftig und entschlossen er jeden Tag anpackte. Aber sie war nicht in ihn verliebt. Zumindest nicht so, wie eine Frau in den Mann verliebt sein sollte, den sie heiraten würde.

Zu dieser Erkenntnis war sie nach der ersten Stunde Babyhüten gelangt. Babys gaben keine Antwort, und so hatte Beth jede Menge Zeit für Selbstgespräche. Nicht dass Cecilia keine gute Zuhörerin gewesen wäre. Beth hatte dem armen Ding all ihre Sorgen und Nöte anvertraut. Hatte mit sich gerungen, Lösungen erdacht und wieder verworfen und sich immer wieder im Kreis gedreht.

Sie konnte ihn verlassen. Kurz und schmerzlos, dann würde er irgendwann eine andere Frau kennenlernen, die sich unsterblich in ihn verliebte. Aber sie hatte ihm etwas versprochen. Sie hatte ihm versprochen, seine Frau zu werden und seinen Ring zu tragen.

Nur weil dieser Ring gerade in Richmond war, um enger gemacht zu werden, hieß das nicht, dass es die Verpflichtung nicht gab.

Auch wenn es altmodisch sein mochte, Beth nahm ihr Versprechen ernst. Sie konnte ihn nicht einfach anrufen und sagen: »Tut mir leid, ich habe es mir anders überlegt.« Lucas hatte etwas Besseres verdient. Seine Familie, die sie jetzt als ihre eigene betrachtete, hatte etwas Besseres verdient. Und sie konnte es besser machen.

Sie würde sich ganz einfach in ihn verlieben müssen. Der Hochzeitstermin war noch nicht festgelegt, also musste sie nicht gleich nächste Woche vor den Traualtar treten. Wenn dieser Urlaub vorüber war, würden sie mehr Zeit miteinander verbringen. Er hatte sie immer gedrängt, beruflich mehr aus sich zu machen. Als Anwältin zu praktizieren anstatt sich in der Bibliothek zu verstecken, Schriftsätze zu bearbeiten und für die richtigen Anwälte im Büro Präzedenzfälle herauszusuchen.

Sie könnte in Lucas' Team arbeiten, dann wären sie öfter zusammen, ohne dass er dafür zurückstecken musste. Und es würde ihn glücklich machen, dass sie sich nach vorne wagte. Was machte es da schon, dass sie bei dem Gedanken, vor den Geschworenen zu sprechen, Herzklopfen bekam? Mit Lucas als Mentor würde sie unter der Woche Prozesse gewinnen und am Wochenende die glänzende Gastgeberin von Dinnerpartys spielen.

Sie würde genau so sein, wie Lucas sie haben wollte. Und nach dem heutigen Tag würde sie auch in der Lage sein, die Freizeit mit ihm zu genießen.

Mit diesem Gedanken verließ Beth den Kindergarten und steuerte auf den Parkplatz zu. Joe saß seitlich auf dem Fahrersitz und spielte mit Dozer Tauziehen. Ihr Herz setzte einen Schlag aus, und wieder tanzten ihr Bilder vom einfachen Leben mit Hund und Kindern in einem kleinen Insel-Cottage vor den Augen herum und trübten ihre Sicht.

Sie schloss die Augen, um die Bilder beiseitezuschieben, und nahm all ihren Mut zusammen, damit sie nicht doch noch die Flucht ergriff, solange Joe nicht hersah. Die Zukunft erschien ihr angesichts der Tatsache, dass sie kurz davor war, in ein Boot zu steigen, nicht mehr so wichtig. Wie ein Mantra wiederholte sie stumm ihre Affirmationen und zwang sich, den Parkplatz zu überqueren und in den Jeep zu steigen.

»Na, dann mal los«, sagte sie entschlossen, schnallte sich an und starrte nach vorne.

Joe schnallte sich ebenfalls an und startete den Motor. »Du klingst wie Bruce Willis.«

»Falls es dir entgangen ist, ich kämpfe hier drüben gegen die Atemnot. Ich bin nicht in Stimmung für deine Scherze.«

Der Jeep nahm Tempo auf, und Joe schaltete in den nächsthöheren Gang. »Das Ganze war doch deine Idee. Wir müssen das nicht machen. Aber denk dran, was ich dir gesagt habe. Auf ein Boot zu gehen ist keine große Sache.«

Als ihr ein Schmerz durch den Kiefer zuckte, merkte Beth, dass sie ihre Zähne schraubstockartig zusammenbiss. Sie ließ den Kopf nach links und rechts rollen und entspannte bewusst ihre Schultern und ihren Kiefer. »Das weiß ich doch, bloß komme ich nicht gegen meinen Kopf an, und der sagt mir, dass es an Land sicherer ist.«

»Hey«, sagte er und wartete, bis sie ihn ansah. »Vertraust du mir?«

Beth kniff die Augen zusammen und dachte darüber nach. Ihre Antwort überraschte sie selbst. »Ja.«

Daraufhin grinste Joe und präsentierte ihr sein stoppeliges Grübchen. »Dann ist ja alles in Ordnung.«

Eine Viertelstunde später stand Beth, in eine knallorange Rettungsweste gequetscht, auf dem Pier und sah zu, wie Dozer auf einem Boot herumhüpfte, das so groß war wie ein Häuserblock. Okay, ganz so riesig war es nicht. Aber der Ausdruck *Fischerboot* beschrieb nicht annähernd diese Monstrosität, die vor ihr im Wasser schaukelte. Eher schon das Wort *Jacht*.

Auch wenn es eine Jacht mit ganz vielen extralangen Angelruten war.

Als Dozer merkte, dass sie nicht bei ihm auf dem Boot war, legte er seine Pfoten auf die Bordwand und sah sie erwartungsvoll an, während ihm die Zunge seitlich aus dem Maul hing und er mit dem Schwanz wedelte. Sie klammerte sich an den Gedanken, dass sie es schaffen konnte, wenn der Hund es konnte, doch dann fiel ihr ein, dass ein Hund nicht intelligent genug war, um zu begreifen, dass unter ihm der Tod lauerte.

»Stell dir einfach vor, dass du in ein Auto steigst«, riet Joe ihr und trat hinter sie. »Es ist nur ein anderes Transportmittel.« Er machte einen Schritt auf das Boot zu und stupste sie am Ellbogen.

»Dieses Ding kann man doch nicht mit einem ... Auto vergleichen. Ich bin noch nicht so weit.« Sie trat zwei Schritte zurück. »Das ist eine blöde Idee.«

»Du darfst nicht zulassen, dass die Angst dein Leben bestimmt. Übernimm selbst das Kommando. Sag deiner Angst, sie soll zum Teufel gehen.«

»Komisch. Meine Angst sagt mir das Gleiche über dich.« Ihr Herz klopfte so rasend schnell, dass es schier die Rettungsweste sprengte. Ein Boot dieser Größe würde sicher nicht so schnell untergehen, überlegte sie.

Hatte man das nicht auch von der *Titanic* gesagt?

Joe stellte sich so dicht vor sie, dass er ihr die Sicht auf die hinter ihm im Wasser schaukelnde Todesfalle versperrte.

»Schau einfach mich an«, sagte er in ruhigem, lockendem Ton. Er nahm ihre Hände in seine. »Schau mich an und lass dich von mir führen.«

Seine Berührung trug nicht gerade dazu bei, ihren Herzschlag zu beruhigen, aber ihre Füße gehorchten seinem Befehl.

Seine tiefblauen Augen hypnotisierten sie. Seine vollen Lippen feuerten sie an. »So ist es gut. Bleib bei mir. Wir sind fast da.« Es klang fast sinnlich. Sein Atem vermischte sich mit ihrem. »Heb den Fuß für mich. Schön. Noch einmal. Jetzt komm mit. Nur noch ein kleines Stück.«

Ihr Gehirn verwandelte sich in Brei. Sie wäre nicht überrascht gewesen, wenn es ihr zu den Ohren herausgeflossen wäre. Auch andere Teile ihres Körpers schienen ein wenig zu schmelzen. Als Joe stehen blieb und sie nicht, wurden ihre Hände zwischen ihren Körpern eingeklemmt. Ohne die Rettungsweste hätten sich seine Handrücken gegen ihre Brüste gedrückt.

Die Rettungsweste musste weg. Und vielleicht auch sein Hemd. Als Joe zu ihr hinunterlächelte, fragte sie sich, ob er wohl gerade dasselbe dachte.

»Beth?«

»Äh ... ja.«

»Du hast es geschafft.«

»Was geschafft?« Warum knöpfte er nicht sein Hemd auf?

»Du bist auf dem Boot.«

Es dauerte einige Sekunden, bis sich die Worte bei ihr gesetzt hatten. Dann krallte sie sich an seinem signalroten Flanellhemd fest, als wäre es das letzte Hindernis zwischen ihr und der Himmelspforte. »O mein Gott.«

»Gütiger Himmel«, sagte er und versuchte, ihre Hände von seiner Brust zu lösen. »Entspann dich.«

»Schaff mich runter von diesem Boot.« Sie atmete hektisch. Mit den Atemproblemen fing es immer an. »Ich kann meine Beine nicht spüren.«

»Deine Beine sind da, wo sie sein sollen, und funktionieren prima.« Kaum hatte er eine Hand weggebogen, krallte sie sich wieder fest. »Pass auf meine Brusthaare auf.«

Sie wollte ja, aber sie hatte keine Kontrolle mehr über ihre Gliedmaßen.

»Hör mir zu«, sagte er laut genug, dass sich ihr matschiges Gehirn wieder verfestigte. »Es gibt nichts, wovor du Angst haben musst. Schau.« Er hüpfte, und sie begann zu schreien. Joe legte ihr eine Hand über den Mund. »Sei still, bevor noch jemand denkt, dass ich dich entführe. Du bist eine kluge Frau. Du weißt, dass diese Angst irrational ist, oder?«

Beth nickte, während seine Hand weiterhin auf ihrem Mund lag.

»Dann kämpf dagegen an. Lass dich von der Angst nicht unterkriegen. Du bist stärker als die Angst.«

Sie lockerte den Griff an seinem Hemd, war aber noch nicht bereit loszulassen. Er hatte recht. Diese Angst war durch einen dummen Unfall vor zwanzig Jahren ausgelöst worden. Zwanzig Jahre waren lange genug.

Wieder nickte sie und zog den Kopf von seiner Hand zurück. »Es geht mir gut. Ich schaffe das.« Sie gewann die Kontrolle über ihre Gliedmaßen zurück. Wie zuvor Joe hüpfte sie ein paar Mal und stellte zu ihrer Überraschung fest, dass das Boot unter ihr nicht schwankte. Auf dem Boot zu stehen war eigentlich nicht anders, als auf festem Boden zu stehen.

»Siehst du? Es gibt nicht den geringsten Grund, Angst zu haben«, sagte er mit erleichterter Miene.

Sie hüpfte noch einmal und verlagerte dann das Gewicht von einem Bein auf das andere. »Ich stehe auf einem Boot.« Sie löste eine Hand von Joes Hemd und drehte sich zum Pier. »Ich stehe tatsächlich auf einem Boot. Und ich kann atmen.«

»Ich hab's dir doch gesagt. Das Boot wird ein wenig schwanken, wenn wir draußen auf dem Wasser sind, aber auf der *Mary Ann* bist du so sicher wie in Abrahams Schoß.«

Beth zwinkerte ungläubig. »Dein Boot heißt *Mary Ann*? Wie in *Gilligans Insel*?« Ehe er antworten konnte, fügte sie noch hinzu: »Ich hätte gedacht, du würdest eher auf Ginger stehen.«

»Sehr nett.« Joe wurde ernst. »Mary Ann war der Name meiner Mutter.«

Niemand in der Familie hatte je den Namen von Joes Mutter erwähnt. Beth hatte noch nicht einmal ein Foto von ihr gesehen. Sie wusste nur, dass Joe bei ihrem Tod noch klein gewesen war. »Tut mir leid«, sagte sie, weil ihr nichts Besseres einfiel.

Er zuckte die Achseln und mimte wie üblich den starken Kerl. Doch hinter der Fassade konnte sie noch den traurigen Jungen von einst erkennen.

»Ich habe meine Mom auch verloren.« Beth hatte das noch nie jemandem anvertraut. Sie wusste nicht, warum sie es jetzt tat.

»Ich weiß«, sagte Joe. »Das hast du mir Samstagnacht erzählt, als ich dich von der Bar abgeholt habe.«

»Tatsächlich?« Tequila müsste eigentlich in Wahrheitsserum umbenannt werden. »Ich kann mich nicht mehr an sie erinnern. Ich war noch nicht mal drei, als sie gestorben ist.«

»Aber du bist ohne sie aufgewachsen, deshalb verstehst du es.«

»Ja, ich verstehe es.«

Wie sie so dastanden und einander ansahen, teilten sie etwas, das nur wenige Menschen nachempfinden konnten. Lucas hatte zwar auch seinen Vater verloren, aber er schien es gut verkraftet zu haben, und das sagte einiges über Tom Dempsey aus.

»Wir sollten jetzt losfahren. Willst du oben bei mir sitzen oder in der Kabine?«

Beth sah sich um und nahm erst jetzt die Umgebung richtig wahr. Auch die Tatsache, dass der Hund nicht bei ihnen war. Sie entdeckte ihn links von sich in einer Tür. »Es gibt eine Kabine?«

»Ja, top ausgestattet mit Klimaanlage, Heizung und Mikrowelle. Gut bei größeren Gesellschaften, besonders wenn die Männer ihre Ehefrauen mitbringen.« Dozer sprang auf, als Joe auf den schmalen Eingang zusteuerte. »Sie wollen sich von der sprühenden Gischt nicht die Frisur ruinieren lassen.«

Beth rannte ihm nach, weil sie bei der Vorstellung, dass Joe weiter als eine Armlänge von ihr entfernt war, auf einmal Panik bekam. Seine machohafte Bemerkung ging ihr gegen den Strich und sie setzte zu einer Verteidigung des weiblichen Geschlechts an, doch als sie die Kabine betrat, konnte sie nur noch ausrufen: »Himmel, die ist ja riesig.«

Kapitel 22

Joe schwoll vor Stolz die Brust, als Beth sich bewundernd umsah wie in einem Museum. Ihre Meinung sollte ihm gar nicht so wichtig sein. Aber sie war es.

Er räusperte sich. »Möchtest du etwas trinken? Ich habe Mineralwasser im Kühlschrank.«

»Es gibt einen Kühlschrank?« Beth wirkte, als hätte er ihr gerade gesagt, dass das Boot Flügel besaß. »Der Raum ist fast so groß wie meine Küche in Richmond. Meine Miniküche. Hier drin könnte ich wohnen.«

»Du hast hoffentlich nicht vergessen, dass wir uns auf einem Boot befinden.«

Beth beugte probeweise die Knie, wie um sich gegen eine drohende Welle zu wappnen. »Stimmt. Ich setze mich lieber hin.« Sicher eingehüllt in ihre orangefarbene Rettungsweste, streckte sie sich auf einer weißen Sitzbank rechts von ihr aus und starrte an die Decke. »Unglaublich, so ein Riesengerät. Du hättest mich warnen sollen.« Dann tippte sie sich an die Stirn. »Das hat jetzt wohl ein bisschen zweideutig geklungen.«

Er konnte sich nicht verkneifen zu sagen: »An die achtzehn Meter.«

Beth schüttelte den Kopf. »Sehr witzig.« Auf einen Ellbogen gestützt fragte sie: »Ist so ein Boot nicht ziemlich teuer?«

»Es war nicht billig, aber der Vorbesitzer musste es abgeben, weil er die Raten nicht mehr bezahlen konnte, deswegen habe ich es günstig bekommen.« Anders als Lucas hatte er noch nie das Bedürfnis verspürt, mit seinem Einkommen zu prahlen, was jedoch nicht hieß, dass er nicht ebenfalls ein gut gefülltes Bankkonto hatte. »Manche investieren ihr Geld in teure ausländische Autos, ich eben in dieses Boot.«

Kaum hatte er den Satz beendet, kam er sich wie ein Vollidiot vor. Als hätte er es nötig, mit Lucas zu konkurrieren.

»Ich wollte dich nicht kränken«, sagte Beth, trat zur Theke und ließ die Hand über das glatte Mahagoniholz gleiten. Er stellte sich vor, wie ihre Finger über seinen Rücken glitten. »Es ist eine Augenweide.« Lächelnd sagte sie über die Schulter: »Besser als ein BMW.«

»Das war nicht ...«

»Ich weiß schon, wie du es gemeint hast. Wer den meisten Krempel hat, gewinnt, oder? Das ist Lucas.«

»Es ist ja nichts Schlimmes daran, schöne Dinge zu besitzen.« Zu dumm nur, dass Lucas das Schönste besaß, das Joe je gesehen hatte. Und damit meinte er nicht sein Auto.

»Stimmt. Wenn man sie richtig zu schätzen weiß.« Beth seufzte, während sie die Mikrowelle inspizierte. »Das tun nicht alle Männer.« Dann wechselte sie das Thema. »Schläfst du auch manchmal hier?«

»Nicht oft. Wo sollte Dozer hier sein Geschäft machen? Ich kann ihn ja nicht rauslassen.«

Blöder ging's wirklich nicht. Der ideale Zeitpunkt, um über Hundekacke zu reden.

»Was ist da unten?«, fragte sie und zeigte auf die Treppe, die zwischen den beiden Theken nach unten führte.

Joe verschränkte die Arme, dann löste er sie wieder und steckte die Hände in die Hosentaschen. Er fühlte sich wie ein Teenager, der sich mit dem schärfsten Mädchen der Schule unterhält. Sogar in der knalligen Rettungsweste sah sie einfach zum Anbeißen aus. »Das ist die Toilette.«

»Oh.« Beth vollendete ihren Rundgang und blieb zwischen ihm und der Sitzbank stehen, die sich mit einem Handgriff in ein Bett verwandeln ließ.

Bestimmt würde sich der Knopf ihrer Jeans ebenso leicht öffnen lassen.

»Wir sollten aufbrechen«, sagte er und steuerte auf die Tür zu. Wenn er jetzt ins Wasser sprang, um sich abzukühlen, würde er ihr das sicherlich schwer erklären können.

»Wo willst du hin?« Sie hatte ihn eingeholt, ehe er zwei Schritte entfernt war.

»Hinauf ins Cockpit. Von hier aus kann ich das Boot nicht steuern.«

Sie blieb ihm hartnäckig auf den Fersen. »Ich komme mit.«

Sie auf das Boot zu bringen war das eine gewesen. Sie zwei Meter weiter hoch ins Cockpit zu schaffen, würde sich erheblich schwerer gestalten. »Möchtest du dich nicht erst einmal hier eingewöhnen, bevor du dich nach draußen wagst?«

Sie rieb sich mit der Hand die Brust und begann zu keuchen. »Nein. Nein. Ich bleibe lieber bei dir.« Dann beugte sie sich vornüber und stützte die Hände auf die Knie.

»Du hast schon wieder eine Panikattacke«, sagte er und verschränkte die Arme, um seine Brusthaare zu schützen. »Setz dich und warte, bis ich uns ein Stück hinaus aufs Meer gefahren habe. Dann kommst du und genießt die Aussicht.«

»Nein!«, schrie sie und schlang ihre blassen Hände um seinen Unterarm, wobei sie ihm die Fingernägel ins Fleisch grub. »Du bist mein Rettungsanker. Wenn ich nicht in deiner Nähe sein kann, stehe ich das nie durch.«

»Dein Rettungsanker?« Jetzt brauchte er noch dringender eine Abkühlung. »Ich dachte, dafür ist die Weste da.« Als er ihre Fingernägel von seinem Arm löste, klammerte sie sich mit einer Hand am Ärmel seines Flanellhemds fest.

»Die Rettungsweste hilft nicht. Ich behalte sie natürlich an, das schon, aber meine Panik legt sich nur, solange ich in deiner Nähe bin.«

Wie es aussah, hatte er heute einen zusätzlichen Kapitän an Bord. »Na schön. Gehen wir nach oben.«

*

Cassandra spürte, wie das Handy in ihrer Handtasche vibrierte. Als sie die Nummer auf dem Display sah, wartete sie, bis die Welle des Ekels abgeklungen war, bevor sie das Gespräch annahm.

»Was gibt's, Mr Mohler?« Es fiel ihr schwer, diesen Kretin mit »Mr Mohler« anzusprechen, aber Männer verhielten sich für gewöhnlich kooperativer, wenn man höflich tat.

»Ich sollte Ihnen doch irgendetwas liefern, das Sie gegen Dempsey verwenden können.«

Cassie wusste nicht, womit Joe sich Mohlers Abneigung verdient hatte, doch im Grunde war ihr das auch egal. Hauptsache, Mohler erfüllte seinen Zweck.

»Sie haben etwas für mich?«

»Ja. Das Bild der heilen Familie Dempsey wird einen ziemlichen Kratzer abbekommen.«

Cassie verdrehte die Augen. »Kommen Sie auf den Punkt, Mr Mohler. Ich bin eine viel beschäftigte Frau.«

»Sagen wir mal so, Dempsey hat seinen Schwanz nicht unter Kontrolle.«

»Reden Sie endlich Klartext, Mr Mohler. Und werden Sie bitte nicht vulgär.« Wenn er damit meinte, dass Joe was mit der kleinen Verkäuferin hatte, dann verschwendete Mohler ihre Zeit.

»Er vögelt die Verlobte seines Bruders. Sie stecken die ganze Zeit zusammen, und gerade sind sie mit seinem Boot rausgefahren. Nur die beiden.« Seine Stimme klang nun gedämpft, als hielte er seinen Mund zu nah ans Telefon. »Also ich wäre stinksauer, wenn ich herausfände, dass mein Bruder meine Frau vögelt.«

Cassie wand sich. Sie hatte es schon mit vielen Speichelleckern zu tun gehabt, aber dieses Exemplar war besonders widerlich. »Ich wusste gar nicht, dass Lucas' Verlobte auf der Insel ist. Dass Sie die beiden zusammen gesehen haben, beweist gar nichts. Um so etwas zu behaupten, muss ich hundertprozentig sicher sein.«

»Überzeugen Sie sich doch selbst«, sagte Mohler, während hinter ihm eine laute Schiffshupe erklang. »Treffen wir uns in zwei Stunden im Restaurant am Hafen. Ich wette um meine beste Angelrute, dass sie mindestens so lange draußen bleiben. Die kleine Brünette scheint mir ein ziemlich wildes Ding zu sein. Wenn sie nicht so eine hochnäsige Schnepfe wäre, würde ich es selbst bei ihr versuchen.«

Die Verkäuferin aus dem Laden war braunhaarig gewesen. Aber warum sollte Lucas' Verlobte in einem Geschäft auf Anchor Island arbeiten? »Wie sieht sie denn aus?«

»Nicht besonders groß. Locken. Scharfer Hintern. Wirkt ständig so, als hätte sie gerade was Schlechtes gerochen.«

Jede Frau in Mohlers Nähe wirkte wahrscheinlich so, als hätte sie gerade etwas Schlechtes gerochen. Der Rest der Beschreibung passte allerdings. Cassie hatte Lucas' Verlobte zwar noch nie getroffen, aber mitbekommen, dass sie in der gleichen Kanzlei arbeitete wie er.

Die Kanzlei, die Wheeler Development vertrat. Gut, dass die Frau ihr Talent als Verkäuferin entdeckt hatte – den Job würde sie bald brauchen.

»Ich komme, Mr Mohler. Sorgen Sie dafür, dass wir einen Fensterplatz haben.«

*

Das mit dem Rettungsanker war kein Scherz gewesen. Da es im Cockpit nur einen Sitzplatz gab, musste Joe zum Steuern hinter dem Stuhl stehen und um Beth und ihre orangefarbene Rettungsweste herumfassen. Das wäre an sich nicht so schlimm gewesen, nur quälte Beths Duft seine Sinne. Sie hatte sich das Haar auf eine Seite geschoben, damit es ihm nicht ins Gesicht wehte, und so befand sich ihr nackter Hals direkt vor seiner Nase und führte ihn in Versuchung, ihr einen Kuss unters Ohr zu drücken.

Wenigstens versperrte die Rettungsweste den Blick in ihren Ausschnitt.

Doch die Entfernung zu ihm war nicht das einzige Problem, sondern auch die Entfernung zum Land. Sie hatten ein schönes Plätzchen knapp einen Kilometer vor der Küste gefunden, wo er sie dazu gebracht hatte, sich auf den Boden des Cockpits zu setzen und die Beine auf das Seitendeck baumeln zu lassen. Von dort hatte Beth die Insel im Blick und er konnte ein wenig auf Abstand zu ihr gehen.

»Kann ich dich etwas fragen?«, sagte sie und unterbrach damit die angenehme Stille.

»Hast du doch schon.«

»Deine Antwort könnte von einem Anwalt stammen. Vielleicht hättest du Jura studieren sollen.«

Bei dem Gedanken daran, Jura zu studieren, stellten sich ihm die Nackenhaare auf. »Ich bleibe lieber beim Fischen. Was möchtest du wissen?«

»Warum nennst du Patty beim Vornamen? Lucas nennt Tom Dad.«

Joe seufzte. »Ich habe Patty wirklich gern, aber sie ist nicht meine Mutter. Wenn ich Patty so nennen würde, hätte ich das Gefühl, meine Mutter zu verraten.« Er schnaubte, als er an die ersten Jahre ihrer Patchworkfamilie zurückdachte. »Als Dad sie geheiratet hat, war ich ziemlich schwierig. Mom war noch keine zwei Jahre tot, und ich bin ziemlich ausgetickt. Es ist mir heute noch ein Rätsel, warum Patty mich nicht verkauft oder in ein Internat gesteckt hat.«

»Du und schwierig? Das glaube ich nicht.«

Er warf ihr einen Blick zu und sah, dass sie grinste. »Sehr witzig, du Schlaumeierin. Und was ist mit dir?«

»Mit mir?«, fragte sie. »Ich bin das genaue Gegenteil. Ein durch und durch braves Mädchen. Man hat mir schon früh beigebracht, mich gut zu benehmen und nicht aufzubegehren. Immer schön nicken und lächeln, dann sind alle zufrieden.«

Sie sah aufs Wasser hinaus, während sie das sagte, und er musste sie einfach das Naheliegende fragen: »Du klingst nicht sehr erfreut darüber. Warum änderst du es nicht?«

»Was meinst du damit?« Stirnrunzelnd lehnte sie sich zurück und stützte sich mit den Händen ab.

»Warum versuchst du ständig, alle anderen glücklich zu machen, und fängst nicht zur Abwechslung mal an, dich selbst glücklich zu machen?«

Beth blinzelte, als hätte er gerade von ihr verlangt, sämtliche Mysterien des Universums zu lösen. »Aber es macht mich glücklich, die anderen glücklich zu machen.«

»Wirklich?«

»Wirklich.«

»Das glaube ich nicht.«

»Es ist mir egal, was du glaubst.« Sie kreuzte die Arme und starrte wütend in den Himmel. Er wartete ab. Irgendwann würde sie sich schon wieder beruhigen. »Warum glaubst du das nicht?«

»Du verbringst eine Menge Zeit in Lolas Laden. Bist du gern dort?«

»Natürlich, aber was hat das damit zu tun?«

»Was machst du dort die ganze Zeit?«, bohrte er weiter.

»Wir unterhalten uns und fertigen Schmuck. Dieses Armband hier zum Beispiel.« Sie streckte ihm ihr linkes Handgelenk entgegen.

Er drehte sich zu ihr, zog ein Knie an und lehnte sich an die Wand hinter sich. »Und wie oft machst du so was zu Hause in Richmond?«

Sie öffnete den Mund und schloss ihn dann wieder. Mit aufeinandergepressten Lippen ließ sie den Blick zum Horizont schweifen. »Ich habe seit zehn Jahren kein einziges Stück mehr gefertigt.«

»Warum nicht?«

Sie rutschte mit dem Rücken zur gegenüberliegenden Wand und verschränkte erneut die Arme. »Ich habe eben keine Zeit. Erst das Studium – Jura ist nicht gerade leicht – und dann die Arbeit, und jetzt verbringe ich jede freie Minute mit Lucas.« Sie spielte mit einem losen Faden, der vom Saum ihrer Jeans hing, und wiederholte: »Ich habe keine Zeit.«

Joe wechselte das Thema: »Hat deine Großmutter dich wirklich davor gewarnt, so wie deine Mutter zu werden?«

Beth riss die Augen auf. »Woher weißt du das?«

»Das war auch der Tequila. Als ich dich abgeholt habe, hast du im Auto geweint und gesagt, du würdest wie deine Mutter werden, und das sei das Schlimmste überhaupt. Wenigstens wenn es nach deiner Großmutter geht. Also, jemanden, der so etwas zu einem Kind sagt, besonders zu einem, das seine Mutter verloren hat, müsste man wirklich schütteln.«

»Du weißt nicht, wie meine Mutter war.« Beth kauerte sich ganz eng zusammen.

»Nein, das weiß ich nicht. Aber ich weiß, dass man einem kleinen Mädchen damit eine ziemliche Bürde auferlegt.«

Beth legte den Kopf in den Nacken, schloss die Augen und schwieg.

»Wo war eigentlich dein Dad?«, fragte er.

Sie ließ den Kopf nach links und rechts rollen. Er rechnete schon nicht mehr mit einer Antwort, da öffnete sie die Augen und sah ihn an. »Im Gefängnis. Zumindest, als meine Mutter starb. Bewaffneter Raubüberfall. Er kam raus, als ich in der Grundschule war. Aber er hat mich nie besucht. In der Highschool habe ich erfahren, dass er bei einem Raubversuch in Kalifornien erschossen wurde.«

Sie erzählte es ohne Emotion. Vollkommen unbeteiligt. Nach einigen Augenblicken ließ sie den Kopf hängen, als hätte sie das Geständnis erschöpft. Er nahm an, dass sie es das erste Mal jemandem anvertraut hatte.

»Lucas weiß das alles nicht, oder?«

»Nein.«

»Warum nicht?« Joe glaubte die Antwort zu kennen, und er wollte seinem kleinen Bruder dafür am liebsten die Seele aus dem Leib prügeln.

Beth seufzte und ließ die Schultern sinken. »Lucas ist auf dem Weg nach oben, und die Karriereleiter besteht aus Dinnerpartys, teuren Anzügen und Menschen, die bereit sind, dir einen Dolch in den Rücken zu stoßen, während du an der nächsten Sprosse stehst. Seine Karriere bedeutet ihm alles. Eine Frau aus dem hinterwäldlerischen Louisa mit einer alkoholabhängigen Mutter und einem kriminellen Vater würde kein gutes Licht auf einen Mann werfen, der Partner in einer Anwaltskanzlei werden möchte.«

Joe klopfte mit der Faust auf den Boden. »Glaubst du, dass er sich von dir trennen würde, wenn er es erführe?«

»Nein. Wahrscheinlich nicht. Aber Äußerlichkeiten sind Lucas sehr wichtig, wie allen in der Firma. Ich habe mir wohl immer gedacht, wenn es einmal herauskommt, kann nichts auf Lucas zurückfallen, weil er ja nichts davon weiß. Er könnte sich auf seine Ahnungslosigkeit berufen und meine Vergangenheit würde seiner Zukunft nicht schaden.« Sie senkte den Blick.

»Jedenfalls, wenn es keiner weiß – auch Lucas nicht -, kann auch keiner darunter leiden.«

»Außer dir.«

*

Beth ging über seine Bemerkung hinweg. Sie war zu viele Jahre vor der Vergangenheit davongelaufen, um sich jetzt davon quälen zu lassen. Oder zuzulassen, dass jemand anderer litt. Als sie den Blick über die Küste der Insel schweifen ließ, die ein winziges Loch in ihrem Herzen ausgefüllt hatte, von dessen Existenz sie gar nichts gewusst hatte, sah sie einen Lichtstrahl aufblitzen.

»Ist das der Leuchtturm?« Sie stand auf und klammerte sich an die Reling.

»Ja. Halt dich fest, dann fahre ich rüber, damit du ihn von vorne siehst.«

Joe ließ den Motor an, und Beths Herzschlag beschleunigte sich. Aber nicht wie erwartet vor Panik, sondern vor freudiger Erwartung. Das Bootfahren war gar nicht so schlimm. Sie war zwar noch nicht so weit, auf dem Wasser zu leben, aber die lähmende Angst war nicht mehr so ... lähmend. Lucas würde eine seetüchtige Frau haben.

Als die *Mary Ann* in einem Bogen zu einem Streifen hoher Kiefern tuckerte, verschlug es Beth den Atem. An einem kurzen Steg schaukelten kleine Boote, dahinter ragten zwei stattliche Hütten auf. Ein goldener Lichtschein, der aus den Fenstern drang, tanzte über die Wasseroberfläche. Zwischen den beiden Hütten erhob sich stolz und massiv der Leuchtturm von Anchor Island.

Das Bild hätte von einer Ansichtskarte stammen können. Ein idyllisches Dorf mit seinen Fischern und kauzigen Typen, einer gemächlichen Lebensart und einem schützenden Lichtstrahl. Ein Wort kam ihr in den Sinn.

Heimat.

»Um diese Zeit ist er am schönsten«, sagte Joe und gesellte sich zu ihr an die Reling. »Wenn der Touristenansturm kommt, ist es mit der Ruhe vorbei.«

»Er ist perfekt«, flüsterte sie, und bei dem Gedanken, dass sie diesen Himmel auf Erden in weniger als einer Woche verlassen würde, erfasste sie tiefe Traurigkeit. Als Joe ihren Arm streifte, empfand sie einen anderen Verlust. Ein schwerer Stein legte sich auf ihre Brust, doch sie versuchte, nicht darauf zu achten.

»Wir müssen zurück, bevor es zu dunkel wird.« Er kehrte zurück ans Steuerrad, und in Beths Herz breitete sich Leere aus. »Geht es dir gut da drüben oder willst du wieder auf den Stuhl?«

Sie wollte wieder seine Arme um sich spüren. Seine Wärme in sich aufnehmen. Beth ermahnte sich, dass es bei dieser Unternehmung um Lucas ging. »Ja, alles bestens, danke.«

Als sie wenige Minuten später anlegten, war Beth erleichtert darüber, dass sie weder über Bord gegangen war noch ihr Mittagessen von sich gegeben hatte. Nachdem er das Boot vertäut hatte, half Joe ihr beim Aussteigen. »Wir haben wahrscheinlich das Abendessen bei Dad und Patty verpasst. Sollen wir hier im Restaurant was essen?«

In seiner Hand fühlte sich ihre an, als wäre sie am richtigen Ort. Wenn sie gedacht hatte, sie könnte mit Joe nur befreundet sein, dann hatte sie sich etwas vorgemacht. »Ich weiß nicht, ob ich so bald, nachdem ich auf dem Wasser war, etwas zu mir nehmen soll.«

Joe schmunzelte. »Ich glaube, diese Regel gilt nur für das Schwimmen. Wir waren aber nicht in, sondern auf dem Wasser.«

Schon möglich, trotzdem hatte Beth das Gefühl zu ertrinken. »Klar. Sicher. Etwas zu essen ist wahrscheinlich okay.«

Sie zog ihre Rettungsweste aus und reichte sie Joe, der sie ins Boot warf. »An einem Montagabend dürfte es nicht schwer sein, einen Tisch zu bekommen«, sagte er und winkte Beth zum Pier. »Also, was meinst du nun?«

»Wozu?«, fragte sie. Sie hatte nicht die Absicht, ihm ihre wahren Gedanken zu verraten.

»Zum Boot. Du schienst dich darauf ganz wohl zu fühlen. Ich könnte dir jetzt sagen, ich hab's ja gleich gewusst.« Joe lächelte und brachte sie mit seinem verflixten Grübchen durcheinander. »Aber das würde ich nie tun.«

Joe schien kein Problem damit zu haben, dass sie nur Freunde waren. Sie versuchte es ihm nicht zu verübeln. Vielleicht gelang es ihr, sich selbst davon zu überzeugen, dass sie in die Insel und nicht in den Mann neben sich verliebt war.

Hätte er ebenso anziehend auf sie gewirkt, wenn sie ihn in einem Café in Richmond kennengelernt hätte? Möglicherweise lag es am Wetter oder an der salzigen Brise. An der friedlichen, fast romantischen Atmosphäre von Anchor Island.

Sie bemühte sich um einen ebenso beiläufigen Ton. »Tu dir keinen Zwang an. Ich habe zwar nicht vor, mir allzu bald ein Hausboot zuzulegen, aber einen Nachmittag auf dem Wasser mit Lucas werde ich überstehen. Und auch die Heimfahrt mit der Fähre dürfte mir jetzt leichter fallen.« Die Erwähnung der Heimfahrt brachte ihr wieder den traurigen Gedanken an ihre baldige Abreise zu Bewusstsein. Wenigstens konnte sie dank ihrer Zeit bei Lola ein paar kleine Andenken an die Insel mit nach Hause nehmen.

Zum Ausgleich dafür, dass sie einen Teil von sich selbst auf Anchor Island zurückließ.

Joe hatte recht gehabt. Die Reihe am Fenster, von wo aus man einen grandiosen Ausblick auf den Hafen hatte, war besetzt, doch die meisten anderen Tische waren frei. Als sie dem Kellner in die hintere Ecke folgten, entdeckte Beth Cassandra Wheeler und Phil Mohler.

Sofort waren ihr zwei Dinge klar: Cassie hatte einen schrecklichen Geschmack, was die Wahl ihrer Tischgenossen betraf, und sie hatte irgendein Problem mit Beth. Wenn Blicke töten könnten, wäre Beth jetzt nämlich reif für den Sarg.

»Hallo, Joe«, sagte Cassie, als sie an ihrem Tisch vorbeikamen. »Und die kleine Verkäuferin. Wie süß.« Das war als Beleidigung gedacht, aber Beth ließ sich nicht provozieren und nickte nur.

»Verkäuferin?«, fragte Joe und sah zwischen Cassie und Beth hin und her. Beth legte all ihre nichtvorhandenen telepathischen Kräfte in den Blick, den sie Joe zuwarf, und wie durch ein Wunder verstand er die Botschaft. »Beth ist aus Richmond zu Besuch. Sie ist eine ... Freundin der Familie.«

»Tatsächlich?« Beth wusste nicht, ob Cassie Überraschung oder Interesse heuchelte. Mohler schnaubte.

»Wir wollen Sie nicht beim Essen stören«, sagte Beth und folgte dem Kellner, der zwei Tische weiter auf sie wartete.

»Seien Sie nicht albern«, sagte das blonde Gift und nahm die Ledertasche von dem Stuhl neben sich. »Ihr beiden müsst euch zu uns setzen. Keine Widerrede.« Cassie schnippte zweimal gebieterisch mit dem Finger, woraufhin der Kellner die beiden Speisekarten auf die freien Plätze legte.

Als Cassie ihn bittend ansah, runzelte Joe die Stirn und bedeutete Beth mit einem kurzen Nicken, sich zu setzen. Er stellte den leeren Stuhl neben Mohler an die Stirnseite des Tischs und nahm darauf Platz, sodass er im Gang zwischen den Tischreihen saß. Wie Beth vermutete, wollte er ein für alle Mal klären, welche Rolle Mohler in Cassies Plan spielte.

Entweder hatte Mohler Pfeffer eingeatmet oder litt an einer schweren Erkältung, jedenfalls machte Cassies Begleiter alle möglichen unkontrollierten Geräusche mit seiner Nase.

Beth musste wohl oder übel mit dem Stuhl neben Joes Ex vorliebnehmen. Eine Wolke Chanel schlug ihr entgegen. »Tut mir leid, Ihr Date zu stören«, sagte sie provozierend. Das war sonst nicht ihre Art, doch der Anblick von Cassies verkniffener Miene belohnte sie dafür.

Anstatt den Irrtum aufzuklären, blieb Cassie bei ihrer Mission, die ganz offensichtlich darin bestand, Beth zu quälen. »Woher kennen Sie eigentlich die Dempseys, Beth? Ich kann mich nicht erinnern, dass Joe Sie erwähnt hätte, als wir verlobt waren.«

Als Anwältin wusste Beth, wann ihr eine Suggestivfrage gestellt wurde. Cassie war im Bilde.

Kapitel 23

»Ich bin mit Joes Bruder Lucas verlobt.« Jetzt nur nicht zu viele Einzelheiten verraten. »Während Ihrer kurzen Zeit mit Joe hatten Lucas und ich uns noch nicht kennengelernt.«

Cassie lächelte matt, und Beth wusste, dass sie ihr den Wind aus den Segeln genommen hatte. Zumindest ein bisschen.

»Na, da gratuliere ich. Ich hatte schon gehört, dass Lucas verlobt ist, aber Sie sind nicht gerade das, was ich mir vorgestellt habe.«

Dieser Punkt ging an die Blondine. Beth warf einen Blick zu Joe, der die Augenbrauen nach oben zog. Er lächelte doch tatsächlich. Wenn er wüsste, was sie für ihn und die Insel aufs Spiel gesetzt hatte, fände er das nicht so komisch.

»Sie sind auch nicht gerade das, was ich mir für Joe vorgestellt hätte. Wir stecken anscheinend alle voller Überraschungen.« Sich mit dieser bösartigen Ausgabe von Barbie anzulegen war wahrscheinlich keine gute Idee, doch Beth konnte es nicht lassen. »Wie haben Sie und Mr Mohler sich kennengelernt? Auch Sie wirken wie ein ungleiches Paar.«

»Was soll das heißen?«, entrüstete sich Mohler. »Mit Dempsey kann ich es allemal aufnehmen.«

»Halt die Klappe, Mohler«, sagte Joe, den Blick auf Beth und Cassie gerichtet. »Was hast du hier mit Phil zu besprechen? Etwas Geschäftliches kann es nicht sein, ihm gehört ja nur eine winzige Hütte, und die liegt nach den Plänen, die ich gesehen habe, nicht auf dem Areal, für das ihr euch interessiert.«

Cassie nippte an ihrem Wein, um Zeit zu gewinnen. Mit dem falschesten Lächeln, das Beth je gesehen hatte, sagte sie: »Mr Mohler hat mich freundlicherweise eingeladen, um mit mir über die Insel zu sprechen. Anchor Island wird ein wichtiges Geschäftsfeld für uns, und wir wissen gerne, mit wem wir es zu tun haben.«

»Anchor Island wird niemals für irgendjemanden ein Geschäftsfeld werden«, entgegnete Joe. »Je eher du das begreifst, desto eher kannst du die nächste Fähre nehmen und von hier verschwinden. Zeit, die Zelte abzubrechen, Cassie.«

Die beiden maßen sich mit Blicken. Beth spürte, dass sie die Unterhaltung wortlos weiterführten, und es gefiel ihr nicht. »Mir ist der Appetit vergangen«, sagte sie und schob den Stuhl zurück.

Cassie brach den Augenkontakt zu Joe ab und drehte sich zu Beth. »Eine Frage noch, bevor Sie gehen. Stimmt es, dass Sie in derselben Kanzlei wie Lucas arbeiten?«

Beth erstarrte. Mit bemüht ausdrucksloser Miene antwortete sie: »Ja. Ich arbeite für Bracken, Franks & Holcomb in der Rechercheabteilung.«

Cassandra Wheelers Gesicht verzog sich zu einem Lächeln, während Beths Magen sich zusammenkrampfte. Lucas hatte sie gewarnt, aber sie hatte nicht auf ihn hören wollen. Warum hatte sie nicht auf ihn gehört?

»Na dann, vielleicht laufen wir uns dort ja mal über den Weg. Ich besuche Sie, wenn ich das nächste Mal in der Kanzlei bin. Geschäftlich.«

Beth brauchte nichts darauf zu erwidern. Cassie hatte ihre Botschaft laut und deutlich verkündet. Cassandra Wheeler hatte die Schlacht gewonnen, und sie wusste es.

Vielleicht hatte sie sogar den ganzen Krieg gewonnen.

»Können wir gehen?«, bat Beth und stand mit tauben Beinen auf.

Joe sah zu seiner Ex und dann zu Beth. »Ja, klar. Nach dir.«

*

Auf der Heimfahrt war Beth still. Obwohl Joe die gesamte Unterhaltung mitverfolgt hatte, wusste er nicht so recht, was eigentlich vorgefallen war. Seinem Gefühl nach hatte es bei ihrem Scharmützel unentschieden gestanden. Bloß zum Schluss schien Cassie der entscheidende Treffer gelungen zu sein.

Wenn er nur wüsste, womit.

Als er in der Auffahrt hielt und den Motor abstellte, machte keiner von ihnen Anstalten auszusteigen. Nach einer Minute des Schweigens hielt er es nicht mehr aus. »Habe ich gerade irgendetwas nicht mitbekommen?«

»Sie weiß es«, sagte Beth und starrte geradeaus.

»Was weiß sie?«

»Dass ich für die Kanzlei arbeite.«

»Und ist das ein Problem?«

Sie drehte sich energisch zu ihm. »Hast du nicht gehört, was sie gesagt hat? Wenn sie das nächste Mal in der Kanzlei ist? Klingelt es da nicht bei dir?«

Er wollte nicht mir ihr streiten. Vorsichtig gab er zurück: »Darüber habe ich mich auch gewundert. Warum sollte sie in eure Kanzlei kommen?«

»Weil meine Firma für ihren Vater arbeitet. Wir vertreten Wheeler Development in allen rechtlichen Angelegenheiten.«

»Okay.« Je mehr Fragen er stellte, desto mehr regte Beth sich auf, deshalb formulierte er seine nächste Frage als Feststellung. »Und das ist etwas Schlechtes.«

»Sie weiß, dass ich den Unternehmerverband unterstützt habe. Damit habe ich gegen die Interessen von Wheeler Development verstoßen. Verstehst du das denn nicht?«

Er verstand es nicht, aber wenn er das zugab, würde er sich Ärger einhandeln. Also schwieg er. Beth schnaubte, schnallte sich ab und stürzte aus dem Jeep. »Wie kannst du das nicht verstehen?«

»Beruhige dich erst mal und erklär mir, was ich nicht mitbekommen habe«, sagte er, sprang aus dem Wagen und holte sie vor der Veranda seiner Eltern ein. »Warum bist du so aufgebracht?«

Beth fuhr so jäh herum, dass Joe zurückweichen musste. »Sie wird dafür sorgen, dass ich gefeuert werde.«

Damit hatte er nicht gerechnet. »Cassie kann ein Miststück sein, aber warum sollte sie das tun?«

»Weil sie es kann. Wie konntest du diese gehässige, hinterhältige Frau einmal fast heiraten?« Sie verschränkte die Arme und wartete ungeduldig auf eine Antwort. »Ach, ich vergaß. Du bist ein Mann. Das erklärt alles.«

»Hey, warte mal kurz.«

»Worauf denn? Auf meine offizielle Kündigung? Darauf, dass sich die Träume meiner Großeltern in Luft auflösen? Darauf, dass Lucas ...«

»Dass Lucas was?«, fragte Joe, hin- und hergerissen zwischen Wut und Hoffnung. »Dass Lucas dich fallen lässt, weil du deinen Job verloren hast?«

»Das würde er nicht tun«, versetzte sie, die Augen auf den sandigen Boden zu ihren Füßen gerichtet.

Joe packte sie an den Armen. »Was ist denn eigentlich los? Gerade noch haben wir einen herrlichen Tag auf dem Wasser verbracht. Ich bin zwar kein Anwalt, aber ich weiß, dass du nichts getan hast, was eine Kündigung rechtfertigen würde.«

Beth schüttelte den Kopf, eine Träne lief ihr über die Wange. »Du verstehst das nicht. Du lebst hier auf dieser paradiesischen Insel, abgeschieden vom Rest der Welt. In einer Postkartenidylle, wo jeder Tag wie Urlaub ist.« Sie riss sich los und stiefelte auf die Veranda zu. »Manche haben nicht das Glück, sich vor dem echten Leben verstecken zu können.«

Joe ballte die Hände zu Fäusten und spürte an seinem Hals eine Ader pulsieren. »Du denkst, ich verstecke mich?«

Sie drehte sich um, einen Fuß bereits auf der Treppe. »Tust du das etwa nicht? Wovor hast du Angst, Joe?«

»Frag dich das doch selbst mal. Ich höre die ganze Zeit nur, was deine Großeltern sich gewünscht hätten. Oder was Lucas will. Was willst du eigentlich?« Er trat ganz nah zu ihr. »Was willst du, Beth? Willst du Anwältin sein? Nach allem, was du mir erzählt hast, habe ich nämlich einen anderen Eindruck.«

»Was ich will, zählt nicht.«

»Meine Güte, bist du stur«, sagte er und fuhr sich mit der Hand durch die Haare, dann trat er ein paar Schritte zurück. Am liebsten hätte er sie geschüttelt, bis sie zur Vernunft kam. »Beantworte meine Frage, verdammt noch mal. Was willst du?«

Sie rieb sich mit den Händen übers Gesicht, strich sich die Haare zurück. »Ich will ... ich will nur ...«

»Sag es.«

Beth schloss die Augen, und wieder lief ihr eine Träne über die Wange. »Ich will, dass alles wieder so wird, wie es war, bevor ich hierhergekommen bin. Bevor ich an Bord dieser Fähre gegangen bin und dich kennengelernt habe, mit deinen blauen Augen und diesem verdammten Grübchen. Bevor ich mich in diese Insel und ihre Bewohner verliebt habe.« Sie ließ die Hände an die Seite sinken, und auch ihre Schultern sackten herab. »In *alle* Bewohner der Insel.«

Die gesamte Luft entwich aus seinen Lungen, und ein einziger Gedanke brüllte in seinem Kopf.

Sie liebt mich.

»Was sollen wir jetzt tun?«

»Nichts«, sagte sie und ging ins Haus.

*

Beth nahm sich eine Stunde, um sich zu sammeln, bevor sie Lucas anrief. Er musste erfahren, was hier vor sich ging. Wenn man ihn in die Personalabteilung rief, damit er zu ihren Aktivitäten Stellung nahm, sollte er wenigstens eine Ahnung davon haben, wovon die Rede war.

»Hallo, du«, sagte Lucas. Er klang schläfrig, aber erfreut, ihre Stimme zu hören. »Wie geht's, wie steht's?«

Sie antwortete nichts darauf und fragte stattdessen: »Habe ich dich aufgeweckt? Tut mir leid, ich hätte dich schlafen lassen sollen.«

»Nein, schon gut. Ich habe nur Sport geguckt und bin dabei eingenickt.« Er gähnte. »Ich bin froh, dass du dich meldest. Tut mir leid, dass ich deine Anrufe am Wochenende verpasst habe.«

»Das macht doch nichts«, sagte sie und nahm all ihren Mut zusammen. »Ich muss mit dir über etwas reden.« Ihr wurde es eng ums Herz.

»Worüber? Versucht Patty dir einzureden, dass wir auf Anchor Island heiraten sollen?« Als Lucas leise lachte, kauerte Beth sich auf dem Bett ganz eng zusammen.

»Nein. Wir haben nicht über die Hochzeit gesprochen.« Mach es kurz und schmerzlos, dachte sie. »Es geht um Cassandra Wheeler.«

»Ist sie immer noch auf der Insel? Ich dachte, Joe hätte sie inzwischen vergrault.«

»Sie ist hier. Wir haben sie heute Abend beim Essen getroffen.«

»Wir? Du und die Familie?«

»Nein«, räumte sie ein und kniff die Augen zusammen. »Joe und ich. Jedenfalls weiß sie es.«

Jetzt merkte Lucas auf. »Was weiß sie?«

»Dass ich für die Kanzlei arbeite und mitgeholfen habe, Informationen für den Unternehmerverband zu sammeln. Informationen, die dazu beitragen können, Wheeler von der Insel zu vertreiben.«

»Ich hab dir doch gesagt, du sollst dich da raushalten. Was hast du dir dabei gedacht?«

Sie hatte sich gedacht, dass sie Joe dabei helfen wollte, die Insel zu schützen, die ihm so viel bedeutete. Und jetzt auch ihr. Aber das konnte sie Lucas nicht erzählen.

»Nicht allzu viel, glaube ich. Ich wollte dir nur Bescheid geben, falls es in der Firma zum Thema wird, bevor ich wieder da bin.« Mit den Tränen kämpfend fügte sie noch hinzu: »Es tut mir leid.«

»Lass uns mal überlegen«, sagte er, und sie wusste, dass er angefangen hatte, auf und ab zu laufen. Lucas lief immer auf und ab, wenn er versuchte, ein Problem zu lösen. »Wie hat deine Beteiligung genau ausgesehen?«

Beth wischte sich eine vorwitzige Träne vom Kinn, die herunterzufallen drohte. »Ich habe eine Liste von Unternehmern und ihren Kontaktdaten angelegt. Ich habe Daten über die örtliche Wirtschaft und Touristenzahlen gesammelt und damit Zukunftsprognosen erstellt.«

»Hast du irgendwelche Recherchen unternommen, wie die Unternehmer auf dem Rechtsweg gegen Wheeler vorgehen können?«

»Das war ohne eine juristische Bibliothek nicht möglich. Ich weiß nicht, wann du zum letzten Mal hier warst, aber in der Inselbücherei sind juristische Fachbücher Mangelware.«

»Dann ist ja alles bestens. Du hast lediglich Informationen gesammelt, die sich jeder aus dem Internet besorgen kann. Du hast keine juristische Recherche betrieben und weder Gesetze zitiert noch Präzedenzfälle ermittelt. Können sie dir überhaupt irgendetwas nachweisen?«

Kein Wunder, dass Lucas so viele Freisprüche erzielte. »Ich habe nirgendwo mit meinem Namen unterschrieben, aber wenn mich jemand darauf anspricht, was ich getan habe, werde ich es nicht abstreiten.«

»Das spielt keine Rolle«, sagte Lucas, ganz der Verteidiger. »Cassandra Wheeler kann so viele Strippen ziehen, wie sie will - was du mir erzählt hast, rechtfertigt keinesfalls eine Kündigung.

Gibt es sonst noch etwas?«

Beth hielt den Atem an.

Ich bin in deinen Bruder verliebt.

»Nein.«

»Gut.« Lucas atmete hörbar aus. »Wenn sie etwas gegen dich anzetteln, werden wir damit fertig. Gemeinsam. Okay?«

Es zerriss sie fast vor schlechtem Gewissen. »Okay.«

»Weinst du? Schatz, wein doch nicht. Das wird schon wieder. Du hast einen Fehler gemacht, aber wir bekommen das wieder hin.«

Ihr ganzes Leben erschien ihr wie ein großer Scherbenhaufen, der sich nicht mehr kitten ließ. »Es geht mir gut. Wirklich. Aber ich bin müde und muss ins Bett.« Sie rollte sich auf die Seite und drückte sich ein Kissen auf den Bauch. »Ich rufe dich morgen Abend an.«

»Kann sein, dass wir Überstunden machen müssen. Die Beweisaufnahme findet am Freitag statt. Aber ich hab das Handy dabei.« Mehrere Sekunden lang blieb es in der Leitung still. »Versuch, dir keine Sorgen zu machen, Elizabeth. Morgen früh sieht alles schon wieder ganz anders aus.«

»Ich weiß. Gute Nacht.«

»Ich liebe dich«, sagte Lucas und versetzte ihr damit den Todesstoß.

Sie konnte die Worte nicht erwidern. »Gute Nacht«, sagte sie, beendete das Gespräch und weinte in ihr Kissen.

*

Cassandra Wheeler wurde zweimal weiterverbunden, bevor sie endlich in Lucas Dempseys Büro landete, und dann teilte ihr seine Sekretärin mit, Lucas sei beschäftigt. Cassandra bestand darauf, ihn zu sprechen, und nach ein paar weiteren Minuten hob er endlich ab.

»Lucas Dempsey am Apparat«, sagte er. Er schien genauso verärgert zu sein wie sie.

»Hallo, Lucas. Hier spricht Cassandra Wheeler.« Sie hatte sich diesen Anruf in ihrer Fantasie ausgemalt, seit dieses lockenmähnige Miststück gemeinsam mit Joe das Lokal verlassen hatte.

Ihrem Joe.

»Was willst du, Cassie? Ich war in einer wichtigen Besprechung.«

»Ich habe einige Informationen bezüglich der Aktivitäten deiner Verlobten auf Anchor Island für dich.«

»Ich weiß Bescheid über die Aktivitäten meiner Verlobten. Sie hat mir gestern Abend davon erzählt. Sonst noch was?«

Cassandra zögerte. Sie hätte nie gedacht, dass das Flittchen es von selbst beichten würde. »Sie hat dir gestern Abend davon erzählt?«

»Ja«, bestätigte er.

»Ich muss gestehen«, sagte sie, »du nimmst es besser auf als die meisten Männer an deiner Stelle.«

»Ich bin nicht wie die meisten Männer. Also, wenn das alles ist …«

Cassandra schnaubte. »Du nimmst es ja ganz schön ruhig auf, Lucas. Ich kenne kaum jemand, der auf die Nachricht, dass seine Verlobte eine Affäre mit seinem Bruder hat, so gelassen reagiert hätte.«

Lucas' Verblüffung war durch die Leitung zu spüren, und Cassandra lächelte. Die kleine Beth hatte also doch nichts gebeichtet.

»Was war das gerade?«

»Sie hat dir wohl nicht alles gesagt.« Cassie klemmte sich das Telefon zwischen Ohr und Schulter, während sie eine Hose faltete und in den Koffer warf. »Deine Verlobte ist nicht so unschuldig, wie sie aussieht. Von Joe hätte ich das allerdings nicht erwartet. Er ist immerhin dein Bruder.«

»Warum sollte ich dir glauben?«, sagte Lucas knurrend. »Du hast meinen Bruder auf dem Kieker, seit er dir den Laufpass gegeben hat. Ich werde bei deinem kleinen Racheplan nicht mitspielen.«

»Er hat mir nicht den Laufpass gegeben«, widersprach sie. »Ich wollte nicht den Rest meines Lebens auf diesem winzigen Flecken Erde verbringen. Und wenn er mich wirklich geliebt hätte, wäre ihm diese öde Insel nicht wichtiger gewesen als ich.«

»Ich glaube, deine Motive liegen klar auf der Hand. Das Gespräch ist beendet.«

»Sie halten dich zum Narren, und jeder auf der Insel sieht es. Wenn du mir nicht glaubst, komm her und überzeug dich selbst davon. Aber sag nicht, ich hätte dich nicht gewarnt, wenn dir deine Verlobte davonläuft.«

Nach dieser letzten Spitze legte Cassandra auf, zog den Reißverschluss ihres Koffers zu und trat ihre Rückreise an. Je schneller sie von dieser sandigen Drecksinsel wegkam, desto besser.

*

Zu Beths Erleichterung war Joe die nächsten beiden Tage ausgebucht, was bedeutete, dass sie ihm nicht begegnen musste. Sie brauchte Zeit zum Nachdenken. Als sie am Dienstagmorgen mit grauenvollen Kopfschmerzen aufwachte, weil sie sich in den Schlaf geweint hatte, kam ihr Lolas Satz wieder in den Sinn.

Alle Sorgen vergehen, wenn man in unschuldige Kinderaugen blickt.

Gott sei Dank war Helga froh über ihre Hilfe. Die Babys waren eine angenehme Ablenkung und zauberten ein Lächeln in Beths Gesicht, nachdem sie es für unmöglich gehalten hatte, jemals wieder lächeln zu können. Und dann musste sie plötzlich daran denken, dass sie und Lucas einmal Kinder haben würden. Mit geschlossenen Augen versuchte sie sich vorzustellen, wie Lucas ein Kind auf seinem Arm wiegte.

Es ging nicht. Stattdessen sah sie wie in einer Endlosschleife das Bild vor sich, wie Joe die kleine Cecilia sanft auf und ab geschwungen hatte. Je mehr sie sich bemühte, Lucas in der Vaterrolle zu sehen, desto strahlender lachte ihr Joe mit seinen blauen Augen entgegen und beherrschte ihre Fantasie.

Wie hatte sie es nur so weit kommen lassen können? Ihr Aufenthalt hier war als zweiwöchiger Erholungsurlaub mit ihrem Verlobten geplant, damit sie seine Familie kennenlernen und für sich einnehmen konnte. Zweifel an ihrer Verlobung mit Lucas gehörten nicht dazu. Und ganz bestimmt auch nicht, sich in seinen Bruder zu verlieben.

Und sie war in ihn verliebt. Es hatte keinen Sinn, ihre Gefühle jetzt noch zu leugnen. Zumal sie die Joe gegenüber sogar schon zugegeben hatte.

Wie bescheuert von ihr. Und warum hatte dieser Idiot sie nicht für verrückt erklärt oder ihr gesagt, dass er ihre Gefühle nicht erwiderte? *Was sollen wir jetzt tun?* Was glaubte er denn, was sie tun sollten? In sein Boot springen und in den Sonnenuntergang schippern? Ihrem Herzen folgen und den Rest der Welt sich selbst überlassen – sollten sie doch sehen, wie sie mit ihrem Kummer und dem Betrug fertig wurden?

Das konnte sie nicht. Und tief im Innern wusste sie, dass Joe es auch nicht konnte. Doch nachdem sie sich zwei Tage lang das Gehirn zermartert hatte, war sie einer Lösung nicht näher als zuvor.

»Na endlich«, sagte Lola, die ihr auf dem Parkplatz entgegenkam.

»Ich wusste nicht, dass es so eilig ist.« Lola zog Beth zur Veranda. »Was gibt es denn, das nicht warten kann?«

»Ich muss dir etwas zeigen.« Für eine Frau, die doppelt so alt war wie Beth, bewegte sich Lola erstaunlich flink. »Er ist noch nicht mal eine Stunde hier, und mir geht schon der Gesprächsstoff aus.«

»Wer ist hier?« Bevor Lola antworten konnte, fiel der Groschen. »Doch nicht etwa Marcus?« Beth beschleunigte ihren Schritt. »Warum hast du mich nicht angerufen?«

»Ich habe bei Miss Patty angerufen. Sie hat gesagt, du bist schon vor über einen halben Stunde aufgebrochen. Wo warst du denn so lange?« Sie hatte Lola noch nie so aufgelöst erlebt. Es war irgendwie süß.

»Ich habe mir Zeit gelassen und unterwegs einen Kaffee getrunken. Immerhin ist das mein Urlaub.« Beth öffnete die Ladentür. »Das scheint hier allerdings keiner zu merken.«

Im Laden hielten sich einige Touristen auf wie auch zuvor im Café, aber es war nicht gerade ein Massenansturm. Beth hoffte, das würde sich nach dem Memorial Day ändern. Auch wenn sie dann nicht mehr hier sein würde. Zu ihrer Überraschung stand Will hinter der Kasse und bediente einen Kunden. »Was macht Will denn hier?«

»Sie hilft während der Saison aus.«

»Ich dachte, sie arbeitet im O'Hagan's? Und im Hava Java?«

Lola lotste Beth zwischen den Kunden nach hinten zur Keramikwerkstatt durch. »Wenn man kein eigenes Geschäft besitzt, kommt man auf der Insel nur schwer über die Runden. Soweit ich weiß, arbeitet Will mal hier, mal da.«

Will war wirklich eine Alleskönnerin. »Warum lebt sie dann hier, wenn man so schwer über die Runden kommt?«

Die ältere Frau blieb neben einem Tisch mit Vasen stehen und drehte sich zu Beth um. »Das musst du sie schon selbst fragen.« Lola schloss die Augen und versuchte, sich mit einer Yoga-Atemübung zu entspannen. Nach drei Atemzügen sagte sie: »Okay, ich bin bereit.«

»Warum bist du denn so nervös?«, fragte Beth, als sie hinter Lola durch den Perlenvorhang trat. »Du bist doch sonst die

Ruhe in Person. Ich kann nicht glauben, dass dich ein Mann derart aus der Fassung gebracht hat.«

Wieder drehte sich Lola um, sodass Beth mit ihr zusammenstieß. »Das ist nicht irgendein Mann. Das ist der Mann, den ich seit fünfunddreißig Jahren nicht mehr gesehen habe und bei dem ich immer noch so weiche Knie bekomme wie damals.« Wieder konzentrierte sie sich auf ihre Atmung.

Die Wahrheit schien auf der Hand zu liegen, auch wenn Beth es kaum glauben konnte. »Du hast Schiss. Lola, wenn dieser Mann auch nur einen Funken Grips im Hirn hat, wird er merken, dass du immer noch die schönste und aufregendste Frau der Welt bist. Und wenn er das nicht merkt, verdient er dich nicht.«

Ihre braunen Augen wurden feucht. »Lieber Himmel, Kind. Bring mich nicht zum Weinen, bevor ich reingehe. Er muss mich ja schon für verrückt halten, weil ich so überstürzt davongerannt bin.«

Beth kicherte. »Du bist einfach davongerannt?«

»Ich konnte nicht anders«, sagte sie und warf Beth einen warnenden Blick zu – das war schon eher die alte Lola. »Ich bin schon einmal vor ihm davongelaufen. Was, wenn er mir nicht verzeihen kann?«

»Er ist doch hier, oder etwa nicht?«, fragte Beth und wischte eine Träne von Lolas runzliger Wange. »Er hat dich nach all den Jahren aufgespürt. Du hast eine zweite Chance. Geh und ergreife sie.«

In diesem Moment trat ein großer schwarzer Mann mit stoppelkurzem, weißem Haar und strahlenden, haselnussbraunen Augen durch den Vorhang. Er musste sich ein wenig unter dem Türrahmen bücken, und so zerknautscht, wie der Hut in seiner Hand aussah, hatte er sich wahnsinnige Sorgen gemacht. Bei Lolas Anblick ging ein Lächeln über sein Gesicht und seine Schultern entspannten sich.

Beth hatte noch nie einen Mann erlebt, der so verschossen war wie Marcus. Ein Blick auf ihre Freundin bestätigte ihr, dass seine Gefühle erwidert wurden. Augenblicke lang standen die beiden Verliebten da und himmelten einander an, als wären sie allein auf der Welt. Als Beth sich räusperte, fuhr Lola zusammen.

»Oh«, sagte Lola und nahm Beths Hand. »Das ist meine Freundin Beth. Ich habe dir doch von ihr erzählt. Beth, das ist Marcus Granville.«

»Freut mich, Sie kennenzulernen, Beth«, begrüßte Marcus sie. Sein voller, tiefer Bariton ließ ihre Haut vibrieren. Wie hatte Lola diesen Mann bloß ziehen lassen können? »Lola hat mir viel von Ihnen erzählt. Sie hat gesagt, Sie seien praktisch schon hier auf der Insel zu Hause.«

Hier auf der Insel zu Hause. Das war sie nicht und würde sie nie sein. Auch wenn sie es noch so sehr wollte. »Nein, ich bin nur eine Touristin. In ein paar Tagen reise ich wieder ab.«

Sie würde die Insel verlassen. Und damit Joe.

Kapitel 24

»Beth, Liebes, alles in Ordnung?« Lola schob sanft ihr Kinn hoch. »Du bist auf einmal ganz blass geworden.«

Beth ignorierte den Schmerz in ihrer Brust und lächelte, auch wenn es ein aufgesetztes Lächeln war. »Ja, alles in Ordnung.« Lola kniff skeptisch die Augen zusammen. »Wirklich. Es geht mir gut.« An Marcus gewandt fragte Beth: »Wie lange bleiben Sie auf der Insel? Oder spielen Sie mit dem Gedanken, sich hier niederzulassen?«

Sich mit Lolas Liebesleben zu beschäftigen war weniger aufwühlend.

Marcus sah Lola strahlend an. »Es gehört zu den Freuden des Rentnerdaseins, ungebunden zu sein. Und das heißt, ich bleibe so lange hier, wie Lola mich haben will.«

Lola errötete. Wenn die Frau klug war, würde sie sich diesen Mann mit beiden Händen krallen und ihn nie wieder loslassen.

»Entschuldigung«, sagte Will und trat zwischen Lola und Beth. »Die Post ist gekommen. Der oberste Brief ist von Wheeler Development. Glaubt ihr, er hat das Angebot noch einmal erhöht?«

Dafür, dass sie keinen eigenen Laden besaß, war Will erstaunlich gut über die Wheeler-Sache informiert. Aber wenn man mal hier, mal dort arbeitete, blieb man wahrscheinlich auf dem Laufenden.

Lola nahm den obersten Brief und gab Will den Rest zurück. »Und wenn er mir noch so viel bietet, ich werde niemals verkaufen.«

Während Lola den Umschlag aufriss, stieß Will Beth in den Arm. »Heute steigt im O'Hagan's ein Karaoke-Abend. Du hast letztes Mal eine tolle Show geboten, als du mit Tequila abgefüllt warst.«

Beth rieb sich die schmerzende Stelle. Diese Frau hatte einen fiesen linken Ellbogen. »Das war ein einmaliger Auftritt, aber trotzdem danke.«

Will zuckte die Schultern. »Wie du willst. Hundert Dollar Siegprämie sind allerdings auch nicht zu verachten.«

Lola keuchte auf.

»Was ist?«, erkundigte sich Will.

»Ich fasse es nicht.« Sie grinste. »Sie haben sämtliche Angebote zurückgezogen.«

»Wie bitte?« Beth traute ihren Ohren nicht.

»Lies selbst.« Lola reichte ihr den Brief. Beim Überfliegen der Seite stieß Beth auf den entscheidenden Absatz.

Hiermit widerruft Wheeler Development sämtliche Angebote zum Kauf von Geschäftsobjekten und allen dazugehörigen Grundstücken. Dieses Schreiben ersetzt alle früheren schriftlichen und mündlichen Vereinbarungen.

»Sie geben auf«, flüsterte Beth ehrfürchtig. Die Sache hatte doch bestimmt einen Haken. »Aber warum sollten sie das tun?«

»Wen kümmert das schon?«, meinte Lola. »Wheeler lässt die Finger von unserer Insel, das ist alles, was zählt.«

So einfach konnte es nicht sein. Nach allem, was sie über Wheeler und sein Geschäftsgebaren gehört hatte, war er nicht der Typ, der aufgab. Nicht wegen ein paar aufsässigen Inselbewohnern. Er würde sie einfach überrollen und sich nehmen, was er wollte.

Es sei denn, er hatte die Insel von Anfang an nicht gewollt. Beth musste an Cassandras entschlossene Miene denken. Joe hatte recht gehabt. Das alles hatte zu Cassies Racheplan gehört. Wenn sie jetzt aufgab, musste es einen Grund dafür geben.

Beths Entlassung würde Joe nicht besonders nahegehen. Aber was dann?

»Lola, ich muss los.«

»Du bist doch gerade erst gekommen.« Leise fügte sie noch hinzu: »Du kannst mich jetzt nicht allein lassen.«

Beth umarmte die schmächtige Frau und flüsterte ihr ins Ohr: »Er liebt dich, Lola. Halt ihn fest.« Dann löste sie sich von ihr, nahm Lolas Hände und sagte nickend: »Ich möchte, dass du ein bisschen herumtelefonierst und in Erfahrung bringst, ob Wheeler tatsächlich sämtliche Angebote zurückgezogen hat. Es könnte ja auch sein, dass es neue Pläne für das Projekt gibt und nur dein Grundstück nicht mehr benötigt wird.«

»Das kann ich übernehmen«, bot Will an. Als Beth sie fragend ansah, zuckte sie die Schultern. »Lola hat Besuch. Und ich kenne alle Nummern.«

Beth erkannte in Will eine verwandte Seele. Will suchte ebenfalls nach einem Platz, wo sie hingehörte. Ein weiterer Grund, warum es ihr schwerfallen würde, die Insel zu verlassen. Sie hätten Freundinnen werden können. »Danke.«

»Wo willst du denn hin?«, fragte Lola.

Was auch immer zwischen Joe und Cassie vorgefallen war, es ging niemanden etwas an, deshalb blieb Beth vage. »Ich muss noch etwas überprüfen, um auf Nummer sicher zu gehen, dass das Ganze auch wirklich vorbei ist.« Ohne Lola Gelegenheit zu einer Antwort zu geben, wandte sie sich an Marcus: »Es war nett, Sie kennenzulernen. Ich hoffe, wir sehen uns vor meiner Abreise noch einmal. Unsere gemeinsame Freundin ist etwas ganz Besonderes.«

»Ja, in der Tat.«

Mit einem Küsschen auf Lolas Wange steuerte Beth auf die Tür zu. Cassandra Wheeler würde niemals aufgeben, wenn sie nicht noch einen Trumpf im Ärmel ihrer Designerjacke hätte. Sie musste Joe rechtzeitig warnen.

*

Rote und orangefarbene Wirbel zierten den Horizont, aber Beth war zu sehr damit beschäftigt, auf und ab zu laufen, um Augen für den Sonnenuntergang zu haben. Will hatte zwei Stunden zuvor angerufen und bestätigt, was Beth bereits vermutet hatte. Jedes Unternehmen auf der Insel, das mit Wheeler Development in Kontakt stand, hatte dasselbe Schreiben wie Lola erhalten. Die Bedrohung, dass die Insel in ein Las-Vegas-artiges Spielparadies für die Reichen und Berühmten verwandelt wurde, war vom Tisch.

Und Cassandra Wheeler hatte sich aus dem Staub gemacht, wie eine Bekannte von Will, die in der Ferienhausvermittlung arbeitete, bestätigte. Wenn ihre Informationen stimmten, hatte Cassie die Insel bereits vierundzwanzig Stunden vor dem Eintreffen der Briefe verlassen, und alle Briefe waren auf den Dienstag datiert. Seltsam, wo sie doch noch am Montagabend eiskalt verkündet hatte, dass die ganze Insel irgendwann den Wheelers gehören würde.

Wenn sie schon wusste, dass die Angebote zurückgezogen wurden, warum hatte sie das dann nicht einfach gesagt? Aber andererseits war Cassie es nicht gewohnt, zu verlieren. Wahrscheinlich hatte das verzogene Gör noch immer alles bekommen, was es wollte. Abgesehen von Joe.

Es musste etwas mit ihrer Begegnung am Hafen zu tun haben. Cassie hatte sich mit Phil Mohler unterhalten, vielleicht war er der Schlüssel. Hatte er Cassie die richtige Munition geliefert, damit sie Joe eins auswischen konnte?

Als Beth hinter sich ein Bellen hörte, drehte sie sich um. Joes Jeep fuhr in die Auffahrt. Im Eilschritt war sie an der Autotür, noch bevor er den Motor abgestellt hatte. »Wir müssen uns unterhalten.«

»Ja, bestimmt, aber heute habe ich dafür keine Energie mehr.« Er schnappte sich seinen Rucksack aus dem Fußraum vor dem Beifahrersitz, kletterte aus dem Wagen und wartete darauf, dass Dozer es ihm nachtat. »Im Augenblick möchte ich nur ein Bier und mein Sofa.«

Als er die Tür zuschlagen wollte, hinderte sie ihn daran. »Es geht nicht um uns, sondern um die Insel. Wheeler hat alle Angebote zurückgezogen. Der Kampf ist vorbei.«

Joe ließ den Rucksack auf seinen Sitz fallen. »Ist das dein Ernst?«

»Ich war bei Lola, als der Brief ankam. Will hat herumtelefoniert, und alle anderen haben dasselbe Schreiben bekommen.«

»Will?«

»Die im O'Hagan's an der Bar arbeitet. Und im Café. Und bei Lola im Laden.«

»Diese Hippiefrau, die überall herumjobbt? Woher kennst du sie eigentlich?«

»Sie hat Sid und mich neulich im O'Hagan's bedient, aber darum geht es doch gar nicht.« Beth schlug frustriert die Tür zu. »Wheeler hat alle Angebote widerrufen, und Cassandra ist von der Insel abgereist.«

»Dann haben wir gewonnen. Das ist doch gut.«

»Warum sollten sie auf einmal aufgeben?«, fragte Beth mit zusammengekniffenen Augen.

Joe zog die Sonnenbrille aus dem Ausschnitt seines schwarzen T-Shirts und steckte sie auf die Sonnenblende im Wagen. »Ich weiß es nicht, und es ist mir auch egal.«

»Blödsinn«, sagte sie und wartete, bis er ihr wieder in die Augen schaute. »Wir wissen beide, warum Cassie wirklich auf die Insel gekommen ist.«

»Ich habe keine Ahnung, wovon du redest.«

»O doch, das hast du. Ich konnte es dir bei der Versammlung des Unternehmerverbands vom Gesicht ablesen. Sie ist gekommen, um sich an dir zu rächen. Warum habt ihr eure Verlobung gelöst?«

Joe kreuzte die Arme. »Das geht dich nichts an.«

»Und ob es das tut. Ich habe meinen Job riskiert, um euch zu helfen. Was ist passiert?«

Mit einem resignierten Seufzer warf Joe sich den Rucksack über die Schulter und fuhr sich mit der Hand durch sein dunkles Haar. »Wenn ich es dir erzähle, brauche ich aber ein Bier.« Er schloss die Autotür und ging zum Haus.

*

Joe lud den Rucksack auf dem Sofa ab und führte Beth durch das Haus zur hinteren Veranda. Unterwegs nahm er eine Limonade und ein Bier mit. Er trank einen großen Schluck, bevor er die Flasche auf den Boden stellte und die letzten Streifen Orange über dem Sund betrachtete.

»Ich habe Cassie kennengelernt, als sie auf der Insel ein Praktikum gemacht hat. Erst nach einem Monat oder so habe ich erfahren, dass sie aus einer reichen Familie stammt, aber es war mir auch nicht wichtig. Ich wollte sie, kaufte ihr einen Ring und machte ihr nach drei Monaten einen Antrag.«

Er warf einen Blick zu Beth, um ihre Reaktion zu sehen. Wenn sie ihn für leichtsinnig und dumm hielt, was er auch war, ließ sie es sich zumindest nicht anmerken.

»Das Praktikum ging zu Ende und sie fuhr nach Hause. Ich dachte, sie würde es nur ihrem Daddy sagen und dann zurückkommen. Einen Monat lang tischte sie mir eine Ausrede nach der anderen auf, warum sie nicht kam.«

»Und deshalb bist du zu ihr gefahren«, sagte Beth. »Den Teil hat Patty mir erzählt.«

»Richtig.« Joe nahm noch einen Zug aus seiner Flasche, dann spielte er mit dem Etikett herum. »Als ich sah, wie sie lebte, wusste ich, dass die Chancen für uns nicht gut standen.«

»Ich war noch nie auf dem Anwesen der Wheelers, aber ich habe gehört, dass es beeindruckend ist.«

»Beeindruckend, so kann man es auch nennen.« Er hatte noch nie ein Haus mit verschiedenen Flügeln gesehen. Diese Monstrosität konnte man nicht als Heim bezeichnen. Es war mehr wie ein überdimensionales Mausoleum. »Während unserer kurzen Unterhaltung im Salon, wie der Butler den Raum nannte, teilte mir Cassie mit, dass sie sich ein Leben auf Anchor Island nicht vorstellen könne, und wenn ich sie heiraten wolle, müsse ich hierherziehen. Es erübrigt sich wohl zu sagen, dass das für mich nicht infrage kam.«

Beth wiegte sich in dem Schaukelstuhl neben ihm. »Sie hat dir ein Ultimatum gestellt. Anfängerfehler.«

Joe schnaubte. »Ich sagte ihr, sie könne mich nur im Paket bekommen, mich, den Hund und die Insel. Du hast ja gesehen, was Dozer von ihr hält, und sie hatte mir bereits klargemacht, dass sie nicht auf der Insel leben würde. Du errätst sicher, wie es weiterging.«

Einige Augenblicke saßen sie schweigend da. Joe hatte noch nie jemandem erzählt, was in Richmond passiert war. Nicht einmal Randy, der ihn danach einen ganzen Monat lang jeden Abend nur noch sternhagelvoll erlebt hatte.

»Hast du wirklich gedacht, dass eine Frau wie sie hier leben würde?«, fragte sie.

»Ich weiß nicht, was ich gedacht habe. Für mich ist dieser Ort hier vollkommen. Warum sollte irgendjemand von hier weggehen wollen?« Er drehte den Kopf zu ihr und sah ihr in die Augen. »Das ist der große Unterschied zwischen Lucas und mir. Für ihn ist die Welt da draußen etwas, das es zu erobern gilt. Für mich besteht die ganze Welt aus dieser Insel.«

Beth wandte den Blick ab und setzte den Schaukelstuhl mit der Spitze ihrer Sandale in Gang. »Glaubst du, Lucas nimmt es dir übel, dass du dich nicht wie er ins Leben stürzt?«

Lucas hatte ihn nie gedrängt, die Insel zu verlassen. Er hatte seine Wahl immer akzeptiert. »Nein.«

»Warum kritisierst du ihn dann für seine Entscheidung? Dass er sein Leben nicht auf Anchor Island verbringen will, ist kein menschlicher Makel. Es ist einfach nicht sein Ding.«

Von dieser Seite hatte Joe es noch nie betrachtet. In seinem Eifer, seine Lebensweise zu verteidigen, hatte er ganz übersehen, dass Lucas jedes Recht hatte, seinen eigenen Weg zu gehen.

»Du hast recht. Ein weiterer Beweis dafür, dass ich ein Trottel bin, der nicht über seinen Tellerrand hinausblicken kann.«

»So weit würde ich nicht gehen«, entgegnete Beth lächelnd. »In Cassies Augen hast du die Insel ihr vorgezogen. Das erklärt ihre Rachegelüste.« Beth schlug die Beine unter und drehte sich zu ihm. »Aber es erklärt nicht, warum sie aufgegeben hat. Sie ist ausgezogen, dir wehzutun, indem sie genau das attackierte, was dir am meisten am Herzen liegt. Und jetzt ist sie einfach so abgereist. Warum?«

Er dachte an ihre Unterhaltung im Dempsey's. »Vielleicht schaut sie jetzt einfach nach vorne. Wir hatten am Samstagabend ein Gespräch. Ich war mir nicht sicher, ob ich sie überzeugen konnte, aber womöglich doch.«

»Du hattest am Samstagabend ein Gespräch mit Cassie?«

»Ja, im Dempsey's. Ich habe Tische abgeräumt, und sie war zum Essen da. Unter dem Strich war ich für sie nur ein Mittel zum Zweck. Durch die Heirat mit mir konnte sie ihrem Dad eins auswischen und sich die Yuppie-Arschkriecher vom Leib halten, die nur hinter ihrem Geld her waren.« Dozer legte seinen Kopf auf Joes Knie, und Joe kraulte ihn hinter den Ohren. »Die Wahl fiel nur zufällig auf mich, es hätte auch jeden anderen Fischer von hier treffen können, und das wusste sie.«

»Das hast du ihr alles gesagt?«

»Klar. Warum?«

»Hast du ihr gesagt, dass du sie nie geliebt hast?«

Joe überlegte. »Nein, aber ich habe ihr klargemacht, dass ich nach vorne schaue und dass sie dasselbe machen soll.« Beth entfuhr ein erschrecktes Geräusch und sie biss sich auf die Unterlippe. »Was ist?«, fragte er.

»Du hast einer Frau, die normalerweise alles bekommt, was sie will, und die so wütend auf dich ist, dass sie dir mit den Millionen ihres Daddys deine Insel wegnehmen wollte, gesagt, dass du über sie hinweg bist und sie nach vorne schauen muss.«

So gesehen ... »Es war nicht böse gemeint.«

»Du kennst Cassandra Wheeler gut genug. Glaubst du, sie ist der Typ Mensch, der so etwas einfach auf sich beruhen lässt?« Beth beugte sich über die Stuhllehne zu ihm hinüber. »Denk mal darüber nach.«

»Du hast recht.«

Sie lehnte sich wieder zurück. »Die Briefe waren alle auf den Dienstag datiert, aber am Montagabend hat sie immer noch behauptet, dass sie sich die Insel unter den Nagel reißen will. Während oder direkt nach unserer Begegnung muss irgendetwas passiert sein.«

Joe ließ das Gespräch im Geiste Revue passieren. Er wusste nur noch, dass es ihm gefallen hatte, wie Beth sich mit Cassie gemessen hatte und wie scharf sie dabei ausgesehen hatte. Das wollte Beth jetzt vermutlich nicht von ihm hören.

»Ich kann mir nicht vorstellen, was.«

»Phil Mohler war da. Hat er ihr vielleicht etwas erzählt, das sie gegen dich verwenden kann?«

»Mist.« Er hätte es wissen müssen. »Das ist gar nicht gut.«

Beths Füße rutschten auf den Boden. »Was ist nicht gut?«

Joe stützte die Ellbogen auf die Knie, beugte sich vor und vergrub das Gesicht in den Händen. »Mohler hat mich letzte Woche auf dem Tankdock abgepasst. Hat die ganze Zeit Andeutungen über dich und mich gemacht.«

»Was meinst du damit, ›über dich und mich‹? Was soll mit uns sein?«

»Dass wir eine Affäre haben.«

Beth schnappte nach Luft. »Warum sollte er so etwas sagen?«

Joe schoss aus seinem Stuhl hoch und lief auf der Veranda auf und ab, die Hände an den Seiten zu Fäusten geballt. »Ich dachte, er versucht nur, mich auf die Palme zu bringen. Ich habe ihn gewarnt, dass ich ihm einen Arschtritt verpasse, wenn er diesen Mist noch mal vor jemand anderem wiederholt.« Er kochte vor Wut. »Und das werde ich auch. Er muss es Cassie erzählt haben.«

»Aber warum ist sie dann abgereist? Das würde mich zur Zielscheibe machen, und ich bin hier.«

Joe blieb stehen. »Du lebst nicht hier. Du lebst in Richmond. Wo dein Verlobter ist.«

»Was hat das denn damit zu tun? Dass sie versuchen wird, meine Entlassung zu deichseln, weiß ich doch längst. Damit könnte sie dir nicht wehtun.«

»Nein.« Er lehnte sich an das Verandageländer und wusste auf einmal ganz genau, was Cassie vorhatte. »Aber wenn sie Lucas erzählt, dass wir eine Affäre haben, schon.«

Beth sprang von ihrem Stuhl hoch. »Er würde ihr nicht glauben.«

»Cassie kann sehr überzeugend sein, wenn sie etwas will. Sie hat es vier Monate lang glänzend hingekriegt so zu tun, als würde sie mich und diese Insel lieben.«

»Joe«, sagte Beth und zog ihn am Arm, damit er sie ansah. Bei der Berührung flammte Hitze auf. »Wir haben nichts Schlimmes getan. Davon können wir ihn überzeugen.«

»Wovon denn? Dass ich dich nicht will? Wie soll ich das schaffen, wo es doch gar nicht stimmt?« Sie war nicht die Einzige, die überraschende Liebesgeständnisse machen konnte. »Ich habe dich seit dem Tag auf der Fähre begehrt. Vielleicht ist es auch passiert, als du mich Arschloch genannt hast.« Er schob ihr eine Locke hinters Ohr. »Manchmal wünsche ich mir, ich wäre nicht auf dieser verdammten Fähre gewesen, aber dann wird mir klar, dass ich mich so oder so in dich verliebt hätte. Manche Dinge sind einfach vorherbestimmt, denke ich.«

Sie starrte ihn an und schüttelte den Kopf. Dann warf sie sich in seine Arme, klammerte sich an sein Hemd und presste die Stirn gegen seine Brust. Nichts hatte sich jemals so richtig angefühlt. »Ich wollte nicht, dass das passiert. Ich habe alles vermasselt.«

Er zog sie an sich und schlang die Arme um ihre Hüften. »*Wir* haben alles vermasselt. Aber wir können ihm das nicht antun, Beth. Ich muss dich gehen lassen.« Es würde ihn umbringen, aber es gab keine Alternative.

Diesmal nickte sie, den Kopf immer noch an seiner Brust. »Ich packe noch heute meine Sachen und reise morgen früh nach Richmond ab.« Joes Magen krampfte sich zusammen, und er widerstand dem Drang, sie noch fester an sich zu ziehen. Wenn er das täte, würde er sie nie wieder loslassen. »Trotzdem kann ich nicht mit Lucas zusammenbleiben. Ich kann ihn nicht heiraten und ihm den Rest meines Lebens etwas vormachen.«

Zu ihrem Schmerz kamen noch die Schuldgefühle hinzu. Schuldgefühle, weil sie erleichtert darüber war, dass sie Lucas nicht heiraten würde.

Er drückte ihr einen Kuss auf den Scheitel und zog sie nun doch ganz nah an sich. Ihre Arme legten sich um seinen Rücken. »Es tut mir leid«, sagte er hilflos. »Ich weiß nicht, wie ich das wieder in Ordnung bringen soll.«

So standen sie da und umarmten sich zum Abschied. Klammerten sich einen letzten Augenblick aneinander. Zu spät. Joe hörte, wie sich Schritte näherten.

»Das ist meine Verlobte, du Schwein.«

Kapitel 25

»O mein Gott«, entfuhr es Beth, während sie sich jäh von Joe löste. »Lucas, was machst du denn hier?«

»Ich stelle hier die Fragen.« Lucas blieb mit verschränkten Armen am Fuß der Treppe stehen und blickte von einem zum anderen. »Was zum Teufel geht hier vor?«

»Es ist nicht so, wie du denkst«, sprudelte Beth heraus. Was für ein Klischee. »Ich meine, hier geht gar nichts vor.«

»Das sah aber gerade ganz anders aus. Cassandra Wheeler hatte recht. Verdammt, wie konntest du mir das antun?«

Beth setzte zu einer Antwort an, als ihr bewusst wurde, dass er Joe gemeint hatte.

»Sie sagt die Wahrheit. Hier geht nichts vor.« Lucas war bereits auf der zweiten Stufe, als Joes Worte ihn aufhielten. »Tu's nicht, Lucas. Wenn du mich schlägst, änderst du damit nichts.«

»Vielleicht nicht«, entgegnete Lucas und stellte sich in Positur, »aber es wird sich verdammt gut anfühlen.«

»Ihr beiden werdet euch jetzt nicht prügeln.«

»Und ob wir das werden.« Lucas nahm noch eine Stufe.

»Lucas, sieh mich an«, flehte Beth. »Joe hat nichts verbrochen. Er hat nur gemacht, worum du ihn gebeten hast, nämlich sich um mich zu kümmern. Und wenn du selbst hiergeblieben wärst, anstatt den großen Anwalt zu spielen, wäre das gar nicht erst nötig gewesen.«

Angefacht durch ihre Wut und ihr neu erwachtes Selbstvertrauen brachen sich ihre wahren Gefühle Bahn. »Das sollte unser Urlaub sein. Unser gemeinsamer Urlaub. Stattdessen hast du mich einfach so hier sitzen gelassen. Ich hätte dir wichtiger sein sollen als dein Fall.«

Er nahm die letzte Stufe und ging auf sie zu. Doch da sie selbst zunehmend aufgebracht war, wich sie nicht zurück vor seinem Zorn. »Elizabeth, du weißt, dass ich Partner werden will. Wir haben doch darüber gesprochen, wie wichtig meine Karriere für uns ist.«

»Nicht für uns«, wandte sie ein, und dabei fiel ihr eine Last von den Schultern. »Für dich. Und nicht *wir* haben gesprochen, sondern *du*. Ich habe zugehört, genickt und dir zugestimmt, weil ich das schon immer gemacht habe. Du hast nie gefragt, was mir wichtig ist.« Sie sah zu Joe und schöpfte Kraft aus seinem festen Blick. »Vielleicht war mir das früher selbst nicht bewusst, aber jetzt habe ich es erkannt.«

»Beth, beruhige dich«, sagte Joe und machte einen Schritt auf sie zu.

»Wie hast du sie gerade genannt?«, fuhr Lucas ihn an.

»Er hat mich Beth genannt, weil ich mich ihm so vorgestellt habe. Das ist der Name, der zu mir passt. Kurz. Einfach. Die Kleinstadt-Beth.« Dann wandte sie sich an Joe. »Und sag mir nicht, dass ich mich beruhigen soll. Ich will mich nicht beruhigen. Joe, erklär ihm bitte, dass es nicht so ist, wie es scheint. Hilf mir, es ihm begreiflich zu machen.«

Er schüttelte schweigend den Kopf. Warum half er ihr denn nicht?

»Ich verstehe das alles nicht. Was ist aus Elizabeth geworden? Meiner Elizabeth? Der Frau, die ich heiraten wollte?« Lucas überwand den letzten Meter und schubste Joe gegen die Brust. »Es war alles in bester Ordnung, bis ich sie bei dir gelassen habe.«

Dozer knurrte. »Ruhig, mein Junge.« Joe hielt den Hund mit seiner ausgestreckten Hand zurück. »Ich habe nichts gemacht, Lucas. Darauf ist sie von ganz allein gekommen.«

»Ihr redet, als wäre ich gar nicht da!«, schaltete Beth sich ein. Sie hatte es satt, ignoriert zu werden. »Du hast dich in Elizabeth verliebt, weil sie dir eine pflichtbewusste Ehefrau sein würde, die immer Ja sagen und dir überallhin folgen würde. Das ist meine Schuld, denn so war ich auch.«

»Ja, und ich will sie zurück«, sagte Lucas, wütend wie nie zuvor. Sie musste ihm sehr viel bedeuten, das merkte man.

»Es tut mir leid, Lucas. Sie kommt nicht zurück.«

Ihre Worte schienen ihn schwer zu treffen, aber es tat gut, sie loszuwerden. Eine leichte Röte kroch Lucas' Hals hinauf. Abrupt drehte er sich von ihr weg und versetzte Joe erneut einen Schubs. Joe musste Dozer durch einen Ausfallschritt nach links davon abhalten, sich auf Lucas zu stürzen. »Ich mache da nicht mit, Lucas.«

»Moment mal«, sagte Beth, der Lucas' Satz von vorhin wieder einfiel. »Womit hatte Cassandra Wheeler recht? Was hat sie dir erzählt, Lucas?«

»Was glaubst du, was sie mir erzählt hat? Dass ihr beiden es hinter meinem Rücken miteinander treibt. Dass ihr mich hintergeht«, knurrte er und drosch auf das Geländer ein.

»Und das hast du ihr geglaubt? Obwohl du wusstest, was sie für Joe empfindet? Obwohl du wusstest, dass sie hier war, um die Insel aufzukaufen?« Sie stupste ihn an die Brust. »Was du hier mit uns gemeinsam hättest verhindern sollen. Obwohl du das alles wusstest, hast du Cassandra Wheeler mehr geglaubt als deiner Verlobten und deinem Bruder?«

Lucas stammelte. »Na ja ... aber ... ist doch egal, was ich dachte. Es stimmt ja trotzdem.«

»Nein, tut es nicht«, sagte sie und stieg die Treppe hinunter. »Aber du hast recht, es ist egal. Alles ist jetzt vollkommen egal.«

Während Beth stur weiterging, hielt der Zorn ihre Tränen zurück. Sie wollte Lucas nicht mehr, doch Joe konnte sie auch nicht haben. Und wollte er sie überhaupt? Davon hatte sie gerade eben nichts bemerkt. Er hatte ihr mit keinem Wort geholfen, Lucas das Ganze zu erklären.

»Wo willst du hin?«, schrie Lucas ihr nach.

»Packen«, antwortete sie, ohne anzuhalten. »Ich fahre nach Hause. Noch heute.«

*

Lucas sah zu, wie seine Verlobte davonlief. Obwohl Joe annahm, dass sie nach allem, was gerade passiert war, nicht mehr seine Verlobte war. Noch so ein Riesenschlamassel, der auf sein Konto ging.

Es herrschte drückendes Schweigen, nur unterbrochen vom Zirpen der Grillen und Dozers fragendem Winseln. Er wusste, was Dozer fragen wollte. Ist alles in Ordnung?

Es würde lange Zeit nichts mehr in Ordnung sein.

»Willst du ihr nicht nachgehen?«, fragte Joe, der das am liebsten selbst getan hätte.

»Ihr nachgehen? Ich kenne sie überhaupt nicht mehr.« Lucas drehte sich an den Verandapfosten gelehnt zu Joe. Er wollte vielleicht einen entspannten Eindruck machen, aber sein Körper war weiterhin kampfbereit. Joe konnte es ihm nicht verdenken.

»Ich glaube, bis heute Abend kannte sie sich selbst nicht so richtig«, meinte Joe. Das war jetzt definitiv anders. Ein Anflug von Stolz erfüllte seine Brust. Das war seine Beth gewesen, so wie er sie kannte.

Nein, es war nicht seine Beth. An seinem Kiefer zuckte ein Muskel, und wieder musste er gegen den Drang ankämpfen, ihr zu folgen. Aber es gab ja auch noch Lucas.

Joe schnappte sich sein Bier von Boden und ließ sich in den Schaukelstuhl fallen. So beherrscht wie möglich sagte er: »Setz dich.«

Lucas blieb stehen und ballte immer wieder die Hände zu Fäusten. Joe ignorierte ihn und wartete ruhig ab, bis sein Adrenalinspiegel gesunken war. Es wirkte, und schließlich folgte Lucas seiner Aufforderung.

»Was ist eigentlich passiert?«, fragte Lucas.

»Eine Frau hat es uns so richtig gezeigt.«

Lucas knurrte. »Ich meine nicht nur gerade jetzt. Bis vor zehn Tagen war meine Verlobte ein liebes, sanftes Wesen. Irgendwas ist in der Zwischenzeit passiert, dass sich das geändert hat.« Er presste einen Fingerknöchel auf die Stuhllehne und durchbohrte Joe mit seinem Blick. »Und dieses Etwas bist du.«

Das ließ Joe sich nicht allein in die Schuhe schieben. Das Feuer hatte immer in ihr geschwelt, es hatte nur noch einen Funken gebraucht. Und er hatte diesen Funken gezündet, wahrhaftig.

Er gab sich jedoch gelassen und entgegnete: »Das Mädchen war ein einziges wirres Knäuel. Ich zog und zerrte an den losen Enden, während sie die ganze Zeit um sich schlug. Heute Abend hat sich wohl ein Knoten bei ihr gelöst.«

»Hast du sie dabei auch ins Bett gezerrt?«

Joe hörte auf zu schaukeln und biss die Zähne aufeinander. Er rief sich ins Gedächtnis, dass Lucas jedes Recht hatte, sauer zu sein. Ihm an seiner Stelle wäre es genauso ergangen. »Nein. Und wenn du ihr das zutrauen würdest, dann kennst du sie wirklich nicht. Und mich auch nicht.«

Lucas sprang auf und tigerte auf der Veranda auf und ab. »Was soll ich denn glauben? Ich bekomme einen Anruf, dass ihr zwei es hinter meinem Rücken miteinander treibt, setze mich ins Auto und sage mir die ganze Fahrt lang, dass es nicht sein kann, um euch dann eng umschlungen auf deiner Veranda anzutreffen.« Er blieb stehen und deutete mit dem Finger auf Joe. »Du kannst sagen, was du willst, aber das war keine brüderliche Umarmung.«

»Nein.« Joe spürte immer noch die Wärme dort, wo ihr Kopf seine Brust berührt hatte. Er war wohl der größte Pechvogel, den man sich vorstellen konnte, zumindest was Frauen betraf. »Ich bin nicht ihr Bruder, sondern deiner. Und deshalb haben wir einander Lebewohl gesagt.«

»Sie wollte eigentlich bis Samstag bleiben«, sagte Lucas und blieb stehen.

Joe beugte sich im Stuhl vor und sah seinem Bruder in die Augen. »Sie hat beschlossen, morgen abzureisen. Wenn du wissen willst, warum, dann frag sie.« Er hatte nichts mehr zu sagen und stand auf. In seinem Innern brannte es so sehr, dass er nicht wusste, wohin mit seinem Schmerz.

Er sammelte Beths Limonade und seine Bierflasche ein. So verlockend es war, den Rest der Nacht damit zu verbringen, den Sixpack im Kühlschrank zu leeren, er hatte am eigenen Leib erfahren, dass man mit Alkohol nicht über eine Frau hinwegkam. Das letzte Mal hatte nur sein Ego gelitten, das war ihm jetzt klar. Diesmal fühlte es sich an, als würde ein gigantischer Angelhaken seine Brust durchbohren.

»Niemand wollte dir wehtun, kleiner Bruder. Das macht die Sache nicht besser, aber es ist die Wahrheit.« Eine andere Wahrheit behielt Joe für sich. Ob es ihm gefiel oder nicht, er war bis über beide Ohren verliebt in die Frau, die gerade weggegangen war. Und daran würde sich nie etwas ändern.

*

Beth dankte dem Himmel dafür, dass Patty und Tom beide im Restaurant bei der Arbeit waren. So musste sie ihnen nicht erklären, warum sie packte. Was hätte sie auch sagen sollen? Dass sie einen ihrer Söhne verließ, weil sie sich in den anderen verliebt hatte?

Aber sie hatte die Verlobung nicht wegen Joe gelöst. Sie wusste jetzt, dass es ein Fehler gewesen war, Lucas die Ehe zu versprechen. Einer mehr in einer langen Reihe von Fehlern. Es war besser, jetzt einen Schlussstrich zu ziehen als in fünf Jahren, vielleicht nach der dreihundertzwölften öden Dinnerparty.

Andererseits, diese fünf Jahre lang hätte sie wenigstens eine Familie gehabt. Eine wunderbare, liebevolle, großzügige Familie. Die Tragweite ihres Verlusts ließ ihr das Herz noch schwerer werden.

Sie hielt vor dem letzten Haus in der Tuttles Lane und schnappte sich ihre Reisetasche und ihre Handtasche; den Koffer ließ sie im Kofferraum. Vor der Tür nahm sie ihren gesamten Mut zusammen und klopfte. Bei Sid würde sie um eine Erklärung nicht herumkommen, und Beth hoffte, das dünne Band ihrer Freundschaft würde Sid davon abhalten, ihr eine zu scheuern, wenn sie die Wahrheit erfuhr.

Die Tür wurde aufgerissen, noch ehe sie klopfen konnte. Sid trug ein weißes Muskelshirt und eine lilafarbene kurze Schlafanzughose mit einem Muster aus Totenkopffahnen. In ihrem Mund steckte eine Zahnbürste, und ihr Blick glitt zwischen Beth und ihrer Reisetasche hin und her.

Sie schwang die Fliegentür auf und nuschelte um die Zahnbürste herum: »Dasch dürfte interreschant werden.«

Beth zog es vor zu schweigen, folgte Sid ins Haus und wartete auf dem Sofa, während sich ihre Gastgeberin vermutlich die Zähne fertig putzte. Als Sid zurückkam, reichte sie Beth ein Glas Rotwein, dann ließ sie sich mit einem Glas Wasser auf das andere Ende des Sofas plumpsen.

»Raus mit der Sprache.«

Wo sollte sie anfangen? Wut und rechtschaffene Entrüstung hatten sie hierher gebracht, aber beides war inzwischen abgeflaut, und sie konnte nur denken: *Was habe ich getan?*

»Lucas ist hier.«

»Wo hier?«

»Auf der Insel.«

»Dein Verlobter ist hier, und du stehst mit einer Reisetasche vor meiner Tür?« Sid nahm es viel besser auf als erwartet. Aber die Beichte war ja noch nicht vorbei. »Willst du dich für die Hochzeitsnacht aufsparen?«

»Wir sind nicht mehr verlobt.«

Sid zog eine Augenbraue nach oben. »Wegen Joe?«

Beth starrte auf ihr Weinglas. »Warum sagst du das?«

»Man muss kein Genie sein, um zu merken, dass es knistert, wenn ihr zusammen in einem Raum seid.«

»Das stimmt nicht«, widersprach Beth. Glaubte denn die ganze Insel, dass sie und Joe eine Affäre hatten? »Sag mir, dass das nicht stimmt.«

»Hat Lucas euch auf frischer Tat ertappt?« Sid nippte an ihrem Wasser und stellte das Glas auf den Tisch. Wahrscheinlich, um die Hand freizuhaben, falls sie ihr einen Faustschlag verpassen wollte.

»Es ist nichts passiert, wobei man uns hätte ertappen können.« Beth dachte an die Situation zurück, als Lucas aufgetaucht war. »Wenigstens so gut wie nichts. Aber Joe ist nicht der Grund, warum ich Lucas nicht heirate.«

»Und was ist der Grund?«

»Sagen wir mal so, er ist nicht der Richtige für mich. Das hätte ich mit oder ohne Joe herausgefunden. Es hätte vielleicht länger gedauert, aber irgendwann hätte mich die Realität eingeholt.«

Jetzt zog Sid es vor zu schweigen.

»Du nimmst es besser auf, als ich gedacht hätte. Angesicht dessen, was du für Lucas empfindest, hätte ich damit gerechnet, dass du mir eine knallst, weil ich ihm wehgetan habe.«

Ein Blick aus schmalen Augen durchbohrte sie. »Was weißt du über meine Gefühle für Lucas?«

Beth zog sich zum Schutz ein Kissen heran. »Dein Bruder hat mir bei unserer ersten Begegnung erzählt, dass du schon seit der Highschool in Lucas verknallt bist. Ich dachte, das wäre der Grund, warum du mich anfangs nicht ausstehen konntest.«

»Mein Bruder hat eine große Klappe. Ich war in Lucas verknallt, aber wie wir an seinem Frauengeschmack ablesen können, bin ich nicht sein Typ.«

Beth war nicht sicher, ob das eine Beleidigung oder ein Kompliment war, beschloss jedoch, nicht nachzufragen. »Tja, ich bin auch nicht sein Typ. Fairerweise muss ich allerdings zugeben, dass ich meine Rolle ziemlich gut gespielt habe.«

»Das musst du mir erklären.« Als Sid sich aufsetzte, drückte Beth das Kissen noch fester an sich. »Leg das blöde Ding weg, ich werde dich nicht schlagen.«

»Sicher?«

»Ja, sicher.« Sie schnappte sich das Kissen und warf es auf einen Stuhl links von sich. »Du wolltest einen Mann heiraten, den du nicht liebst, stimmt's?«

»Ja.« Sid schaffte es glänzend, den Finger in die Wunde zu legen. »Aber ich dachte, dass ich ihn liebe.«

Sid kratzte sich am Kopf. »Und jetzt hast du festgestellt, dass du nicht Lucas liebst, sondern Joe.«

»Das habe ich nicht gesagt.«

»Ich bin zu müde für solche Spielchen, Lockenkopf. Liebst du Joe oder nicht?«

Sie erwog zu lügen, weil ihr der Abschied von der Insel noch schwerer fallen würde, wenn sie es laut aussprach. Doch wie immer gab sie klein bei. »Ja, ich liebe Joe.«

Sid pfiff anerkennend. »Alle Achtung, das hast du ja gründlich verbockt.« Sie nahm ihr Glas vom Tisch und lehnte sich zurück. »Was hast du jetzt vor? Und ich hoffe, die Antwort lautet nicht, dass du bei mir einziehen willst. Ich mag dich zwar, aber so gern dann auch wieder nicht.«

»Das Thema haben wir doch längst geklärt. Ich brauche nur einen Schlafplatz für heute Nacht, morgen früh fahre ich nach

Richmond zurück. Bei dieser Dunkelheit finde ich den Weg zur Fähre nicht.«

»Wissen sie, dass du hier bist?«

Beth tippte auf ihr Weinglas, das sie noch nicht angerührt hatte. »Ich glaube nicht. Bevor ich gegangen bin, habe ich nur gesagt, das ich heute Abend abreise.«

»Gut. Ich hole dir jetzt eine Decke für das Sofa, dann rufe ich Joe an.«

»Warum?«, fragte Beth und sprang auf. »Ich möchte keinen von beiden sehen.«

»Reg dich nicht auf. Es könnte doch sein, dass einer von ihnen den Helden spielen und dir nachfahren will, dann verdienen sie zu wissen, dass du noch auf der Insel bist.« Sie hob die Hand, um Beths Einwände im Keim zu ersticken, und fügte hinzu: »Ich werde ihnen verklickern, dass ich ihnen mit dem Schraubenschlüssel die Eier abreiße, sollten sie hier vor meiner Tür aufkreuzen.«

Die Drohung klang schmerzhaft und ernst gemeint. »Na gut, aber wenn doch – ich werde mit keinem von ihnen reden.« Lucas konnte sie jetzt auf keinen Fall gegenübertreten, aber sie hegte ein kleines Fünkchen Hoffnung, dass Joe sie holen kam.

»In Ordnung«, sagte Sid und griff zum Telefon. »Meine Wein- und Schokoladenvorräte reichen für eine Woche. Und da du morgen früh fährst, dürften wir durchhalten.«

*

Am Montag darauf ging Beth wie gewohnt ins Büro, rief ihre Mailbox-Nachrichten ab und fuhr den Computer hoch. Wie vorhergesehen erwartete sie eine Nachricht, sie möge so bald wie möglich die Personalabteilung aufsuchen.

Sie hatte es geahnt. Wenn Cassie unverfroren genug war, um Lucas anzurufen und ihm von ihrer angeblichen Affäre zu erzählen, hätte sie auch keine Skrupel, Beth um ihren Job zu bringen. Komischerweise fand Beth die Vorstellung, ihre Stelle zu verlieren, gar nicht mehr so schlimm. Im Lauf des Wochenendes hatte sie entschieden, dass ein paar Veränderungen ganz gut waren.

Beth knöpfte sich ihre blaue Kostümjacke zu und klopfte an die Tür von Rita Ramsey, Leiterin der Personalabteilung bei Bracken, Franks & Holcomb LLC. Rita empfing sie lächelnd und bot ihr einen Stuhl an. Was gleich geschah, würde ein entscheidender Augenblick in Beths Leben sein. Der Augenblick, in dem sie ihr Leben selbst in die Hand nahm und ihre Entscheidungen davon abhängig machte, was *sie* glücklich machte.

Nach dem Gespräch mit Rita suchte sie direkt Lucas' Büro auf. Sie wusste, dass er da war, weil sie in der Garage sein Auto auf dem für ihn reservierten Parkplatz gesehen hatte. Etwas so Banales wie die Auflösung seiner Verlobung würde Lucas Dempsey nicht von der Arbeit abhalten. Beth unterdrückte einen Anflug von Groll.

Sie konnte Lucas seinen Ehrgeiz ebenso wenig zum Vorwurf machen wie er ihr ihren Mangel daran. Erst als er davon ausgehen musste, dass sie mit seinem Bruder schlief, hätte er seinen Job hintangestellt. Und dann war er eigens den langen Weg nach Anchor Island gefahren, um sie in flagranti zu erwischen. Ganz der Anwalt, der bombensichere Beweise brauchte.

So hätte es nicht enden dürfen. Auch wenn sie es nicht absichtlich getan hatte, sie hatte ihm wehgetan, und das würde sie immer bedauern. Da seine Sekretärin Pamela gerade telefonierte, klopfte Beth selbst an seiner Tür und trat ein, als von der anderen Seite ein gedämpftes »herein« kam.

»Was gibt es, Pamela?«, sagte Lucas, ohne aufzublicken.

»Ich bin nicht Pamela.«

Jetzt hob er ruckartig den Kopf, ein Kiefermuskel zuckte. Tadellose Krawatte. Gestärktes Hemd. Glatt rasiertes Kinn. Lucas wirkte so adrett wie immer, aber die dunklen Ringe unter seinen Augen ließen darauf schließen, dass er in den letzten Tagen genauso wenig geschlafen hatte wie sie. Sie hatte ein schlechtes Gewissen.

Er ließ den Stift fallen und lehnte sich im Stuhl zurück. »Du hast ja Nerven, das muss ich dir lassen.«

Beth ließ sich nicht beirren. »Es tut mir leid.« Er schnaubte, doch sie fuhr fort. »Es tut mir leid, dass ich dich bei der ganzen Sache verletzt habe, das wollte ich nicht.«

»Witzig. Joe hat etwas ganz Ähnliches gesagt. Habt ihr euch abgesprochen?«

Ohne sich durch seine spitze Bemerkung aus dem Konzept bringen zu lassen, trat sie einen Schritt vor und kam gleich zum Thema. »Ich habe lange Zeit eine Lüge gelebt. Vielleicht schon mein ganzes Leben. Du warst in dem ganzen Kuddelmuddel das Opfer, und wenn ich könnte, würde ich es ungeschehen machen, aber das geht nicht. Die Vergangenheit kann ich nicht ändern, die Zukunft schon.«

Sie musste es wieder in Ordnung bringen. »Was immer du über mich denkst, dein Bruder ist vollkommen unschuldig an dem, was passiert ist. Er war wie ein Freund zu mir, nicht mehr. Er hat nie eine Grenze überschritten. Nie. Er liebt dich, Lucas. Bestraf ihn nicht für meine Fehler.«

Lucas kam um den Schreibtisch herum, lehnte sich an die Ecke und verschränkte die Arme. »Eine beherzte Verteidigung. War's das?«

Beth konnte sich nur mit Mühe beherrschen und griff nach der Stuhllehne vor ihr. »Ich bin keine Verbrecherin und lasse mich nicht wie eine behandeln. Ich bin gekommen, um dir zu sagen, dass ich nicht mehr hier arbeite.«

Erbost schlug Lucas die Hände auf die Tischplatte. »Sie haben kein Recht, dich zu feuern.« Er ging zurück zu seinem Stuhl und nahm den Telefonhörer ab. »Cassandra Wheeler hat schon genug Schaden angerichtet.«

»Sie haben mich nicht gefeuert. Ich habe gekündigt.«

Er verharrte mit der Hand über der Tastatur, den Hörer schon auf halbem Weg zum Ohr. »Du hast was?«

Sie ließ die Stuhllehne los und spielte mit ihren Jackenknöpfen herum. »Ich habe gekündigt. Ich möchte nicht mehr als Anwältin arbeiten. Das wollte ich noch nie.«

Er legte den Hörer auf. »Was hast du jetzt vor?«

Beth kreuzte die Arme und sagte: »Ich habe eine alte College-Freundin angerufen. Sie betreibt einen Laden für Künstlerbedarf und könnte Hilfe bei den Wochenendkursen gebrauchen. Ich fange noch einmal von vorne an. In Boston.«

Lucas sank auf seinen Stuhl. »In Boston?«

»Ja. Ein Neuanfang in einer neuen Stadt.« Sie hätte ihren Neuanfang lieber auf einer ganz bestimmten kleinen Insel gemacht, aber das durfte nicht sein.

»Verstehe.« Er nahm den Stift und klopfte abwesend damit auf den Tisch. »Wann gehst du?«

»So schnell wie möglich, wenn ich alles geregelt habe. Dieses Wochenende fliege ich hin, um mich nach einer Wohnung umzusehen.«

»So bald schon?«

»Ja.« Es gab nichts mehr zu sagen. »Du verdienst es, glücklich zu sein, Lucas. Ich hoffe, du findest dein Glück. Und ich hoffe, du lässt deinen Bruder nicht fallen. Auch er verdient es, glücklich zu sein.« Beth wandte sich zum Gehen, doch Lucas stellte ihr noch eine Frage.

»Liebst du ihn?«

Sie konnte ihm nicht die Wahrheit sagen, aber anlügen konnte sie ihn auch nicht, deshalb ging sie einfach weiter.

»Das werte ich als ja«, waren die letzten Worte, die sie hörte, bevor sich die Tür hinter ihr schloss.

Kapitel 26

»Dempsey!«, brüllte Sid fünf Zentimeter von Joes Ohr entfernt.

»Was zum ...«

»Ich habe jetzt schon fünfmal deinen Namen gerufen, du Penner. Was ist eigentlich dein Problem?«

Blöde Frage, sie wusste doch ganz genau, was sein Problem war. Oder besser gesagt, wer. Obwohl er ihr dankbar dafür war, dass sie Beth nicht mehr erwähnt hatte, seitdem sie die Insel verlassen hatte.

»Wir müssen mal Klartext über die ganze Sache mit Beth reden.«

So viel dazu.

»Es gibt keine Sache mit Beth. Reich mir die Haken rüber.«

Sie ignorierte seine Aufforderung und verschränkte die Arme. »Du läufst herum wie ein Zombie, seit sie weg ist. Hol sie zurück.«

Joe schnitt schweigend die Schnur ab und griff nach der nächsten Angelrute.

»Hast du nicht gehört? Hol sie zurück.«

Er schleuderte die Angelrute über das Deck. »Glaubst du, das würde ich nicht am liebsten tun? Glaubst du, ich würde nicht am liebsten in den Jeep springen und mir sagen, pfeif drauf? Aber das kann ich einfach nicht.« Er drehte sich um und fügte hinzu: »Ich mach mal Pause.«

Während er sich entfernte, rief Sid ihm eine niederträchtige Bemerkung nach: »Ich hätte dich nicht für so feige gehalten.«

Zur Hölle noch mal. Er fuhr herum und stiefelte zurück.

»Warum hältst du mich für feige, Sid? Das musst du mir schon erklären. Wenn man ein Feigling ist, kommt man normalerweise ohne Verletzungen davon.« Dafür war es zu spät. »Ach, ist doch alles Zeitverschwendung.«

»Du bist nicht der Einzige, der verletzt ist, weißt du. Ihr beiden seid solche Dickköpfe.«

Die Versuchung zu fragen war stärker als sein gesunder Menschenverstand. »Du hast mit ihr gesprochen?«

»Ja«, sagte Sid und setzte sich auf die Bordwand. »Gestern Abend. Sie hat ihren Job gekündigt.«

»Wie bitte?«

»Cassie hat alle Hebel in Bewegung gesetzt, damit sie gefeuert wird, aber die Kanzlei wollte sich nicht von ihrer geschätzten Mitarbeiterin in der Rechercheabteilung trennen. Es war ohnehin zu spät, sie hatte sich schon entschieden.« Sid gluckste. »Der Lockenkopf hat mehr Mumm, als ich ihm zugetraut hätte.«

»Aber warum?« Beth war völlig aufgelöst gewesen, als sie ihm erzählt hatte, dass Cassie für ihre Entlassung sorgen würde. Die Vorstellung, ihre Stelle zu verlieren, hatte sie geradezu in Panik versetzt. Warum sollte sie dann jetzt freiwillig gehen?

Sid zuckte die Achseln. »Sie hat gesagt, der Anwaltsberuf sei nichts für sie. Und dass ihr die Zeit mit dir geholfen hat, das zu erkennen.« Sie sprang auf. »Beth hat dir gutgetan, und wie es das Schicksal will, hast du ihr auch gutgetan. Ich rede nicht oft so kitschiges Zeug, also hör mir genau zu. So eine Liebe begegnet einem nicht jeden Tag. Wirf sie nicht weg.«

Joe wusste nicht so recht, was er mit der weicheren, sanftmütigeren Sid anfangen sollte. Und er wusste auch nicht, was er mit dem, was sie gerade gesagt hatte, anfangen sollte. »Ich kann nicht, Sid. Das kann ich Lucas nicht antun.«

Sid schüttelte den Kopf und murmelte mehr zu sich selbst: »Männer.« Dann gab sie ihm einen Klaps auf die Brust, jetzt wieder ganz die Alte. »Du bist nicht mehr auf dem Spielplatz, Dempsey. Du musst deinen kleinen Bruder nicht mehr beschützen. Er ist ein erwachsener Mann, und seine Beziehung hat er ganz allein in den Sand gesetzt. Lange bevor sie sich in dich verliebt hat.«

Joe rieb sich die Brust. »Wovon redest du? Sie wollte ihn heiraten.«

»Das glaube ich nicht«, sagte Sid und verschränkte die Arme. »An dem Abend in der Bar hat sie gejammert, dass er nie Zeit für sie hat und mehr mit seiner Arbeit verheiratet ist. In Wirklichkeit hast du beiden einen Gefallen getan.«

»Meinem Bruder die Verlobte auszuspannen, klingt nicht gerade nach einem Gefallen. Würdest du etwas tun, von dem du wüsstest, dass es Randy das Herz bricht?«

Sie zog eine Grimasse. »Der Gedanke, dass ich Randy ein Mädchen ausspannen könnte, ist einfach zu absurd, darauf fällt mir nichts ein. Ich würde ihm jedenfalls nicht absichtlich wehtun.« Sie zuckte die Schultern. »Aber manchmal geht es eben nicht anders. Im Leben läuft nicht immer alles glatt, so ein Mist kann passieren. Wir sind eine Familie. Wir kommen irgendwie damit klar.«

Sid als Frau konnte das nicht verstehen. »Ich mache es nicht. Ende der Diskussion.« Joe überquerte das Deck und hob die Angelrute auf, die er hingeworfen hatte. »Sehen wir zu, dass wir fertig werden.«

»Glaubst du wirklich, dass Lucas dich hassen würde?«, fragte Sid und nahm die Schachtel mit den Angelhaken.

»Da bin ich mir hundertprozentig sicher«, antwortete Joe wie aus der Pistole geschossen.

*

Als Lucas vor ihrer Tür stand, hatte Beth eine ganze Woche lang fast ununterbrochen geweint und demzufolge mörderische Kopfschmerzen. Nach ihrer letzten Begegnung war sie alles andere als erfreut, ihn zu sehen. Sie hatte ein schlechtes Gewissen, weil sie ihm wehgetan hatte, und daran würde sich auch nie etwas ändern, doch sein Anblick erinnerte sie auch daran, was sie getan hatte. Und was sie verloren hatte.

Oder vielmehr, wen.

»Ich bin nicht in der richtigen Verfassung für Gesellschaft, Lucas, und außerdem ziemlich beschäftigt. Und auch wenn ich es verdient habe, heute Abend kann ich keine weiteren Vorwürfe ertragen.«

Lucas blieb im Flur stehen, die Hände in den Hosentaschen vergraben. Er trug Jeans und ein rotes Polohemd. Ungewöhnlich lässig für ihren ehemaligen Verlobten. »Ich bin nicht hier, um zu streiten. Ich möchte nur mit dir reden.«

Beth seufzte. »Na schön. Komm rein.« Sie überließ es Lucas, die Tür hinter sich zu schließen, und steuerte auf die Taschentuchbox zu. Die würde sie bei der ihr bevorstehenden Unterhaltung brauchen.

»Ich habe nachgedacht«, fing Lucas an. »Und mir sind ein paar Dinge klar geworden.«

»Was denn?«, fragte sie. Sie war sich nicht sicher, ob sie die Antwort hören wollte.

»Es war nicht allein deine Schuld.«

Sie hätte die Augen verdreht, aber dazu waren sie zu dick und verquollen. »Wenn du über Joe herziehen willst, kannst du dir das ebenfalls sparen. Ich habe dir bereits gesagt, dass es meine Schuld war.«

»Hör mir doch zu. Mich trifft auch ein Teil der Schuld, das wollte ich dir sagen.«

Beth sank in den Sessel, der glücklicherweise hinter ihr stand, denn sonst wäre sie auf den Boden gefallen. »Was meinst du damit?«

Lucas wollte sich auf das Sofa setzen, aber es war vollkommen mit Geschirr, Wäsche und Büchern bedeckt. Sie hätte aufstehen sollen, um Platz für ihn zu schaffen, konnte jedoch nicht genug Energie aufbringen, um ihren Pflichten als Gastgeberin nachzukommen.

Er nahm mit der Kante des Couchtischs vorlieb. »Ich war nicht für dich da. Und damit meine ich nicht nur auf Anchor Island, sondern auch davor. Du hast mir vorgeworfen, ich hätte dich nie gefragt, was dir wichtig war.« Er sprang auf und begann im Zimmer auf und ab zu laufen. »Ich habe mir das Gehirn darüber zermartert, wann ich dich mal gefragt habe, was du möchtest oder wohin du gehen willst. Ich hab es nie getan, stimmt's?«

Beth zuckte die Schultern. »Ich durfte das Lokal aussuchen, als wir uns verlobt haben.«

Lucas setzte sich wieder, diesmal auf die Sofalehne. »Warum hast du Ja gesagt?«

Wie konnte sie ihm antworten, ohne ihn noch mehr zu verletzen? »Ich würde dir gern sagen, dass ich es getan habe, weil es das war, was ich wollte. Weil ich dich liebte und deine Frau werden wollte.«

»So war es aber nicht, oder?« Er stellte die Frage ohne Zorn oder Vorwurf. Beth wurde es noch schwerer ums Herz.

»Nein.« Sie schloss die Augen, unfähig, ihn anzusehen. »Ich wünschte, ich könnte dir sagen, dass ich verrückt nach dir war oder dass mich deine Gesellschaft glücklich machte. Aber ich kann nicht.« Sie öffnete die Augen wieder, hielt sie jedoch auf ihre Knie gerichtet. »Ich habe mein ganzes Leben immer nur versucht, andere glücklich zu machen. Dich zu heiraten hätte dich glücklich gemacht. Deshalb habe ich Ja gesagt.«

Lucas kniete sich vor ihren Sessel und schob ihr Kinn nach oben, bis ihre Blicke sich trafen. »Es hätte mich glücklich gemacht. Ich wäre der glücklichste Mann der Welt. Wenn du mich lieben würdest.«

Eine Träne lief über ihre Wange. »Ich wollte ja. Diejenige, die dich einmal heiratet, wird eine glückliche Frau sein, Lucas Dempsey.«

Er grinste schief. »Nur wenn ich lerne, meine Prioritäten richtig zu setzen.« Er stand auf und sah sich im Raum um. »Du gehst also wirklich fort?«

»Ja, ich gehe«, entgegnete Beth und putzte sich die Nase. »Noch nicht für immer, aber bald.« Sie wedelte mit der Hand zum Sofa und fügte hinzu: »Ich habe etwas gebraucht, um mich zu beschäftigen. Packen schien eine gute Ablenkung zu sein.«

»Eine Ablenkung davon, an Joe zu denken?«, fragte er, nahm ein Stück Zeitung und wickelte ein Glas darin ein.

Beth versuchte bei der Erwähnung des Namens nicht zusammenzuzucken, was ungefähr so leicht war, wie nicht zu zwinkern, wenn einem jemand ins Auge stach. »Da gibt es nichts zu denken. Wir sind uns beide einig, dass zwischen uns nichts sein kann.«

»Ihr seid euch einig«, sagte Lucas. »Und wie geht es dir damit?«

»Nicht gut«, gab sie zu und schnäuzte kräftig. »Hast du mit ihm gesprochen? Bitte trag es ihm nicht nach. Patty hat mir gesagt, dass ihr früher einmal ein sehr enges Verhältnis hattet. Joe wünscht sich, dass es wieder so wird, das weiß ich.«

»Ich habe seit dem Abend, an dem ich mich zum Narren gemacht habe, nicht mehr mit Joe gesprochen.« Lucas sah Beth an, als erwarte er einen Einwand von ihr. Sie schwieg. »Gut. Allerdings habe ich mit Mom gesprochen. Sie hat gesagt, er ist am Ende. Er schuftet sich zu Tode und reißt jedem den Kopf ab, der mit ihm zu reden versucht.«

»Tut mir leid, das zu hören.« Obwohl, das traf es nicht ganz. Eher schon dass sie erleichtert war, weil er auch litt. Dass sie ein schlechtes Gewissen hatte, weil sie die Ursache dafür war. Und dass sie am liebsten auf der Stelle nach Anchor Island gefahren wäre und sich in seine Arme geworfen hätte.

»Du hast ihm gutgetan, das weiß ich inzwischen. Du hast den alten Joe wieder zum Vorschein gebracht.« Noch ein Blatt Zeitungspapier, noch ein eingepacktes Glas. »So wie er war, bevor Cassie ihn verschlungen und wieder ausgespuckt hat.«

Beth führte das Taschentuch zur Nase und erstarrte mitten in der Bewegung. »Wechseln wir lieber das Thema.«

Lucas stellte ein weiteres Glas in den Karton. »Hören wir auf, um den heißen Brei herumzureden. Du liebst Joe. Er liebt dich. Ich wäre ein Dummkopf, wenn ich euch im Weg stehen würde.«

Sie schüttelte den Kopf und weigerte sich, der Versuchung nachzugeben. »Das könnten wir dir nicht antun. Niemals. Ich fliege morgen nach Boston, und in ein paar Wochen lasse ich mich dort langfristig nieder.« Beth sprang auf und riss Lucas das Zeitungspapier aus der Hand. »Joe wird darüber hinwegkommen, das Leben wird für ihn weitergehen. Außerdem hat er alles, was er braucht. Seine Insel, sein Boot und seinen Hund. Ich gehöre nicht dazu.«

»Du bist ja ganz schön hartnäckig«, sagte er. »Ich gebe zu, dass es mir nicht leichtfallen wird, euch beide zusammen zu sehen, aber das wird sich geben. Sei wegen mir keine Märtyrerin.«

Warum machte er es ihr so schwer? Sie versuchte sich seit einer Woche davon zu überzeugen, dass sie und Joe niemals zusammen sein konnten. Sie hatte alle Argumente, jede noch so verzweifelte Möglichkeit erwogen. Merkte er denn nicht, dass er alles nur noch schlimmer machte?

»Bitte geh jetzt«, sagte sie und ging zur Tür. »Ich weiß es zu schätzen, dass du gekommen bist und mir die Gelegenheit gegeben hast, alles zu erklären, wirklich. Aber ich kann nicht über Joe reden. Das ist vorbei.«

»Ich verstehe«, sagte er und folgte ihr zur Tür. »Wann geht dein Flug morgen?«

»Warum?«

»Ich kann dich zum Flughafen bringen.«

Sie kannte Lucas gut genug, um zu wissen, dass er nicht locker lassen würde. Sie durfte ihm nicht noch einmal Gelegenheit dazu geben, sie zu bearbeiten. »Mein Flug geht erst abends um sieben, da bist du in der Arbeit. Ich nehme ein Taxi, kein Problem.«

»Bist du sicher? Ich könnte früher aufhören.« Lucas hatte in all der Zeit, die sie sich kannten, nie früher aufgehört. Vielleicht war es ihm ernst damit, die Prioritäten richtig zu setzen.

»Das geht schon, danke.«

Im Hausflur drehte er sich noch einmal zu ihr um. »Denk darüber nach, was ich gesagt habe. Wenn ihr beide unglücklich seid, macht das niemanden glücklich. Und mich schon gar nicht.«

Dann war er fort. Beth stand allein im Türrahmen und blinzelte in den leeren Flur. Dann kam sie zur Besinnung und knallte die Tür zu. »Ich gehe nach Boston, zur Hölle noch mal«, sagte sie in den Flurspiegel. Die Frau mit der roten Nase, die ihr daraus entgegenstarrte, wirkte nicht überzeugt.

*

Durch das bevorstehende Memorial-Day-Wochenende war Joe vollkommen ausgebucht, und er hatte keine ruhige Minute. Die viele Arbeit sollte ihn eigentlich davon ablenken, an Beth zu denken, aber es war nicht so. Er sah sie an der Reling stehen oder auf der Bank in der Kabine liegen, wie sie ihn mit dem Finger zu sich lockte. Sie verfolgte ihn bis in seine Träume und machte das bisschen Schlaf, das er bekam, zu einer Qual.

Am Donnerstagabend war er erschöpft, zerschunden und bereit zu einer Lobotomie, wenn er Beth dadurch aus dem Kopf bekam. Er ließ sich aufs Sofa fallen, aß ein halbes Stück Pizza, trank dazu eine Limo aus der Dose und nickte während der Übertragung des Spiels ein.

Als am nächsten Morgen in aller Frühe das Telefon klingelte, fiel er fast vom Sofa, ehe er merkte, wo er sich befand. »Wissen Sie eigentlich, wie spät es ist?«, blaffte er anstatt einer Begrüßung, als er endlich die Sprechtaste gefunden hatte.

»Es ist halb fünf Uhr morgens und du musst packen.«

»Was?« Die Stimme klang nach Lucas, aber das konnte nicht sein. »Lucas?«

»Sie fliegt heute Abend um sieben nach Boston. Wenn du sie nicht aufhältst, wirst du sie für immer verlieren.«

Vielleicht träumte er noch. Joe schlug sich den Hörer an den Kopf, um wach zu werden. Das tat weh. Dann hob er ihn wieder an sein Ohr. »Hörst du mir zu? Sie geht weg«, sagte die Stimme.

»Wer geht weg?«

»Beth, du Idiot.«

Joe setzte sich auf und versuchte einen klaren Kopf zu bekommen. »Wohin denn? Hast du mir gerade gesagt, ich soll sie aufhalten?«

Ein entnervtes Schnaufen drang durch die Leitung. »Liebst du sie oder nicht?«

Wenn das eine Art Prüfung war, reichte seine Gehirnfunktion nicht aus, um sie zu bestehen. »Ja. Aber du ...«

»Dann komm und hol sie, bevor es zu spät ist.«

Das war doch vollkommen hirnrissig. »Es ist noch keine Woche her, dass du mir einen Arschtritt verpassen wolltest. Und jetzt sagst du mir, ich soll ihr nachlaufen. Wenn das irgendein blödes Spiel ist, spiele ich nicht mit.«

»Ich war ein Vollidiot. Nicht zum ersten und wahrscheinlich nicht zum letzten Mal«, sagte Lucas. »Ich weiß, dass ihr keine Affäre hattet. Oder zumindest, dass ihr nie miteinander ins Bett gestiegen seid. Ich hätte Cassandra nicht glauben sollen, trotzdem war doch was zwischen euch, oder?«

»Ja.«

»Ist sie die Richtige?«

Joe fuhr sich mit der Hand durch die Haare. »Ja. Aber das kann nicht sein.«

»Quatsch. Pack deine Sachen, schaff den Hund in den Jeep und komm hierher.«

Joe hatte das Gefühl, als wäre er gekentert und als würde man ihm eine Rettungsleine zuwerfen. »Warum tust du das?«

»Weil Beth recht hatte. Du verdienst es, glücklich zu sein. Und sie auch.«

*

Nach zwölf Stunden Schlaf fühlte sich Beth fast wieder wie ein menschliches Wesen und glaubte, Lucas' Besuch nur geträumt zu haben. Doch die Gläser, die er eingepackt hatte, bewiesen, dass er wirklich da gewesen war. Als sich der Nebel in ihrem Kopf gelichtet hatte, ließ sie seinen Besuch im Geiste immer wieder Revue passieren und kam zu einigen interessanten Schlussfolgerungen.

Die Schlussfolgerung Nummer eins war, dass Lucas es überstehen würde. Er war immer noch der netteste Kerl, den sie kannte, und sie freute sich auf den Tag, an dem er die Richtige finden würde. Auch wenn sie dann nicht mehr hier sein würde.

Für die Schlussfolgerung Nummer zwei brauchte sie schon ein bisschen länger. Joe ging es genauso schlecht wie ihr. Beth dachte jedoch, dass sein Kummer größtenteils, wenn nicht ganz, daher rühren musste, dass er sich mit Lucas überworfen hatte. An Beth konnte es nicht liegen. Schließlich war er ihr nicht nachgefahren, obwohl er wusste, dass sie noch auf der Insel war. Er hatte nicht an Sids Tür geklopft.

Wie sie gehofft hatte.

Er hatte nicht für sie gekämpft, hatte keinen Versuch gemacht, sie und sich selbst gegen Cassandras schmutzige Vorwürfe zu verteidigen. Sie hatte selbst für sich sprechen müssen.

Sich selbst verteidigen müssen. Lucas sagen müssen, was sie empfand.

Und auf einmal traf sie die Wahrheit wie ein Kopfstoß von Dozer.

Joe hatte sie nicht verteidigt, weil er wusste, dass sie das alleine hinbekam. Er hatte es ihr zugetraut. Joe hatte ihr beigebracht, eigenständig zu denken, und als der Praxistest kam, hatte er schweigend dabeigestanden, während sie ihn mit fliegenden Fahnen bestand. Er hatte sich im Hintergrund gehalten, als sie sich ihrer Flügel bewusst wurde und ohne ihn abhob.

Beth schlug den Kopf auf den Küchentisch und ließ ihn hin und her rollen. Wie dumm, dumm, dumm. Sie hatte nicht aus eigener Kraft zu sich gefunden. Joe hatte ihr mit riesiger Leuchtschrift und einer verdammten Landkarte den Weg gewiesen. Und sie hatte sich nicht einmal dafür bedankt.

»Ich bin eine solche Vollidiotin«, sagte sie, und die Worte hallten von den leeren Wänden wider. »Und jetzt ist es zu spät.«

Als ihr Kopf erneut auf den Tisch schlug, klopfte es an der Wohnungstür. Wenn das ihr Taxi zum Flughafen war, kam es eine Stunde zu früh. Zeitungen aus dem Weg kickend stürzte sie zur Tür und riss sie auf. »Ich bin noch nicht fertig«, sagte sie, aber die Worte erstarben ihr auf den Lippen, als Dozer jaulend zurückwich. »Was zum ...« Sie brach ab und starrte in ein Paar leuchtend blaue Augen. »Joe?«

Kapitel 27

»Hallo«, sagte er, als wäre es die natürlichste Sache der Welt, dass er vor ihrer Tür stand. »Wir waren gerade in der Gegend. Bist du beschäftigt?«

»Nein ... ich ...« Sie zog die Tür ganz auf und ließ ihn eintreten. Unzählige Gedanken rasten ihr durch den Kopf. Sie wollte ihn umarmen und ihm gleichzeitig eine Ohrfeige verpassen. Sie wollte weinen und lachen, schreien und tanzen. Stattdessen schob sie die Handtücher und einen Stapel Bilderrahmen vom Sofa, damit er sich setzen konnte. Er folgte ihr, blieb jedoch stehen.

»Ich war ein Idiot«, sagte er und hielt abwehrend die Hand hoch, als sie etwas darauf erwidern wollte. »Lass mich erst alles loswerden, dann sind wir wieder weg.«

Wieder weg? Der Mann war sechs Stunden von seinem Zuhause entfernt.

»Ich war ein Idiot, weil ich dachte, in meinem Leben ginge immer alles nach meinem Kopf. Ich habe erwartet, dass die anderen meine Entscheidungen akzeptieren und nach meinen Bedingungen leben. Aber ich habe etwas gelernt. Manchmal muss man etwas aufgeben, um das zu bekommen, was einem wirklich wichtig ist.«

Er holte tief Luft, während Beth den Atem anhielt. Sie hing mit den Augen an seinem Mund und wollte mit der Zunge über seine vollen Lippen streichen. Hitze breitete sich in ihrem Bauch aus. Eigentlich weiter unten.

»Du bist das, was mir wirklich wichtig ist, Beth. Nicht eine Insel oder ein Boot oder sonst etwas. Wenn ich dich habe, habe ich alles, was ich brauche.«

Warum redete er denn immer noch und nahm sie nicht in die Arme?

»Ich weiß, dass du nach Boston ziehst, und ich kann damit leben. Ich werde das Boot verkaufen und das Haus vermieten. Boston hat doch einen Hafen, oder? Und in einem Hafen gibt es auch Boote. Dort werde ich Arbeit finden.«

»Moment mal.« Umnebelt von Begierde begriff sie erst jetzt, was er gesagt hatte. »Die Insel verlassen? Das kannst du doch nicht machen.«

Joe kam näher und umfasste ihr Gesicht mit seinen Händen. »Und ob ich das kann. Für dich kann ich alles.«

Er neigte den Kopf und wollte sie küssen, doch Beth riss sich los. »Du hörst mir nicht zu. Ich möchte nirgendwo anders sein als auf der Insel. Ich möchte dich und Dozer und Anchor Island. Was sollen wir denn woanders?«

Seine blauen Augen blinzelten ungläubig. »Du willst auf der Insel leben?«

Sie boxte ihn auf die Brust. »Was denn sonst. Ich liebe diese Insel. Fast so sehr, wie ich dich liebe.«

Joe war wie vom Donner gerührt, und Dozer bellte. Beth beugte sich zu ihm hinunter, kraulte ihn unter dem Kinn und säuselte: »Dich liebe ich auch, Dozer.«

Dann richtete sie sich wieder auf und schlang die Hände um Joes Schultern. »Du sollst die Insel nicht wegen mir verlassen. Ich möchte dort mit dir leben. Für den Rest meines Lebens. Wenn du mich willst.«

Sein Gesicht verzog sich zu einem Grinsen, was sein sexy Grübchen zum Vorschein brachte. »Was bin ich doch für ein Glückspilz, dass ich dich gefunden habe«, sagte er.

Beth konnte sich eine Stichelei nicht verkneifen. »Eigentlich hat Lucas mich gefunden.« Als er eine Augenbraue nach oben zog, fügte sie rasch hinzu: »Aber du warst so scharfsichtig, mein wahres Wesen zu erkennen.« Sie wurde ernst. »Wie kann ich dir jemals dafür danken?«

Er legte die Arme um sie, zog sie ganz eng an sich und flüsterte ihr ins Ohr: »Ich hätte da ein paar Ideen. Und am besten fangen wir gleich damit an.« Als er den Kopf zurückzog und sie in seine Augen sah, stockte ihr der Atem. Seine langen Wimpern senkten sich über seine tiefblauen Augen, als er ihren Mund anvisierte. Beth schwoll das Herz. Dieser Mann gehörte wirklich ihr.

Joe beugte sich über sie, und jetzt schloss Beth die Augen. Dann folgte eine wahre Explosion der Gefühle. Seine Zunge glitt zwischen ihre sich öffnenden Lippen. Sein heißer Atem vermischte sich mit ihrem. Sein harter Körper drängte sich an ihre weichen Kurven. Der Kuss begann ganz sanft, und Beth wusste, dass sie sich danach ihr ganzes Leben lang gesehnt hatte. Sie war zu Hause.

Doch ihr Körper wurde ungeduldig, und mit einem Zupfen an seinem Ärmel und einem flehenden Stöhnen, das tief und verzweifelt in ihr aufstieg, gab Beth Joe zu verstehen, dass sie mehr wollte.

Viel mehr.

Joes Hand umfasste ihr Gesicht, sein schwieliger Daumen strich über ihre heißen Wangen. Gott, er schmeckte so gut. Frisch und nach Minze. Scharf und berauschend. Er brannte wie Tequila und beruhigte wie Whiskey, machte sie trunken vor Verlangen und roher Lust. Als er von ihr abließ, keuchten beide und klammerten sich aneinander, als könnten sie nicht alleine stehen. Seine Zunge glitt ihr Kinn entlang, um an ihrem Ohrläppchen zu saugen. Beth erschauderte.

Eine Hand lag in ihrem Rücken, die andere hatte er auf ihren Po gepresst. Hitze drang durch den Stoff seiner Jeans, und sie drückte die Lippen auf seinen Hals. »Ich dachte, ich könnte das niemals haben«, flüsterte sie und schwelgte in dem Geschmack nach Salz und Hitze und Mann. »Ich glaube, ich kann nie genug davon kriegen.«

»Das hoffe ich doch«, sagte er und hob sie in die Höhe, bis ihre Beine seine Taille umschlangen. »Wo geht's ins Schlafzimmer?« Er liebkoste ihren Hals, den sie ihm bereitwillig darbot, indem sie den Kopf zur Seite neigte. »Nächste Tür links. Aber das Bett ist nicht gemacht.«

»Das erledigen wir schon.«

Wie ein Federgewicht trug Joe sie die kurze Strecke zum Schlafzimmer. An der Tür drückte er sie gegen den Pfosten, um noch einmal von ihren Lippen zu kosten. In ihrem Bauch begann es zu lodern, die Empfindungen rissen sie hinweg. Dann löste er seinen Mund von ihr und setzte sich wieder in Bewegung.

Über Joes Schulter hinweg sah Beth, dass Dozer ihnen folgte. »Joe«, sagte sie und tippte ihn an.

Zu beschäftigt damit, ihr Kinn mit kleinen Bissen zu bearbeiten, knurrte er nur. »Da ist Dozer.« Noch einmal tippte sie ihn auf die Schulter.

Er hob den Kopf und blickte hinter sich. »Tut mir leid, Kumpel, aber dich können wir hier nicht gebrauchen.« Joe schlug dem rostfarbenen Hund die Tür vor der Nase zu.

»Macht es ihm nichts aus, alleine draußen zu bleiben?«

»Wenn du dir um meinen Hund Sorgen machst, dann muss ich mich wohl noch steigern.« Er setzte seine Ankündigung in die Tat um und ließ Beth und sich auf die geblümte Tagesdecke sinken. »Du wolltest dich doch bei mir bedanken.«

Ihr entfuhr ein Kichern. »Oh, im Augenblick bin ich dir ziemlich dankbar.« Sie zauste ihm durchs Haar, nahm sich seinen Mund vor und ließ ihre Zunge über die Rundung seiner Unterlippe gleiten. »Ich liebe deinen Mund.«

Keuchend zog er sich das T-Shirt über den Kopf. »Nach dieser Nacht wirst du ihn noch mehr lieben.«

Beth vergrub stöhnend ihre Finger in dem dunklen Haar, das sich auf seiner muskulösen Brust kräuselte. Bei der Berührung begannen ihre Fingerspitzen zu brennen, und sie wollte den Hautkontakt auch an anderen Regionen ihres Körpers herstellen. »Warum ziehst du dir nicht schon mal die Stiefel aus?«

Auf einen Ellbogen gestützt, fuhr Joe mit dem Daumen über ihre Lippen. »Du bist so schön. Ich habe dich nicht verdient.«

Der liebevolle Ausdruck in seinen Augen rührte sie zu Tränen. Zur Abwechslung waren es Glückstränen. Um die Situation aufzulockern, sagte sie: »Was für ein Pech, jetzt wirst du mich nicht mehr los.« Joe lächelte, und ihr Herz schlug Purzelbäume. Er setzte sich auf und machte sich an seinen Stiefeln zu schaffen, während sie die Gelegenheit nutzte, sich ihres T-Shirts zu entledigen.

Sie ließ ihre Hände von hinten über seine Schultern und seine Brust gleiten und genoss das Gefühl seiner heißen Haut an ihren Brüsten. Bei jedem Kuss, den sie auf seine Schultern drückte, zuckten seine Muskeln. Um das Feuer noch mehr anzufachen, strichen ihre Finger seine Bauchmuskeln hinunter zum Knopf seiner Jeans.

»Beeil dich mit den Stiefeln«, sagte sie und biss ihn ins Ohrläppchen.«

Er schwang blitzschnell herum und begrub sie unter sich auf dem Bett. »Von jetzt an laufe ich barfuß.« Wie ein Adler auf die Beute stieß er auf sie herab und küsste sie so roh und leidenschaftlich, dass ihr Körper in Flammen aufging.

Ihr Verstand setzte aus, und das Einzige, was sie noch denken konnte, war: *Was für ein schöner Tod.*

Ihre Fingernägel krallten sich in seinen Rücken und zogen ihn näher zu sich. Verlangten nach mehr. Sie konnte nicht genug von ihm bekommen und fürchtete gleichzeitig zu sterben, wenn er noch eine Sekunde weitermachte. Joe schob sich hinab zu ihren Brüsten und nahm eine Brustwarze zwischen die

Zähne, während sie die Hände in seinem Haar vergrub. »O mein Gott.«

Als Joe daran nuckelte, bäumten sich ihre Hüften auf. »Gefällt dir das?«, fragte er.

Wie konnte er in diesem Augenblick nur so eine dumme Frage stellen. »Mmmmmm ...«, mehr brachte sie nicht heraus.

Sein tiefes Glucksen ging ihr durch und durch. Sie bewegte das unter ihm eingeklemmte Bein zu dem Körperteil von ihm, nach dem es sie am meisten verlangte. Er presste sich gegen ihren Oberschenkel und wurde immer steifer, je öfter sie über seinen Hosenschlitz streifte. »Die müssen wir loswerden«, sagte sie und zog am Bund seiner Hose.

Zu ihrer Überraschung stand Joe vom Bett auf, und ein kühler Luftschwall strich über ihre Haut. Groß ragte er über ihr auf, und als er an den Reißverschluss fasste, stockte Beth der Atem. Sie konnte nicht mehr denken. Sie sah seine breiten Schultern, die schmale Taille. Das dunkle Brusthaar, das sie gekrault hatte, wurde nach unten hin immer spärlicher und verschwand dann einige Zentimeter unter seinem Nabel.

Sie bekam einen trockenen Mund. Als der Reißverschluss offen war, legte er die Hände seitlich an den Hosenbund, dann hielt er inne. »Ich ziehe meine Hose aus, wenn du deine ausziehst.«

Jeder Impuls, verführerisch zu wirken, verflog, als sie das Glühen in seinen Augen sah. Seine Hose musste weg, und wenn sie dafür ihre ausziehen musste, dann würde sie es tun. Und zwar schnell.

Sie schob ihre enge Jeans die Beine hinunter und zog dann die Hosenbeine mit einem Ruck über die Füße. Die Hose landete auf dem Boden. Dann rutschte sie hoch zum Kissen, zog ein Bein an, während sie das andere ausstreckte, und legte die Hände aufs Bett. »Jetzt bist du dran.«

Er musste sich das Lachen verkneifen, aber er erfüllte sein Versprechen. Sie trug ein zartlila Höschen mit schwarzer Spitze am Rand, er hingegen war unter seiner Jeans nackt. Er warf die Hose auf die Stiefel und kam zurück ins Bett. Beth wurde ganz schwindlig im Kopf, weil der Blutfluss zum Gehirn nicht mehr funktionierte.

Als er sich über sie beugte, je eine Hand links und rechts neben ihrem Kopf, starrte sie in seine tiefblauen Augen, in denen ein Begehren glühte, wie sie es noch nie gesehen hatte. »Gehörst du wirklich ganz und gar mir?«, fragte sie aus Angst, sie würde aufwachen und alles wäre nur ein Traum gewesen.

»Alles deins. Mach damit, was du willst.« Als er sich neben sie legte, fühlte sie sich wie im siebten Himmel. Sie ließ die Finger von seinen Schultern zu seinem Hals wandern, über die pulsierende Halsschlagader unter seiner braunen Haut und die Bartstoppeln auf seinem Kinn.

Sie wollte ihn erforschen. Sich jeden Millimeter von ihm einprägen. Ihn in den Wahnsinn treiben. Während sie sich erneut seinem Mund widmete, glitt sie mit der Hand nach unten, bis sie ihre Belohnung fand. Er keuchte an ihrem Mund auf, sein Körper zuckte unter ihrer Berührung. Sie spielte mit seiner Zunge, zeigte ihm, was sie wollte, und erforschte ihn von oben bis unten, im Genuss der Macht, die sie in der Hand hielt.

Mit zusammengebissenen Zähnen griff er hinüber zum Nachtkästchen und holte ein kleines blaues Päckchen. Wann hatte er das denn da hingelegt? Kurz fand sie es anmaßend von ihm, dass er offenbar an alles gedacht hatte, doch sie war zu dankbar für seine weise Voraussicht, um etwas zu sagen.

Derart bewaffnet schob er ihr Höschen nach unten und knabberte an einer ihrer Brustwarzen, während er weiter hinabglitt, um ihr das Höschen über die Füße zu ziehen. Als Joe über ihr war, spreizte sie die Beine und drängte sich an ihn. Sein Kuss wurde intensiver. Beth keuchte vor Begierde und drückte die Fersen in die Matratze.

Dann ließ Joe ab von ihr, zog sich ein wenig zurück und fixierte sie mit seinem Blick. Sie las die Frage in seinen Augen und nickte. »Bitte, ich halte es nicht mehr länger aus.«

Das ließ Joe sich nicht zweimal sagen. Als er mit einem kräftigen Stoß in sie eindrang, vergaß Beth die Welt um sich herum. Sie fuhr mit den Fingernägeln über seinen Rücken und spürte unter ihren Händen das Spiel seiner Muskeln. Als sie seinen Po erreichte, zog und knetete sie daran, um ihn anzufeuern. Während sie in einen gemeinsamen Rhythmus fielen, saugte sie an seiner Zunge. Biss in seine Oberlippe.

Er bewegte sich schneller und ließ die Stirn auf ihre Schulter sinken. Ein hohes Stöhnen erklang, und Beth merkte, dass es von ihr kam. Sie hatte noch nie zuvor solch einen Laut von sich gegeben. Ihre Zähne begannen zu kribbeln, und sie hakte die Fersen um Joes Hüfte und ergab sich seinen kräftigen Stößen.

Minuten oder auch Stunden später kam sie mit einem triumphierenden »o ja« zum Höhepunkt, und Joe kam gleichzeitig mit ihr, wobei sich seiner Brust ein Knurren entrang, das urtümlich und zufrieden klang. Als sie zurück aufs Bett sank, kam ihr ein Gedanke in den Sinn.

Das sollten wir mal auf dem Wasser ausprobieren.

Und sie fing an zu lachen.

*

Joe konnte nicht aufhören, sie anzusehen. Wie sie so mit dem Gesicht nach unten auf dem Bett lag, den Po nur notdürftig vom Laken bedeckt. Diese Frau war der Fang seines Lebens.

»Ist Dozer jetzt glücklich?«, fragte sie mit schläfriger, aber zufriedener Stimme. Die Locken fielen ihr über die rot aufgescheuerten Wangen. Er würde sich öfter rasieren müssen, um ihr das zu ersparen.

»Er ist glücklich, aber nicht so wie ich.« Joe entledigte sich der Jeans, die er angezogen hatte, um mit Dozer Gassi zu gehen. Dann kletterte er aufs Bett und küsste sie dort, wo das Laken aufhörte. Sie schmeckte sogar noch besser, als er sich erträumt hatte. »Ich hoffe, du denkst nicht, dass du jetzt schlafen kannst.«

Sie sah über die Schulter und wackelte unter seiner Nase mit dem Po. »Ich weiß nicht, ob ich mich wach halten kann.« Mit einem gespielten Gähnen fügte sie noch hinzu: »Da wirst du mir schon helfen müssen.«

Funken sprühten, als er sich nackt neben sie legte und an sie schmiegte. »Wir machen einfach da weiter, wo wir gestern Nacht aufgehört haben.« Als sie die Brauen hob und ihm vom Kissen entgegenlächelte, wurde ihm ganz eng in der Brust.

»Ich liebe dich, Beth.« Da. Er hatte es gesagt. Nachdem er diese Worte so lange zurückgehalten hatte, tat es jetzt unglaublich gut, sie auszusprechen. »Ich weiß, dass ich ein kauziger Kerl sein kann, und die romantische Tour liegt mir nicht, aber ich werde dir jeden Tag zeigen, was ich für dich empfinde.«

Sie legte sich auf die Seite und fuhr den Umriss seiner Unterlippe nach. »Ich liebe dich auch, Joe. Und ich werde dich in den Wahnsinn treiben damit, es allen recht machen zu wollen, aber ich verspreche dir, mich zu bessern. Du weißt ja, alte Gewohnheiten wird man nicht so schnell los.«

»Wir werden einander glücklich machen und auf die anderen pfeifen.« Er schlang sein Bein über ihre Hüfte und zog sie an sich. »Danke dafür, dass du meine Insel liebst. Und meinen Hund.«

Sie zupfte an seiner Brustwarze, und er wurde steif. Oder besser gesagt, noch steifer. »Danke dass du mich gezwungen hast, selbst für mich einzutreten. Und dass du mir nachgefahren bist.« Auf den Ellbogen gestützt fragte sie: »Ist nächstes Wochenende nicht Memorial Day? Du hast bestimmt haufenweise Kunden, die auf dich warten.«

Joe rollte sich auf den Rücken und zog sie mit, bis sie auf ihm lag. »Jeder Gedanke an meine Kunden hat sich verflüchtigt, als Lucas mich im Morgengrauen angerufen hat, um mir zu sagen, ich solle alles stehen und liegen lassen und dich abfangen, bevor du fliegst. Wo wir gerade davon reden, musstest du nicht ein Flugzeug erwischen?«

Sie ging über seine Frage hinweg. »Lucas hat dich angerufen?«

»Für mich war es auch ein Schock. Als ich erst einmal wach war und mir vergegenwärtigt habe, dass der Anruf kein merkwürdiger Traum war.«

»Nach gestern Abend hätte ich wissen müssen, dass er so was in der Art tun würde.«

Joe hörte auf damit, ihren Hals zu küssen, und blickte auf. »Gestern Abend?«

Beth nickte und strich mit dem Finger über sein Ohr. »Er kam hierher und wir haben geredet. Ich glaube, es war für uns beide ein Abschluss. Dann fing er an, über dich und mich zu reden. Er sagte, wir sollten zusammen sein.«

Verdammter Mist. Wenn Sid das erfuhr, würde er sich ihren Spott noch monatelang von ihr anhören müssen. Vielleicht sogar jahrelang. Aber Beth in seinen Armen zu halten war es wert, sich hin und wieder aufziehen zu lassen.

Beth stützte sich auf den Ellbogen. »Wenn du hier bist, wer kümmerst sich dann um das Boot?«

»Ich habe ein paar Leute gebeten, für mich einzuspringen.«

Beth hob erstaunt eine Augenbraue. »Wer könnte dich auf deinem Fischerboot schon ersetzen?«

»Sid und Will.«

Beth lachte. »Sid und Will übernehmen deine Touren?« Sie spielte mit seinem Brusthaar. »Eine weibliche Crew. Das gefällt mir.«

Er rollte sich zurück und nagelte sie unter sich fest. »Komm bloß nicht auf dumme Ideen.« Er strich ihr Haar zurück. »Ich interessiere mich mehr für die Frau, mit der ich jetzt gerade zusammen bin.«

»Das ist gut«, sagte sie und schlang die Beine um seine Hüften. »Weil sich die Frau, mit der du gerade zusammen bist, auch sehr für dich interessiert.«

Joe sah noch einen Augenblick in ihre dunkelgrünen Augen, dann küsste er sie auf den Halsansatz, bevor er mit dem Kopf zwischen ihren Brüsten verschwand. Ihre Haut fühlte sich so heiß an, dass er erwartete, Dampf würde um sie herum aufsteigen. Er glitt noch weiter nach unten, liebkoste ihren Nabel, hob einen ihrer Oberschenkel über seine Schulter. Ein genüsslicher, erwartungsvoller Seufzer entschlüpfte ihren Lippen. Er ging noch tiefer, und sie vergrub die Hände in seinem Haar.

»Habe ich dich jetzt wach gemacht?«, fragte er und blies sanft auf ihren empfindlichsten Punkt. »Oder bist du immer noch müde?«

»Ich bin nicht müde«, stöhnte sie und krallte sich mit beiden Händen ins Laken. »Nicht aufhören.«

»Niemals«, sagte Joe und versank mit ihr in den Fluten.

Danksagung

Es ist mir gänzlich unmöglich, sämtlichen Personen gebührend zu danken, die mir auf meinem Weg geholfen haben. Bei einer Aufzählung werde ich unweigerlich jemanden vergessen, trotzdem will ich es versuchen. Liebesromane waren schon immer ein Teil meines Lebens, aber erst als ich den Büchern von Eloisa James verfiel, wurde das Schreiben zu einem Teil meiner Zukunft. Als ich im Jahr 2006 über Eloisa James' Diskussionsforum stolperte, war das ein Wendepunkt in meinem Leben, und ich schulde Ms James großen Dank dafür, dass sie eine so wundervolle, offene und freigebige Gemeinschaft gleichgesinnter Leser und Autoren ins Leben gerufen hat. Einige der Frauen, die ich in diesem Forum kennengelernt habe, wurden meine besten Freundinnen, und ich kann mir ein Leben ohne sie nicht mehr vorstellen. An die Bon Bons, ihr habt mein Leben verändert, und dafür danke ich euch.

Dieses Buch spielt auf der fiktiven Insel Anchor Island, aber es gibt ein sehr reales Vorbild dafür, Ocracoke Island, ein entlegenes Eiland am unteren Ende der Outer Banks, das nur per Fähre zu erreichen ist. Vor einigen Jahren hatte ich das Vergnügen, die Insel kennenzulernen, und ich konnte sie nie wieder vergessen. Ich habe versucht, den verträumten Charme dieser entzückenden kleinen Wunderinsel einzufangen, und ich hoffe, es ist mir zumindest ein klein wenig gelungen. Wenn Sie nach der Lektüre dieses Romans den Wunsch verspüren, Anchor

Island zu besuchen, buchen Sie eine Reise nach Ocracoke Island, NC. Ich kann Ihnen nicht garantieren, dass Ihnen auf der Überfahrt ein attraktiver Fischer mit seinem reizenden Hund begegnet, aber man weiß ja nie.

Mein Dank gilt den Romance Writers of America®, einer Organisation, die Unterstützung, fachliche Beratung und unendliche Ressourcen bereithält. Das vorliegende Manuskript kam in die Endrunde des Golden Heart® Contest 2012 der RWA (Auf geht's, Firebirds!), und damit wurde mein Traum, ein Buch zu veröffentlichen, wahr. Meine Geschichte ist nur eine von vielen, die dieses Glück hatten. Wenn ich nicht auf den RWA-Zug gesprungen wäre, wäre wohl nichts von alledem passiert.

Danke auch an meine Agentin Nalini Akolekar, die mir das von jedem Autor so heiß ersehnte grüne Licht gab, und die dann dafür sorgte, dass mein Traum Realität wurde. Danke an meine Lektorinnen Kelli, Lindsay und Becky. Die Zusammenarbeit mit euch hat mich zu einer besseren Autorin gemacht, und ich werde euch auf ewig dafür dankbar sein, dass ihr euch meiner und meiner Geschichten angenommen habt.

Und jetzt zu meinen Piraten. Ein halbes Jahrzehnt lang bin ich auf den Meeren des Verlagswesens gesegelt, mit den besten Schreibpiraten der Welt. Danke an Hellie (die Jahre gebraucht hat, um mich davon zu überzeugen, dass ich eine Autorin bin), Chance, Marn, Sin, Hal, Scape, Donna und Lisa. Danke, dass ihr mit mir gemeinsam das Deck geschrubbt habt, und dafür, dass ihr auch bei stürmischer See immer ruhig geblieben seid.

Danke auch an meine Beta-Leser. Ich kann nicht alle aufzählen, aber ihr wisst, wer gemeint ist. Euer Feedback, eure Ermutigung und eure Unterstützung waren von unschätzbarem Wert für mich. Und danke an meine Tochter, der dieses Buch gewidmet ist. Du wirst immer meine größte Leistung bleiben, die Liebe meines Lebens, und der Ansporn für alles, was ich tue.

4075559R00199

Printed in Germany
by Amazon Distribution
GmbH, Leipzig